Gerda M. Neumann

Ein stilles Dorf in Kent

Ein Olivia Lawrence-Fall

Die Olivia Lawrence-Fälle:

Greystone Manor
Die Furt von Windermere Grove
Der Neujahrsabend
Schatten über Fehmarn
Ein stilles Dorf in Kent

Alle Titel sind auch in Großdruck erhältlich.

Erstausgabe.
Satz: Eleonore Neumann.

www.epubli.de
Verlag: Gerda Neumann
Druck: epubli ein Service der neopubli GmbH, Berlin
ISBN **978-3-7450-7168-9**

Gerda M. Neumann

Ein stilles Dorf in Kent

Olivias fünfter Fall

epubli

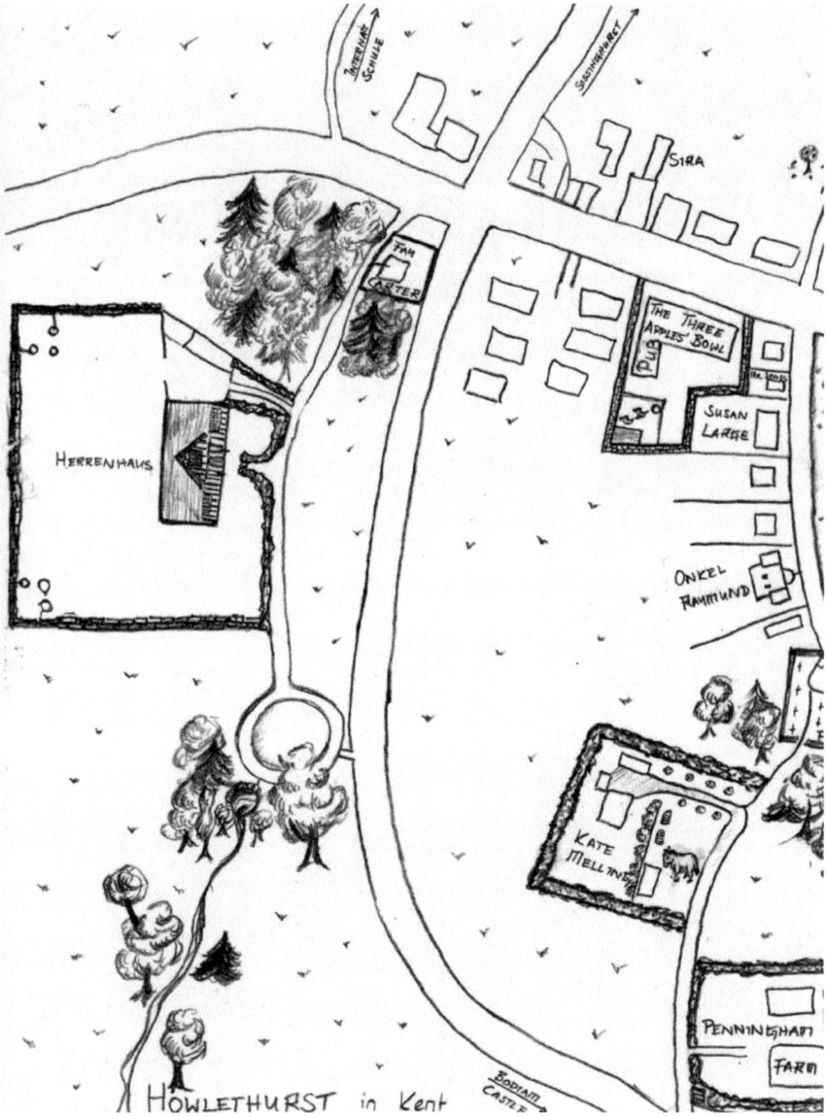

Howlethurst

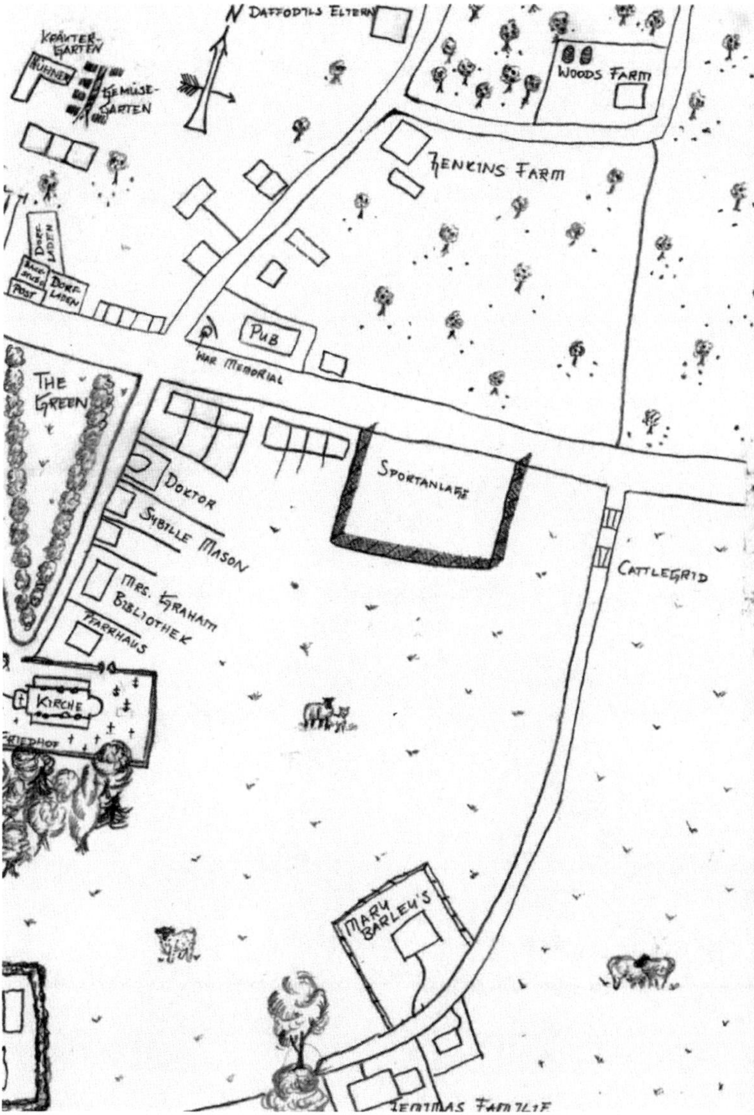
N
DAFFODILS ELTERN
KRÄUTER-GARTEN
HÜHNER
GEMÜSE-GARTEN
WOODS FARM
JENKINS FARM
DORF-LADEN
POST
DORF-LADEN
PUB
WAR MEMORIAL
THE GREEN
DOKTOR
SYBILLE MASON
MRS. GRAHAM
BIBLIOTHEK
PFARRHAUS
SPORTANLAGE
CATTLEGRID
KIRCHE
FRIEDHOF
MARY BARLEY'S
JEMIMAS FAMILIE

Kapitel 1

Könntet ihr womöglich mit Leonards Auto kommen, Puck?‹

›Sicher! Wir können auch mit der Bahn kommen, wenn dir das lieber sein sollte? Allerdings hättest du dann die Fahrerei nach Staplehurst am Hals.‹

›Das macht nichts. Gar nichts. Wunderbar, Puck, ganz wunderbar. So machen wir es.‹

Olivia, die sich diesen Dialogfetzen in Erinnerung rief, während die Zugbremsen rumorten, blitzte Leonard vergnügt an: »Welches Geheimnis wohl auf uns wartet?« Und der Zug kam zum Stehen. Fast schneller als die Waggontüren sich öffneten, sprang sie auf den Bahnsteig und umarmte ihren Onkel.

Raymund Fisher war physisch betrachtet ein kleiner Mann, nicht viel größer als seine Nichte, also etwa ein Meter siebzig groß. Dazu hager, mit tiefen Furchen im Gesicht und, wie zur Milderung dieser Lebensspuren, einem sich allmählich lichtenden Dschungel grauer Locken. Olivia war überzeugt, dass er sie jetzt, wo er auf dem Lande lebte, gelegentlich eigenhändig mit der Schere traktierte. Er erwiderte ihre Umarmung mit Freuden. Dann umfasste er ihre Schultern und schob sie so weit von sich, dass er sie ansehen konnte. Zwei gleiche dunkelbraune Augenpaare versicherten sich ihrer Zusammengehörigkeit. Raymund Fisher drückte noch einmal die Schultern seiner Nichte, bevor er sich Leonard zuwandte.

Er mochte Olivias Freund oder Lebenspartner oder wie immer er ihn bezeichnen sollte – wie viel einfacher war es doch gewesen, als so eine Beziehung zur Ehe geführt hatte und man einfach von dem ›Mann‹ reden konnte – aber er war wohl wieder einmal unnötig kompliziert: Der baumlang vor ihm aufragende Mann war inzwischen auch für ihn einfach ›Leonard‹ und sie verstanden sich ausgezeichnet.

Während der Autofahrt schwiegen sie. Olivia schaute auf das vorbeiziehende Land: die heckenumsäumten Weiden, den lichten Wald, die roten Ziegelsteinhäuser von Sissinghurst und wieder auf Wald. Sie unterdrückte einen Seufzer: »Es ist so schön hier, Raymund, ich verstehe gerade überhaupt nicht, warum ich so lange nicht hier gewesen bin!«

»Das kann ich dir sagen, Puck, weil ich nicht hier sein wollte. Ich bin lieber nach London gekommen. Anns Tod hat mir diese ländliche Idylle entschieden verleidet... aber langsam wird es besser. Als in diesem Frühjahr die Osterglocken blühten und die bescheidenen Primeln unter den Hecken, fand ich das Leben alles in allem doch wieder ganz schön.«

Olivia nickte stumm. Bilder ihrer Tante Ann schoben sich vor die vorbeiziehende Landschaft. Ihre hellen, lachenden Augen in dem klaren alterslosen Gesicht, die glatten, kurzen Haare, die immer hellbraun geblieben zu sein schienen und allen Wetterunbillen standhielten, und die weitgeöffneten Arme, die sie zur Begrüßung fest an den weichen molligen Körper zogen. Gerade bevor eine unerwartete Traurigkeit sich ihrer bemächtigte, waren sie angekommen. Der Wagen hielt vor einer schwarzen Haustür. Den kurzen Weg von der Straße dorthin säumte Heiligenkraut. ›Es gibt kein gastlicheres Willkommen‹, dachte Olivia auch dieses Mal und wehrte sich entschlossen gegen die lauernde Traurigkeit. Der Zugang öffnete sich wie ausgestreckte Arme und machte Platz für zwei bequeme Holzsessel rechts und links neben der Haustür. Wer immer kam, er konnte sich niederlassen. Das Haus selbst war ein Fachwerkhaus aus der zweiten Hälfte des sechzehnten Jahrhunderts mit schiefen Wänden, einem behäbigen Dach und geziegelten Schornsteinen.

Raymund führte seine Gäste ins Bad, damit sie sich frisch machen konnten. Er selbst richtete den vorbereiteten Lunch, plötzlich ein wenig aufgeregt und ein klein wenig umständlich. Olivia versuchte zu helfen, doch er ließ es nicht zu. Also sah sie sich um. Onkel und Tante hatten das Haus zu beiden Seiten ausgebaut: Neben der Küche ein großes Bad und auf der gegenüberliegenden Seite neben dem Wohnzimmer eine Bibliothek, damit war der Garten zur Straße hin vollständig abgeschirmt, nur ein schmaler Weg an der Badezimmermauer entlang stellte die Verbindung nach draußen her. Anschließend hatten sie das Haus nach hinten geöffnet: Rückwand von Küche und Wohnzimmer markierten lediglich einige Stützsäulen, dahinter erstreckte sich in der vollen Ausdehnung des alten Hauses ein Wintergarten. Hier stand der Esstisch, an den Raymund sie nun einlud, Platz zu nehmen. Leonard trennte sich von dem ersten Bücherregal, an dem er hängen geblieben war, Bücher zur Geschichte von Kent und Gartenbücher. »Nicht nur«, Raymund deutete auf die beiden untersten Fächer, »dort stehen Bücher über Oxford und die Themse und so weiter. Die Vergangenheit lebt noch, wenn auch etwas abgesenkt.«

Während sie munter zugriffen, das Frühstück in Fulham lag nun doch eine Weile zurück, tauschten sie Neuigkeiten aus. Olivia hatte die Übersetzung eines modernen Romans ins Deutsche fast beendet, Leonard war gerade wieder in Mombasa gewesen, bei großen Wiederaufforstungsprojekten, an denen er als Wissenschaftler der London School of Economics teilnahm. Onkel Raymund stellte viele Fragen und gewann dabei seine alte, Olivia so sehr vertraute Gelassenheit zurück. Er selber hatte die letzten Wochen hindurch gelesen, wie auch all die Monate davor, viele Bücher, die er sein Leben lang schon hatte lesen wollen, war Fragen nachgegangen, zu denen er immer schon Antworten hatte bekommen wollen. Und nichts von alledem hatte mit seinem Fachgebiet als Universitätsprofessor zu tun gehabt. »Wisst ihr, Militärgeschichte ist nicht geeignet, persönliche Fragen zu beantworten. Ganz gelegentlich denke ich in den letzten Wochen wieder an meine alte Profession, aber noch drängt es mich nicht zur Rückkehr.«

Olivia sah ihn aufmerksam an: »Aber mit irgendwelchen strategischen Fragen beschäftigst du dich, sonst hätten wir nicht mit der Bahn kommen sollen.« Ein Grummeln, das fast aus Raymunds Brustkorb zu kommen schien, ersetzte die Antwort und ließ Olivia und Leonard kurzfristig den Atem anhalten. Ein ganz ähnliches Grummeln schien von den Palmen her zu antworten, die am anderen Ende des Wintergartens um eine Sitzgruppe herumstanden. Der Haufen aus Kissen und Decken, der dort lag, bewegte sich und ein Katzengesicht schob sich verschlafen aus der Lücke unter der Decke heraus. Die beiden Gäste starrten es an und die schrägen Bernsteinaugen starrten sie an. Onkel Raymund nahm das verschlafene Tier auf den Arm: »Siehst du, das ist Olivia und da drüben, das ist Leonard, zwei sehr enge Familienmitglieder, du solltest dich mit ihnen anfreunden, bitte.« Und mit einem leisen Lächeln fuhr er fort: »Darf ich vorstellen: Marmalade, Nachfahrin von Jock III. Hausherr über Chartwell.«

»Das ist nicht wahr!«

»Aber ja, Puck, natürlich ist es wahr.« Das Lächeln in seinen Augen verstärkte sich, während er sachlich erklärte: »Winston Churchill wünschte sich, dass immer ein Nachfahre seines Katers Jock auf Chartwell leben sollte. Und ihr wisst ja, erfüllbaren Wünschen kommt der National Trust durchaus nach. Katzen haben aber nun mal nicht nur einen Nachkommen und so fand ein alter Freund nach Anns Tod, es sei eine gute Idee, mir eine Nachfahrin von Churchills Kater in Obhut zu geben… für einen alten Militärhistoriker nachgerade eine Schuldigkeit… Wie dem auch sei, ich habe diesem lieben Gesicht nicht lange widerstanden.«

»Du hast mir nie davon erzählt!«

»Nein. Zu Anfang war es mir ein wenig peinlich, fürchte ich. Und dann dachte ich, es sei das nächstliegende, ihr würdet euch einfach kennenlernen.«

Olivia war zu ihrem Onkel an die Glasfront getreten und betrachtete das Tier auf seinem Arm: Es hatte weiches ingwerfarbenes Fell mit einem leichten Tigermuster, einen weißen Brustlatz, weiße Pfoten und eine rosa Nasenspitze wie ein Jaguar. Leise begann sie mit ihr zu reden, nach kurzem Zögern schnupperte Marmalade in den Luftraum zwischen sich und der fremden Frau. Raymund setzte sie auf den Boden und öffnete die Tür: »Kommt, wir gehen ein wenig durch den Garten.«

Der Garten war von hohen Hecken umschlossen. Dem Wintergarten gegenüber standen Haselnusssträucher im ersten Frühlingsgrün, zur rechten, auf der Seite der Bibliothek, wuchs eine dichte Taxushecke, davor lagen einige Gemüsebeete, und zur linken, nach Süden, schloss eine Lorbeerhecke das Grundstück ab. Es war groß genug, dass man sich bedenkenlos draußen unterhalten konnte. Marmalade strich um sie herum und entschied sich dann, Leonard genauer kennenzulernen. »Das letzte Jahr war ein schlechtes Haselnussjahr, in diesem Frühjahr sehen die Sträucher vielversprechender aus.« Raymund schlenderte auf die Hecke zu.

»Klingt wie die Gesprächseröffnung eines MI5-Agenten.« Keine Reaktion.

»Schau, die Wolfsmilch blüht, die Leberblümchen nicht mehr, aber bald werden die Akelei wieder Blau vor die Hecken bringen. Da drüben übrigens«, er deutete nach links an die Füße eines besonders mächtigen Strauches, »werden etwas später wilde Akelei blühen, sie sind weinrot und klein, eine bescheidene, sehr schöne Waldblume.« Olivia liebte Gärten. So hatte sie kein Problem mit dem Thema, das ihr Onkel beharrlich verfolgte. Gleichzeitig wuchs die Neugier auf das, was er nicht erzählte, mit mindestens gleicher Beharrlichkeit.

Die Rettung bog im schwarzen Anzug um die Ecke des Wintergartens. Der Anzug gehörte zu einem korpulenten, mäßig großen Mann. Dessen kahlen Schädel umstand ein dichter, sorgfältig gestutzter Kranz grauer Haare. Auf der Nase saß eine unauffällige Hornbrille. Den Oberkörper leicht zur Seite geneigt eilte der Pfarrer die Gartenpfade entlang, die Rechte zum Gruß ausgestreckt. »Miss Lawrence, wie schön, Sie zu sehen. Es freut mich wirklich sehr.« Höflich reichte sie ihm ihrerseits die Hand. Sie hatte Pfarrer Mottram vor drei oder vier Jahren kennengelernt, als sie Tante und Onkel in ihrem neuen Haus besucht und sich im Sonntagsgottesdienst wiedergefunden hatte. Raymund spielte die Orgel. In Oxford hatte er es zwei Jahrzehnte hindurch jeden Abend unter der Woche getan, in der Kapelle seines Colleges. Hier in Howlethurst in Kent, seinem neuen Wohnort, spielte er nun bei allen größeren Gottesdiensten. Auf diesem Wege war er zu einem bekannten und anerkannten Gemeindemitglied geworden, wiewohl er gerade mal vier Jahre in Howlethurst lebte, davon die Hälfte der Zeit als Witwer. Olivia hatte den Pfarrer allerdings wesentlich zurückhaltender in Erinnerung. Im Moment wirkte er ein wenig seltsam, mit einer unterdrückten Unruhe, die anscheinend mit ihr zu tun hatte. Seine eindringliche Musterung beendete sie, indem sie ihm Leonard vorstellte.

»Mr Kilpatrick«, seine Wendung zu dem Mann etwas abseits auf dem Rasen verlief so heftig, dass er dabei Marmalade mit dem Fuß anstieß. Gekränkt marschierte sie davon; auch sie schien ihren alten Freund heute verändert zu finden. »Es freut mich natürlich außerordentlich, dass Sie Ihre Frau begleitet haben. Jeder Denker mehr erhöht die Möglichkeit, unser Problem zu erhellen. Gerade die Unvoreingenommenheit eines Außenstehenden scheint mir Hilfe zu versprechen. Raymund und ich sind ratlos, müssen Sie wissen. Vollständig ratlos. Verstehen Sie?«

»Um ehrlich zu sein – nein. Ich habe keine Ahnung, wovon Sie sprechen«, bekannte Leonard.

Der Pfarrer vollführte eine weitere heftige Bewegung um seine Achse: »Raymund, soll das heißen, du hast noch nicht über unser Problem gesprochen? In all der Zeit?«

»In all der Zeit! Olivia und Leonard sind gerade mal anderthalb Stunden hier. Und das nach zwei Jahren! Da muss man doch erst einmal in Ruhe ankommen.«

»Wenn du dazu die Ruhe hast… ich meine, es ist ja nicht so, dass ihr euch die Jahre hindurch nicht gesehen hättet.«

»Roger…« Raymunds Hand legte sich leicht um den Oberarm seines Freundes, »wir werden es jetzt tun, nachdem wir Tee gekocht und Fenster und Türen geschlossen haben.«

Olivia musterte unauffällig den sichtlich rastlosen Pfarrer, während sie Teegeschirr zu jener Sitzecke des Wintergartens trug, die dem Wohnzimmer vorgelagert war und mit einer reichen Sammlung großer Topfpflanzen wie die Lichtung in einem Hain wirkte. Ganz natürlich hatte Marmalade hier ihren Schlafplatz bekommen, fand sie. Mitten auf dem Tisch thronte die Plätzchendose ihrer Tante, so wie immer. Sie musste einfach hineingucken – und staunte: Duft von frischem Ingwer strömte ihr entgegen. »Ingwerplätzchen! Raymund, darf ich kosten?«

»Selbstverständlich! Greif zu!«

Sie knabberte an dem knusprigen und gleichzeitig ein wenig klebrigen Keks und schaute zu, wie ihr Onkel das gerade nicht mehr kochende Wasser geruhsam über die Teeblätter goss. Schließlich war die große Kanne gefüllt. »Die Plätzchen sind auch gut, aber ganz anders als die von Ann.«

»Aber ja, Puck! Sei nicht enttäuscht, alles im Leben ändert sich einmal. Und gerade für Ingwerplätzchen, denke ich, hat jede englische Hausfrau ihr Geheimrezept. Diese enthalten bestimmt irgendetwas von der Quitte. Sie sind von Aphra Mottram, weißt du…«

⋆

Olivia sah zum Pfarrer hinüber; Roger Mottram verteilte das Teegeschirr mit leicht zitternden Händen, verrückte dabei jedes Teil mehrmals, bis er die Hände zurückzog, und dann doch noch einen Löffel anders legen musste. Sie kam die letzten paar Schritte zu ihrem Onkel heran: »Gewinnt sie auch Aufputschmittel aus Quitten… wenn man sie lange genug liegen lässt und dann auspresst, zum Beispiel… Pferde sollen durch den Genuss von Fallobst in die seltsamsten Zustände geraten sein…« Sie musste endlich doch lachen, wenn auch leise: »Du alter Stratege, dein Freund ist deiner Disziplin nicht gewachsen. Nun erlöse ihn endlich und rede.«

Raymund Fisher ließ sich noch immer Zeit. Er schenkte Tee ein und barg die Kanne sorgfältig unter einer gefütterten Haube. Er reichte ihnen das Kännchen mit heißer Milch und wartete, bis jeder genommen hatte, er reichte den Zucker, den außer Roger Mottram niemand gebrauchte. Dabei redete er gerade so viel über seine einzelnen Handgriffe, dass daneben kein anderes Thema aufkommen konnte. Er öffnete die Plätzchendose und trug den Deckel zu einem Beistelltischchen. Endlich setzte er sich. Doch lag die Rolle des Majordomus so zweifelsfrei bei ihm, dass keiner sich rührte. Olivia beobachtete den Schalk hinten in seinen Augen, die wachsende Sorge in der Miene des Pfarrers und Leonards zunehmende Verwunderung. Sie trank dabei in kleinen Schlucken ihren heißen Tee.

*

»Roger, du bist dran«, äußerte Raymund beiläufig und griff zu seiner Teetasse.

Roger schnaufte tief und geräuschvoll, reinigte seine vor Schreck überlaufende Nase noch geräuschvoller und setzte sich stöhnend wie ein alter Mann wieder in seinen Sessel.

»Also weißt du, alter Freund, du wirst doch nicht angeklagt – wenigstens will ich hoffen, dass es am Ende so ist.« Raymund behielt seine Leichtigkeit bei. »Erzähle einfach von deinen Beobachtungen. Ich bin sicher, Olivia und Leonard werden sie zuerst einmal als unerwartetes Gesprächsthema auffassen.«

Pfarrer Mottram leerte seine noch dampfende

Teetasse in einem Zug. ›Vermutlich Raucher‹, schloss Olivia im Stillen, ›ein wenig ungewöhnlich für diesen Typ Ehemann.‹ Er stellte die Tasse ab und stützte die freigewordene Hand auf das vorgeschobene Knie. »Sie werden gleich verstehen, warum mir das Reden so schwer fällt. Die Sache ist die, in meiner Gemeinde mehren sich seit einigen Jahren die Todesfälle unter den älteren Mitbürgern. Nicht gerade spektakulär, aber doch deutlich nicht mehr normal, wenn ich das so sagen darf. Ich weiß eigentlich nicht einmal, an welchem Punkt ich ernsthaft ins Grübeln kam. Ich sprach mit meiner Frau darüber und praktisch, wie sie ist, schlug sie vor, so etwas wie eine Statistik zu erstellen. Wir taten das auf der Basis des Kirchenbuches für die letzten zehn Jahre.« Nach kurzer Pause, in der die Falte über seinem Nasenrücken sich zur Furche vertiefte, nahm er Olivia fest in den Blick: »In den letzten drei Jahren starben pro Jahr nahezu doppelt so viele Mitbürger zwischen sechzig und achtzig wie in den sieben Jahren davor.« Er schwieg.

Olivia sah, dass er eine Reaktion von ihr erwartete. »Darf ich fragen, was dieser Befund in absoluten Zahlen bedeutet?«

Roger Mottram atmete hörbar durch. »Ja,

selbstverständlich. In den ersten sieben Jahren, die wir durchsahen, waren es drei, gelegentlich vier Todesfälle, in den letzten drei Jahren zunächst acht, im letzten Jahr zehn.« Er sah Olivia ernst an: »In absoluten Zahlen scheint das nicht viel zu sein, schließlich handelt es sich um ältere Menschen. Aber wir hatten in den letzten Jahren keine schweren Erkältungswellen, keine ungewöhnlichen Grippeserien, warum dann also? Und warum so konstant?«

»Gab es in den anderen Altersgruppen auch veränderte Todesraten?« erkundigte Leonard sich sachlich.

Der Pfarrer schrak zusammen: »Das weiß ich nicht exakt zu sagen. Wir haben nur die Fälle zusammengezählt, von denen ich sprach.« Er sah Leonard ein wenig verstört an: »Wir können das nachholen, wenn Sie das für wichtig halten.«

»Ob es wichtig ist, wissen wir erst hinterher«, reagierte Leonard beruhigend, »wenn Sie wollen, kann ich es gern nachher für Sie auszählen.«

»Wenn Sie dazu bereit wären… wir könnten es zusammen machen. Dann gewinnen wir wissenschaftliche Klarheit – gewissermaßen. Das wäre tatsächlich beruhigend.«

Raymund verteilte erneut heißen Tee, dieses Mal sagte er kaum ein Wort. Olivia sah ihren Onkel aufmerksam an. Sie wagte nicht zu schließen, was der alte Fuchs im Schilde führte. Leonard nahm sich erneut des Themas an: »Haben Sie mit jemandem über Ihre Entdeckung gesprochen? Zum Beispiel mit dem zuständigen Arzt?«

Wieder holte Mr Mottram tief Luft: »Ja, das tat ich.«

»Und?«

»Ja, wissen Sie, seitdem bin ich eigentlich erst richtig beunruhigt. Dr. Chalklin hörte sich meine Sorgen ruhig an. Danach bat er lediglich um eine Liste der Todesfälle der in Frage stehenden Jahre. Kein Wort mehr. Ich brachte sie ihm und eine Woche später bat er mich am Abend zu sich und ging die Liste durch, indem er mir zu jedem Fall die Todesursache erläuterte. Alles schien so normal, dass ich mich fast schämte, ihm so viel Mühe gemacht zu haben. Wieder ließ er sich kein Wort zu viel entfallen. Als Arzt darf er das einerseits nicht, andererseits könnte ihm mein Berufsstand doch eine Ausnahme von seiner Schweigepflicht ermöglichen.«

»Warum steigerte dieses Gespräch Ihre Unruhe?«

»Ja, wieder eine berechtigte Frage.« Er sah Leonard eine Weile lang schweigend an. »Ich fürchte, diese sachliche Neutralität machte mich fertig. Er stellte medizinische Tatsachen fest, zu denen sich nichts hinzufügen ließ. Dabei muss man sich doch wundern dürfen! Selbst die Wissenschaft müsste ihren Fortschritt einstellen, wenn die Forscher verlernen würden, sich zu wundern – aber das sah er nicht ein.«

»Ist Dr. Chalklin ein guter Arzt?« Olivia sah über ihre dampfende Teetasse hinweg zu Mr Mottram. Der musterte sie eine geraume Weile, währenddessen sie feststellte, dass er zwar etwas ruhiger geworden war, aber auch sehr viel ernster.

»Das ist gar nicht so leicht zu beantworten. Seine fachliche Kompetenz bestreitet niemand, jedenfalls hätte ich das nie gehört. Ebenso wenig weiß ich von gravierenden Fehlentscheidungen. Er hält engen Kontakt zur medizinischen Forschung, er ist neuen Medikamenten oder sonstigen Therapien gegenüber aufgeschlossen. Alles bestens. Und doch will mir scheinen, dass da etwas fehlt. In meinen Augen ist die Medizin keine reine Naturwissenschaft, doch das bestreitet Dr. Chalklin entschieden.«

»Behandelt er Migränepatienten?«

»Persönlich weiß ich von einem Fall. Er nahm eine genaue Untersuchung vor, befragte sein pharmazeutisches Handbuch und verschrieb Tabletten, die auch halfen. Ansonsten hätte er seinen Patienten sicherlich zum Spezialisten überwiesen. Streng sachlich das Ganze.«

»Wie lange ist er Arzt hier in Howlethurst?«

»Bald dreißig Jahre müssen es sein; er war schon da, als meine Frau und ich hierherkamen vor vierundzwanzig Jahren.«

»Wie gut kennen Sie einander?«

»Auch das ist schwer zu sagen. Natürlich kommt in so vielen Jahren alles Mögliche zur Sprache. Aber was nicht zu Sprache kommt, ist vermutlich wesentlich mehr und wäre bedeutend interessanter. Ich denke, ich kenne ihn nicht sehr gut. Und auch sonst niemand hier.«

»Mit wem haben Sie noch über Ihre Beobachtung gesprochen?« schaltete Leonard sich dazwischen.

Mr Mottrams Kopf flog herum: »Was sagten Sie? Ach ja richtig, entschuldigen Sie. Wer sonst noch.« Er versuchte, ruhig durchzuatmen, bevor er antwortete. »Da ist niemand. Es ergab sich vor einigen Wochen, dass ich mit dem Chief Inspector von Cranbrook sprach, zugegeben sehr neutral. Doch seine Reaktion war klar: Derartige Verdachtsmomente fallen unter seine Wahrnehmungsschwelle.«

»Und ein Apotheker?«

»Nein. Die gängigen Medikamente hat Dr. Chalklin vorrätig, besorgt sie in dringenden Fällen auch, hier auf dem Land gibt es diesen täglichen Lieferservice, sehr praktisch. Ansonsten kauft man seine Hustenbonbons in Cranbrook oder Tenterden. Alles sehr anonym.«

»Das heißt: Von Ihren konkreten Sorgen wissen Dr. Chalklin und Ihr Freund Raymund hier, sonst niemand?« fasste Leonard zusammen. »Kein alter Studienfreund wer-weiß-wo in England?«

»Nein, niemand, außer meiner Frau natürlich. Aber sie redet sicher mit niemandem darüber.«

Raymund Fisher sah in die Runde, dann erhob er sich und holte Gläser und eine Flasche Sherry. Ruhig und schweigend goss er ein, alle drei sahen ihm wortlos zu und hoben wortlos ihre Gläser. »Ich trinke darauf, dass wir dieses Problem aufklären können!« Olivia, die während dieser kleinen Zeremonie Pfarrer Mottram im Blick behalte hatte, schaute überrascht zu ihrem Onkel. »Ganz recht, Puck, wir setzen unsere Hoffnungen in deinen Scharfsinn.«

Olivias dunkelbraune Haare flogen um ihren Kopf, der Sherry geriet in schweren Seegang und beruhigte sich wieder, genau wie die glatten Haare wieder in ihre alte Position zurückglitten. »Damit wäre die Katze also aus dem Sack…«

»Lediglich Rogers Hoffnung – für eine Katze viel zu defensiv.«

Ihre dunklen Augen wanderten in den Garten hinaus, nach einer regungslosen Minute kehrten sie zum Gemeindehirten zurück. »Was ist passiert? Warum wollen Sie jetzt auf einmal aktiv werden?« Als er zurückschrak, schüttelte sie noch einmal den Kopf, dieses Mal nur andeutungsweise. »Der Fall beschäftigt Sie offensichtlich schon eine ganze Weile. Irgendetwas muss passiert sein, das Ihre Beobachtungen zu einem wirklichen Verdacht hin verschoben hat. Sonst säßen wir nicht hier.«

Pfarrer Mottram räusperte sich, rückte in seinem Sessel nach vorn und begann: »Sie haben recht. Vor zwei Wochen starb Delia Large. Ihr gehörte das schöne Haus drei Grundstücke von hier Richtung Hauptstraße. Sie war eine enge Freundin meiner Frau, deshalb kennen wir ihre Verhältnisse recht gut. Und deswegen verstehen wir ihren plötzlichen Tod überhaupt nicht. Dr. Chalklin hat Sekundenherztod diagnostiziert. Das stimmt vermutlich, aber wie kam es dazu? Sie hatte ein schwaches Herz, aber es sah nicht bedrohlich aus. Außerdem war sie gerade in der letzten Zeit sehr entspannt.«

»Gab es dafür einen besonderen Grund?«

»Sie erwartete ihre Großnichte, die den Sommer bei ihr verbringen wollte. Sie liebte diese Nichte sehr, entsprechend freute sie sich auf die gemeinsame Zeit.«

»Was können Sie mir über diese Nichte erzählen?«

»Susan Large hat eine etwas ungeordnete Kindheit im Rücken: Die Eltern trennten sich, als sie in der Grundschule war, der Vater ging nach Cardiff, die Mutter lebte in kurzfristigen Beziehungen und nahm sich wenig Zeit für ihre Tochter. Deshalb drängte der Vater darauf, sie ins Internat zu geben. Sie besuchte mehrere, warum weiß ich nicht. Danach ging sie nach Indien und arbeitete in einem Waisenhaus in einem Tal am Fuße des Himalaya. Im Sommer wären es drei Jahre gewesen. Ihre Großtante hoffte, dass sie sich jetzt nach einer Lebensperspektive in England umsehen wollte.«

»Wo ist sie im Augenblick?«

»Drei Häuser weiter. Ihre Großtante hat ihr das Haus hinterlassen.«

»Wo war sie beim Tod ihrer Tante?«

»In Indien.«

»Wusste sie vom Inhalt des Testamentes?«

»Nein.«

»So sicher?«

»Ja. Wir waren bei der Testamentseröffnung dabei. Ihre – und auch die Reaktion ihres Vaters – lassen keinen Zweifel zu.«

»Müssten wir uns mit dem Vater näher beschäftigen?«

»Ich denke nicht. Er lebt noch immer in Cardiff, in einer zweiten Ehe, wieder mit einer Tochter. Alle drei kamen jeden Sommer für eine Woche zu Besuch. Das übrige Jahr hindurch hielt er telefonisch lockeren Kontakt zu Delia Large. Sie verstanden sich gut, ohne einander sehr nahe zu stehen.«

»Wissen Sie etwas über das Verhältnis zwischen Vater und Tochter?«

Mr Mottram leerte sein Sherryglas, in Ruhe, stellte Olivia bei sich fest. »Ich fürchte, darüber weiß ich nichts«, bekannte er bedauernd. »Aber das könnte ein gutes Thema für Sie sein, wenn Sie mit der jungen Frau ins Gespräch kommen, meinen Sie nicht?«

»Wenn…« Sie sah einen nach dem anderen genau an: Leonard bemühte sich, ein neutrales Gesicht zu machen, Raymund schaute ernst und offen, Roger Mottram voll erwartungsvoller Hoffnung. Wie kam er nur dazu, sie war Übersetzerin und Journalistin und zwar gern. Nur weil die Neugierde sie sehr gelegentlich in einen Mordfall hineingerissen hatte, musste sie doch nicht zwangsläufig zur Wiederholungstäterin werden. Sie seufzte hörbar: »Wissen Sie, ich bin alles andere als ein Profi im Aufstöbern von Erklärungen für verwirrende Befunde oder auch für eine so klare Frage wie die: Wer hat Delia Large ermordet. Mit einem solchen Verdacht sollte man doch die Polizei in Bewegung setzen können.«

»Du übersiehst den Totenschein von Dr. Chalklin, Puck«, erinnerte Raymund sie sanft und zurückhaltend. »Aphra und Roger sind aus einer Reihe von Gründen anderer Meinung als er, aber das interessiert unter diesen Umständen keine offizielle Stelle.«

Mr Mottram erhob sich etwas schwerfällig und trat hinter seinen Sessel. Beide Hände auf die Lehne gelegt, sah er Olivia verständnisvoll an und entschuldigte sich sehr förmlich. Nichts lag ihm ferner, als sie zu bedrängen. Leonard stand ebenfalls auf: »Ich könnte Sie ins Pfarrhaus begleiten, und wir schauen, ob wir aus Ihren Kirchenbüchern noch mehr Statistiken herauslesen können und ob uns das weiterbringt. Am hellen Tag macht sich so etwas Trockenes besser als am Abend… wenn sie einverstanden sind.« Erleichtert stimmte der Pfarrer zu. Leonard umarmte Olivia: »Es wird ein wenig dauern, mir sind noch einige Fragen eingefallen.« Und schon eilte er hinter Mr Mottram durch den Garten davon.

Mit leicht geneigtem Kopf sah Olivia ihnen nach: »Kommt der Pfarrer immer so inoffiziell hinten herum zu dir?«

»Normalerweise nur, wenn ich den Türklopfer nicht höre, was im Garten immer der Fall ist.« Ihr Onkel überlegte kurz. »Genau betrachtet macht er das auch erst seit Anns Tod. Seltsam? Es hat mich, glaube ich, nie gestört.«

Kapitel 2

Raymund Fisher ging hinaus in den Garten. Leise rief er nach Marmalade. Das Katzenmädchen schob sich mit durchhängendem Kreuz unter der Buchsbaumabgrenzung zum Gemüsegarten hindurch, streckte sich behaglich und spazierte heran, strich um die Beine seines Besitzers und wandte sich neugierig Olivia zu. Folgsam hockte diese sich nieder und kraulte die junge Dame hinter den Ohren. Leise erzählte sie ihr, wie hübsch sie sei, doch nicht lange, dann musste sie lachen. »Wie viel närrisches Zeug man aus dem Stegreif zu reden imstande ist!« Sie streckte sich nun ebenfalls. Einen Handstandüberschlag oder andere unerwartet ausgreifende Aktionen verkniff sie sich angesichts des Katzenmädchens. Seit den Balletträumen ihrer Schulzeit halfen ihre die seinerzeit vieltrainierte Übungen, ihrem inneren Menschen Luft zu verschaffen und sich zu entspannen. Das ging nun nicht, aber es bedeutete ihr gerade nicht viel. »Ach, Raymund, wie schön es bei dir ist! Schau mal«, sie schlenderte zu den Rosen hinüber, »das dunkle Rot der jungen Blätter über einem Meer blauer Frühlingsanemonen.«

Während er sein Rosenbeet betrachtete, nahm der Onkel zum ersten Mal Stellung: »Puck, selbstverständlich kannst du Rogers Ansinnen ablehnen.«

Olivia sah ihn an: »Warum hast du mir nichts gesagt?«

»Du weißt, dass ich die Dinge nicht gern unnütz herum rolle. Er sollte es dir zuerst einmal selber erzählen, handelt es sich doch um sein Problem. Ihm würdest du helfen, nicht mir, jedenfalls nicht in erster Linie.«

»Aber du nimmst es genauso ernst?«

»Bis zum Tode von Mrs Large nahm ich es ernst, weil ich Roger sehr ernst nehme. Aber ich sah weder eine Möglichkeit noch wirklich eine Notwendigkeit zum Handeln. Jetzt, denke ich, ist der Zeitpunkt zum Handeln gekommen, weil Rogers Verdacht für mich unabweisbar zu sein scheint, ich sage scheint, und außerdem ein erster Ansatzpunkt für Fragen greifbar ist.«

Er sah sie offen an. Langsam schlenderten sie an den verschiedenen Rosen entlang. Schließlich blieb Olivia stehen: »Der einzige Schluss, den deine Äußerung zulässt, ist der, dass auch du den Tod von Mrs Large für Mord hältst.« Sie sah ihn fest an. »Demnach wäre die Überzahl der Todesfälle ebenfalls auf Mord zurückzuführen. Und da Morden kein Gesellschaftssport ist, hättet ihr einen Serientäter unter euch.«

»Vermutlich eine Täterin.«

Olivia wartete.

»Die meisten Toten sind Frauen«, ergänzte ihr Onkel, »ich glaube, man darf das aus Rogers Befund schließen. Es geschieht vollkommen gewaltfrei und aus präziser Kenntnis der Verstorbenen. Nur so ist es möglich, dass Dr. Chalklin immer eine natürliche Todesursache diagnostiziert. Deshalb halte ich es für die Handschrift einer Frau.«

»Wenn auch du den Tod der Mrs Large für Mord hältst, wäre das trotz Dr. Chalklin der Zeitpunkt, die Polizei zu benachrichtigen.«

»Die wird uns auf den Totenschein zurückverweisen.«

»Also steht Dr. Chalklin zwischen euch und der Polizei.«

»So kann man es sehen.«

»Hältst du es wirklich für vollkommen zwecklos, mit ihm über den letzten Fall, nur über den letzten, noch einmal zu reden?«

»Es ist zwecklos. Roger hat es versucht und wurde kompromisslos abgeschmettert. Chalklin lässt nur Fakten gelten.«

»Hmm, mit so einem Menschen kann man sich im Grunde nicht persönlich unterhalten.«

»Das unternimmt auch niemand. Aber bevor er beginnt, dir leid zu tun, kann ich dich beruhigen: Er hat ein kleines Apartment in London. Dorthin fährt er, sobald die Praxis geschlossen ist. Das Leben dort scheint mir ein durchaus geselliges zu sein, sonst müssten allmählich kauzige Züge an ihm sichtbar werden. Das ist nicht der Fall.«

Ihr Schlendern durch den Garten kam vor dem Wintergarten wieder zum Stehen. Gemeinsam sahen sie auf die ruhige Rasenfläche, die geraden Linien des Buchsbaums und die überall neu erwachenden Stauden. »Mein Problem ist«, hob Raymund an, »dass ich niemanden außer dir sehe, der sich dieses Falles annehmen würde. Und gleichzeitig habe ich beträchtliche Angst um dich.« Wieder sah er seiner Nichte ernst und offen in die Augen. »Wir haben eine Feindin, dürfen allerdings bereits hier nicht vergessen, dass das Geschlecht unseres Gegenübers nur eine These ist. Sehr streng betrachtet, ist bereits die Annahme einer Feindin eine These. Nehmen wir an, diese These stimmt. Dann müssen wir uns ganz klar darüber sein, dass die Frau gefährlich ist. Tatsächliche Gefahr für dich, vor allem für dich, in der Konsequenz sogar für mich, besteht aber erst, wenn klar wird, was du tust.«

»Verstehe. Um beim Anfang zu beginnen: Warum sollte ich mit dem Zug kommen?«

»Nun, in unseren ersten Jahren hier, in der Zeit also, in der deine detektivischen Fähigkeiten offensichtlich wurden, hast du uns gelegentlich besucht. Irgendwer hat sich deinen alten Saab bestimmt gemerkt. Seit Anns Beerdigung warst du nicht mehr hier, das heißt, wenn du dein Aussehen ein klein wenig verändern würdest, könntest du als eine andere Nichte durchgehen, keiner hier weiß die Zahl meiner Verwandten. Das wäre für dich sehr viel sicherer.«

»Du hast wirklich Angst?«

»Lass uns jetzt nicht über wirklich und theoretisch debattieren. Ich gebe zu, dass ich sicherlich nicht folgenlos mein Leben mit Kriegsgeschichte verbracht habe. Eines der obersten Gebote ist, dass der Feind nie wissen darf, was man im Schilde führt. Schon vor zweieinhalbtausend Jahren schrieb Sun Tsu in China, dass jede Kriegsführung auf Täuschung gründet. Die Menschen haben sich nicht verändert, also wollen wir das beherzigen.« Er lächelte. »Marmalade braucht ihr Futter. Also lass uns hineingehen.«

Ein ingwerfarbener Pfeil tauchte umgehend von irgendwoher auf und schloss sich der Kolonne in die Küche an. Raymund öffnete eine Dose mit Lachs, füllte die genaue Hälfte des Inhalts auf einen Teller und zerteilte die Masse in kleine Bissen. Der Teller hatte seinen Platz neben der Küchenanrichte, das Trinkwasser wurde erneuert, dann ging Raymund in den Wintergarten, er zögerte kurz, schloss dann aber energisch die Tür zum Garten und streckte seinen Arm Richtung Teetisch aus: »Lass uns hier Platz nehmen. Der Garten ist groß, ich bin überzeugt, bei normaler Lautstärke kann niemand mithören. Aber Schlachtpläne entwirft man grundsätzlich in geschlossenen Räumen. Wobei mir auffällt, dass ich gerade über dich verfüge. Das liegt mir völlig fern. Du hast natürlich die Freiheit, abzuwinken.«

Olivia schlang die Arme um ihren Onkel: »Nein, habe ich nicht, weil ich sehe, welche Sorgen du dir machst. Wäre es nur ein Problem von Pfarrer Mottram, dann vielleicht. So nicht.« Sie drückte ihm einen Kuss auf jede Wange und gab ihn frei. »Ein technisches Problem ist die

Zeit. Dieser Fall kann sich hinziehen. Also werde ich meine Arbeit mit hierherbringen und schauen, alles gleichzeitig zu machen. Das schadet nichts, ein Prickeln in den Adern erhöht die Lebendigkeit. Damit bist du einverstanden?«

»Selbstverständlich, mehr als das. Ich werde mich zu deinem Hüter machen und zu deinem Koch und zu deinem Assistenten, wenn ich das kann.« Beide waren nach dieser Entscheidung sehr vergnügt.

*

Die Dämmerung senkte sich bereits über die dreieckige, ziemlich große Rasenfläche, die den Mittelpunkt des kleinen Ortes ausmachte, als Leonard vom Pfarrhaus zurückkam. Gemeinsam machten die drei sich an die weitere Vernichtung des Lunches. Er schmeckte ein wenig angetrocknet, niemand hatte tagsüber weiter an die Speisen auf dem Esstisch gedacht. Aber sie achteten wenig darauf.

Neben Leonards Teller lag ein Stoß Papier. »Ich fürchte, ich war ein wenig pedantisch und kann nur hoffen, dass Mr Mottram es mir nicht nachträgt. Howlethurst ist ein ziemlich amorphes Gebilde. Stört es dich, Raymund, wenn ich die Karte ausbreite?«

Die Essensreste trockneten weiter vor sich hin, während die drei sich wie Verschwörer oder wie Generäle, das war eine Perspektivenfrage, an der anderen Tischhälfte über die Karte beugten. »Hier ist der dreieckige Green mit der Kirche an der Südspitze und den ältesten Häusern des Ortes an seinen Flanken, hier steht dein Haus. Die Hauptstraße schließt den Platz nach Norden ab. Wir wollen die Himmelsrichtungen nicht nautisch genau nehmen, denke ich. Hier an der Westgrenze von Howlethurst liegt das alte Herrenhaus, einen guten Kilometer nach Norden ein Internat, nach Nordosten schräg hinüber sicher fünf bis sechs Kilometer entfernt das Krankenhaus, erstaunlich genug. Zieht man von dort eine imaginäre Linie nach Süden zur Haupt- oder Landstraße, ergibt sich ein weiteres, sehr viel größeres Dreieck, in dem einige Farmen liegen.« Seine beiden Zuhörer nickten stumm.

»Mottrams Daten und Erinnerungen führen zu folgendem Ergebnis: im Internat hier«, Leonards Finger tippte kurz auf die Karte, »starb in den letzten zehn Jahren niemand. An die Todesfälle auf den Farmen erinnert sich Mottram noch, an jeden einzelnen. Das hat mich sprachlos gemacht. Er hielt sie allesamt für genauso

›normal‹ wie Dr. Chalklin, aber ganz sicher ist er sich inzwischen nicht mehr – so, wir überqueren die Hauptstraße und wenden uns damit dem eigentlichen Ort zu: nochmal – hier das grüne Dreieck des Green. Vom Green nach Westen hat die Hauptstraße auf beiden Seiten eine geschlossene Bebauung, nach Norden einreihig, nach Süden eine größere Siedlung mit Mietshäusern, jeweils sechs Wohnungen pro Haus, an der Straße ein großes Wirtshaus. Dem Green gegenüber reihen sich einige Geschäfte an der Straße auf, dahinter und weiter nach Osten gibt es etliche Wohnstraßen, bis der Ort am Sportplatz endet.« Er richtete sich auf. »Lassen wir die Karte liegen, ich habe Hunger.«

Olivia blieb noch daran hängen: »Hier führt ein Fußweg von der Kirche nach Süden zu einzelnen Häusern...«

»Dort wird es dir gefallen. Die Kirche liegt auf dem höchsten Punkt. Wenn du den Kirchhof verlässt und das Wäldchen hinter dir hast, liegt dir Kent zu Füßen.«

»Warum waren wir da nie?«

»Ich fürchte, Ann hat deine Besuche genutzt, um im Land herumzufahren, Ziele genug gibt es ja.« Mit diesem Stichwort schweiften Olivias Gedanken in die Grafschaft hinaus, durch den

Haselnussgang von Sissinghurst im Mai oder über die dortige Wiese mit Bäumen voll reifer Äpfel und darunter Herbstzeitlose dicht an dicht, zu den Hopfenhäusern und den Weiden voller Lämmer und den Straßenrändern voller Osterglocken, zu dem alten Haus von Rudyard Kipling aus honiggelbem Kalkstein, eingenistet in ein stilles Tal, allerdings war das bereits Sussex. Doch die Landschaft wusste von diesen Grafschaftsgrenzen nichts, und den Menschen waren sie heute auch nicht mehr wichtig. Sie dachte an ihre Tante.

Entschlossen griff Olivia sich einen Apfel und begann ihn zu vierteln. »Leonard, auf deinen Zetteln steht doch sicher noch mehr.«

»Ja, richtig. Ich habe mich für die Bevölkerungsstruktur interessiert. Ihr wisst, Kent-Sussex-Surrey sind beliebte Gegenden für Alterswohnsitze. Aber das gilt wohl eher für die Küste, für Städtchen wie Tunbridge Wells und Tenterden. Howlethurst jedenfalls hat sich kaum vergrößert, und wenn, waren es Ansässige, die nun eigene Familien gegründet haben. Es sind also keine älteren Menschen zugezogen, dennoch starben deutlich mehr als früher. Pfarrer Mottram macht sich zurecht Gedanken, auch wenn ich als harmloser Mensch immer auch eine harmlose Erklärung für möglich halte. Statistische Unregelmäßigkeiten sind so selten nicht.«

»Dein Blick auf die Karte legt nahe, dass du die Todesfälle konkret auf der Karte aufgesucht hast.«

»Auch das haben wir unternommen. Es wohnten mehr der Toten hier um den Green und in den angrenzenden Straßen als weiter nach Norden in den neueren Häusern, aber das sagt nichts aus, weil der Ort von innen nach außen ziemlich organisch gewachsen ist, will sagen, innen wohnen mehr ältere Menschen als außen. Bei den Farmen wird eine Einschätzung schwieriger. Man müsste erst einmal feststellen, wie viele Menschen auf ihnen jeweils wohnen und so weiter.«

»Die Wissenschaft versagt«, stellte Raymund trocken fest.

Leonard nickte: »So ist es, leider. Damit muss der gesunde Menschenverstand entscheiden, ob die fünf bis sechs, im letzten Jahr geschätzten zehn Todesfälle über der Norm Mottrams Unruhe rechtfertigen oder eine Kapriole der Natur sind.«

»In Prozentzahlen haben wir es mit einer Steigerung von fünfzig bis schließlich einhundertfünfundzwanzig zu tun«, ergänzte Raymund, »das ist schon fast eine Entscheidungshilfe.«

Leonards Augen suchten die von Olivia: »Du hast dich entschieden?« Sie nickte.

Kapitel 3

Am Sonntagnachmittag waren Olivia und Leonard nach London zurückgekehrt. Am Dienstagabend bezog Olivia das Zimmer ihrer Tante in Howlethurst. Es nahm fast die Hälfte des Dachgeschosses ein mit einem normalen Gaubenfenster nach vorn und einem halbrunden am Boden nach hinten zum Garten. Auf dunkelrotem Teppichboden standen weiße Möbel, die Wände waren zart altrosa, auf den leichten weißen Vorhängen blühten Rosen. Raymund hatte den Raum in den vergangenen anderthalb Tagen wieder zum Leben erweckt. Mit Rogers Hilfe hatte er einen alten Gartentisch aus dem Pfarrhaus vor das große Fenster gebracht als Schreibtisch, die Frisierkommode hatten sie etwas zur Seite geschoben, Olivia konnte sie aber durchaus noch benutzten, wenn sie wollte. Neben dem Fenster stand nun eine große Palme, und am Boden vor dem Gartenfenster hatte er die leeren Töpfe mit Zwergrosen in verschiedenen Rosatönen gefüllt.

Olivia hatte ausgepackt und ihre Arbeit wie

üblich in chronologischer Reihenfolge nebeneinander angeordnet. Es brach mal wieder eine Zeit äußerster Disziplin an. Im Augenblick stand sie am Fenster und schaute hinaus auf die dreieckige Rasenfläche. Überrascht entdeckte sie, dass die frischen Triebe der Linden den Blick bereits jetzt hinderten auszuschweifen.

Sie sauste die Treppe hinunter und fand Raymund am Herd: »Du magst süßsauer noch immer?«

»Hmhm, ja, es riecht köstlich. Kann ich helfen?«

»Oh nein! Ich bin der Koch, du erinnerst dich, wir haben ein Abkommen.«

Sie strich ihm liebevoll über den Rücken und ging langsam durch die Weite des offenen Erdgeschosses. Ihr Blick blieb an Anns Klavier hängen. Sanft strich sie mit der Hand über den glänzenden Lack und die Notenbücher. »Spielst du manchmal Klavier?« mit der Frage kam sie zurück in die Küche. »Das Instrument sieht irgendwie so aus.«

Raymund nickte stumm. Nach einer Weile räusperte er sich: »Ja, seit einigen Monaten spiele ich wieder. Weißt du, es tat dem Orgelspiel in der Kirche auf die Dauer nicht sehr gut, dass ich unter der Woche meine Finger so gar nicht trainierte.«

»Kann ich mir vorstellen. Ann würde sich sicher darüber freuen.«

»Das täte sie bestimmt. Weißt du, manchmal scheint es mir, als wären wir uns dort besonders nahe. Es tut mir gut – inzwischen – ich bin gleich fertig hier«, ergänzte er mit Blick auf seine Hände, wieder munterer.

Olivia ging zum Fenster und schaute auf den Green hinaus. Hier unten konnte sie unter den Linden hindurch Bänke am Rand des Green sehen und Leute. Allerdings hatte Ann Rosen vor das Küchenfenster gesetzt, die sich anschickten, mit ihren neuen Blättern den Blick zu durchkreuzen. »Ich glaube, dies ist der einzige Green in ganz England, der von Spalierbäumen umstanden ist.«

Raymund nickte zustimmend: »Magst du Avocado lieber als Creme oder in Scheiben?«

»Ich mag beides.«

»Das ist gut! Dann gibt es sie heute als Creme mit Naan-Brot, das gibt es auch zum Curry. Und übermorgen Scheiben mit Peperoni bestreut und Tomaten – das Lindenspalier ist, so weit ich weiß, tatsächlich das einzige in England. Howlethurst hatte im neunzehnten Jahrhundert schon mal einen tatenlustigen Pfarrer. Der stellte im Laufe der Jahre fest – so will es jedenfalls die Geschichte – dass das Miteinander seiner Pfarrkinder um den Green herum weitaus streitlustiger und auch sonst schwieriger war als notwendig. Sie wussten einfach zu genau übereinander Bescheid. Er beschloss, den Blick aufeinander zuzupflanzen, gewann seine Gemeinde für diese ungewöhnliche Idee, indem er ein allgemeines Dorfverschönerungsprojekt ins Leben rief, und alle machten mit.«

»Vom Küchenfenster hier unten sehe ich immer noch ganz gut.«

»Über die freie Fläche, aber nicht in die anderen Häuser«, konterte Raymund.

»Stimmt, die oberen Stockwerke sind verdeckt und unten haben fast alle relativ hohe Pflanzen stehen.«

»Niemand lässt sich gerne allzu genau beobachten, aber niemand unternimmt gern als erster etwas dagegen. Dazu brauchte es den Pfarrer.«

Olivia wandte sich wieder der Aussicht zu. Die Häuser waren sehr verschieden, verschieden groß und verschieden alt. »Wer wohnt in dem Haus gegenüber auf der anderen Rasenseite?«

»Welches genau meinst du?« kam die Rückfrage vom Herd, der in der Mitte der Küche stand. Raymund werkelte daneben an der Vorspeise. »Das rote oder das weiße?«

»Das rote mit den symmetrischen vorgebauten Erkern und dem säulenflankierten Hauseingang. Seine unteren Erkerfenster sind nicht zugepflanzt.«

»Dort lebt Mrs Graham. Und der größte Teil des Erdgeschosses beherbergt die hiesige Leihbücherei. Tagsüber braucht sie die Fenster nicht zu schützen, weil sich das halbe Dorf ohnehin drinnen tummelt. Abends zieht sie dann schwere Portieren vor. Ich für meinen Teil glaube allerdings, dass sie im ersten Stock ein privates Wohnzimmer hat und nur mit Besuch das untere benutzt.«

»Aha…« ein wenig ratlos wandte Olivia sich ihrem Onkel wieder zu.

»Ich werde versuchen, zusammenzufassen. Mrs Graham ist heute um die sechzig Jahre alt und grauhaarig, doch Witwe ist sie schon seit dreißig Jahren, ungefähr. Sie hat einen Sohn, der im Internat von Marlborough erzogen wurde und nur die Ferien hier verbrachte. Die alte englische Geschichte: Die Frauen sind sehr früh die meiste Zeit allein.«

»Erzähl mir jetzt aber bitte keine Biographie aus dem 19.Jahrhundert. Wer hinderte sie, ihr Haus zu verlassen und ihr Leben in die Hand zu nehmen?«

»Weiß ich nicht. Ich kannte sie damals nicht und Ann auch nicht. Kurz und gut: Es war wieder der Pfarrer, Rogers Vorgänger, der anregte, in einem der vorderen Räume eine Leihbücherei einzurichten. Irgendeiner der umliegenden Landsitze, genauer ein neuer Besitzer, der die alten Bücher nicht wollte, hatte sie der Gemeinde als Geschenk angeboten. Es handelte sich um eine ziemlich umfassende Sammlung, die allerdings erst im 19.Jahrhundert begonnen worden war und enthielt, was die damaligen Besitzer selber lasen, will sagen, genau das Richtige für eine Leihbücherei und wenig geeignet, sie zu Geld zu machen. Das war der Anfang. Heute steht nur noch in der Wohnküche ein Esstisch und vor dem Wohnzimmerfenster zum Garten eine Sitzgruppe. Alles andere im Erdgeschoss ist Bücherei. Wie sie sich darin fühlt, weiß ich noch immer nicht. Zwar helfe ich jeden Donnerstagnachmittag, aber wir unterhalten uns nicht privat.«

Raymund hatte unter dem Reden die Avocadocreme fertiggestellt. Er rührte das Curry noch einmal um und ging voraus zum Esstisch. Olivia folgte ihm mit einem Krug voll frischem Wasser, doch vorher zog sie die Küchenvorhänge zu. Er quittierte es mit einem leichten Lächeln um die Augen, während er die Kerzen auf dem Tisch anzündete. »Dir ist ungemütlich?«

»Ich habe gern den Rücken frei. Noch sind die Rosen vor dem Fenster nicht grün.«

»Nein, noch nicht. Wenn es so weit ist, sollte uns nicht mehr ungemütlich sein. Ich hoffe es wenigstens.« Während sie sich die Vorspeise schmecken ließen, überlegte Raymund weiter: »Ich mache auch meinerseits die bedauerliche Entdeckung, dass ich mich nicht so unbeteiligt fühle, wie ich es unter natürlichen Umständen täte, wenn ich dir von meinen Nachbarn erzähle.«

»Was hat sich verändert?«

»Bei allem, was ich dir erzähle, begleitet mich die Frage, ob ich irgendeinen Hinweis finde, der uns helfen könnte, Licht in Rogers Problem zu bringen.«

»Auch bei Dr. Chalklin?«

»Auch bei ihm. Er bringt die männliche Ausnahme hinzu, ist mir inzwischen gekommen, als Täter für einen gewaltfreien Tod auf der

Basis genauer Kenntnisse. Das ist aber auch schon alles.« Er zögerte kurz, bevor er mit leichter Selbstironie bekannte: »Hoffentlich werden wir beiden nicht krank, bevor der Fall geklärt ist, sonst müssten wir nach London zu deinem Arzt fahren, fürchte ich.«

Kapitel 4

Der nächste Tag begann mit leichtem Nebel. Olivia saß an dem weißen Gartentisch in Anns Zimmer und übersetzte in Ruhe zehn Seiten des neuen Romans von Neville Seymour. Sie hielt ihn für einen der bedeutendsten unter den Gegenwartsautoren in England. In ihren Augen war er ein Dichter, ein Nachfahre von Virginia Woolf und Dylan Thomas. Sie hatte das Glück gehabt, ihn dank ihrer Freundin Amanda persönlich kennenzulernen. Grausigerweise waren sie alle am selben Abend als Gäste des Schriftstellers Keith Aulton in dessen unerwarteten Tod verwickelt worden. Ihre Beharrlichkeit und ihr Verständnis hatten diesen Todesfall schließlich aufgeklärt. Offenbar hatte Seymour sie nicht vergessen, denn ein Jahr später hatte sein Verlag bei ihr angefragt, ob sie die Übersetzung seines neuen Romans ins Deutsche übernehmen würde. Ihr hatte der Atem gestockt – und sie hatte angenommen, es war die bisher größte Herausforderung an ihr Können als Übersetzerin.

Jetzt saß sie also in Anns Zimmer an dem alten Gartentisch an der Arbeit, die ihre Konzentration vollständig von der übrigen Welt abzog. Als sie ihr Tagespensum geschafft hatte, holte sie sich einen Apfel aus der Küche und machte sich an einen Artikel für den ›Guardian‹. Diese Übersetzung ging wesentlich zügiger von statten. Der Nebel hatte sich derweil verzogen, was zu dem zweifelsfreien Schluss führte, dass sie von ihrem Fenster aus so gut wie niemanden beobachten konnte. Das Lindenspalier war dagegen.

Um halb zwölf stand sie vor der schwarzen Haustür. Sie trug ein Herrenhemd in dunklem Lila, doch dazu nicht ihr übliche schmale Hose, sondern eine weite mit großen Blüten aus Wangaris Afrikaladen. In den Blüten war auch lila. Ins Haar hatte sie ein lila Band geschlungen und einen bunten Schal um die Taille. Sie fühlte sich in dieser Aufmachung fremd genug, um als eine andere Nichte von Raymund Fisher los zu spazieren.

Der Green war menschenleer. An seinem Nordrand, die Hauptstraße entlang, radelte eine Frau in einem wehenden Blumenrock. Olivia zupfte ein paar alte Blätter aus den Pflanzen vor dem Wohnzimmerfenster und schlenderte dann um die Spitze des Platzes herum, an der

Kirchhofsmauer entlang und weiter zu Mrs Grahams Haus. Davor blieb sie stehen und schaute durch das eine Erkerfenster hinein: Bücherregale, hoch und dunkelbraun, nah beieinander und sehr voll. Kein Mensch war drinnen zu sehen, auch hinter dem anderen Fenster nicht. An der Haustür konnte sie die Öffnungszeiten feststellen: von zwei bis sieben Uhr nachmittags jeden Tag außer Sonntag, das war großzügig für einen so kleinen Ort. Langsam ging sie weiter, prägte sich die Namen auf den Türschildern ein und hielt immer wieder inne, um über den Rasen zu schauen. An der Hauptstraße, die eigentlich eher eine Landstraße war, die durch einen Ort führte, blieb sie wieder stehen. Es war wirklich gar nichts los. Doch bevor sie sich entschieden hatte, welchen Teil von Howlethurst sie genauer besichtigen wollte, kam ihr der Zufall zu Hilfe. Vor einem der Häuser hinter den Linden an Raymunds Seite machte sich jemand an die Gartenarbeit. Olivia umrundete also weiter den Green und blieb neben der jungen Frau stehen. Drei Häuser weiter sah sie die schwarze Haustür ihres Onkels, demnach hatte sie Susan Large vor sich.

Sie grüßte freundlich: »Die Buschwindröschen sind wunderschön. Blühen sie immer so spät in diesem Teil von England?«

Die junge Frau richtete sich in ihrem Beet auf. Sie hatte dunkle, kurzgeschnittene Haare und für den englischen Frühling sehr dunkle Haut. Ein Lächeln streifte die weißen Blüten unter dem Haselnussstrauch, bevor ihre braunen Augen den noch dunkleren von Olivia begegneten. »Ehrlich gesagt, weiß ich das nicht. Es ist mein erster Frühling hier.«

»Sie haben in einer wärmeren Gegend des Commonwealth gelebt?«

»Wie kommen Sie darauf?«

Olivia lachte: »Sie sind so beneidenswert braun, unter englischer Wintersonne wird man das nicht.«

»Ja, ich habe in Indien gelebt, zwar im kühlen Norden, aber doch unter einer anderen Sonne.« Fragend musterte die junge Frau ihr Gegenüber: »Wohnen Sie hier im Ort?«

»Für die nächste Zeit wohne ich bei meinem Onkel, Raymund Fisher, drei Häuser weiter.«

»Wenn das so ist, könnten wir vielleicht einmal zusammen einen Spaziergang machen«, Susan zögerte, »ganz allein ist es doch nicht so spannend.«

»Ja, gern! Welche Tageszeit ist Ihnen die liebste?«

»Am Vormittag ist es stiller, man kann sich dann mehr auf das Land einlassen.«

Olivia nickte zustimmend. »Morgen gegen elf Uhr, wäre Ihnen das recht?« Auf die schweigende Bestätigung der jungen Frau hin ergänzte sie: »Ich freue mich und ich werde da sein. Unter dieser schönen Perspektive überlasse ich Sie jetzt ihren Pflanzen.« Olivia neigte leicht den Kopf und ging weiter zu Raymunds Gartenpforte und ums Haus herum.

Ihr Onkel säte gerade Feuerbohnen hinter die Salatpflanzen. Marmalade saß auf den Hinterpfoten und schaute zu. Im Näherkommen sah Olivia ihr die Unschlüssigkeit an, ob sie Olivia als Mitbewohner begrüßen oder ignorieren sollte. Die hockte sich neben das Katzenmädchen und begann, ihr leise von ihrem Spaziergang zu erzählen. Onkel und Katze hörten sich die Neuigkeiten an. Als alles erzählt war, lag auch der letzte Bohnenkern in seinem Loch. Raymund erhob sich und griff nach seinem Gartengerät. Sie schauten zu, wie er Erde über die Löcher schob. »So, meine Lieben, jetzt ist Zeit für den Lunch. Ab ins Haus.«

⋆

Für den Abend hatten sie eine Einladung ins Pfarrhaus. Olivia trug wieder gänzlich eigene

Kleider: einen schwarzen Schmetterlingspullover zu einem weiten knöchellangen Rock mit dünnen schwarzen und rotbraunen Streifen, dazu Ballerinas ohne jeden Zierrat. Die schweren braunen Haare konnten wieder frei fliegen, wenn sie den Kopf schüttelte, doch im Augenblick stand sie sehr ruhig neben ihrem Onkel und wartete ab, was auf das Klingelzeichen folgen würde.

Pfarrer Mottram öffnete die Tür, im schwarzen Jacket und weißen schmalen Kragen stand er sehr offiziell im Türrahmen und bat sie herein. Die wechselseitige Begrüßung fand hinter der verschlossenen Haustür statt. Roger Mottram wirkte sichtlich angespannt. Er führte seine Gäste ins Arbeitszimmer und schenkte einen Aperitif ein, es handelte sich um ein Quitten-Weingetränk, wie er überkorrekt erklärte, seine Frau habe es hergestellt. Raymund erinnerte ihn daran, dass er es schon häufiger und immer gern getrunken habe. Pfarrer Mottram hielt inne und sah ihn aufmerksam an: »Ja, du hast recht, alter Freund. Überhaupt sind wir unter Freunden. Alles, was wir heute reden, bleibt unter uns und wir können diese seltsame Unternehmung jederzeit abbrechen, ohne dass für irgendjemanden ein Schaden entsteht.«

Deutlich erleichtert füllte er die kleinen Süßweingläser nach und trank erneut auf das gemeinsame Wohl.

Olivia sah sich in dem dunklen holzgetäfelten Raum um: Bücherregale, ein Kamin und davor zwei Ledersessel, ein großer Schreibtisch, dahinter weitere Bücherregale, viele Ablagekästen, über dem Türrahmen ein schlichtes Holzkreuz. Es wirkte, als sei Roger Mottram in den Raum seines Vorgängers eingezogen und habe alles beim Alten gelassen. Bevor sie darüber ins Grübeln kam, flog die Tür auf und Aphra Mottram begrüßte ihre Gäste, schlicht, herzlich und mit der Einladung, sich um den Esstisch zu versammeln.

Auch im Esszimmer standen die alten Eichenmöbel wie vermutlich schon vor hundert Jahren. Doch die Vorliebe der Pfarrersgattin für Quitten hatte sich hier in den Farben der Inneneinrichtung durchgesetzt. Die Holzvertäfelung, in diesem Raum nur bis zur halben Höhe, war in einem warmen, fast dunklen Gelb gestrichen, die Wände darüber sehr hell gelb und weiß die Zimmerdecke. Auf den Stühlen lagen gelbe und hellgrüne Polster und die zugezogenen Vorhänge waren gelbgrün gestreift. Eine Vase mit Frühlingszweigen machte den heiteren Eindruck perfekt. Olivia fühlte sich rätselhaft in der Gegenwart angekommen. Sie schaute Aphra Mottram zu, die freundlich und zielstrebig die Suppe verteilte, ihren Mann zu einem kurzen Segen veranlasste und das Essen eröffnete. Sie war schmal und dunkel, vermutlich fast so groß wie ihr Mann, der aber dreimal so viel Raumvolumen verdrängte. ›Eine Elbenkönigin in den Waliser Bergen könnte so aussehen‹, ging es Olivia durch den Kopf. »Wachsen Quitten auch wild?« wollte sie in einer Gesprächspause wissen. Mit leicht geneigtem Kopf sah sie ihre Gastgeberin an.

Aphra Mottram besann sich kurz: »Hier in der Nähe in einer Hecke gibt es zwei, sie tragen allerdings keine Früchte. Und am Waldrand, wenn Sie dem Pfad vom Kirchhof den Südhang hinunter folgen, steht ein großer struppiger Busch. Dessen Früchte sind klein und hart und von wunderbarem Aroma. Sie lagen einmal einen ganzen Winter lang in der Sakristei und es duftete dort endlich nicht mehr nach staubigen Kleidern, sondern nach Leben. Seitdem bringe ich jeden Herbst einen großen Korb voll dorthin.«

Sie sprachen die Mahlzeit hindurch über allgemeine Themen. Zum Beispiel beunruhigte

Roger Mottram, ausgelöst durch den sehr trockenen April, die Wasserknappheit, die an einigen Stellen in Kent im letzten Sommer für Probleme gesorgt hatte. Es war allgemein bekannt, dass vierzig Prozent des Trinkwassers auf dem Weg durch die alten Rohre verloren ging, und niemand entschloss sich, etwas dagegen zu unternehmen. Noch war Howlethurst nicht betroffen. Es lag an einer Wasserscheide, nach allen Seiten schien Wasser munter und für immer unterwegs zu sein. Aber es war nicht überall so.

Zum Abschluss des Essens gab es eine kleine Käseplatte mit Quittenstücken dazu. Sie hatten dem Aperitif ihr Aroma gegeben, waren danach gekocht und wieder abgekühlt worden und begleiteten nun den Käse. Endlich stellte Olivia die zwingende Frage: »Wie kamen Sie zu Ihrer Begeisterung für Quitten?«

Auf dem Gesicht der Pfarrersfrau zeigte sich ein fast mädchenhaftes Lächeln: »Howlethurst hat sie mir beschert. Bis wir hierherkamen, freute ich mich im Frühling über diese verzaubernden Blüten, wie sicherlich viele andere Menschen auch. Hier nun an der südlichen Mauer des Kirchenschiffes wuchsen zwei verkümmerte Sträucher, deren wenige Blüten mich um Hilfe baten. Ich hatte nicht die leiseste Ahnung, was da zu tun war, also holte ich mir an den verschiedensten Stellen Ratschläge. In der Folge setzte ich einige neue Pflanzen neben die alten. Denen gefiel ihr Platz auf Anhieb und sie trugen schon bald gelbe aromatische Früchte. Ich begann, mich nach weiteren Plätzen umzusehen. Der Teil der Friedhofsmauer hier am Green entlang, der den ältesten Teil des Friedhofs schützt, war gärtnerisch ebenfalls vernachlässigt, und die Innenseite war wieder Südseite. Also setzte ich dort Quittenbäumchen, es gibt viele verschiedene Sorten, was den Reiz noch erhöhte. Nun, vielleicht war ich selbst am meisten überrascht, jedenfalls trugen alle miteinander im Laufe der Jahre Früchte und zunehmend mehr Früchte und ich verarbeitete sie auf die eine oder andere Weise… so eine Begeisterung kann sich verselbstständigen… ich nehme an, Sie kennen etwas vergleichbares.«

Später saßen sie im Wohnzimmer beisammen in schweren alten Sesseln auf verschlissenem Leder. Auch sie schienen vom Vorgänger übernommen. Zwei Menschen auf der Durchreise und doch schon ein Vierteljahrhundert am selben Ort, über die Pflanzen tief verwurzelt.

»Dieses Stück Erde hier in Kent scheint ein besonderes Stück Erde zu sein«, überlegte Olivia laut. »Die Quittenbäumchen um die Kirche, Lindenspaliere um den Green, reden Sie auch auf irgendeine Weise mit diesem Ort, Mr Mottram?«

Roger sah leicht überrascht von seiner Zigarre auf, die er gerade sorgfältig zum Anzünden vorbereitete. »Tja, vielleicht. Vielleicht kann man es so aber auch gerade nicht sagen. Oben im Kirchturm habe ich Brutvorrichtungen für Schleiereulen organisiert. Letztlich war das eine Absprache mit unseren Nachbarn hier um den grünen Rasen, die über Wühlmäuse klagten. Die Schleiereulen verringerten ihre Zahl überraschend effektiv. Sie fressen natürlich auch andere kleine Tiere, doch ich denke, im Großen und Ganzen ist der Mensch mit ihrem Speiseplan einverstanden.«

»Verallgemeinerungen sind grundsätzlich problematisch«, wandte Raymund ein.

Roger grinste: »Stimmt, was heißt schon ›der Mensch‹. Ihr Onkel liebt seine Haselmäuse und hat deswegen nicht viel übrig für die Eulen. Ich nehme an, deine Katze respektiert deinen Wunsch?« Raymund nickte und Rogers Vergnügen wuchs: »Welch eine ideale Partnerschaft. Aber«, wandte er sich wieder an Olivia, »diese Schleiereulenaktion ist nicht speziell an Kent gebunden. Kein genius loci hat seine Hand dabei im Spiel. Ich meine, das Problem waren die Wühlmäuse und nicht eine sentimentale Hinwendung zur Landschaft von Kent.«

»Das klingt ein wenig rüde, Roger!« protestierte Aphra. »Und man könnte zumindest darüber diskutieren, ob die Eulen deine Beziehung zum Land nicht doch beeinflussen. Man achtet plötzlich auf völlig neue Dinge, die nun mal mit dem Land zusammenhängen. Erinnerst du dich an das seltsame Mäusesterben vor zwei Jahren. Die Ursache blieb ungeklärt. Niemand raffte sich auf, ein paar Mäuse einzupacken und zu einem medizinischen Labor zu tragen. Ich auch nicht, zugegeben. Heute verstehe ich mich nicht mehr.« Ihr Blick traf direkt auf den von Olivia. Sie folgte deren stummer Aufforderung und erinnerte sich: »Man findet hin und wieder eine tote Maus irgendwo, von einer Katze zur Strecke gebracht und doch nicht aufgefressen. In jenem Sommer vor zwei Jahren häuften sich diese Entdeckungen, das ist alles. Ich fand immer wieder welche um die Kirche herum und in unserem Garten, Nachbarn, mit denen ich sprach, ebenfalls. Hier auf unserer Seite des

Ortes, aber auch auf der anderen Seite der Hauptstraße, drüben bei den Farmen, Mr Wood fielen sie auf. Erinnerst du dich, Raymund? Die Farmer schüttelten drüben wie hier den Kopf, sie hatten nichts gesehen. Das war nur anders bei Mrs Melling, die auch mitten in den Weiden lebt mit ihren Eseln. Sie achtete einfach mehr auf Kleinigkeiten, nehme ich an. Es war auffällig, aber nicht so gravierend, dass es jemanden wirklich alarmiert hätte. Roger und ich begriffen das Ausmaß, als die Eulen oben im Turm nur die Hälfte ihrer Jungen aufzogen. Sie fangen lebende Mäuse und davon gab es zu wenige, die toten bemerken sie, glaube ich, gar nicht. Es gab auch keine zweite Brut im September, obwohl die Geschichte mit den Mäusen da vorbei war.«

Der Pfarrer hatte inzwischen seine Zigarre angezündet und genehmigte sich einige ruhige Züge. »Das bedrückte mich damals tatsächlich«, gestand er endlich zu. »Aber ich fand heraus, dass die Zahl der Jungen ganz natürlich nicht nur vom Nahrungsangebot, sondern auch von der Entfernung zu den Hauptjagdgründen abhängt. Mit den Mäusen stimmte offenbar wirklich etwas nicht oder unsere Eulen entdeckten den Wohlgeschmack von Fröschen. Unten im

Hexden-Tal gab es in jenem Sommer jedenfalls ein Überangebot davon, dem sie sich widmeten. Ich nahm ihr Gewölle auseinander, wissen Sie. Nun ist der Hexden fünf bis sechs Kilometer geschätzte Luftlinie entfernt, das bedeutet einen wesentlich größeren Energieverbrauch für die Tiere, also zogen sie weniger Junge groß und das auch nur einmal. Wenn das jüngste Eulenkind ein paar Tage alt ist, fliegt auch das Weibchen zur Jagd hinaus. So weit so gut. Bei einer zweiten Brautwerbung aber bliebe sie erneut daheim und das Schleiereulenmännchen würde nun wieder tote Mäuse oder eben Frösche zu ihr ins Nest bringen, um sie davon zu überzeugen, dass er stark genug ist, sie ein zweites Mal zu versorgen, und um ihr zu beweisen, dass das Angebot draußen in Ordnung ist. Der Jagderfolg ist damit nicht nur eine echte Herausforderung für das Aufziehen der Jungen, das ist klar, sondern im Fall der Schleiereulen auch für die Paarungsbereitschaft des Weibchens. Und so spielt die Entfernung zu den Hauptjagdgründen eine entscheidende Rolle – im nächsten Jahr war alles wieder in Ordnung, auch in diesem sieht es bisher gut aus.« Er klopfte sorgfältig die Asche seiner Zigarre in einen dicken gläsernen Aschenbecher. »Es gibt ja immer wieder Epidemien. Haben Sie von dem großen Geiersterben in Indien gehört? Nein? Es begann vor ungefähr zehn Jahren und vernichtete um die fünfundneunzig Prozent der drei dort lebenden Geierarten.«

»Um Himmels willen!« Raymund richtete sich auf. »Und was geschieht seither mit den toten Tieren, die sie normalerweise aufräumen?«

»Tja, schwierig. Einen Teil wenigstens übernehmen die Hunde, aber daraus erwächst eine neue Gefahr. Geier haben eine Magensäure, die alle Krankheitserreger vernichtet, Hunde nicht; sie leben aber im Gegensatz zu den Geiern bei den Menschen und ihre Ausscheidungen enthalten jetzt zusätzliche Krankheitserreger. Kurz und gut, es ist gefährlich; über die Maßnahmen der indischen Regierung in dieser Richtung habe ich leider nichts gelesen. Was ich weiß, ist, dass die Parsen, die traditionell in den sogenannten Türmen des Schweigens ihre Toten der Luft, recht eigentlich aber den Geiern überlassen, jetzt zur Feuerbestattung gezwungen sind. Das kommt einem kulturellen Erdbeben gleich.«

»Hat man die Ursache dieser Apokalypse herausgefunden?« Olivia war für den Augenblick schockiert.

»Gerade vor ein paar Monaten. Es handelt sich wohl um ein entzündungshemmendes Mittel aus der Humanmedizin, dass man seit den neunziger Jahren auch den Rindern zu verabreichen begann. Bei den Geiern, sie sind diejenigen, die die weißen Rinder fressen, ruft es eine Art Gicht hervor. Sie sitzen reglos auf ihren Ästen, die Köpfe zwischen den Krallen, als sei ihr Genick gebrochen und irgendwann fallen sie dann tot vom Baum. Letztendliche Todesursache ist Nierenversagen.«

»Und wie geht man mit dieser Katastrophe jetzt um?«

»Das Medikament wird nicht mehr für Rinder eingesetzt. Damit haben die letzten Geier eine Chance, zu überleben und sich wieder fortzupflanzen. Aber wie lange wird es dauern, bis sie wieder eine nennenswerte Zahl erreicht haben? Um die Vermehrung zu beschleunigen, richtet man Zuchtstationen für Geier ein. Das habe ich vor Kurzem gehört.«

Im Moment fühlte Olivia die Leere einer großen Fassungslosigkeit in sich. Ihr Blick traf ihren Onkel. Der saß zurückgelehnt in der Tiefe seines Sessels und grinste sie an. Während sie ihn mit schmalen Augen musterte, vertiefte sich sein Grinsen noch, dabei blieben die Augen ernst. Die ihren wanderten weiter. Roger Mottram zog an seiner Zigarre. Aphra griff zur Teekanne und schenkte Olivia nach. Die nahm sich nachdenklich Milch, rührte um und nahm den Pfarrer fest in den Blick: »Sie haben sicher über die Todesfälle, die Sie ins Grübeln brachten, immer wieder nachgedacht. Dabei wird Ihnen hier und da etwas aufgefallen sein, das Sie stutzen ließ. Was davon fällt Ihnen jetzt ein?« fragte sie freundlich. Sie trank einen kleinen Schluck von dem sehr heißen Tee, stellte entgegen ihrer Gewohnheit die Tasse ab und wartete. Raymunds Grinsen war verschwunden.

Unbeholfen legte der so direkt Angesprochene die halbgerauchte Zigarre beiseite und stemmte sich zu aufrechter Haltung hoch. »So auf Anhieb fällt mir gar nichts ein. Ich habe nur die Zahlen, diese beunruhigenden Zahlen, die auch Raymund beunruhigend fand. Aber sehen Sie, die Schwierigkeit beginnt schon damit, dass ein Teil, sagen wir die Hälfte dieser Todesfälle zumindest, sicher ganz normal zustande kam. Aber welche Hälfte? Ich weiß nicht mal das, wie sollte ich auch.« Er sah Olivia beklommen an: »Wenn wir einfach nur Ihre Zeit vergeuden, sagen Sie es ohne Scheu und wir begraben das Ganze.«

»Ich glaube nicht, dass wir das tun sollten«, schaltete Raymund sich entschlossen ein. »Unser Verdacht ist doch zu gravierend und mit dem Tod von Mrs Large haben wir einen konkreten Fall, der euch ganz speziell beunruhigt und an dem wir ansetzen können. Wir sollten diese Chance nutzen.«

Der Pfarrer sah mit sichtlichem Unbehagen zu seiner Frau hinüber. »Raymund hat recht«, gab sie zu. »Delia starb zum falschen Zeitpunkt. Natürlich kann man auch aus übergroßer Freude sterben, aber ein solcher Gefühlsüberschwang lag ihr fern. Warum dann also in dieser entspannten Situation?« Sie sah zu Olivia hinüber: »Ich weiß darauf keine Antwort.«

»Erzählen Sie mir von Mrs Large. Von deren Freunden hier am Ort oder woanders, von Verwandten. Welcher Art war ihr Umgang, besuchten sie sich, wie lange kannten sie sich, was für ein Leben führte sie...«

Aphra rückte auf die Sesselkante vor, nahm ihre Teetasse auf und begann umzurühren. »Delia lebte über vierzig Jahre hier im Dorf, in jenem wunderschönen weißen kentischen Landhaus am Green. Sie führte eine gute Ehe, zu ihrem Leidwesen ohne Kinder, seit neun

Jahren war sie Witwe. Sie hatte Jura studiert und für Amnesty International gearbeitet, das ging zu guten Teilen von zu Hause aus. Sie war die erste im Ort, die ein Faxgerät hatte, und die erste mit Internetanschluss. Bis zuletzt arbeitete sie für Amnesty, so weit ihre Kräfte es erlaubten.« Aphra beendete das Kreisen in ihrer Tasse und legte den Löffel ab.

»Delia hatte einen Bruder«, erinnerte sie sich weiter, »den ich nie kennengelernt habe. Er ist schwer gehbehindert und bleibt in seinem Haus in Snowdonia. Er muss ein rechter walisischer Querkopf sein. Susan ist seine Enkelin.«

»Er kam auch nicht zu Beerdigung?«

»Hier gab es lediglich einen Trauergottesdienst. Delia wurde eingeäschert und die Urne nach Wales zum Familiengrab verschickt. Dort werden sich wohl alle versammelt haben. Damit meine ich, dass neben der nicht sehr zahlreichen Verwandtschaft doch wohl ihre beiden Freundinnen aus London nach Wales gefahren sein werden. Aber ich weiß das nicht. In den letzten Jahren hat sie die beiden abwechselnd mehrmals im Jahr in London besucht und bei der Gelegenheit Einkäufe gemacht, Theater besucht und die Heide von Hampstead. Es muss schön gewesen sein, sie kam immer sehr heiter zurück.«

»In den Jahren davor war das anders?«

»In sofern, als sie und ihr Mann ein Apartment in London hatten, auch beruflich immer wieder dort waren. Wie häufig sie sich seinerzeit mit ihren Freundinnen traf, weiß ich nicht so genau.«

»Gab es Gegenbesuche?«

»Ja, beide waren immer mal wieder hier auf dem Lande, mit Ehemann, ohne Ehemann, sehr selten gemeinsam. Aber auch das kam vor. Ich lernte sie kennen, aber nur im Vorbeigehen, wenn wir uns halt zufällig begegneten.«

»Demnach hielt Mrs Large ihr Leben hier in Howlethurst und in London auseinander?«

Aphra besann sich. »Ach wissen Sie, so kann man das eigentlich nicht sagen. Sie wohnte hier. Und sie kam jeden Sonntag zum Hauptgottesdienst in die Kirche. Danach redete sie mit dem einen oder anderen, wie es sich halt ergab. Sie interessierte sich durchaus für das Leben der Menschen um sich herum, hörte aufmerksam zu, vergaß so gut wie nichts, leistete Hilfe, wenn man sie darum bat. Mancher ging zu ihr, wenn er sich aussprechen wollte. Für Probleme hatte sie immer Zeit, für einen einfachen Tee eigentlich nie. Aber das störte auch niemanden.«

»Was machte sie, wenn sie nicht arbeitete und doch hier war?«

»Sie hat hinter dem Haus einen großen, sehr, sehr schönen Garten…«

Olivia lachte leise: »Natürlich! Sie sind die einzige Freundin hier am Ort gewesen, ist das so?«

»Ja, wir waren befreundet, solange wir hier sind, kann ich fast sagen. Wie es sich damals ergeben hat, weiß ich nicht mal mehr. Es stimmte einfach…« Traurig senkte Aphra den Kopf. Olivia hielt inne und sah Roger Mottram zu, der seine kalte Zigarre sehr konzentriert zwischen Zeigefinger und Mittelfinger hin und her rollte.

»Über Tote soll man nur Gutes reden, das Bild von Delia Large hält sich vorbildlich an diese Regel«, störte Raymund die Stille. »Ich werde mich hüten, etwas anderes zu tun. Tatsache ist andererseits, wenn wir von der These eines unnatürlichen Todes ausgehen, dass es zumindest einen Feind gegeben haben muss. Ich persönlich tippe, dass er weiblichen Geschlechts ist. Aber das ist nur eine Annahme.«

Roger beendete das Rollen und sah ihn an: »Willst du damit sagen, dass sie für ihren Tod selbst verantwortlich ist?«

Der alte Militärhistoriker verneinte mit einer leichten Kopfbewegung. »Wenn ich die steigende Zahl der Todesfälle auf eine vorsätzliche Ursache zurückführe«, begann er schonend, »könnte man formulieren, dass eine Person hier im Ort den anderen oder einer Gruppe von ihnen den Krieg erklärt hat. Aber selbst wenn es sich um eine Gruppe handeln sollte, hat sie für uns Außenstehende keine sichtbaren Gemeinsamkeiten außer den ungefähren Lebensjahren. Folglich können wir einstweilen nur von Zufall ausgehen. Der große Clausewitz findet nun den Zusammenhang zwischen Zufall und Krieg ganz natürlich. Des Weiteren gehört für ihn das Glück zum Krieg, oder in unserem Fall eher das Pech. Das heißt, Delia Large kann ihren Tod durchaus selbst herbeigeführt haben, aber sie wusste davon nichts.«

Ein Schnaufen war die Antwort. »Könntest du dich etwas anschaulicher ausdrücken?«

Raymund quittierte die Bitte mit einem angedeuteten Grinsen, war aber sofort wieder ernst: »Ich stelle mir vor, dass sie die fragliche Person in einem Gespräch nach dem Gottesdienst verärgert hat. Du könntest darüber überhaupt mal nachdenken, Aphra. Wer redet nach der Kirche mit wem, gibt es Spannungen und von wem gehen sie häufiger aus als üblich. Wir wissen, dass Delia bei allem Interesse und aller Anteilnahme zu einer gewissen Ungeduld mit Schwächen neigte. Auch mit ihren eigenen, aber das hilft dem möglicherweise nicht, der sich gerade kritisiert fühlt.«

Mit beiden Händen auf den Lehnen saß Aphra inzwischen da und nahm Raymund und Olivia abwechselnd fest in den Blick: »Ich fürchte, dass geht so alles nicht. Was du dir da vorstellst, Raymund, kommt doch dem Ausspionieren der eigenen Gemeinde gleich. Und wenn Olivia gleichzeitig hier herumgeht und die Leute ausfragt, kommen wir in eine furchtbare Situation. Wir haben uns das alles nicht zu Ende vorgestellt, als wir hofften, durch deine Nichte unbemerkt Licht in die Zahlen zu tragen.«

Es half nichts, Olivia musste schon wieder lachen, wurde aber umgehend wieder ernst: »Sie haben recht, so geht das nicht. Ich sehe gerade die Schlagzeile vor mir: ›Pfarrer lässt Privatdetektivin auf seine Gemeinde los‹, den Text dazu können wir uns alle vorstellen – trotzdem kann ich mich an die Arbeit machen. Schauen Sie, ich bin Übersetzerin und verdiene mir ein gutes Zubrot mit Zeitungsessays. Irgendwie gerate ich gelegentlich in die Aufklärung von Mordfällen, aber ich bin überhaupt kein Profi, also habe ich auch keinen Stallgeruch an mir. Es besteht, glaube ich, kein Grund zur Sorge.«

»Aber es gibt Leute hier, die wissen, dass Sie schon Mordfälle aufgeklärt haben«, wandte Aphra ein, »die werden sich jetzt wundern… und wenn die zu reden beginnen…«

Olivia ließ sich Zeit mit der Antwort. »Sagen wir, diese aufklärungsfreudige Nichte des alten Strategiehistorikers«, jetzt bedachte sie ihrerseits den Onkel mit einem Grinsen, »ist meine Cousine. Ich bin Designerin und entwerfe vor allem Strickmuster für eine afrikanische Boutique in London.«

»Aber wir können doch nicht einfach lügen«, seufzte Roger.

»Das brauchen Sie auch nicht, jedenfalls nicht richtig. Ich entwerfe manchmal wirklich Strickmuster und die Boutique gibt es auch. Sie liegt in St. John's Wood.« Roger seufzte zwar erneut, gab sich aber sichtlich geschlagen.

Raymund bediente sich noch einmal eines Clausewitz'schen Gedankenganges: »Jeder Feldherr übersieht nur seine eigene Lage. Folglich kann er sich über seinen Gegner vollkommen im Irrtum befinden. Generäle verzögern bei allzu großer Unsicherheit über die Situation des Feindes jede kriegerische Handlung. Sinnvoll ist das Prinzip des Hinhaltens aber nur, wenn man auf weitere Nachrichten hoffen kann, ansonsten entstünde aus dem Verzögern lähmende Unsicherheit, die dem Feind in die Hände spielt. Das ist in jedem Fall schlecht.«

Rogers Antwort begann mit dem an diesem Abend gewohnheitsmäßigen Seufzen. »Und diese zu erhoffenden Nachrichten beschafft uns deine Nichte?«

»Sie wird es versuchen.« Raymund stand auf. »Denkt über unser Gespräch nach, ihr zwei, wir bleiben in Kontakt.«

Der nachfolgende Abschied verlief herzlich auf Raymunds Seite, besorgt, bedenklich auf der anderen, wenngleich begleitet von freundlichen Worten. Kurz darauf saßen die beiden Hauptakteure beim Wein im Wohnzimmer des alten weißen Hauses mit der zum Wintergarten geöffneten Rückwand. Marmalade hatte sich vor der elektrischen Kaminheizung zusammengerollt und ließ hin und wieder ein zufriedenes Schnurren hören. »Endlich würdigt jemand diese geschmackliche Verirrung«, stellte Raymund fest, »ich beginne zu ahnen, dass ihre

Zufriedenheit meinen Widerstand untergraben könnte.«

»In der Gefahr bist du nicht allzu oft«, konterte Olivia freundlich, »Roger hat deinen Widerstand heute Abend geradezu herausgefordert, nicht wahr?«

»Richtig, er ist mit einem Mal ein schrecklicher Zauderer! Ich verstehe ihn ja. Aber nachdem wir uns zum Handeln entschlossen haben, sollten wir dabei bleiben. Du hast deine Zeit ja auch nicht gestohlen.«

»Die Erwähnung des Feldherrn und seiner Generäle war nicht frei von Hintergedanken…«

»Wieder richtig. Bei allem Antreiben darf niemals aus dem Blick kommen, dass Roger das Kommando zum Handeln gab und die Leitung respektive die Verantwortung trägt. Ich bin meinethalben sein politischer Berater, aber nicht mehr.«

»Und ich der ausführende Offizier – doch wenn ich so darüber nachdenke, hat unsere Unternehmung mit Krieg recht eigentlich nicht viel gemeinsam. Viel eher mit Spionage.«

Raymund sah sie munter an: »Der arme Roger ist ein zur Untätigkeit verdammter Feldherr, der seinen Gegner viel zu schlecht kennt, um zum offenen Angriff zu blasen. Also setzt er einen Spion ein; um die Verwirrung noch zu erhöhen, einen weiblichen. So viel zum gegenwärtigen Stand – lass uns den morgigen Tag ins Auge fassen.«

»Um elf treffe ich mich mit Susan Large zu einem Spaziergang.«

»Richtig. Ganz schön zügig, Puck. Um ein Uhr steht ein Lunch auf dem Tisch und um zwei finden wir uns gemeinsam in der Bücherei ein, morgen ist mein Tag und die natürliche Gelegenheit, dich dort vorzustellen.«

Olivia nickte zustimmend und streckte sich, bevor sie erneut zu ihrem Glas griff. Um ein Haar hätte sie es umgestoßen, denn Marmalade hatte ihre Akrobatik als Aufforderung empfunden und blitzschnell reagiert. Sie schoss aufs Sofa und schob ihren Nacken unter Olivias Arm. Dabei schnurrte sie leise. Raymund schüttelte den Kopf: »Nicht, dass du dich sonderlich um sie bemüht hättest, oder ist mir das entgangen?«

»Sie bemüht sich um mich, ich mich um die hiesige ungereimte Todesrate und du darum, die beteiligten Personen in Gang zu halten… jedem das seine.« Ihre braunen Augen blitzten unternehmungs-lustig zu ihm hinüber.

Kapitel 5

Pünktlich um elf Uhr zog Olivia die schwarze Haustür hinter sich ins Schloss. Das Heiligenkraut neben dem kurzen Weg zur Straße zeigte frische silbergrüne Spitzen. Sie atmete auf den wenigen Metern zu dem großen weißen Landhaus tief durch und spürte die Frühlingsluft durch ihre Adern ziehen. ›Fast könnte man denken, ein solcher Frühlingstag bringt das Blut zum duften…‹ Mit leicht geneigtem Kopf hing sie ihrem Gedanken nach, während sie den Türklopfer auf das alte Holz fallen ließ. Diese Haustür war genauso schwarz wie die ihres Onkels, nur in Kassetten aufgeteilt und imposanter, schließlich musste sie sich gegen einen richtigen Portikus behaupten. Gemeinsam zierten die beiden ein zweistöckiges Haus mit waagerecht angebrachten, sich überlappenden Holzbrettern, die wie überall in Kent mit wetterbeständigem weißen Lack gestrichen waren. Im Erdgeschoss war zu beiden Seiten der Haustür ein großer Erker aus der Fassade vorgezogen, mit schwarzen Fensterrahmen, das war ungewöhnlich,

ungewöhnlich auch die schmale Schmuckleiste unter dem leicht vorkragenden Dach.

Schon stand Susan im Türrahmen in indischen Hosen, Tunika und Schal, alles gelb, die Tunika mit einem Paisleymuster. »Wie schön!« entfuhr es Olivia statt einer Begrüßung.

Susans Blick leuchtete auf: »Möchten Sie hereinkommen oder sollen wir gleich gehen?«

»Lassen Sie uns gehen, die Luft ist so weich und duftend, dass man sich einfach darin bewegen muss.« Und auf das kurze Zögern hin ergänzte sie: »Ich vertraue mich ganz Ihrer Führung an, meine Ortskenntnis verdient nicht einmal den Namen.«

Susan wandte sich Richtung Kirche und sah Olivia mit der ihr eigenen stillen Offenheit an: »Meinen Namen wissen Sie sicher längst, mögen Sie mir den Ihren verraten?«

Das Zucken ihres Zwerchfells schmerzte fast, nur kurz, aber unmissverständlich. Jetzt wurde es ernst. »Ich heiße Viola Imbry, meinen Nachnamen mag ich nicht besonders, also bitte – bleiben Sie bei Viola.«

Ein stilles Nicken war die ganze Antwort, bis sie den überdachten Eingang zum Kirchhof passiert hatten. Niemand war hier zu sehen. »Ich kenne die Menschen hier kaum«, es klang wie eine Entschuldigung, »deswegen schweige ich lieber in der Nähe ihrer Häuser.« Langsam ging Susan weiter. »Manchmal denke ich, auch die Toten können uns reden hören, Friedhöfe sind seltsame Orte.«

»Ich mag sie sehr«, bekannte Olivia, »besonders auf dem Land. Diesen ummauerten Frieden mit den alten Taxusbüschen und den frischen Blumen…« Sie sah zu Susan hinüber, die vor ihr auf dem schmalen Weg langsam voranging, den Blick auf die Baumkronen hinter dem Kirchhof gerichtet, sie schwieg. »Ich gehe gern zwischen den Gräbern entlang, lese die Namen und die Daten, in manchen Fällen noch die Todesursache oder Verwandtschaftsbeziehungen, betrachte die Steine und die Bepflanzung und lasse meinen Gedanken freien Lauf. Diese Floskel trifft genau das, was ich dann tue und es ist ungeheuer weltverloren und entspannend.«

Susan schwieg weiter, bis sie auf der anderen Seite den Friedhof wieder verlassen hatten und auf einem schmalen ausgetretenen Pfad in ein Wäldchen hineingingen. Sie wandte sich im Gehen um: »Sie fürchten die Toten nicht?«

»Nein – die Lebenden meistens auch nicht…«

Nach vielleicht hundert Metern verließ der Pfad das Wäldchen, machte eine Kurve und führte sie an einen offenen Hang. Vor ihnen lagen heckenumsäumte Weiden und vor dem schweifenden Blick breitete Kent sich in der ganzen verträumten Schönheit Südenglands aus. Ein Eselruf drang in das Schauen, jetzt hörte Olivia auch verschiedene Vogelstimmen und bei genauerer Konzentration Schafstimmen irgendwo weiter weg.

»Dieses Land ist wunderschön«, Susan sagte es sehr leise. »Und schauen Sie, die Veilchen dort unter der Hecke, hinter ihnen hat ein Rotkehlchenpaar sein Nest, es ist etwas unordentlich, aber am Boden macht das ja nichts. Der rufende Esel gehört Mrs Melling. Er hat noch drei Gefährten, sie leben auf einer großen Wiese mit alten Apfelbäumen, kommen Sie, ich zeige es Ihnen.«

Die Esel kamen angetrabt, als sie Susan kommen sahen und mit leisen Worten begrüßte sie sie und kraulte sie sanft hinter den langen Ohren. Mit den Eseln hatte sie während ihrer Sommeraufenthalte Freundschaft geschlossen. Und die Tiere hatten ein langes Gedächtnis. Von Mrs Mellings Haus sah man nur das Dach hinter einer gewaltigen Rhododendronhecke aufragen, die Zufahrt führte an der Eselweide entlang und war beidseitig von Obstbäumen gesäumt, sie waren jünger und sorgfältiger beschnitten als die auf der Weide. Olivias Blick blieb an weißen Kästen hängen, die weit hinten nahe an der Hecke standen.

»Das sind Bienenstöcke«, bestätigte Susan. »Mrs Melling wird Ihnen alles erzählen, was Sie darüber wissen wollen. Nur heute lassen Sie uns weitergehen, ich möchte Ihnen noch ein anderes Stück Arkadien zeigen.«

Sie folgten dem Pfad hügelabwärts. Nach kurzer Zeit und der ein oder anderen Kurve lag vor ihnen ein weißes Farmhaus, genauso holzverschalt wie das Haus von Susan. Es wirkte flacher hingebreitet, hatte grüne Fensterläden und einen großzügigen Garten mit Rasenflächen, immergrünen Büschen und Blumenbeeten. Ein leichter Holzzaun und eine dichte Hecke trennten es von den weitläufigen Weiden. Leicht gewellt zogen sie sich bis zum Horizont, Baumgruppen und einzelne alte Baumriesen verwandelten das stille Land in einen großen Park, bevölkert von einer unzählbaren Menge Schafen mit ihren Lämmern. Auf das Gatter gestützt standen die beiden jungen Frauen lange und schauten ihnen beim Spielen zu.

»Wie geborgen diese Schafkinder hier mit ihren Müttern dahinleben, genauso sollte es sein.« Ein nachdenklicher Blick streifte Susans Begleiterin und kehrte zu den Lämmern zurück.

»War es bei Ihnen nicht so?« Olivia stellte die Frage beiläufig in die grüne Weite. Sie wartete.

Susan rührte sich nicht, auch nicht, als sie schließlich antwortete: »Nicht ganz. Ich mag meine Mutter. Sie ist sehr attraktiv, sehr schnell und witzig, und sehr erfolgreich. Sie arbeitet in der Abteilung für geographisches Profiling von Scotland Yard.«

»Ist das die Möglichkeit!« der Ausruf war ihr entschlüpft, bevor Olivia die Information ganz aufgenommen hatte, entgeistert starrte sie Susan an.

Ein kurzes Lächeln huschte über deren Gesicht. »Sie kann das wirklich sehr gut, als hätte sie einen sechsten Sinn für den Zusammenhang zwischen Täter und Tatort. Immer wieder mal versammelt sie verschiedene Verbrechen hinter einer einzelnen Person. Und Serientäter, die als solche erkannt sind, haben mit ihr ohnehin ein schweres Leben.«

»Erzählt Sie Ihnen von ihrer Arbeit?«

»Manchmal eine kuriose Einzelheit, oder etwas ganz allgemeines. Sie darf ja nicht wirklich über ihre Arbeit reden, ich meine konkret, so dass ich etwas ausplaudern könnte.«

»Nein, das wäre ja auch viel zu gefährlich, für Sie, meine ich.«

»Vielleicht, ich glaube nicht, dass sie sich darüber Gedanken macht. Menschen wie ich geraten ihrer Auffassung nach nicht in Gefahr.«

»Und Ihr Vater, was ist mit dem?«

»Der gehört auch zu den Menschen, die nicht in Gefahr geraten.« Susan bedachte Olivia mit einem weiteren kurzen Lächeln. »Er ist Jurist und arbeitet in der walisischen Regionalregierung.«

»Wie häufig sehen Sie sich?«

»Nicht oft, er führt sein Leben mit seiner neuen Familie. Meins hat er gut organisiert, solange ihm das möglich war. Jetzt steht es in meiner Verantwortung...«

»Und?«

»Er war unzufrieden mit meiner Entscheidung für Indien. Für ihn ist Sicherheit sehr wichtig.«

»Warum sagen Sie ›war‹?«

»Tante Delia hat mir nicht nur ihr Haus hinterlassen.«

»Verstehe.«

Susan sah Olivia auf ihre stille Weise nachdenklich an: »Sie leben die nächsten Monate bei Mr Fisher, haben Sie gesagt…«

»Ja, es gefällt mir hier! Und bei meinem Onkel! Er hat Platz für mich und da ich ohnehin zu Hause arbeite… ich entwerfe Strickmuster, vor allem…« Sie drückte sich vom Gatterbalken ab: »Wohin gehen wir jetzt?«

»Wenn Sie noch eine Stunde Zeit haben, könnten wir über den Zauntritt steigen
und zwischen den Schafen hindurch im Bogen zurückgehen. Auf dem Weg passieren wir nur ein kleines Farmhaus, in dem tagsüber niemand zuhause ist, und zwei weitere kleine Häuser, bis wir hinter dem Sportplatz wieder nach Howlethurst hineinkommen.« Sie sah Olivia abwartend an.

»Einverstanden.«

Schweigend suchten sie sich ihren Weg zwischen den Tieren, die ihnen mit unbeholfenen Sprüngen auswichen. Olivia sah Susan vor sich ruhig und konsequent auf eine große Eiche zuhalten, hinter der eine Fahrspur zu erkennen war. Sie selbst suchte sich ihren Weg mäandernd zwischen den Grasbüscheln und tierischen Hinterlassenschaften, verlor ein wenig die Richtung, wenn sie über das weiche, wellige Land schaute, und sann über Fragen nach, die sie noch unbefangen stellen konnte.

Auf dem Fahrweg angekommen, wandte Susan sich ihr zu: »Jetzt brauchen wir nur noch dieser Spur zu folgen. Ich habe mich auf dieser Weide schon verlaufen. Klingt verrückt, gelingt aber ganz einfach, deswegen bin ich heute so pedantisch vorangegangen, schließlich wartet Mr Fisher auf Sie.« Wieder huschte dieses stille kurze Lächeln über ihr Gesicht. »Sie entwerfen Strickmuster, haben Sie gesagt. Wie macht man das und stricken Sie Ihre Entwürfe dann nach oder was passiert mit ihnen?«

Ein wenig überrascht sah Olivia in die hellen, braunen Augen, die sie aufmerksam ansahen. Sie nickte: »Ich entwerfe die Muster für eine junge Frau, Wangari Aulton; ihr gehört eine kleine Boutique in St. John's Wood. Wenn Sie die Tür öffnen, stehen Sie vor einer Explosion von Farben, den Mustern von Afrika. Wangaris Mutter ist auf einer Farm im westlichen Kenia aufgewachsen und mit ihren Kindern beinahe jeden Sommer dorthin zurückgekehrt. Für sie alle, es sind drei, sind Kenia und einige andere Länder Schwarzafrikas ein Teil ihres Lebens. Wangari reist mit ihrem Bruder oder auch allein dort herum und sucht Stoffe. Je nachdem entwirft sie daraus Kleidungsstücke oder benutzt sie als Raumdekoration, für Vorhänge,

Kissen, Tischdecken...«

»Und Sie?«

Olivia nickte erneut: »Wenn Wangari mit neuen Stoffen aus Afrika zurückkommt, wandere ich in ihrem Haus an der ausgebreiteten Pracht entlang und wähle diejenigen aus, die mit mir reden, wenn Sie verstehen...«

Jetzt nickte Susan.

»Die engere Auswahl konfrontieren wir dann mit den Modefarben des kommenden Winters. Da wir Einzelstücke herstellen, müssen die Kundinnen woanders einen Rock oder eine Hose dazu finden können; die wenigsten wollen in bunten Hosen und bunten Pullovern gleichzeitig herumlaufen, auch wenn sie durchaus aufeinander abgestimmt sind. Die darauffolgenden Wochen schwelge ich dann in einer Fülle von Wolle, bis ich ungefähr ein Dutzend Strickmuster entworfen habe.«

»Die Sie nicht selber stricken?«

»Nein, ich stricke nur meine eigenen Sachen und auch nicht gar so viele, drei bis fünf im Jahr vielleicht... Dieses kleine Farmhaus ist ja wild romantisch!« Olivia blieb am Zaun stehen und sah auf ein überquellendes Durcheinander von Pflanzen, Gartenmöbeln und Kinderspielzeug. Diese Pracht steht tagsüber leer, sagen Sie?«

»Es muss so sein, immer, wenn ich vorbeikomme, ist alles still.«

Susan war daran vorbeigegangen, ehe sie stehen blieb. Olivia betrachtete sich alles eingehend, bevor sie zu ihr aufschloss. Erst nach weiteren fünfzig Metern redete sie weiter. »Wie lange sind Sie hier in Howlethurst?«

»Fast drei Wochen.«

»Und wann kamen Sie zum ersten Mal hier vorbei?«

»Nun, vor Jahren«, ihre Augen lächelten, »und vor vielleicht zwei Wochen… Die Leute könnten auch in Urlaub sein… meinen Sie das?« Olivia nickte wieder einmal.

»Oh, die Stille muss nichts bedeuten, nicht in England. Ein Familienwochenende und am Montag ab mit den Kindern in die Krippe, die Schule und zurück in das andere Leben. Sie sind anders aufgewachsen?«

»Ja, ganz anders. Meine Eltern wohnten bei den Eltern meines Vaters, sie unten, wir oben. Tagsüber lebte ich unten bei meiner Großmutter, mein Großvater hatte seine Schreinerwerkstatt hinten im Garten, er war also auch viel einfach da und ich lief zwischen ihnen hin und her und schaute zu und redete mit beiden. Wir redeten den ganzen Tag. Ich tat auch mit, wenn ich durfte.«

»Eine sehr unenglische Kindheit… ging es so weiter?«

»Nein! Als ich vier war, ging mein Vater, er war Archäologe, im Urwald von Belize oder Guatemala verloren. Ein gutes Jahr später gab es noch immer kein Lebenszeichen von ihm. Meine Mutter arbeitete in der Kostümabteilung des Victoria und Albert Museums. Als sie dann das Angebot bekam, die Verwaltung des historischen Kostümfundus der Salzburger Festspiele zu übernehmen, griff sie zu. Und ich geriet nach Österreich und in die dortige Schule, lernte richtig Deutsch in der täglichen Übung und pendele seitdem zwischen diesen beiden Ländern hin und her.«

»Das Leben ist doch mehr als seltsam.« Nachdenklich, den Blick auf die nächsten Meter vor ihren Füßen, ging Susan weiter. »Da gibt es eine ideale Konstellation und dann geht ein Familienmitglied einfach verloren und nichts ist mehr wie vorher. Waren Sie in Salzburg viel allein?«

»Nein. Das war meiner Mutter unvorstellbar.«

»In Salzburg geht man nicht so leicht verloren wie in Mittelamerika, nehme ich jedenfalls an.«

»Das wohl nicht. Aber ein Kind, das seine

Umgebung überhaupt nicht kennt und die Sprache unvollkommen, ist ein spezieller Fall, so sah meine Mutter es jedenfalls. Nach der Schule ging ich in ihr Büro. Dort hatte sie mir einen eigenen Winkel eingerichtet mit einem kleinen Schreibtisch, an dem ich meine Schulaufgaben machte und mich in Bilderbüchern mit der deutschen Sprache herumschlug. Als ich mich allmählich in der deutschen Sprache sicher fühlte, begann ich auf eigene Faust die Schneiderwerkstätten zu entdecken, danach den Fundus – hunderte und aberhunderte von Kostümen… können Sie sich vorstellen, wie es ist, aus einem spannenden Buch aufzutauchen und in eine solche Welt zu geraten? Oder umgekehrt?«

»Vermutlich nicht. Meine Welt war immer sehr wirklich…«

»…und sie waren sehr allein… oder?«

»Schwer zu sagen, ich lebte meist unter vielen Menschen, in Krippen, Kindergärten, Ganztagsschulen, Internaten und in Indien in einem Waisenhaus. Allein, wirklich allein bin ich jetzt zum ersten Mal.«

»Sie waren früher häufiger hier?«

»Ein paar Mal, ja. In den letzten Jahren.«

»Wie kam es dazu?«

Susans Blick streifte ihre Gefährtin, die riesige Schafweide und konzentrierte sich dann wieder auf die wenigen Meter vor sich. »Es scheint alles so lange her zu sein und dabei sind es ganze viereinhalb Jahre. Damals traf ich Tante Delia in London. Ich verbrachte gerade einige Ferientage bei meiner Mutter und irgendwie erreichte mich ihre Einladung zu einem Picknick in der Heide von Hampstead. Ich sehe das London dieses Tages immer wieder vor mir, von jenem Hügel aus unten im Sommerdunst. Es war meine Stadt, nie hatte ich das so deutlich empfunden. Ich hatte überhaupt nie das Gefühl gehabt, irgendwohin zu gehören. Tante Delia hatte mich wohl beobachtet, jedenfalls stellte sie die richtigen Fragen und das Ende dieses Gespräches war eine Einladung in ihr Haus in Kent, das nun das meine ist.« Sie schwieg und ließ den Blick zurück und über die Schafe schweifen.

Ihr Lächeln zeigte sich wieder und sie folgte der stummen Aufforderung zum Weitersprechen. »Die ersten zwei Wochen hier veränderten mich mehr als ich damals erkannte. Im nächsten Sommer verbrachte ich die gesamten Ferien bei Tante Delia und fuhr nur gelegentlich für einen Tag nach London, um meine Mutter zu sehen oder einfach durch die Stadt zu laufen. Ich kannte London natürlich, schließlich bin ich dort aufgewachsen, von den Internatszeiten mal abgesehen, aber plötzlich war alles neu. Und dieses neue London gehörte auf aufregende Weise zu mir. Gelegentlich begleitete mich Tante Delia, aber nicht immer. Das ganze wiederholte sich im folgenden Sommer für vier Wochen, bevor ich nach Indien ging – und jetzt bin ich wieder hier…«

Sie waren im Reden über eine Kuppe gekommen und in einiger Entfernung sah man die ersten Häuser von Howlethurst liegen. »Schauen Sie mal«, Susan deutete mit dem Kopf leicht nach vorn, »dort taucht ein Bewohner dieses Ortes auf, der auch in Indien nicht auffallen würde.«

Sie näherten sich einander, er hielt sich genauso sorgfältig an den vorgegebenen Weg wie sie, fixierte Susan schließlich und blieb direkt vor ihr stehen. Der Mann war durchschnittlich groß, durchschnittlich breit und trug eine braune Tweedhose und eine dunkelgrüne Wetterjacke. Damit endete das Durchschnittliche abrupt. Der große Kopf wuchs ins Riesige durch eine Unmenge grauer, widerspenstiger Locken und sein Bart schien aus dem Drahthaar eines Terriers zu bestehen und bedeckte die Hälfte seiner Brust. Den Augenbrauen hatte die Natur ebenfalls ein Übermaß an Haaren zugedacht. Darunter hervor schauten wasserblaue Augen fest in Susans Gesicht. »Wieder unterwegs. Freut mich zu sehen.«

Susan antwortete mit einem Lächeln. Sie blieb stumm. Schließlich rissen seine Augen sich von ihr los und nahmen Olivia in den Blick. »Sie habe ich hier noch nicht gesehen. Besuch?« Olivia nickte schweigend. »Wir werden uns wiedersehen.« Er umrundete sie und kam hinter der Hügelkuppe zügig außer Sicht.

Olivia holte tief Luft: »Ein verkleideter Druide?«

»Wie schön, dass Sie das sagen! Vielleicht... Haben Sie seinen seltsamen Stock bemerkt? Nein? Er schwingt ihn immer in der Luft herum. Nie benutzt er ihn zum Abstützen.«

»Und?«

»Er hat auch keine Spitze, um ihn auf den Boden aufzusetzen, sondern zwei Teile, die mich an eine Zange erinnern, eine kleine Handzange an einem langen Stock.«

Zu ihrem Bedauern waren sie inzwischen auf der Hauptstraße angekommen, in einiger Entfernung lag das Kriegerdenkmal. »Er könnte die öffentlichen Anlagen dieses gepflegten Ortes reinigen und anschließend einen Spaziergang machen«, schlug Olivia vor.

Susan sah sie verwundert an. »Das wäre eine Möglichkeit...« Für den restlichen Spaziergang schwieg sie, auch wenn ihnen nur sehr vereinzelt jemand begegnete. Der Green war vollkommen leer bis auf den Postwagen, der gerade vor dem Pfarrhaus hielt. Olivia streckte ihr zum Abschied die Hand hin: »Wir werden uns bald wieder sehen?« Mit einem zustimmenden Lächeln wandte Susan sich ihrer Haustür zu.

Kapitel 6

Die große Tür zu Mrs Grahams Haus stand an diesem warmen Aprilnachmittag weit offen. Als erstes fielen Olivia die vielen schweren Sessel auf, die zahlreich und willkürlich in der Halle verteilt standen. In einem hockte ein Mädchen auf seinen Fersen, ein Buch auf dem Schoß und Finger in den Ohren, versenkt in seine Geschichte. Rechts neben der Tür stand ein ausladender geschlossener Schreibtisch, dahinter eine sympathische Frau um die Vierzig. Raymund stellte sie Olivia als Mrs Higham vor und fragte nach der Hausherrin. Olivia hörte ein helles, fast mädchenhaftes Lachen und eine kleine, zierliche Frau eilte heran.

»Mr Fisher! Oh, ich sehe, Sie haben Besuch. Wir kommen einmal ohne weiteres ohne Sie aus. Besuch ist etwas so Schönes. Noch dazu bei diesem Wetter!« Ihre hohe, leicht aufgeregte Stimme schwebte gleichsam auf der letzten Silbe und eine Pause trat ein.

»Das ist sehr freundlich von Ihnen, aber sehen Sie, meine Nichte liebt Bücher und würde sich gern in Ruhe umschauen, während ich meinen Pflichten nachgehe. Darf ich sie Ihnen vorstellen: Viola Imbry.« Mrs Higham war hinter ihrem Schreibtisch hervorgekommen und schüttelte Olivia herzlich die Hand. Mrs Graham verhielt sich etwas förmlicher, aber ihr Willkommen war genauso herzlich gemeint. Mit behutsamer Nachhilfe von Raymund Fisher nahm sie seine Nichte Viola schließlich unter ihre Fittiche und zeigte ihr die Bücherei.

Die Eingangshalle und drei große Räume im Erdgeschoss hatten Bücherschränke bis zur Decke – fast war man versucht zu sagen, an allen vier Wänden. Doch die beiden Erker der großen Räume rechts und links der Halle waren ausgespart, in ihnen standen Sessel. Mit den Erkern im Rücken hatte man in beiden Räumen zwei deckenhohe Regale vor sich, rechts und links frei im Raum stehend, zwischen denen ein halbhohes Regal stand, über das hinweg man die gegenüberliegenden Türen sah. Die eine führte in die Wohnküche, die beiden Flügel der anderen standen offen und ließen den Blick über ein quer stehendes Regal durch die gegenüberliegenden Fenster in den Garten schweifen. Beinahe überflüssig zu erwähnen, dass die freistehenden Regale auf beiden Seiten gut gefüllte Fächer hatten.

»Das ist Wahnsinn...« Olivia blieb vor einigen Stößen Kinderbüchern stehen, die am Boden lagen.

»Allmählich wird es etwas voll«, wieder erklang dieses mädchenhafte Lachen. »Aber wenn genügend Bücher ausgeliehen sind, haben diese wieder Platz im Regal.«

»Sie sortieren keine Bücher aus?«

»Aber nein! Das wäre doch zu schade! Ich finde die gelegentlichen Stöße sehr gemütlich.«

Olivia drehte sich einmal um die eigene Achse, um zum Abschluss ihre Arme auszubreiten: »Mrs Graham, dies alles ist... wie die Welt aus einem Kinderbuch!«

»Warum gerade das?« Hell schwebte die Frage zu ihr herüber, von Verblüffung getragen.

Langsam ließ Olivia die Arme sinken und sah sich ruhig um. »Erst einmal diese Überfülle von Büchern... dann diese großzügigen Räume: Die Fenster, der Stuck rundum an der Decke... die vielen riesigen Sessel... wenn man um die hohen Regale biegt, weiß man nicht, was einen erwartet, vielleicht... zumindest in einem Buch wäre das der Fall... und noch mehr Bücherstöße... es scheint mir die ideale Voraussetzung zum Stöbern...« Sie sah die zierliche, grauhaarige Frau mit blitzenden Augen an: »Ich komme ins Schwärmen, aber irgendwie fühle ich mich, als wäre ich in einen Traum gefallen, der mir enorm gefällt!«

»Entschuldigen Sie bitte, wenn ich mich so dazwischen dränge. Habe ich gerade gehört, Sie finden unsere kleine Bücherei traumhaft?«

Olivia wirbelte herum und sah vor sich eine Frau unbestimmten Alters, mindestens einen Kopf größer als sie selber, sehr aufrecht, dadurch ein wenig an eine strenge Schulleiterin erinnernd, die sie nüchtern musterte. Mit einer leichten Kopfneigung stimmte sie zu.

»Ivy«, wandte sich die Frau an Mrs Graham, »das Kompliment bekommt man nicht alle Tage.« Und zu Olivia gewandt fuhr sie fort: »Darf ich annehmen, dass ich in Ihnen die Nichte von Mr Fisher vor mir habe? Ich hörte, dass er Besuch bekommt.« Die Frage, klar artikuliert, kühl im Ton, löste Olivias Büchertraum in die Wirklichkeit auf.

»Ja, richtig, ich bin eine Nichte von Mr Fisher.«

»Es freut mich, sie in unserer Gemeinde begrüßen zu dürfen.« Das klang förmlich, aber nicht unfreundlich. »Darf ich annehmen, dass Sie länger bleiben, da Sie sich hier so eingehend umschauen?«

Eine erneute Neigung des Kopfes bestätigte auch diese Frage.

»Bitte, darf ich Sie einander vorstellen«, Mrs Grahams helle Stimme milderte unwillkürlich die kühle Tonlage der anderen Frau, »dies ist Lady Evelyn Cardoon, sie bewohnt das Herrenhaus von Howlethurst. Ihre Familie hat es vor mehr als vierhundert Jahren gebaut – Evelyn, dies ist Viola Imbry, Mr Fishers Nichte, es ist genauso wie Sie angenommen haben.«

Lady Cardoon musterte sie aus ihrer natürlichen Höhe ungestört weiter, bis Olivia schließlich ein offizielles Lächeln aufsetzte: »Ich bin kein gefährliches Tier, ich interessiere mich nur für Bücher. Und für Inneneinrichtung«, schob sie hinterher, ohne genau zu wissen, warum eigentlich.

Eine Augenbraue hob sich leicht, ein wissendes Lächeln spielte um die Mundwinkel, Lady Evelyn Cardoon folgte ihren eigenen, jahrhundertealten Verhaltensweisen: »Das sagen Sie so, aber in Wirklichkeit sind Sie Privatdetektivin!«

»Wie kommen Sie denn darauf? Nein, das nun ganz und gar nicht!«

Mit der kühlen Distanziertheit, die Lady

Cardoons angeborenes Verhalten war, stellte sie mit leichtem Tadel in der Stimme fest: »Mr Fishers Nichte verhinderte den Mord an der Bildhauerin Viktoria Gaynesford«, so als würde sie einer unwissenden Schülerin auf die Sprünge helfen.

›Zu wem spricht sie jetzt‹, fragte Olivia sich unwillkürlich und hielt der Musterung weiter stand.

»Seine Frau hat es seinerzeit hier überall erzählt«, ergänzte Lady Cardoon, wieder leise tadelnd.

»Hat sie das...? Dann sprechen Sie von meiner Cousine. Aber sie ist auch keine Privatdetektivin, sondern Übersetzerin und... ja, Kulturjournalistin, vielleicht könnte man das so sagen. Sie schrieb damals einen großen Artikel über Viktoria Gaynesford für ein Kunstmagazin. Auf dem Wege geriet sie in die ganze Geschichte hinein.«

»Ach so, mehr war es nicht? Lediglich ein Zufall?«

»Aber Evelyn, ich bitte Sie, das klingt, als wäre es dann nur noch halb so viel wert. Die aufmerksame junge Frau hat ein Menschenleben gerettet.«

»Richtig.« Lady Cardoon gab ihre Musterung

auf und gönnte Ivy Graham einen nachdenklichen Blick, bei dem Olivia der hervorstechende scharfe Nasenrücken der strengen Lady ins Auge fiel. Leonard hatte mal behauptet, diese Art Nasen seien der Ausweis uralten Adels. »Du sagst es – wenn diese junge Dame hier Bücher so sehr liebt, will ich ihr nicht weiter im Weg stehen. Wir werden uns vermutlich gelegentlich begegnen…« sie sah Olivia abwartend an. »Sie bleiben doch länger, sagten Sie das nicht?«

»Ich denke schon«, gab Olivia bereitwillig zu, der kurze Satz klang in Lady Cardoons Rücken aus.

»Nehmen Sie ihr ihre etwas herablassende Art bitte nicht übel«, Mrs Grahams helle Stimme verhehlte den Ärger nicht ganz. »Sie wird mit den Jahren immer kühler im Ton und ich kann das so gar nicht vertragen.«

»Haben Sie denn viel mit ihr zu tun?«

»Ja und nein. Dienstags sitzt sie seit einigen Wochen vorn an der Bücherausgabe, sie ist vorübergehend für eine sehr nette Frau eingesprungen. Ich glaube, die Kinder kommen nun vermehrt an den anderen Tagen.«

»Das stimmt! Ich kann sie gar nicht leiden!«

»Aber Jemima, nimm es nicht persönlich. Sie

kommt einfach aus einer anderen Gesellschaftsschicht. Und hier im Ort ist sie die einzige aus dieser Welt, das ist sicher auch für sie schwierig, weißt du?«

»Weiß ich. Darf ich mal an die Bücher, vor denen Sie stehen, bitte.«

Mrs Graham trat freundlich beiseite. »Das ist Jemima«, wandte sie sich mit einer einladenden Handbewegung wieder an Olivia.

»Und ich bin Viola.«

»Hab ich schon gehört.«

»Und ich dachte, du bist tief in dein Buch versunken.«

»War ich auch. Ich weiß nicht, wann Sie gekommen sind. Aber ich habe vorhin zugehört, als die alte Distel mit Ihnen geredet hat.«

Das Entsetzen von Mrs Graham beantwortete Olivia mit kaum zurückgehaltenem Gelächter. »Jemima, Cardoons sind die hohen, sehr schönen Silberdisteln. Stechen tun die anderen, die Thistles, die auf den Wiesen zwischen den Blumen wachsen und einen in die Fußsohlen beißen; du weißt, die Dinger, die Iaah vorgibt, so gerne zu fressen.«

»Sie mögen die Geschichten von Pooh?« Jemima strahlte. Doch umgehend schob sie die Schultern nach hinten: »Obwohl ich sie jetzt nicht mehr lese!«

»Warum nicht? Ich lese sie immer wieder, auch heute noch, wenn ich mich ganz schlecht fühle, zum Beispiel nach einem gruseligen Traum, mitten in der Nacht.«

»Das hilft?«

»Bei mir immer. Versuch es mal.« Mit einer leichten Geste auf das Regal, das sie blockierte, trat Olivia beiseite und ging mit ihrer Gastgeberin zurück in die Diele. Mrs Higham nahm gerade mehrere Bücher zurück, von einer großen, ernsten Frau mit schneeweißen Haaren, zu einem Knoten verschlungen. Sie redeten freundlich miteinander. »Irgendwo hier, Mrs Graham, standen doch die Bücher über Kent.« Olivia ließ sich im Schneidersitz davor nieder.

*

Das Abendessen begann mit Avocadoscheiben, die Raymund wie angekündigt mit Peperoni bestreut hatte, dazu Tomaten und Brot. Olivia hatte die Küchenvorhänge wie zwei Abende zuvor zugezogen und die beiden Kerzen auf dem Esstisch angezündet. Und sie steckte in ihren eigenen schmalen schwarzen Hosen. Das großgeblümte Gebilde aus Wangaris Laden lag bei den anderen seiner Art oben in Anns Zimmer.

»In eurer Bücherei ist ganz schön Betrieb, ich bin ein wenig überrascht. Die meisten leihen auch wirklich Bücher aus.«

»Sicher. Deswegen kommen sie ja.«

»Schon, aber es ist doch auch ein Treffpunkt, oder nicht? Viele reden miteinander, in allen Räumen. Ich kenne eine Dorfbücherei, in der heiliges Schwei-gen selbstverständlich ist.«

»Das ist aber doch Unsinn, oder? Es handelt sich ja nicht um eine Bibliothek, in der gearbeitet wird. Schließlich darf man alle Bücher mit nach Hause nehmen. Natürlich reden die Leute gern, erst einmal über Bücher. Von da kommt man weiter zu allen möglichen Sachen, das ist ganz natürlich. Aber die, die von vorne herein lieber über andere Dinge reden, treffen sich dazu auch woanders. Glaube ich zumindest.«

»Raymund, was weißt du über Lady Cardoon?«

»Hat sie dich gebissen?«

»Sie konnte sich gerade noch zurückhalten, in aller kühlen Herablassung natürlich, aber nur, weil ich vorgab, nicht die zu sein, für die sie mich hielt, nämlich deine detektivische Nichte.«

Raymund lehnte sich grinsend zurück: »Man erinnert sich also tatsächlich an diese Geschichte. Ich wusste es! Ein Teil des sogenannten kollektiven Gedächtnisses. Mrs Graham weiß es jetzt auch wieder und die Erinnerung rollt. Bin gespannt, ob etwas davon an meinen Ohren vorbeizieht – aber etwas viel wichtigeres: Was hast du über dich erzählt – heute – ganz allgemein?«

»Nur, dass ich meine Cousine bin, die – oh mein Gott, Raymund! Heute Vormittag habe ich einen Fehler gemacht!« Mit weit aufgerissenen Augen starrte sie ihn an.

Er wartete gelassen und aß seine Avocado weiter.

»Dilettantenscheiße! Richtige Dilettantenscheiße!« Erschrocken richtete Marmalade sich unter ihren weichen Decken auf und starrte zum Tisch hinüber.

»Kein Grund zur Beunruhigung«, teilte Raymund ihr nüchtern mit und zu seiner Nichte gewandt: »Könntest du etwas genauer werden?«

»Das Wort stammt von Marlene Dietrich und trifft meinen Fehler haargenau.«

»Die Herkunft dieses spannenden Wortes beschäftigt mich gerade nicht so sehr!« Raymund legte das Besteck beiseite und lehnte sich zurück, schließlich fragte er: »Hast du Fulham erwähnt? Bitte erinnere dich genau.«

Exakt das war es, was Olivia während seines Nachdenkens versucht hatte. »Nein, das nicht. Aber ich erzählte von meinen Großeltern, dem Verschwinden meines Vaters und dem daraus sich ergebenden Umzug nach Salzburg. Von meiner Mutter und ihrer Arbeit im Fundus der Festspiele und was ich dort trieb, jedenfalls ein wenig darüber.«

Raymund hüllte sich erneut in Schweigen. Als er sich aufrichtete, begann er, mit dem Zeigefinger unsichtbare Linien auf die Tischplatte zu zeichnen: »Wir müssen die Trennlinie zwischen Viola und Olivia verschieben und jetzt sehr genau festlegen. Mein Vorschlag ist folgender: Olivia ist Übersetzerin und Journalistin und lebt in Fulham. Nichts mehr über ihre Verhältnisse. Wie kämst du auch dazu, über sie zu reden. Im Verzweiflungsfall ist sie die Tochter eines Cousins von mir. Ich darf sie dann noch immer als ›Nichte‹ bezeichnen, da wir uns recht nahe stehen. Das müssen wir uns beide merken!«

»Verstehe.«

Ein Lächeln stahl sich zurück in Raymunds Augenfalten. »Du bist die Tochter meiner Schwester. Darüber, wie sie ihren Ehemann verlor und welche Konsequenzen sich daraus für sie ergaben, wurde sicher irgendwann geredet, von mir vielleicht nicht, aber von Ann vermutlich schon. Wer diese Fakten mit Olivia in Verbindung bringt, hat halt irgendetwas verwechselt. Darauf kannst du bestehen, denn wer außer Aphra darüber spricht, hat es nicht aus erster Quelle, behaupte ich jetzt mal. Evelyn Cardoon jedenfalls nicht. Ann konnte sie nicht leiden.«

»So definitiv?«

»Ja. Du musst dir klarmachen, dass Ann hier aufgewachsen ist, und diese Distel auch, sie kennen sich oder kannten sich, seit sie laufen können, gingen zumindest anfangs in dieselben Schulen und so weiter. Als wir vor vier Jahren hierher kamen, erfolgte eine Einladung ins Herrenhaus, nur für Ann, nicht für mich. Wir nahmen folglich an, um die alten Zeiten aufleben zu lassen. Damit wollte sie mich sicherlich nicht langweilen – Ann brauchte gerade mal diesen einen Tee mit Evelyn Cardoon, um zu beschließen, ihr weitest möglich aus dem Weg zu gehen.«

»Aber warum? Wenn sie Ann eingeladen hat, wird sie doch auch gastfreundlich gewesen sein.« Olivia erkannte ihre Tante in dieser etwas rüden Reaktion nicht wieder.

»Ann kehrte damals einigermaßen fassungslos zurück. Sie konnte nicht verstehen, dass ein Mensch sich sein ganzes Leben hindurch so wenig verändert haben sollte – das waren ihre Worte.«

»Und was meinte sie damit?«

»Evelyn Cardoon hat wohl in der Schule schon versucht, die erste Geige zu spielen und den anderen zu sagen, wo es langgeht. Ann mochte das damals nicht und erst recht nicht als reife Frau. Wie du dir das bei einem zweisamen Tee konkret vorzustellen hast, überlasse ich dir. Ann meinte damals, es müsse erlaubt sein, soviel Zucker in den Tee zu tun, wie man wolle oder auch gar keinen. Wenn dabei schon Schwierigkeiten auftauchen, sollte man die Beziehung nicht ausbauen – nun ja.« Raymund lächelte ein wenig traurig.

Nach einer Pause fuhr er nüchtern fort: »Evelyn Cardoon ist der letzte Spross eines sehr alten Geschlechtes und in ihr scheinen sich wie zu einem Finale alle negativen altadeligen Eigenschaften versammelt zu haben, lass es mich so zusammenfassen. Ich persönlich habe so gut wie nichts mit ihr zu tun, ich erzähle nur, was ich gehört habe.« Raymund nahm sein Besteck wieder auf.

»Trotzdem passt die Reaktion nicht zu Ann«, grübelte Olivia über ihrem Teller.

»Nun ja...« Raymunds Blick verlor sich im Garten. »Ich nehme an, du weißt, dass Ann in diesem Haus aufgewachsen ist. Kurz nach dem Tod ihres Vaters wurde auch ihre Tante Sophie, die Schwester ihrer Mutter, Witwe und bei einem längeren Besuch hier in Howlethurst beschlossen die Schwestern, in diesem Haus gemeinsam alt zu werden. Anns Mutter starb als erste und vor fünf Jahren dann Tante Sophie. Ann erbte das Haus, das weitere kennst du.«

»Ja, stimmt, aber Anns Reaktion auf den Besuch im Herrenhaus erklärt das noch nicht, oder bin ich so blind?«

Raymunds Blick kehrte wieder in den Garten zurück, fast so, als würde er seine Frau dort draußen sehen. Olivia beobachtete eine zunehmende Traurigkeit um seine Augenwinkel. »Na ja, das war so: Ann liebte dieses Haus und dieses Land. Ein wenig hatte sie immer Heimweh nach Kent. Aber sie verspürte keine Neigung, alte Beziehungen nach einem langen, freien Leben rein aus Gewohnheit wieder aufzunehmend. Also bestand sie darauf, quasi als Fremde zurückzukehren und abzuwarten, zu welchen Nachbarn sich angenehme Beziehungen ergeben würden, aus der Gegenwart heraus und zwischen den Menschen, die sie jetzt waren. Sie beschäftigte sich mit dem Umbau des Hauses und dem Garten, den sie aus der entstandenen Wildnis hervorlockte und ließ sich mit den Menschen Zeit.«

»Das klingt nach der Vorstellung von einem guten und noch langen Leben…« Olivia schauderte leicht.

Raymund schien es zu spüren. Fest legte er seine Hand auf die ihre. »Wir waren überzeugt, noch einen ganzen Lebensabschnitt vor uns zu haben. Und wir wollten ihn sehr bewusst gestalten. Der Plan war gut.« Er drückte noch einmal Olivias Hand, bevor er die seine wieder zu sich nahm. Beide vermissten Ann gerade fast schmerzlich.

Olivia wehrte sich als erste: »Und Lady Cardoon – ließ sie die Sache dabei bewenden?«

»Erstaunlicherweise nein. Sie unternahm noch einen Versuch, Ann für sich zu gewinnen, aber Ann blieb bei ihrer freundlichen Distanz.«

»Heißt?«

»Sie blieb stehen, wenn man sich traf, sprach sie im Supermarkt in Tenterden auch an, statt um die Regalecke zu verschwinden, lud sie aber nicht einmal zu einem Gegentee ein.«

»Au ha!«

»Richtig. Aber du erkennst leicht, dass sie ihr gegenüber nicht auf die Idee kam, über meine Verwandtschaft zu reden.«

»Verstanden – kurzer Blick auf den Schlachtplan: Meine Kindheit in London und Salzburg ist wirklich die meine, aber ich vermeide, sie in Fulham zu verorten, am besten überhaupt auf London zu sprechen zu kommen.«

»Ich halte das für das beste. Du kannst von Salzburg erzählen, wenn es denn sein muss. Aber deine Beziehung zu London solltest du auf Wangari Aulton und ihre Boutique in St. John's Wood beschränken. Meinetwegen erfinde eine Boutique in Salzburg, für die du ebenfalls Stricksachen entwirfst. Und wenn du sehr dynamisch sein willst, eine in Wien. Nur bitte, lass es mich jeweils wissen.«

Nachdenklich schob Olivia die Peperonistückchen zu Mustern zusammen. »Es überrascht mich, wie unaufmerksam ich sein kann. Wenn ich mich an das Gespräch mit Susan erinnere, regt sich immerhin die Hoffnung, dass weiter kein Schaden daraus entstanden ist. Susan dürfte in den nächsten – für uns wichtigen – Wochen kaum zu einem der hiesigen Bewohner so engen Kontakt bekommen, dass sie über mich spricht.«

»Gut. Auch wenn man nie ganz sicher sein kann. Es ist wichtig, dass du dich an unsere neue Linie sehr getreu hältst. Denn auch in Susans Ohren sollte kein Widerspruch aufklingen, wenn sie von dir hört. Vergiss nicht, andere reden vielleicht gern.« Ihm entfuhr ein kurzer Seufzer: »Ich bin so pedantisch, weil ich um deine Sicherheit besorgt bin. In dieser Hinsicht ist es wichtig, dass auch Susan keinerlei Zweifel an deiner Identität bekommt. Solange behältst du einen freien Rücken.«

Olivia stimmte ihm zu: »Also zurück: Was kannst du mir über diese etwas befremdliche Lady Cardoon erzählen?«

»Ich will gerade den Eintopf holen, dann können wir sitzenbleiben. Lass den Brotkorb ruhig stehen, manchmal mag man noch ein Stück.«

Langsam und sorgfältig schöpfte er Erbseneintopf in ihre tiefen Teller. »Wieder aufgewärmt schmeckt er am besten, du wirst sehen. Nach meinem Nachmittag in der Bücherei koche ich nämlich nie.« Für einen Moment konzentrierten sie sich ganz auf den heißen Eintopf. Olivia blies sanft jeden einzelnen Löffel und genoss mit ungeteilter Aufmerksamkeit die Lieblingsspeise ihrer Kindertage. Raymund beobachtete sie dabei und freute sich.

»Es ist merkwürdig, denke ich gerade«, er ließ den Löffel sinken und schaute erneut hinaus in den dunklen Garten, »ich kenne Lady Cardoon persönlich ziemlich schlecht, und doch weiß ich eine Menge über sie. Von Ann das meiste und einiges von Aphra und Roger, alles sehr zuverlässige Quellen. Ich hole etwas aus, zum Verständnis erscheint es mir wichtig. Die Familie Cardoon lebt in Kent seit mindestens fünfhundert Jahren. In der Regierungszeit von Elisabeth der Ersten bauten ihre Vorfahren das Herrenhaus, in dem sie lebt. Es ist sehr schön, jedenfalls von außen, von innen kenne ich es ja nicht. Dir wird es auch gefallen: Das Erdgeschoss besteht aus Ziegelmauern, abwechselnd mit Fachwerk, in diesem Fall sind es senkrechte Balken mit weißen Feldern dazwischen, der erste Stock ist durchgehend schwarz-weiß gestreift mit einem großen Erker, der bis ins Dach hinaufreicht. Die ganze Pracht steht in einem formalen Garten mit überquellenden Blumenbeeten im Sommer. Die Mutter der jetzigen Lady soll eine auffallende Begabung für Gartengestaltung und Pflege gehabt haben, ich habe sie nicht mehr kennengelernt. Ihre Tochter pflegt das Erbe, aber sie ist, wie wir vorhin schon festhielten, die letzte Cardoon. Nicht schön – denke ich mir.«

»Hatte die Familie Einfluss in der Gegend?«

»Ich glaube nicht, jedenfalls nicht in den letzten Generationen. Davor waren sie Großgrundbesitzer mit den Pflichten und der Möglichkeit zu Macht und Willkür, wie aller Landadel. Sie werden es unterschiedlich gehandhabt haben, es redet heute niemand mehr darüber, scheint mir. Ich weiß auch nichts über eine verzweigte Verwandtschaft. Wenn es dir wichtig erscheint, werde ich es herausfinden. Die letzte Cardoon – es ist ganz normal, dass Familien aussterben, aber für den Betroffenen habe ich mir die Situation immer scheußlich vorgestellt.«

»Klassische Frage: Wer erbt ihren Besitz?«

»Keine Ahnung. Ich werde die Frage an Roger weitergeben.«

Olivia nickte: »Mach das, schon damit er nicht vergisst, dass wir an der Arbeit sind – hast du einen Vorschlag für morgen?« Als Raymund so auf Anhieb nichts einfiel, ergänzte sie: »Unser Ausgangspunkt ist der Tod von Delia Large.«

Raymund löffelte langsam weiter, hin und wieder gab er unbestimmte dunkle Töne von sich. Schließlich ließ er seinen Löffel wieder mal sinken und lehnte sich zurück: »Man muss mit den Leuten reden, wenn man weiterkommen will. Meine Sorge ist, dass die Betroffenen ihrerseits weiterdenken, wenn du sie sich selbst überlässt.«

Ein verschmitzter Blick war die Antwort: »Tun sie sicher. Aber nicht zwangsläufig in dieselbe Richtung wie ich. Ist dir jemand eingefallen?«

»Ja, tatsächlich. Morgen ist Freitag. Freitags kommt Sira zu Mrs Large zum Putzen. Du wirst sie mögen: Sie ist groß und breit und immer guter Laune. Von jener Laune, die ansteckend ist. Wenn ich sie treffe und wir zwei beiläufige Sätze über das Wetter wechseln, ist der Tag anschließend ein guter Tag. Phänomenal…«

»Dann liegt ein guter Tag vor mir.«

Kapitel 7

Als Olivia sich am nächsten Vormittag auf den Weg zu Susan machte, begleitete Marmalade sie, beiläufig, aber konsequent. Während Olivia vor der Haustür stehenblieb, ging sie an ihr vorbei ins Beet und blieb an der Hausecke stehen. Die zwei tauschten einen Verschwörerblick, bevor die Tür aufflog. Im Rahmen stand eine Schwarze, den Kopf voll unzähliger kleiner Zöpfe und einem Strahlen in den Augen.

»Guten Morgen – Susan ist nicht da?«

»Gerade nicht. Sie ist aber nur zum Bäcker gegangen. Möchten Sie nicht hereinkommen und auf sie warten?« Als Olivia scheinbar zögerte, trat die Frau mit einer einladenden Armbewegung ins Innere des Hauses beiseite. »Kommen Sie ruhig. Es wird sicher nicht lange dauern.« Zufrieden schloss sie hinter Olivia die Tür und führte sie ins Wohnzimmer. »Ich freue mich, dass Sie nach der jungen Frau fragen. Sie ist wirklich ganz allein.«

»Und Sie? Sie sind auch hier.«

Ein dunkles, fröhliches Lachen schien den

ganzen Raum zu füllen. »Ich bin die Putzfrau, keine Gesellschaft. Ich habe schon Mrs Large das Haus gepflegt, es ist ein sehr schönes Haus.«

Chippendale-Möbel standen auf dicken Perserteppichen mit blau und weiß als Grundfarbe, über dem Kamin hing ein großer Stich von den Türmen von London, denen von Christopher Wren. Olivias Blick flog darüber hin und kehrte zu der Frau zurück, sie war normal groß, vollschlank und sah sie mit ihrem Lächeln in den Augen an. »Sie klingen, als würden Sie sich der Familie verbunden fühlen...«

»Natürlich. Die kleinen Sorgen des Alltags verbinden einen über die Jahre miteinander.«

»Ahnten Sie, dass Mrs Large sterben würde, bevor Susan aus Indien zurückkam?« Olivia war von ihrer Frage überrascht, noch mehr aber von der Antwort.

»Die letzten Tage vor ihrem Tod teilte es sich mir mit!« Als Olivias Augen wartend an den ihren hängen blieben, ergänzte sie schließlich zögernd: »Ich träumte von einer Eule. In der ersten Nacht hörte ich sie rufen, als ich aufwachte. Ich höre sie manchmal in der Nacht. Aber deswegen träume ich noch nicht von ihnen. Nur in den Tagen vor Mrs Larges Tod.

Ganz regelmäßig.«

»Sie brachten Ihre Träume mit dem Tod zusammen? War das davor auch schon so?«

Die dunklen Augen, die in die von Olivia sahen, lächelten nicht mehr, ihr Gegenüber schien die unterdrückte Aufregung zu spüren. Sie sah sie verständnisvoll an: »Ich träume immer wieder mal vorausschauend, aber ich bin sehr vorsichtig. In jenen Tagen spürte ich, dass irgendetwas Mrs Large beunruhigte. Wäre ihre Nichte in England gewesen, hätte ich sie benachrichtigt, aber Indien ist zu weit weg.«

»Wie oft kamen Sie?«

»Montags und mittwochs für eine halbe Stunde oder so, ich putzte die Bäder, wenn nötig räumte ich die Küche auf, freitags war Putztag und ist es immer noch, und ich brachte Mrs Large jeden Morgen frisches Brot und Milch. Entschuldigen Sie...« sie eilte zur Haustür.

»Sira... Viola... das ist ja schön! Dann frühstücken wir jetzt alle zusammen!«

Schnell war ein weiteres Gedeck auf den Küchentisch gestellt und Sira schenkte dampfenden Tee ein. »Schaut mal«, Susan stand am Küchenfenster und trocknete sich die Hände ab, »die Katze schaut mich an, als hätte sie etwas Wichtiges zu sagen.« Draußen saß Marmalade und regte sich nicht, auch nicht, als drei Augenpaare durchs Fenster zu ihr hinübersahen.

»Die Katze von Mr Fisher.« Siras Augen streiften Olivia: »Sie weiß etwas, dass uns interessieren würde, da bin ich mir sicher. Vielleicht lernen Sie im Laufe der Zeit, sie zu verstehen.«

*

Sira machte sich bald wieder an die Arbeit, während Susan und Olivia in Ruhe weiter Tee tranken. Doch der Tag war allzu strahlend, um lange im Haus zu bleiben. »Lady Cardoon ist in den Bus nach Tonbridge gestiegen... ich kann sie mir gar nicht in London vorstellen..., aber vielleicht will sie da ja auch gar nicht hin. Jedenfalls ist sie weg und wir könnten einen Spaziergang zum Herrenhaus machen. Ich bin da noch nie gewesen.« Olivia war selbstredend einverstanden und mit einigen Hinweisen von Sira machten sie sich auf den Weg.

Sie gingen die Hauptstraße hinunter, vorbei am Hotel und am Pub. Die Gestalt mit dem wehenden Blumenrock, die Olivia schon früher gesehen hatte, überholte sie auf ihrem Fahrrad. Jetzt im Vorbeiflug sah Olivia, dass sie kurzgeschnittene rote Haare hatte und ihrer äußeren Erscheinung zum Trotz schon älter war, an die Sechzig, könnte sein. »Wer ist das?«

»Sie sitzt oft am Postschalter im Dorfladen und wenn sie das nicht tut, radelt sie durchs Dorf. Vielleicht trägt sie Telegramme aus.«

»Heutzutage? Vielleicht. Vielleicht ist das Leben auf dem Lande unveränderlicher als man glaubt.« Olivia wunderte sich jedenfalls.

Sie überquerten die Straße, die nach Norden durch den Wald, in dem das Internat lag, nach Sissinghurst führte. Kurz darauf bogen sie nach links in eine schmale Fahrstraße ein, die in ein Wäldchen verschwand. Wie an den Waldrand geschmiegt stand hier ein kleines Haus, schwarz-weiß und mit bleiverglasten Fenstern, umgeben von einem schwarz gestrichenen Zaun, der Garten angefüllt mit Farnen und Gräsern, im Sommer blühten sicherlich Blumen in den Zwischenräumen. Es schien bewohnt zu sein, der Schornstein rauchte. Hinter der nächsten Kurve gab der kleine Wald den Blick auf das weich gewellte Weideland frei. In einer Mulde lag das alte Tudorhaus. Olivia erkannte es sofort. Raymund hatte mehr als recht! Es musste einem einfach gefallen.

»Zwick mich!« murmelte Susan leise. Die beiden jungen Frauen waren inzwischen über anfängliche Förmlichkeiten hinaus. »Das ist wie aus einer alten Geschichte ›Es war einmal…‹«

Langsam folgten sie der schmalen Straße. Dabei sahen sie immer wieder einen Teil des Hauses, doch allmählich immer weniger und nichts vom Garten. Das Schild ›Gästezimmer‹ nahmen sie als Aufforderung, in den Privatweg abzubiegen. Durch ein schwarz gestrichenes Holztor kamen sie an der Rückseite des Herrenhauses in einen dreieckigen Hof, rechterhand von einem langgestreckten Stallgebäude begrenzt und geradeaus von einer Gartenmauer. »Und nun?«

Susans enttäuschtes Gesicht hätte Olivia fast gerührt, doch dazu war sie zu spürbar auf dem Kriegspfad. »Wir scheinen den Hintereingang genommen zu haben, warum auch immer ›Gästezimmer‹ daran steht. Schließlich wird Lady Cardoon nicht den Stall vermieten.« Ein gleiches Schild fand sich ungefähr dreißig Meter weiter an einem Fußweg zwischen einer Hainbuchenhecke. Er führte zu einer schwarzen Gartenpforte, hinter der sie einen ersten Blick auf den Garten werfen konnten. Buchsbaumumrahmte Blumenbeete beherrschten den Eindruck. In den Beeten regte sich der Frühsommer. Susan begrüßte in ihrer Begeisterung jede Osterglocke, die im Verblühen noch über den Rand eines Beetes winkte, Olivia ließ derweil ihre Augen möglichst unauffällig über die Fenster gleiten. Es war nichts und niemand zu bemerken. Ein lautes Quaken schreckte sie beide aus ihren Betrachtungen. Laut schnatternd watschelte eine große weiße Ente auf dem schmalen Pfad zwischen den Buchsbaumbegrenzungen von der Hausecke heran. Zielstrebig steuerte das Tier auf die Pforte zu und baute sich laut rufend vor den beiden Friedensstörerinnen auf. Fassungslos starrte Susan das aufgeregte Tier an: »Ist das nun Jemima Puddleduck oder ihre Cousine Rebecca? Was meinst du?«

»Frag sie mal«, schlug Olivia vor. Im gleichen Augenblick sah sie einen Mann in Arbeitskleidung um die Ecke schlurren, dessen faltiges Gesicht sie an eine Luftaufnahme der Alpentäler denken ließ. Sein Alter zu schätzen, war hoffnungslos. Konnte sein, dass er kurzsichtig war, jedenfalls hellte sein Blick sich erst auf, als er nah herangekommen war. Die freundliche Begrüßung quittierte er mit einer ruhigen Bewegung seiner Hand über den weißen Entenkopf. Ein letzter Schrei aus voller Kehle, dann schloss das Tier den Schnabel und senkte den Kopf.

»Wir versuchen gerade zu erraten, welche

Stauden hier aus der Erde kommen und wie schön alles in wenigen Wochen aussehen wird«, erweiterte Olivia die Begrüßung.

»Ja, ganz richtig, das sind alles Stauden. Die alte Lady hat sie gesetzt.«

»...und sie sind durch gute Pflege auf dem Weg zur Unsterblichkeit...«

»So ungefähr. Ich teile sie halt immer wieder mal und nehme die alten Teile dabei weg, gebe den Wurzelstöcken neue Erde... wie das so geht... aber ich verändere damit nichts, da haben Sie schon recht.« Er räusperte sich: »Die jetzige Hausherrin ist nicht da und auch sonst niemand. Wenn Sie wollen, kommen Sie herein, ich zeige ihnen den Garten.«

»Aber...«, Susan fuhr ein wenig zurück, »das geht doch nicht.«

»Doch, geht. Ist in gewisser Weise auch mein Garten, ich pflege ihn schon ewig. Und eine solche Pracht muss man mit anderen teilen, jedenfalls wenn es die anderen auch freut... und so sehen Sie mir aus.« Er schlurrte zwei weitere Schritte vor und entriegelte die Pforte: »Bitte sehr, meine Damen. Joe, du übernimmst die Nachhut.« Sorgfältig sicherte er hinter ihnen die Pforte und übernahm die Führung. Die Ente, die scheinbar ein Enterich war, watschelte am Schluss. So bewegte sich der Gänsemarsch, oder besser der Entenmarsch, auf dem schmalen Pfad zwischen dem Buchsbaum.

Die Führung an den zahllosen Beeten entlang war so ausführlich, wie nur ehrliche Begeisterung sie zuwege bringt. Der alte Gärtner spürte sie in den vielen Fragen Olivias. »Wenn ich mich umschaue«, sinnierte sie endlich, »müsste Ihre Herrschaft Roses oder Cardoon heißen oder eine der beiden Blumen schmückt wenigstens das Familienwappen.« Abwartend sah sie ihn an.

»Was Sie nich' sagen… keine Ahnung von einem Wappen. Aber Cardoon heißt die Familie wirklich. Die jetzige Besitzerin ist auch stolz darauf. Sie hat die vielen verschiedenen Distelarten gepflanzt. Zwischen all den Margeritenstauden sehen sie im Hochsommer auch wirklich gut aus. Hätte ich gar nich' so gedacht… früher hatten wir nie welche, wissen Sie. Dort hinten«, er zeigte auf eine Art Gartenpavillon, der die Nordwestecke des Gartens markierte, »wachsen die größten. In guten Jahren werden die Pflanzen an die zwei Meter hoch und bekommen viele dunkellavendelfarbene Blüten, ein bisschen so wie die von Artischocken. Zusammen mit dem silbernen Laub sieht das schon gut aus… eigenwillig… aber gut.«

Olivia ging ein wenig näher. Ratlos sah sie ihren Führer an: »Aber dann blockieren die Pflanzen diese Gartenecke völlig… ist das so?«

Er räusperte sich, möglicherweise ein wenig unbehaglich, war ihr vager Eindruck, bevor er sich einen Ruck gab: »Wissen S'e, das dahinter ist das Familiengrab. Dort sind die Urnen von all den toten Cardoons… auch von den Eltern der jetzigen… und dort wird sie auch einmal enden.«

»Ach du lieber Himmel!« entfuhr es Olivia. »Entschuldigung«, bat sie gleich im Anschluss, »aber das frappiert mich etwas.«

Der alte Diener nickte verständnisvoll: »Iss so, aber eigenwillig, das auch… iss nun mal Tradition. Aber schauen Sie«, jetzt zeigte er zur Südwestecke, »der Pavillon dort ist den ganzen Sommer hindurch mit roten Rosen überwachsen, so vielen, dass man den Sommer hindurch eigentlich nirgend woanders hinschaut. So ist dann alles in Ordnung. Ich zeig's Ihnen später mal, wenn Sie wollen.«

Susan nutzte diesen gastfreundlichen Ausblick, um sich zu bedanken und zu verabschieden. Olivia folgte ihr, nachdem sie mit ihrem Dank an den alten Gärtner die Bitte verbunden hatte, in einigen Wochen wiederkommen zu dürfen.

Als der Weg sich hinter einem weiteren kleinen Stück Wald zwischen die offenen Weiden senkte, fand Susan endlich ihre Sprache wieder: »Es gibt entschieden merkwürdige Züge an diesem Landstrich.«

»Du magst Gräber einfach nicht, nicht wahr?« Susan schüttelte den Kopf. »Die Gräber nicht oder die Toten?«

»Wo ist da der Unterschied?« Susan schlang die Arme um ihren Oberkörper.

»Im einen Fall sind es einfach Gegenstände: Urnen mit Asche gefüllt. Im anderen Fall irgendeine Form von Gegenüber, könnte ich mir denken...«

»Du meinst, weil ich gestern gesagt habe, die Toten können uns vielleicht hören? Dass das auf die Asche nicht zutrifft... ich weiß es nicht... Ich finde diese Totenecke jedenfalls ziemlich gruselig. Stell dir mal vor, du sitzt an einem schönen Sommertag auf der Terrasse – im Angesicht der Toten. Was immer du im Garten tust – im Angesicht der Toten. Und selbst im Haus, am Abend, wenn du drinnen die Lichter anzündest, anschaltest, was immer, von draußen der Blick der Toten. Sie sind immer da und du weißt von ihnen eine ganze Menge, schließlich sind sie alle deine Verwandten. Sicher fängst du irgendwann an, mit Ihnen zu reden, in Gedanken natürlich, aber doch. Das kann nicht gut sein, nicht für das Leben!«

Die nächsten vielen Meter schwiegen beide. »Hast du in Indien viele Tote gesehen?« nahm Olivia den Faden behutsam auf.

Überrascht sah Susan sie an. »Ja, sicher. Dort ist der Tod Teil des Lebens. Viel wirklicher als hier in England. Aber Indien ist weit weg. Es liegt hinter mir.«

Jetzt wechselte die Überraschung zu Olivia: »So schnell? Wie geht das?«

»Es ist einfach passiert. Als ich das Haus betrat. Tante Delias Anwalt hatte mir die Schlüssel gegeben, in London. Ich stand ein paar Atemzüge lang in der offenen Tür und schaute mich um. Dann schloss ich die Haustür. Als ich mich danach wieder umdrehte, schien das Haus mich zu begrüßen. Seitdem haben wir ein schweigendes Übereinkommen: Ich sorge mich um das Haus und im Gegenzug wird es mir immer Geborgenheit geben. Das, was ich nie hatte.«

»Redest du mit deiner Tante, im Geiste, meine ich?«

»Nein, das nicht. Ich frage mich manchmal, was sie jetzt an meiner Stelle täte, aber das ist etwas anderes. Tante Delia ist nicht mehr da. Das Haus ist ganz meines. Sira sagte das auch schon.« Viele Meter später fuhr sie fort: »Tante Delia war immer ein Gegenüber, eine Gesprächspartnerin, die Ratschläge gab, half Vorstellungen zu besichtigen, Ideen zu entwickeln. Nie hätte sie die Entscheidung beeinflusst. Sie ließ mich immer völlig frei. Und so ist ihr Haus jetzt das meine, da sie es nicht mehr bewohnen kann.«

In einem Bogen gelangten sie, dieses Mal aus der anderen Richtung, zu dem weißen Farmhaus mit den grünen Fensterläden in dem großen Garten. In ihm ging eine alte Frau mit zwei Stöcken langsam spazieren. Susan begrüßte etwas später Mrs Mellings Esel. Langsam und schweigend stiegen sie nach Howlethurst hinauf. In dem Wäldchen unterhalb der Kirche begegneten sie Mrs Melling selbst. Sie trug ein Netz mit Lebensmitteln, wie Olivia es seit Kindertagen nicht mehr gesehen hatte. Es funktionierte einwandfrei. Susan übernahm die Vorstellung.

»Sie sind also die Nichte von Mr Fisher?« Mrs Mellings Interesse war nicht zu übersehen.

»Eine Nichte«, korrigierte Olivia.

Der musternde Blick wurde aufmerksamer: »So, ja dann... Wir treffen uns sicher wieder.« Sie nickte beiden zu und ging an ihnen vorbei den Hang hinunter. Susan wunderte sich offensichtlich, aber sie schwieg. Sie waren den Toten und den Lebenden für ihren Geschmack wieder zu nah gekommen.

Kapitel 8

Schau mal aus dem Fenster, Puck«, forderte Raymund seine Nichte unter dem Wegräumen der Lunchreste auf, »die Frau auf der Bank vor der Bücherei ist Mrs Penningham.« Olivia sah eine ältere Frau in Mantel, Schal und Hut auf einer der Bänke unter den Linden vor der Bücherei sitzen, neben ihr lehnten zwei Stöcke. »Mrs Penningham lebt ungefähr so lange hier wie wir respektive ich, unten im Farmhaus bei ihrem Neffen.«

»In dem weißen mit den grünen Fensterläden, gewissermaßen hinter der Kirche an der Eselsweide vorbei?«

»Genau dort.«

»Dann habe ich sie heute Vormittag mit ihren Stöcken im Garten gesehen, ist sie krank?«

»Richtig. Sie leidet unter Parkinson. Ihr Neffe ist wohl ihr nächster Verwandter. Wenn das Wetter es zulässt, bringt seine Frau die Tante hier auf den Green, während sie einkauft. Dann sieht sie ein wenig vom Dorfleben, meint sie…«

»Na ja…« Olivia schloss den Kühlschrank, »plaudert sie gern?«

»Vermutlich, ich habe es nie ausprobiert.«

»Dann werde ich das mal machen. Eines der Bücher über Kent kann ich ohne weiteres zurückgeben.« Olivia verließ wenig später in großgemusterten Hosen mit einem lila Band im Haar und einem Buch in der Hand das alte Fachwerkhaus. Zuallerst hockte sie sich neben das Heiligenkraut, steckte die Nase fast hinein und rieb einige der frischen Spitzen zwischen ihren Fingern, um anschließend an ihnen zu riechen. Mit diesem leichten herben Duft auf der Haut eilte sie über die Grasfläche, direkt auf die Bücherei zu oder auf Mrs Penningham – das war Ansichtssache.

Mrs Penningham entschied sich für das Letztere: »Mögen Sie mich auch einmal an Ihren Fingern riechen lassen? Heiligenkraut… der Duft von frischer Bettwäsche! Sie mögen seinen Duft offenbar auch…«

»Oh ja, und da die Blumen um diese Jahreszeit noch nicht duften, stecke ich meine Finger gern in diese kleinen Sträucher.«

»Sie sind zu Besuch hier?«

Olivia stellte sich vor, hockte sich auf die Ecke der Bank und das gegenseitige Kennenlernen begann. Eine stille, heitere Stimme gesellte sich eine kleine Weile später dazu: »Das machen Sie richtig! Ist das Wetter nicht prächtig?« Aphra Mottrams Schatten fiel zwischen die beiden Frauen.

Mrs Penningham sah auf: »Oh welches Vergnügen, Sie zu sehen! Ja, das Wetter ist herrlich. Und ich liebe es, wenn alles wieder grün wird«, teilte sie mit.

»Da bin ich mir manchmal gar nicht so sicher«, entgegnete Aphra ein klein wenig zögernd. »Wenn die Bäume kahl sind, auch die Sträucher, ist die Welt so klar und durchsichtig, ich mag das sehr. Jetzt beginnt sich alles wieder zu schließen, wird enger und unübersichtlicher…«

Kopfschüttelnd sah die Frau auf der Bank sich um und wieder zu Aphra hinauf: »Wenn die gelben Quitten in den kahlen Büschen leuchten, im Herbst, kann ich das verstehen, aber jetzt…«

»Richtig: Quitten. Als ich Sie hier sitzen sah, dachte ich, wie lange ich Ihnen schon kein Quittenbrot mehr gebracht habe.« Damit streckte Aphra der älteren Frau eine kleine Schachtel hin und verabschiedete sich auch schon wieder. »Wir unterhalten uns ein andermal. Und Sie, Viola, sehe ich hoffentlich auch bald wieder.«

»Das war die Frau des Pfarrers. Sie ist sehr nett und sehr fürsorglich.« Mrs Penningham sah ihr nach. »Offenbar kennen Sie sich schon, das bleibt auch gar nicht aus. Wissen Sie, uns verbindet unsere Liebe zu den Quitten. In meiner Kindheit war Süßes daraus für mich das Köstlichste unter der Sonne. Wir hatten eine Quittenhecke und in reichen Jahren konnte meine Mutter nicht mal alle Früchte verarbeiten, dann verteilte sie sie im Haus und alles duftete den Winter hindurch danach.« Vorsichtig öffnete sie die Schachtel und bot Olivia ihren Inhalt zum Kosten an. Nach gutem Zureden nahm die ein Stück und wurde überrascht.

»Ich schmecke unter der Quitte Marzipan, kann das sein?«

»Dann sind sie noch von Weihnachten, die mag ich besonders gern. Sie sind gut, nicht wahr?« Mrs Penningham gönnte sich nun auch ein Stück. »Es ist so nett.« Sorgsam schloss die alte Frau die Schachtel und hielt sie mit beiden Händen gut fest. »Wissen Sie, sie schenkt viel von ihren Sachen her, zum Beispiel an Kinder, die eine Darmverstimmung haben, da helfen Quitten, besonders der Saft.« Olivia hörte zu und staunte, was alles man aus Quitten machen konnte. Wollte man den Geschichten glauben, schien Aphra zur Erntezeit nichts anderes zu tun, als sich mit Quitten abzugeben, um dann im Laufe des Jahres den größten Teil von alle dem, das dabei entstand, im Ort zu verteilen. Ob wirklich ganz Howlethurst Quitten mochte? Sie schmeckten schon eigenwillig. Dabei dachte sie an die Kekse, die sie für Ingwerplätzchen gehalten hatte. Schließlich hatte sie für diesen Nachmittag genug über Quitten gehört

»Hallo, Mary, du hast ja Gesellschaft.« Fahrradbremsen quietschten und unmittelbar vor sich sah Olivia das Gesicht mit den kurzen roten Haaren. Sie spürte den Schrecken bis in die Knochen. Im Aufstehen hatte sie nicht auf ihre weitere Umgebung geachtet, war nur knapp nicht unter die Räder gekommen. »Du meine Güte, fast hätte ich Sie über den Haufen gefahren!« Ein neugieriger Blick, der Olivias Schrecken nicht teilte, streifte an ihr hinunter: »Sie sind aber toll angezogen – was machen Sie?« Die Frau schlug eine Hand vor den Mund, war aber sichtlich nicht ernsthaft betroffen. »Ich bin neugierig, wissen Sie, mit Höflichkeit vergeudet man so viel Zeit, sage ich immer.

»Truly…« hilflos versuchte Mrs Penningham zu intervenieren.

Olivia lächelte sachlich: »Ich entwerfe Strickmuster für Pullover und Jacken.«

»Ah – und sie haben nichts davon angezogen.

Das ist lustig. Ist Ihnen mal aufgefallen, dass die Verkäuferinnen in Wollgeschäften selbst nie Stricksachen tragen. Wirklich wahr. Bin nie dahintergekommen, warum nicht.«

»Ich weiß es nicht – wenn das Wetter so frühsommerlich bleibt«, wandte Olivia sich an die kranke Frau auf der Bank, »können wir uns bald wieder hier treffen!« Etwas unsicher umklammerte Mrs Penninghams Linke die Schachtel, mit der Rechten ergriff sie Olivias ausgestreckte Hand und verabschiedete sich mit einem zustimmenden Lächeln. Die Frau, die mit Truly angeredet worden war, stellte ihr Rad beiseite und setzte sich auf den freien Platz.

⋆

In der Bücherei tummelten sich mehr Leute als am Vortag. Wohl das nahende Wochenende. Mit ihrem Buch vor sich wie einen Schutzschild bummelte Olivia zwischen den Leuten hindurch, blieb wahllos mal hier, mal dort stehen und zog das ein oder andere Buch aus dem Regal, blätterte darin und stellte es wieder ein. Einige redeten tatsächlich über Bücher, andere über ihre Gärten. Das fand sie fast noch näherliegend. Schließlich war Frühling – auf dem Land – in England. Olivias Blick wanderte aus dem Fenster in Mrs Grahams Garten. Die großen Bäume an der hinteren Mauer wurden grün.

»Ich sagte ja, wir sehen uns wieder. In einem Dorf bleibt das gar nicht aus.« Mrs Melling stand neben Olivia und schaute sie interessiert an. »Was kann eine Londonerin an unserer Büchersammlung reizen?«

Olivia begrüßte die rundliche Frau sehr freundlich. Gute Erziehung erwies sich gelegentlich als kostbar. »Warum halten Sie mich für eine Londonerin?«

»Sind Sie das nicht? Mr Fishers Nichte lebt in London und Sie sind doch seine Nichte?!«

»Eine Nichte«, wiederholte Olivia ihre Pointierung vom Vormittag und, da sie sich weiter an ihre gute Erziehung erinnerte, ergänzte sie freundlich: »Ich arbeite für eine Boutique in St. John's Wood, dadurch bin ich immer wieder in London. Weitere Teile des Jahres verbringe ich in Salzburg und in Wien.«

»Ach ja… und was machen Sie genau?«

»Ich entwerfe Strickmuster. In St. John's Wood werden sie als Ergänzung zu afrikanischen Stoffen angeboten.« Sie erzählte von den vorwiegend schwarzen Frauen in Harlesden, die nach ihren Vorlagen Pullover, Westen und Jacken herstellten, die in der Afrika-Boutique ihrer Freundin Wangari Aulton verkauft wurden. Mrs Melling hörte aufmerksam zu und sicher bekam der eine oder andere der Büchersuchenden Teile dieses Gespräches ebenfalls mit. Das konnte nicht schaden.

»Viola, Sie sind wieder da! Guten Tag, Kate. Du hast unseren vorübergehenden Gemeindezuwachs schon entdeckt, wie ich sehe.« Mrs Grahams Herzlichkeit war entwaffnend. Und da Olivia inzwischen nur zu genau erkannt hatte, wie schwierig ein Identitätswechsel für Mr Fishers Nichte zu erreichen war, riskierte sie einen doppelten Salto mortale, sozusagen.

»Mrs Graham, bevor Mrs Melling zu mir trat, ging mir ein verwegener Gedanke durch den Kopf: Haben Sie schon einmal überlegt, diese Bücherregale zu streichen?«

Einen Atemzug lang herrschte völliges Schweigen, nicht nur bei ihren beiden Gesprächspartnerinnen, sondern auch bei den näherstehenden Besuchern. In Olivias Eingeweiden zwickte der Übermut: Wie genau sie doch alle ihr Gespräch verfolgt hatten. Sie legte den Kopf leicht schief und lächelte: »Ich könnte mir das sehr gut vorstellen…«

»Sie meinen…« Mrs Grahams Armbewegung beschrieb einen ratlosen Bogen durch die Luft, doch in ihren Augen begann Aufregung zu leuchten. Ihre Augen blieben denn auch an denen von Olivia hängen.

»Ja, ich dachte, wie schön diese Räume sind und wie wenig schön die alten Regale. Bücher andererseits sind sehr wohnlich, sie passen selbstverständlich auch zu ihrer Sitzgruppe hier vor dem großen Fenster. Doch so, wie es jetzt aussieht, stelle ich mir einen Abend in diesem Raum irgendwie doch nicht behaglich vor.«

»Nein, ist er auch nicht. Meistens vergesse ich es, weil ich nur mit Besuch hier sitze, wissen Sie? Und Sie meinen…?«

»Farben sind etwas sehr wirkungsmächtiges. Stellen Sie sich vor, die alten braunen Regale hier im Raum würden außen das Dunkelrot Ihrer Polsterstoffe bekommen, vielleicht einen Hauch dunkler, darüber müsste man genau nachdenken, auch Farbproben zu Hilfe nehmen, und innen würde man Sie hellblau streichen, etwa in der Farbe Ihrer Kissen.«

Ein Seufzer befreite sich aus Mrs Grahams tiefstem Innern, so schien es: »Das wäre einfach unglaublich. Aber das kann man doch nicht bezahlen und wohin mit den Büchern in der Zwischenzeit und…« ihre Gegenwehr endete, wie sie begann – in einem Seufzer.

»Ich glaube, mit einigem Mut zum Dilettantismus ist es durchaus zu schaffen. Die Regale würden natürlich alle stehen bleiben. Man braucht Tücher und alte Zeitungen und eine gewisse Ruhe, dann kann man die Außenseiten streichen, ohne ein Buch aus dem Schrank zu nehmen. Und innen – nun ja – wenn man immer nur ein paar Fächer streicht, sammeln sich auch immer nur begrenzt viele Stöße am Boden. Das wiederum kann man ja in verschiedenen Räumen gleichzeitig machen, damit sich der ganze Prozess nicht in die Ewigkeit hinzieht. Und natürlich wäre es prima, wenn sich mehrere Helfer einstellen würden…«

Mrs Graham seufzte noch einmal, dann fasste sie entschlossen nach Olivias Hand: »Kommen Sie, wir gehen jetzt durch die Räume und stellen uns jeden einzelnen in einem neuen Gewand vor. Allein die Vorstellung, wie anders alles aussehen könnte, macht schon Spaß!« Ihr Händedruck wurde fester: »Oh, ich bin richtig aufgeregt!«

»Dieser irgendwie curryfarbene Treppenläufer, ist er nicht hässlich?« Sie standen in der Eingangshalle. »Aber er ist nun mal nicht umzubringen, also bleibt er liegen.« Mit einem

Hoffnungsschimmer in den Augen sah Mrs Graham die Unruhestifterin neben sich an. Deren Blick schweifte aufmerksam umher.

»Die Teppichfarbe ist völlig in Ordnung, schauen Sie, wie schön der Kontrast zu dem dunklen Holz der Treppe und des Geländers ist. Die Bücherregale… vielleicht wäre ein sehr dunkles, warmes Gelb hier die richtige Kombination. Im Herbst sieht man manchmal einen dunklen Goldlack in den Gärten…«

»Oh ja, ich weiß, ich habe ihn auch. Sie meinen, eine so leuchtende Farbe… das wäre… oh du meine Güte…«

»Die Fächer würden dann in einem sehr hellen Gelb von Vorfrühlingstagen erzählen, was meinen Sie?«

Olivias Idee war wie eine Böe durch die Räume gestoben. Immer mehr Menschen gingen umher, ohne auf die Bücher zu achten. Das war der richtige Zeitpunkt, sich aus dem Staub zu machen. Mrs Melling musste das schon vor einer ganzen Weile gemacht haben. Mit dem Buch über Kent unverändert im Arm ging Olivia wie sie gekommen war. Sie winkte Mrs Penningham und Truly, die die Beine unter ihren weiten Rock gezogen noch immer auf der Bank saß, im Vorbeilaufen zu und querte geschwind die große Rasenfläche. Neben der Linde vor Raymunds Haustür wartete Marmalade. Als Olivia sie entdeckt hatte, erhob sie sich und ging durch die Pforte in ihren Garten. Ein gelegentlicher Blick über die Schulter signalisierte Olivia, ihr zu folgen.

Raymund hackte Unkraut zwischen den Erdbeerpflanzen, dieses Mal nahm er Olivias Auftauchen zum Anlass, ins Haus zu gehen. »Nun, Puck, was denkst du von Mrs Penningham?«

»Sie ist nett, einfach so. Heute haben wir uns gegenseitig bekannt gemacht, Aphra hat ihr Vertrauen in meine Person noch beschleunigt, eine weitere Dorfbewohnerin stieß dazu… sag mir bitte, wenn du sie wieder auf einer Bank sitzen sehen solltest.«

Raymund goss Tee auf, um seine Mundwinkel zuckte es: »Wer weiß, was ich noch alles bei meinen Nachbarn entdecke. Es wundert dich sicher nicht zu hören, dass ich auf derlei Dinge nie geachtet habe. Aphra und Roger wissen sehr viel mehr, aber sie schweigen pflichtbewusst. Es war eine Heidenanstrengung, aus Roger die Erbnachfolge von Lady Cardoon herauszuquetschen.«

»Donnerwetter! Solange war ich gar nicht weg!«

»Ich auch nicht. Ich bin mit offenem Angriff auf ihn losgegangen. Schließlich ist es sein Fall. Also: Alleinerbe ist die Pfarrgemeinde von Howlethurst.«

»Du sagst: Aphra und Roger Mottram in Stellvertretung?«

»Richtig. Und Roger hofft mit christlicher Nächstenliebe, dass es seinen Amtsnachfolger trifft.«

»Ich liebe Überraschungen! Apropos Aphra: Ihre Quittenprodukte sind omnipräsent in diesem Nest, kann das sein?«

»Beispiel?«

»Angefangen mit deinen Ingwerkeksen. Mrs Penningham bekam vorhin eine Schachtel weihnachtliches Quittenbrot, immer noch essbar – erstaunlich genug. In der Bücherei vorn bei Mrs Higham stand eine Flasche mit Quittensirup.«

»Sicher hat irgend ein Kind drüben auf den Farmen Darmverstimmung«, erklärte Raymund sachlich. »Soll helfen, ganz ohne Doktor.«

»Schmeckt er auch?«

»Weiß ich nicht, wenn ich Magenverstimmung habe, behalte ich das tunlichst für mich.«

»So schlecht sind die Kekse auch wieder nicht.« Olivia trank von ihrem heißen Tee, beide Hände um die Tasse gelegt wie meistens. Sie wurde nachdenklich. »Warum pflegst du die Erdbeeren? Du magst sie doch gar nicht?«

»Ann hat sie geliebt.« Sein Gesicht blieb heute nur kurz ernst. »Sie sind nützlich.« Ein breites Grinsen überzog schließlich sein Gesicht. »Im ersten Sommer nach Anns Tod habe ich den Garten einigermaßen vernachlässigt, den Gemüsegarten völlig. Keine Ahnung, was in jenem Sommer aus den Erdbeeren geworden ist. Im letzten Jahr riss ich mich wieder zusammen, Marmalade unterstützte mich moralisch sehr... Ja, die Erdbeeren gediehen prächtig... und erwiesen sich als perfekte Schneckenfalle. Alle schienen dorthin zu streben, jeden Tag klaubte ich sie weg und trug sie hinaus in die freie Landschaft. Kein Schneckenkorn, sondern Erdbeeren. Mal sehen, was in diesem Jahr passiert, sie gedeihen jedenfalls wieder prächtig.«

»Wohin hast du die Schnecken gebracht?«

»Ins kleine Wäldchen hinter der Kirche. Nicht sehr freundlich, den Schnecken gegenüber, dort gibt es nur trockenes Laub im Sommer.«

»Solange das alte Zeug feucht ist, mögen sie es, jedenfalls die Schnecken mit Haus. Die anderen werden um so emsiger den nachbarlichen Gärten zustreben, die mit einem Haus vermutlich auch, weicher für den Bauch ist der Untergrund dort auch für sie.«

»Dahin ist es ziemlich weit, jedenfalls für eine Schnecke. Von auffälligen Populationen hat auch niemand berichtet.«

Olivias Augen verengten sich zu Schlitzen, sie starrte über ihre Teetasse zu ihrem Onkel und wartete.

»Nun ja, den Weinbergschnecken habe ich einen grünen Kringel auf ihr Haus gemalt. Wenn ich die nächste Ladung in den Wald brachte, bin ich solchen Kringeln manchmal wiederbegegnet. Es ergab sich, dass ich Mrs Melling darauf aufmerksam machte, wir wunderten uns gemeinsam und versprachen, uns wechselseitig über die Wanderungen dieser markierten Schnecken auf dem Laufenden zu halten. Du wirst dich sicher nicht darüber wundern zu hören, dass die Kringel Dorfgespräch wurden. Ich kann sagen, Schnecken erkriechen sich einen erstaunlichen Radius. Das dann doch, aber sie hatten ja auch den ganzen Sommer Zeit dazu.«

»Und du bist sicher, dass dich niemand in Verdacht hat?«

»Ganz sicher. In diesem Zusammenhang habe ich meinen lieben Mitbürgern genau zugehört.«

Mit strengem Ernst sah er Olivia an, bis beide in Gelächter ausbrachen.

Sie hatten es sich zwischen den großen Pflanzen im Wintergarten bequem gemacht, in Olivias Gesellschaft zündete Raymund auch wieder die Kerze auf dem Tisch an und sogar Marmalade profitierte von der neuen Geselligkeit und bekam eine Handvoll Katzenkekse.

»Kennst du Mrs Melling näher?«

»Ach, weißt du… was heißt näher? Wir treffen uns gelegentlich und reden ein paar Sätze. Ein paar Rahmendaten kann ich dir zur Verfügung stellen: Sie ist von hier wie Ann und Evelyn Cardoon, heiratete ziemlich jung und ging… ich glaube nach Neuseeland. Dort zog sie fünf Kinder groß, ihr Mann hatte wohl eine Ziegelbrennerei, die jetzt eines der Kinder weiterführt. Zwei weitere Kinder leben in London, die anderen beiden… keine Ahnung. Als Kate Mellings Mutter starb, war sie gerade selbst Witwe geworden. Sie zog in ihr ehemaliges Elternhaus ein und führt dort ihr eigenes Leben, von dem ich im Grunde keine Vorstellung habe.« Er goss Tee nach, das konnte er auch ganz unzeremoniell unter dem Reden.

»Gerade dämmert eine Erinnerung herauf«, fuhr Raymund fort, »die alte Mrs… keine Ahnung, wie sie hieß, also Mrs Mellings Mutter und Lady Cardoon die Ältere waren wohl befreundet. Aber das ist für dich historisch, auch wenn man nie wissen kann, was einem zufällig weiterhilft.«

Er schob Olivia die Milch hinüber: »Sagte ich dir schon, dass jeden Samstag gegen zwei Uhr der Blumenschmuck in der Kirche überprüft wird? Ich habe Aphra zugesagt, morgen ein paar Haselnusszweige hinüberzubringen. Vielleicht magst du das tun?«

»Verstehe. Wer wird da sein?«

»Lady Cardoon die Jüngere, sie hat die Oberaufsicht über das Ganze, Aphra schaut manchmal vorbei, und abwechselnd eine der Damen unserer Gemeinde, keine Ahnung, wer es an diesem Samstag sein wird. Mir fällt gerade auf, dass ich ›keine Ahnung‹ in den Gesprächen mit dir häufiger sage als mir das sonst zustößt. Ist doch interessant.«

»Ich denke, man hat von seinen Mitmenschen meist wenig Ahnung, man merkt es nur nicht. Das fällt erst auf, wenn man irgendetwas ganz genau wissen will. Zum Beispiel: Wen hat Delia Large sich zum Feind gemacht? Sira sagte, sie sei in den letzten Tagen vor ihrem Tod beunruhigt gewesen. Und das nicht durch eine Krankheit, das hätte Sira gewusst.« Olivia griff nach einem Ingwerkeks: »Unvoreingenommen betrachtet, ist das bisher das einzige Faktum zu unserem Fall – eine königliche Ausbeute!«

Kapitel 9

Kurz nach zwei Uhr am nächsten Tag machte Olivia sich auf den Weg zur Kirche. Marmalade begleitete sie wieder, bog aber neben der Kirchhofmauer ins Gebüsch ab. Die Haselnusszweige in Olivias Hand dufteten nach Frühling, so neu waren die zarten Blätter. Zwischen den Gräbern in der Sonne schlenderte die ernste Frau mit dem schneeweißen Haarknoten, die sie vor zwei Tagen an der Büchereiausgabe gesehen hatte. Wieder trug sie einen schmalen dunkelblauen Rock und eine gestreifte Bluse, um den Kragen ein Tuch geschlungen, über dem ganzen einen leichten Mantel, auch dunkelblau. Vielleicht war sie die Frau, mit der Delia Large kurz vor ihrem Tod so lange auf dem Green gestanden hatte. Eine freischwebende Spekulation – Olivia rief sich zur Ordnung und grüßte die Frau. Die blickte etwas erstaunt zu ihr hinüber und neigte stumm den Kopf zum Gegengruß. Aus dem Inneren der Kirche hörte man eine Stimme, die jedoch verstummte, als Olivias Schritte auf den Kacheln des Mittelganges lauter wurden. Lady

Cardoon drehte sich zu ihr um. Sie stand vor dem Altar, ein wenig platzgreifend, kam es Olivias Gefühl vor, aber diese Frau schien überhaupt etwas dominant zu sein.

»Da sind ja die Zweige… sehr schön. Sie geben Fülle. Ich denke, damit reichen unsere Tulpen und wir können heute Mrs Mottrams Garten schonen.« Schon hatte sie Olivia die Zweige aus der Hand genommen. Diese ließ das wie selbstverständlich geschehen, nickte Mrs Melling grüßend zu und setzte sich in eine Kirchenbank. Mrs Melling putzte die Blattpflanzen aus und rieb die großen Blätter mit einem feuchten Tuch ab. Vor den Altarstufen stand eine betagte Apfelkiste mit dem alten Strauß und den gelben Blättern der Topfpflanzen. ›Biomüll‹ hatte jemand auf die oberste Latte geschrieben, um jedes Missverständnis auszuschließen. Die beiden Frauen nahmen ihr Gespräch nicht wieder auf, falls es das denn gewesen war, irgendwer jedenfalls hatte gesprochen. Nach einer mittellangen Weile sah Lady Cardoon sich nach Olivia um: »Wir machten uns gerade, als sie kamen, Gedanken über ihre Strickentwürfe, leider tragen Sie auch heute nichts dergleichen. Gern würde ich einmal etwas davon sehen.«

»Das Wetter ist einfach nicht danach, ich

entwerfe zwar auch Baumwollpullover, die der jetzigen Jahreszeit eher entsprechen, trage sie aber selber nicht.«

»Verstehe. Wo, sagten Sie, kann man von Ihnen entworfene Sachen kaufen?« Lady Cardoon schien ehrlich interessiert, Olivia sah sie überrascht an.

»Manchmal braucht man ein ungewöhnliches Geschenk, und ein Pullover von einer Künstlerin, die man persönlich kennt, wäre so etwas.«

Olivias Überraschung wuchs und ihre Vorsicht. Mrs Melling putzte unbeteiligt die Blätter der großen Zimmerfeige.

»Stricksachen, die ich entworfen habe, können sie in der Afrika-Boutique von St. John's Wood ansehen. Wangari Aulton ist die Besitzerin«, teilte Olivia freundlich mit. Mrs Melling sah von ihren Blättern auf. War jetzt sie überrascht? Olivia wunderte sich immer mehr.

Die Lady sorgte für eine letzte Überraschung: »Ich denke, Sie wissen, wo das Pfarrhaus ist? Seien Sie doch so freundlich und richten dort mit den besten Grüßen von mir aus, dass wir genügend Blumen haben.« Damit war Olivia entlassen.

*

Roger sah sie kommen, winkte ihr zu und deutete nach hinten. Also schlug Olivia den Weg zum Gemüsegarten ein und wurde an der Hintertür herzlich von Aphra begrüßt. Lady Cardoons Nachricht hörte Aphra mit einem Blick auf die Küchenuhr an und runzelte die Stirn: »Die Damen scheinen Sie nicht in einen nachbarlichen Plausch hineingezogen zu haben. Richtig? Ich habe gerade Kaffee gekocht, Sie mögen doch auch einen?« Die beiden ließen sich auf der weißen Eckbank nieder. Olivia spielte mit den Blättern der späten Dichternarzissen, die in einem Mooskorb auf dem Tisch standen und wartete.

Aphra sah sie nachdenklich an: »Wissen Sie, den Redefluss unserer Gemeinde zu stoppen, hat bisher noch niemand geschafft. Allerdings muss ich zugeben, dass gerade Kate Melling nicht zu den Klatschbasen gehört. Und unsere Lady würde ihre öffentliche Rolle niemals durch unstatthafte Neugier gefährden, da bin ich dann doch ziemlich sicher. Trotzdem hofft man manchmal das Unmögliche. Macht nichts.« Sie schob Olivia den Teller mit Keksen näher.

Olivia griff zu. »Wie ist das mit dem Blumenschmuck geregelt? Sie haben die Oberaufsicht, sozusagen...«

»Ja richtig. Wissen Sie, das ändert sich immer

wieder mal, jedenfalls in dieser Gemeinde. Als wir kamen, sah ich mich inmitten einer Gruppe von sieben Frauen unterschiedlichen Alters. Wir legten einen Monatsplan fest und alles lief gut. Ich habe die Entwicklung nicht mehr parat, aber irgendwann waren es nur noch ältere Damen, die sich unter der Woche auch zum Tee trafen. Und noch später stieß Evelyn Cardoon dazu. Sie brachte mehrere große Grünpflanzen, so dass wir nur noch ein Blumengesteck brauchten. Dem widmete sich meist Sybille Mason, sie konnte das ganz hervorragend. Ich war immer begeistert. Leider lebt sie nun nicht mehr. Nun, unter der Woche gieße ich die Pflanzen, am Samstag bleibt für mich eigentlich nichts mehr zu tun. Ich gehe, begrüße die jeweiligen Damen, räume in der Sakristei auf und verschwinde wieder. Es ist nicht so gesellig, aber es spart viel Zeit. Und in diesem kleinen Ort sehen wir uns ja auch sonst. Ich finde die derzeitige Lösung gut.«

»Sie schützt auch die Blumen in den Gärten, das finde ich persönlich schön. Aber geredet wird natürlich nicht mehr viel. Somit war meine Erfahrung heute eine ganz natürliche.«

»Oh mein Gott, Sie denken doch nicht, dass die Damen Ihretwegen geschwiegen haben. So habe ich das vorhin nicht gemeint. Sicherlich nicht. Oder doch? Jedenfalls… andererseits«, fuhr Aphra irritiert fort, »ist Ihnen unstreitig das Gegenteil gelungen. Sie glauben gar nicht, wie viele gute Ideen es bereits für die Neugestaltung der Bücherei gibt. Mrs Graham wirkt schon ganz aufgelöst.«

»Als ich gegangen bin, hatte die Bücherei nur noch eine Stunde geöffnet…«

»Aber sie war gut besucht, nehme ich an… und es gibt Telefon, heute Morgen schien es drüben unausgesetzt zu läuten. Ich wage nicht mir vorzustellen, was jetzt dort los ist.« Aphra lächelte aufmunternd: »Wenn Sie so weitermachen, können Sie binnen Tagen der Mittelpunkt des Interesses sein.«

»Ich sehe mich schon mit Pinsel und Farbtopf auf einer Leiter stehen. Alle werden mit mir reden, nur wird niemand etwas Verwertbares sagen.«

»Möglich, aber bei anderer Gelegenheit wird sich jeder gern von Ihnen ins Gespräch ziehen lassen. Sie werden schlagartig eine von uns sein!« Was sollte Olivia dazu sagen? »Ihre Idee, die Bücherregale zu streichen, war ein Meisterschuss!« versicherte Aphra nachdrücklich.

Olivia lächelte, ohne sich weiter dazu zu äußern, stattdessen wollte sie wissen: »Womit vertreibt sich Mrs Melling die Zeit?«

Überrascht sah Aphra von ihrer Kaffeetasse auf, ihr Blick hatte sich dorthin zurückgezogen angesichts der Unmöglichkeit, ihren Gast für dessen eigene Idee zu begeisternd. »Mrs Melling hat ihre Esel, das heißt, zwei sind noch von ihrer Mutter, ihre Bienen und den National Trust.«

»Sie imkert selber?«

»Inzwischen ja, sie hat es beim Imkerverband gelernt.«

»Demnach gibt es mehr als die zwei Bienenstöcken vor den Rhododendronbüschen?«

»Ob sie selbst noch mehr hat, weiß ich nicht, aber sie betreut die Stöcke in zahlreichen Obstgärten der Umgebung. Hinten in unserem Garten stehen auch zwei.«

»Sie könnte also eine ganze Menge über ihre Mitmenschen wissen?«

»Sie ist, wie gesagt, nicht sehr redselig«, wandte Aphra ein. Sie hielt Olivias aufmerksamem Blick stand, ohne weiteres zu ergänzen.

Die nickte: »Das gilt auch für Sie. Ihnen wäre noch immer lieber, Sie hätten dem Wunsch nicht nachgegeben, Licht in die dunkle Zahl der Todesfälle zu werfen, nicht wahr?«

Erneut formulierte die Pfarrersgattin ihre Vorbehalte, jetzt durchaus zu längerer Rede fähig. »Mein Mann sieht es genauso«, schloss sie.

Olivia schob ihre Tasse beiseite und stützte die Arme leicht auf den Küchentisch: »Vielleicht finde ich ja nichts; der Fall, wenn es ihn denn gibt, wäre einer Miss Marple würdig. Sollte dies Unternehmen folgenlos ausgehen, ist keinerlei Schaden angerichtet – was beunruhigte Mrs Large in den letzten Tagen vor ihrem Tod?«

»Wie kommen Sie darauf?«

»Sira sagte es.«

»Nannte sie auch einen Grund?«

»Nein.«

In Aphra war das Gefühl für eine Art Pflichtbewusstsein lebendiger, als sie zugeben wollte: das Morden zu stoppen für den Fall, dass ihre Beobachtungen doch mit der Realität übereinstimmten. Sie bemühte sich um Kooperation: »Ich weiß auch keinen«, bekannte sie. »In den letzten zwei Wochen vor ihrem Tod sah ich sie nur in der Kirche... das heißt, am letzten Sonntag war sie nicht beim Gottesdienst.«

»Und am Sonntag davor?«

»Sie sprach kurz mit Roger... und vor dem Tor

eine Weile mit Entenjack… mit irgendwem muss sie auf dem Green noch gesprochen haben, denn ich sah sie zu ihrem Haus gehen, vom Schlafzimmerfenster aus, das war fast eine halbe Stunde nach Gottesdienstschluss.«

»Wohin gehört dieser Mann mit seinem Enterich?«

»Sie haben ihn also schon gesehen«, stellte Aphra fest. »Er wohnt im Anbau hinter dem Pub ›The Three Apples' Bowl‹, linker Hand vom Green. Es gibt noch einen zweiten Pub hinter dem Kriegerdenkmal, nur der Vollständigkeit halber. Den Wirt stört das Tier nicht, dessen Frau hält Enten hinter dem Haus in einem Gehege. Ja… Jack ist so alt, dass er sicher inzwischen eine Rente bekommt, aber trotzdem hält er, so gut er noch kann, den Garten vom Herrenhaus in Ordnung. Das hat er immer schon gemacht.«

»Was heißt immer?«

»Das heißt: schon als junger Mann. Er hat bei Lady Margaret Cardoon, der Mutter der jetzigen, die Gartenarbeit gelernt. Ich weiß nicht, ob er Howlethurst je verlassen hat. Früher hielt er auch die Wege auf dem Friedhof in Ordnung.«

»Mag er Quittenbrot?«

»Nein, aber er liebt die Marmelade. Manchmal

gebe ich ihm ein Glas.«

»Der gute Geist der Gemeinde!« endlich lächelte Olivia doch einmal ganz offen, »Mrs Penningham ist sehr glücklich über Ihre gemeinsame Begeisterung für Quitten.«

»Das freut mich«, kam als schlichte Antwort. Dann gab Aphra sich doch noch einen Ruck. »Sie ist eine nette Frau und immer freundlich, das bewundere ich am meisten. Sie haben sicher bemerkt, dass sie krank ist. Früher war sie Haushälterin, wohl in einer großen Familie. Ich stelle mir vor, dass sie notwendigerweiser immer etwas zu tun hatte. Und nun kann sie gar nichts mehr machen… außer wenn die Kinder im Farmhaus Zeit haben. Sie spielen Brettspiele und machen gemeinsam riesige Puzzles und sie soll sehr schön vorlesen.«

»Ich habe mich gern mit ihr unterhalten«, überlegte Olivia. »Ich werde es auch wiederholen. Wer weiß, was sie alles sieht… Aphra, was können Sie mir über Mrs Jenkins erzählen?«

Aphra hatte offenbar beschlossen, sich für heute nicht mehr zu wundern: »Ihr gehörte die erste Farm hinter den Häusern nördlich der Hauptstraße; ich glaube, die meisten Einfamilienhäuser dort stehen auf Erbpachtgrund, der zu ihrer Farm gehört.«

»Warum reden Sie in der Vergangenheitsform von ihr?«

»Sie ist vor etlichen Monaten gestorben, es war im Spätsommer letzten Jahres.«

»Woran?«

»An Altersschwäche, ganz einfach. Das gibt es wirklich.«

»Und in ihrem Fall sind Sie sicher?«

Aphra zögerte: »Sicher bin ich mir in keinem einzelnen Fall mehr, das ist ja das Unglück... aber es ist doch sehr wahrscheinlich. Sie war ziemlich alt, eine jener Bäuerinnen, deren Knochengerüst von einer lederartigen Haut zusammengehalten wird. Das enthob einen irgendwie der Frage nach ihrem Alter, aber es war beträchtlich.« Sie sah Olivia abwartend an.

»Tja... aufgefangen habe ich folgenden Fetzen: ›Die alte Jenkins hätte ihnen eben keine Hemlocktanne schenken dürfen.‹ – ›Ach was, immer dieses alte Gerede.‹ – ›Evelyn hat das damals gleich gesagt und jetzt hat der Gang der Dinge ihr recht gegeben.‹ – ›Wenn schon, das ist Zufall, weißt du. Und so war das immer schon.‹ Mehr hörte ich nicht, weil Mrs Melling mich begrüßte.«

»Na, immerhin, ich meine, man beginnt, Sie zu kennen.«

»Ja, ich war Mrs Melling schon über den Weg gelaufen, zusammen mit Susan«, stimmte Olivia zu. »Was oder wer fällt Ihnen zu der Hemlocktanne ein?«

Aphra goss Kaffee nach und schob Olivia noch einmal die Schale mit Ingwerkeksen näher. »Die alte Mrs Jenkins… bei ihrem Wohnhaus stehen mehrere mächtige Hemlocktannen – älter als sie, und sie liebte sie. Wenn sich eine neue Pflanze ins Leben kämpfte, hegte sie sie, bis sie jemanden fand, dem sie sie schenken konnte. Das letzte Mal, bei dem sie Gelegenheit dazu hatte, war Daffodils Hochzeit. Daffodils Eltern bewohnen eine Nachbarfarm. Sie bekam sehr viele Blumen zu diesem Anlass, der Name scheint das nahe zu legen. Zum Beispiel bekam sie einen großen Korb voll Blumenzwiebeln: Daffodils, Osterglocken in allen Schattierungen. Ich fand das sehr schön. Und Mrs Jenkins schenkte ihr ihre letzte Hemlocktanne. Einige Monate später starb sie dann.«

»Warum hätte Sie dieser Daffodil keine Tanne schenken sollen?«

»Ich weiß es nicht – klingt, als wäre ihr etwas zugestoßen, das will ich nicht hoffen, aber davon werde ich hören, wenn es denn wahr ist, und wichtig, irgendwie, nicht nur für diese beiden Frauen. Wo sind Sie überhaupt auf die zwei gestoßen?«

»In der Bücherei.« Olivia erhob sich. »Vermutlich sollte ich dort jetzt eine Stippvisite riskieren, bevor ich mich wieder an den Schreibtisch setze. Hoffentlich stolpere ich nicht schon über die ersten Farbtöpfe.«

Bei dem Stichwort ›Farben‹ fiel ihr doch noch etwas ein: »Aphra, wer ist Truly?«

»Ach du lieber Himmel – dann setzen Sie sich besser noch einmal. Truly – äußerlich ist sie der ewige Hippie. Sie haben sie ja wohl gesehen, wenn Sie nach ihr fragen: Weite fliegende bunte Röcke, phantasievolle Oberteile und Westen, lange Ketten, manchmal höre ich sie hinter mir, bevor ich sie gesehen habe. Dazu Conker-Schuhe, Sandalen im Sommerhalbjahr – immer und Boots im Winter. Sie hat jeweils viele Paare, denn sie liebt Farben.«

Olivia lachte. »Das klingt phantastisch. Dazu die roten Haare und ein tatenlustiges Gesicht. Das Alter irrelevant.«

»Ja, das ist sie. Sie mag die Menschen und den Umgang mit ihnen und ist immer am reden, wenn es möglich ist. Nicht immer frei von Klatsch, nein eigentlich wirklich nicht, aber nie böse.«

»Sie ist hier zu Hause?«

»Ja, ist sie und wie! Die Truebodys gibt es seit Generationen. Ich glaube, man ist sich nicht einig, ob sie zuerst hier waren und dann Howlethurst um sie herum entstand oder vielleicht doch andersherum.«

»Verstehe.«

»Ihnen gehört der Dorfladen. Die alte Maggi Truebody führt ihn oder tat es jedenfalls bis vor kurzem. Sie wohnt über dem Laden und redet immer noch mit, aber eine ihrer Töchter schmeißt heute die ganze Sache. Truly hat ihr halbes Leben hinter dem Postschalter verbracht. Es gibt im Ganzen sechs Schwestern, eine ist in Cranbrook verheiratet, die anderen leben in den kleinen wuchernden Häusern hinter dem Obstgarten, der hinter dem Laden liegt.« Aphra holte Luft und musste auch lachen. »Es ist eine tolle Familie: Fünf Schwestern leben da und sicher dreimal soviel Kinder, inzwischen auch Kindeskinder, manchmal gibt es Männer, meistens nicht. Manchmal Freundinnen. Es scheint immer turbulent und gleichzeitig für alle tauglich zu funktionieren.«

»Das klingt phantastisch – habe ich das schon mal gesagt? Der wahr gewordene Traum der Hippie-Bewegung.«

»Wie meinen Sie das?«

»Ich denke an den Plan vom gemeinschaftlichen, friedlichen Leben in und mit der Natur als Gegenentwurf zum eng gewordenen bürgerlichen Dasein der Nachkriegsgeneration und deren puritanischer Arbeitsauffassung. Wovon leben diese Menschen alle? Sehen sie, jetzt bin ich neugierig«, Olivia lächelte, sie war gerade mehr als das.

»Von der Natur – kein Bruch in Ihrem Bild. Eine Schwester hat eine Hühnerzucht aufgemacht, sie war zu der Zeit mit einem Farmer liiert. Zwei Schwestern haben einen biologischen Gemüseanbau, der immer mehr wächst, auch in die Fläche, meine ich damit…«

»Inzwischen ist das sogar gesellschaftlich anerkannt«, unterbrach Olivia spontan, mit einem entschuldigenden Blick schwieg sie sofort.

»…einige Kinder helfen dabei«, fuhr Aphra fort. »Sie haben einen großen Obstgarten und machen Cider und alles mögliche andere, zum Beispiel auch Marmelade und Chutneys. Verkauft wird das alles im Dorfladen. Truly betreibt einen Kräutergarten neben der Arbeit am Postschalter. Sie sehen, die Schwestern und all die Kinder teilen sich irgendwie immer in die

Arbeit und einer hat jeweils das Sagen für einen bestimmten Bereich und die Verantwortung und die Pflicht, möglichst Bescheid zu wissen. Es klappt. Es klappt inzwischen hervorragend. Alle miteinander sind sehr fleißig, Flower-Power her oder hin.«

»Donnerwetter. Mit dieser Truly muss ich mich unterhalten. Noch dazu, wo sie gerne ratscht.« Etwas von einem Lausbub steckte in dem Lächeln, mit dem Olivia Aphra die Hand reichte: »Sie halten die Ohren offen, nicht wahr? Ich finde sogar Hemlocktannen interessant.« Sie nahm ein leicht atemloses Kopfnicken und Grüße an ihren Onkel mit auf den Weg.

⋆

»Was schleppst du denn da an? Hast du das in einem Geheimwinkel der Sakristei entdeckt?« Raymund riss die Haustür weit auf.

»Ich hätte nie gewagt, unter dem strengen Blick von Lady Cardoon auch nur einen Fuß da hinein zu setzen.«

»Au ha, nicht gut gelaufen?«

»Ich weiß nicht genau – wahrscheinlich schon. Sie hat halt eine Art, die mich an alte Lehrerinnen erinnert, denen man auch nicht zu widersprechen wagt wegen irgendwelcher ungeahnter Folgen. Vielleicht hätte Ann ihre gestrenge Schulfreundin wenigstens zu einem Gegentee einladen sollen.«

»Sippenhaft gibt es in der westlichen Welt nur noch in den Staaten.«

»Irrtum, Herr Professor.« Olivia ließ die Farb- und Stoffkataloge mit einem leichten Knall auf den Boden im Wintergarten fallen. Der Deckenhaufen unter den Palmen geriet ins Rutschen und das kleine, verschlafene Katzengesicht richtete sich auf die Täterin. »Entschuldige, Marmalade, deinen Tagesrhythmus habe ich noch nicht ganz verinnerlicht – Raymund, schau dir dieses Gesichtchen an. Sira meint, Marmalade könnte uns etwas sagen wollen. Es klang, als wüssten oder ahnten sie und dieses Tier hier etwas von den düsteren Umtrieben, die wir noch nicht zu fassen kriegen. Und als ahnten sie, dass wir genau das suchen. Es war ein seltsamer Moment.«

»Das führt uns wieder an den Punkt, dass Delia Large Angst hatte und dass diese Angst berechtigt war, denn sie ist tot.« Raymund ging zurück in die Küche, eigentlich war er bei der Zubereitung des Abendessens. Er begann ein Stück Ingwerwurzel zu schälen, ließ die Hände aber gleich wieder sinken: »Puck, du solltest nirgendwo essen. Ich glaube zuversichtlich, dass Susan und Sira keine Gefahr bedeuten, aber lieber wäre mir, du würdest überhaupt nur hier etwas zu dir nehmen.« Er sah sie so ernst an, dass sie die Arme um ihn schlang und ihren Kopf leicht gegen den seinen drückte. Mit einem liebevollen Kuss gab sie ihn wieder frei.

»Schließt du Aphra ein? Dort habe ich heute einen Kaffee bekommen und genommen.«

»Sicher nicht, aber sie ist die Ausnahme. Über alle anderen würde ich die Fahne der Unsicherheit hängen.«

»Und sie ist rot mit einem Balken über dem Bild vom Tischlein-deck-dich.« Sie sah ihrem Onkel beim Schälen zu. »Gerade denke ich, Aphra mit ihren unübersehbaren Quittenprodukten hätte die idealen Voraussetzungen, nach und nach die halbe Bevölkerung zu vernichten.«

Raymund schüttelte den Kopf und schwieg.

»Eh ich's vergesse, die Kataloge ziehen Mrs Graham am Abend hinter sich her, ich hoffe, du bist damit einverstanden?«

»Mrs Graham kommt zu uns?«

»Ja, warum nicht?«

»Na ja, alles passiert irgendwann zum ersten Mal.« Er schnitt die Ingwerwurzel bewundernswert klein und streute sie über die Möhren-Linsen-Mischung, die leise köchelte.

★

Marmalade witschte in die Dunkelheit, als Raymund gute vier Stunden später seine zierliche Nachbarin einließ.

»Mr Fisher, es ist kaum zu glauben, es ist erst zwei Tage her, dass Viola den Gedanken aufbrachte, diese leider wirklich sehr unansehnlichen Bücherregale einfach zu streichen. Mir schwirrt der Kopf...ich kann mich gar nicht erinnern, wann das zum letzten Mal der Fall war.«

»Aber gleichzeitig fühlen Sie sich gut, nicht wahr?« stellte Olivia sicher.

»Ja, oh ja, es ist großartig!« Mit fast mädchenhafter Schüchternheit drückte sie ihrem Gastgeber ein alte Flasche Madeira in die Hand: »Vielleicht mögen wir etwas später einen Schluck davon. Vielleicht können wir dann sogar auf irgendetwas trinken. Ich bin wirklich ein klein wenig aufgeregt.« Olivia nahm ihr die Farbfächer ab, die Mrs Graham unter ihren Arm geklemmt und scheinbar vergessen hatte. Sie sah sich suchend um: »Viola, meine Liebe, wo haben Sie die Kataloge? Ich muss sie unbedingt anschauen.«

Sie lagen inzwischen nebeneinander ausgebreitet auf dem Esstisch. Alle verfügbaren Lichter wurden angeschaltet und Mrs Graham begann fast ehrfürchtig zu blättern.

»So großformatige Farbkataloge habe ich noch nie gesehen«, stellte Olivia fest, während sie ihrem Gast über die Schulter sah. Die neuen Farbfächer legte sie dazu. Mrs Graham blätterte langsam Seite um Seite um: Jede Seite zeigte einen Farbton und dazu drei Tapetenvorschläge. »Wer hier im Ort hat so was Spannendes herumliegen?

»Oh, Mr Jones. Er kam gestern in die Bücherei, kurz nachdem Sie gegangen waren. Alle redeten über Ihre Idee und hatten aufregende Vorschläge. Mr Jones hörte kopfschüttelnd zu und kam kurz vor dem Schließen mit diesen Katalogen zurück. Die seien nur für mich, erklärte er furchtbar ernst. Ich dürfe die Leute nicht mitreden lassen, fand er. Heute brachte er noch diese Farbfächer«, ihre Hand streifte freundlich darüber. »Naja…« Ein leises hohes Lachen begleitete ihre Erinnerung. »Mr Jones wohnt im ältesten Haus am Green, gleich neben dem von Mrs Large. Es ist von 1392, aus Kalksandstein, das mit den verzierten Fensterrahmen und Türstöcken. Es ist sehr klein, aber für eine einzelne Person reicht es wohl gerade.«

»Und Mr Jones kommt demnach in die Bücherei?«

»Ja, ganz regelmäßig. Er holt sich Romane, am liebsten Neuerscheinungen und...« sie unterdrückte dieses Mal ihr helles Lachen, »Kriminalromane. Da kennt er sich sehr gut aus.« Ein paar helle Töne stiegen dann doch über dem Esstisch auf. »Er brachte diese Kataloge – für die Regalfarben und für Stoffe, damit ich mir meine eigene Farbzusammenstellung aussuchen kann. Es war ihm sehr wichtig, dass ich mich nicht von den vielen Meinungen verwirren lasse. Ich glaube, er hat Sorge, dass das Gesamte zu bunt oder zu modern wird. Ich verstehe ihn, wissen Sie. Was den Leuten alles einfällt, ganz schnell und ganz sicher – es ist einfach zum Staunen.«

»Nach dem, was ich heute erlebt habe, kann ich es mir vorstellen. Sie tun mir in der Hinsicht schon leid, es lag mir völlig fern, Sie in solchen Trubel zu stürzen.«

»Das weiß ich ja. Die Idee ist nun aber gar zu schön. Deswegen freut mich auch die Aufregung der Leute. Und ein Zurück gibt es jetzt nicht mehr. Da bin ich sicher. Aber Mr Jones hat recht: Es muss mein Haus bleiben. Dabei werden Sie mir helfen, nicht wahr?«

»Furchtbar gern! Ich liebe Farben, wissen Sie…« Während Olivia sich mit den Farben beschäftigte, blätterte Mrs Graham fast ehrfürchtig den dicken Stoffkatalog Seite für Seite um. Raymund setzte sich ans Kopfende des Tisches und sah den beiden zu.

»Oh, sehn Sie mal, hier ist der Stoff von meiner Sitzgruppe unten im Romanzimmer«, Mrs Grahams Stimme klang noch heller. »Ich glaube… mir gefällt der Stoff noch immer am allerbesten… mancher andere ist auch sehr schön… aber dieser… zu gelben Regalen in der Halle sähen Sessel mit diesem Muster hinreißend aus…«

Olivia sah auf. Wie jung ihr Gast in seiner Begeisterung aussah. Offensichtlich gehörte sie zu den Menschen, deren Inneres mit Farben ganz direkt in Beziehung treten konnte. »Wenn das so ist«, schlug sie vor, »sollten wir von diesem Stoff ausgehen und nach Farben suchen, die Ihnen besonders gefallen. Und übermorgen Vormittag tragen wir die Kataloge hinüber und betrachten unsere Auswahl an Ort und Stelle und bei Tageslicht.«

Raymund staunte zunehmend, wie ausführlich man sich mit Farben beschäftigen konnte. Er versuchte sein Bestes, wenn Fragen an ihn gerichtet wurden und verlegte sich ansonsten aufs Zuhören.

Nach fast zwei Stunden bekannte Mrs Graham glücklich, nun erschöpft zu sein. Vorsichtig – angesichts der vorgerückten Stunde – schlug sie vor, den Madeira zu öffnen. Raymund brachte Anns beste Kristallgläser zu dem Teetisch zwischen den großen Pflanzen. Sie klangen sehr festlich zum Toast auf die neue Heiterkeit der alten Räume im Haus gegenüber.

Mrs Graham lehnte sich in ihrem Sessel zurück: »Ich muss zugeben, ich fühle mich so wohl wie schon lange nicht mehr.« Und wieder erklang ihr helles Lachen: »Sira wird mich morgen schlafend vorfinden, ich sollte ihr einen Zettel hinlegen, damit sie nicht erschrickt.«

»Morgen ist Sonntag«, erinnerte Raymund.

»Ach, du mein Güte, dann müssen Sie ja zum Gottesdienst spielen!« erschrocken sprang sie auf.

Gelassen blieb Raymund sitzen: »Keine Sorge, das klappt. Bitte, setzen Sie sich und lassen Sie uns in Frieden diesen alten Madeira trinken und den Abend genießen. Er ist noch immer nicht sehr fortgeschritten.«

»Ja…«, zögernd setzte Mrs Graham sich wieder, »wissen Sie, er ist so besonders…« sie ließ Raymund gewähren, als er ihr Glas wieder füllte.

»Sira würde bestimmt verstehen, wenn Sie morgen später herunterkämen…« abwartend sah Olivia die jung gewordene ältere Dame an.

Leichte Verwirrung zeigte sich auf deren Gesicht: »Aber sie kommt morgen doch gar nicht, haben wir gerade festgestellt…« ein leises Kichern unterbrach ihre Gedankengänge. »Ich verstehe, wenn… Ach ja… Sira ist ein Glücksfall! Ich mache oben meine Hausarbeit, wenn sie die Bücherei sauber macht und bin ganz sicher, dass mir die Arbeit viel leichter von der Hand geht, wenn sie da ist. Verrückt, nicht?«

»Ich weiß nicht, ich bin ihr nur einmal begegnet, nebenan bei Susan Large. Sie verbreitete eine Art überspringender Heiterkeit. Sollte das ihre Grundstimmung sein…«

»Genau das ist sie!« unterbrach Mrs Graham sie. »Und das ist so selten! Wie ein Wunder.« Nachdem sie einen kleinen Schluck Madeira getrunken hatte, ergänzte sie: »Ich sage das auch morgen noch, nicht nur heute in dieser freundschaftlichen Runde oder wegen des Madeira oder dieser Farben – sie können mich offenbar auch trunken machen. Ich fühle mich völlig ungewohnt... Aber was ich sagen wollte: Über Sira denke ich immer das Gleiche: Sie ist zum Umarmen.«

Kapitel 10

Während Raymund die alte gotische Dorfkirche mit Orgelklängen füllte, saß Olivia in großem Frieden über dem Schlusskapitel ihrer Übersetzung von Seymours Roman. Das Klopfen an ihrer Tür geraume Zeit später erreichte sie nicht. Deshalb fuhr sie verwirrt herum, als Raymund sie ansprach: »Entschuldige, Puck, ich wollte dich nicht erschrecken. Es ist nur so: Unten wartet Mr Jones, er möchte den Kobold kennenlernen, der den Farbenwirbel drüben in der Bücherei in Gang gesetzt hat.« Verwundert rückte Olivia ihren Stuhl vom Schreibtisch weg, etwas erstaunt darüber, wie schnell man interessant werden konnte.

Dieser öffentliche Wirbel sah einem Kobold wirklich eher ähnlich als der zurückhaltenden Viola Imbry, die dem Gast die Hand reichte. Mr Jones war ein gut erhaltener alter Herr mit nahezu faltenfreiem Gesicht und wenigen weißen Haaren. Aus kleinen blauen Augen schaute er sie aufmerksam an. Die schier endlosen Fragen, die er zu ihren Strickmusterentwürfen stellte und nach den Boutiquen, für die sie arbeitete, kamen schon fast einer Inquisition gleich, Olivia war heil froh, dass sie ihre Kindheit im Salzburger Kostümfundus mit verwerten durfte.

Als es ihr zu viel wurde, beantwortete sie seine nächste Frage mit einer Gegenfrage: »Sie erinnern sich schon, dass es um die Bücherei drüben geht? Ich will nicht über das Innere Ihres Hauses herfallen!«

»Ja natürlich weiß ich das. Aber die Bücherei ist doch quasi ein öffentlicher Raum, da sind wir alle mitverantwortlich, gewissermaßen.«

Olivia legte den Kopf schräg und sah ihn sprachlos an. Raymund, der bis jetzt geschwiegen hatte, schüttelte energisch den Kopf: »Nein, sind wir nicht. Das Haus gehört Mrs Graham und sie allein wird entscheiden, ob überhaupt neue Farben hineinkommen und wenn, welche. Wir alle können ihr beim Streichen helfen, wenn es denn dazu kommt, das ist alles.« Das sich ausbreitende Schweigen förderte Raymunds Verwunderung bis zu der Einsicht, dass er auch diesen Nachbarn kaum kannte, der jeden Sonntag auf demselben Platz in der Kirche saß.

»Mr Jones, darf ich fragen, welchen Beruf Sie

ausgeübt haben, da Ihnen Farben so offensichtlich am Herzen liegen?« Olivia fand, jetzt sei sie an der Reihe, Fragen zu stellen.

Der alte Herr musterte seine beiden Gesprächspartner noch einige sich hinziehende Augenblicke, bis er sich zum Reden aufraffte, mehr Raymund zugewandt: »Ich bin Innenarchitekt – gewesen, leider gewesen. Ich würde noch immer gern arbeiten. Aber vor einigen Jahren habe ich mich aus dem Geschäft zurückgezogen, letztlich wegen der Technik. Alles muss heute über Computer laufen, da hinein habe ich mich nicht mehr gefunden. Stoffe muss man fühlen, ich jedenfalls. Sie, Miss Imbry«, er wandte sich wieder Olivia zu, »arbeiten so herzerfrischend altmodisch, mit Stift und Papier, mit Wolle und Strickproben, ich konnte es einfach nicht glauben. Bitte verzeihen Sie mir.« Mit einer tiefen Querfalte auf der Stirn sah er sie düster an.

Raymund tat er fast ein wenig leid. »Wenn Sie Mrs Grahams Räume als deren Privaträume ansehen könnten, wird sie Ihnen sicherlich ein offenes Ohr leihen. Morgen Vormittag geht drüben die Beratung weiter, vielleicht mögen Sie dazu stoßen?«

Überrascht sah Mr Jones von einem zum anderen: »Sie meinen, Sie hätten nichts dagegen, wenn ich komme?« Er holte tief Luft, die Querfalte glättete sich ein wenig. »Das wäre großartig!« Als Olivia zustimmend nickte, lehnte er sich erleichtert in seinem Sessel zurück. Aus der Sicht seiner Zuhörer etwas unzusammenhängend fuhr er fort: »Man kann gar nicht vorsichtig genug sein, manchmal erschreckt mich mein eigenes Bedürfnis nach Stabilität, wissen Sie. Als Innenarchitekt liebte ich die Veränderung. Sehr seltsam. Haben Sie die Nichte von Mrs Large schon kennengelernt? Das ist so eine ungemütliche Veränderung für mich.«

Jetzt sahen beide Herren Olivia an. »Ich habe sie ein wenig kennengelernt. Sie wird Ihnen gefallen, sie liebt Farben. Am Donnerstag trug sie eine indische Kombination aus Hose, Tunika und Schal in Gelb, am Freitag in Blautönen; es gibt sicher noch mehr davon.«

»Aha, ja... und was wird sie mit dem Haus machen? Äußerte sie sich dazu?«

»Im Moment sieht es so aus, als würde sie es behalten.«

»Aha... ganz allein in dem großen Haus... meinen Sie wirklich?« Mr Jones' Ton wurde erneut mit jeder Frage ein wenig inquisitorischer.

»Das muss ja nicht so bleiben«, fand Olivia. »Sie steht ganz am Anfang ihres englischen Lebens. In der Hinsicht ist alles offen. Fest steht, dass Sie weiterhin eine sehr nette Nachbarin auf dieser Seite Ihres Zaunes haben. Ich denke, da können Sie ganz zuversichtlich sein. Hatten Sie guten Kontakt zu Mrs Large?«

»Nun ja…« Nachdenklich sah er zum Fenster hinaus auf den Green. »Wie man sich halt so kennt… wir sahen uns sonntags auf dem Weg zur Kirche, bei der Gartenarbeit gelegentlich, über die Jahre lernt man sich ein wenig kennen. Ich habe sie sehr geschätzt.«

»Haben Sie mit ihrem Tod gerechnet?«

»Nein, ganz und gar nicht! Auch das macht mir fast ein wenig Angst. Sie hat die letzten Wochen vor ihrem Tod sehr viel im Garten gearbeitet, sehr entschlossen, die Frühjahrsarbeit sollte fertig sein, bis ihre Nichte kommen würde. Und sie war physisch in der Lage, es auch einfach zu tun.«

»Könnte sie sich überanstrengt haben? Ich glaube, ihr Herz war nicht ganz in Ordnung?« wandte Raymund ein.

»Oh nein, gar nicht.« Mr Jones war sich ganz sicher. »Sie stellte ihr Arbeitstempo darauf ein, seit Jahren schon. Und beim Sägen oder Ähnlichem hat Sira ihr geholfen. Nein, bestimmt nicht. Und sehen Sie, am vorletzten Sonntag sah ich sie über eine halbe Stunde lang auf dem Green stehen und reden. Das ist auch anstrengend, wenn man nicht gut beieinander ist. War sie aber!«

»Mit wem hat sie sich unterhalten«, hakte Olivia nach.

»Mit Mrs Carter.«

»So lange?« wunderte Raymund sich.

»Sehen Sie, das hat mich auch gewundert. Aber so war es.«

»Wer ist Mrs Carter?« Olivia stellte die Frage in den Raum, Mr Jones antwortete.

»Sicher haben Sie sie schon gesehen: eine schmale, große, alte Frau, immer in einem schmalen dunkelblauen Rock und gestreifter Bluse; darüber ein je nach der Jahreszeit wechselnder dunkelblauer Mantel. Sie geht viel spazieren.« Er wandte sich umgehend wieder Raymund zu: »Sehen Sie, als sie, Mrs Large, am nächsten Sonntag nicht in die Kirche kam, dachte ich, sie wolle das nicht wiederholen. So ein langes Gespräch… doch das ist ein ungezogener Gedanke von mir, denn eigentlich kenne ich Mrs Carter gar nicht. Es ist ja durchaus möglich, dass die beiden Damen ein gutes Gespräch geführt haben. Außerdem kommt Mrs Carter nur sehr unregelmäßig in den Gottesdienst. Und ich glaube, sie redet normalerweise eher wenig. Kurz und gut: Für meine Unterstellung gibt es keinen Rückhalt, ganz abgesehen davon, dass es in keiner Weise zu Mrs Large passen würde, gepasst hätte, jemandem aus dem Weg zu gehen. Vermutlich hat sie das ihr ganzes Leben hindurch nicht getan.« Mr Jones' Blick wanderte ins Leere. Doch wenige Sekunden später raffte er sich zusammen und stemmte sich entschlossen aus dem Sessel. Mit den üblichen Abschieds-wendungen und der sichtlichen Vorfreude auf den nächsten Vormittag verabschiedete er sich.

»Raymund, wer ist Mrs Carter?« wiederholte Olivia ihre Frage, sobald die Haustür zugedrückt war.

»Um ehrlich zu sein, ich weiß es eigentlich nicht. Die Frau, die Mr Jones beschrieb, sehe ich gelegentlich, ohne wirklich auf sie zu achten. Sie kommt, wie er schon sagte, hin und wieder in den Gottesdienst. Auch in die Bücherei. Die Frage geht an Roger und Aphra.«

»Ich habe sie auch schon zweimal gesehen.«

»Dann sprich sie beim nächsten Mal einfach an.«

»Nein, ich glaube nicht…«

*

Montagmittag. Marmalade verließ ihren Sonnenplatz und begrüßte Olivia, die quer über den Green auf sie zukam, mit leisem Schnurren. Gemeinsam betraten sie das Haus. Nach einigen Schlucken Wasser machte das Katzenmädchen sich an die Vernichtung der letzten Reste ihrer trockenen Nachtration. Olivia sah ihr zu und fand, dass ein Teller voll Müsli eine sehr brauchbare Idee war. Einen heißen Kaffee dazu schlug sie nicht aus.

Raymund setzte sich zu ihr: »Ihr habt sehr ausführlich getagt. Mit einem Ergebnis?«

»Ja… ja, tatsächlich. Es verlief alles sehr harmonisch. Mrs Graham entwickelte unserem Innenarchitekten meinen Vorschlag als den ihren und ihr gegenüber verhielt er sich als Kavalier. Seine Gegenvorschläge wurden sehr höflich präsentiert, diskutiert und am Ende so etwas wie ein Gesamtkonzept festgehalten. Die Veränderungen meiner Anfangsideen gefallen mir sehr, weißt du. Er will die Innenfächer der Regale nach unten dunkler werden lassen. Ob man das vor lauter Büchern wirklich sieht, sei dahingestellt, die Vorstellung ist auf alle Fälle reizvoll. Und für die Regale der Kinder- und

Jugendbücher überzeugte er Mrs Graham schließlich von heitereren Farben innen, außen werden auch sie dunkelrot, die niedrigen Regale für die Bilderbücher aber werden rundherum gelb. Dazu schlug er niedrige Sitzpolster dazwischen vor, damit die kleinen Leute sich richtig gemütlich fühlen, Stoffproben für die Bezüge will er noch bringen; und Kissen für die vielen großen Sessel in der Halle aus dem Stoff, der Mrs Graham so gefallen hat, war vorläufig seine letzte Idee. Dadurch braucht man einstweilen nicht über neue Bezugstoffe nachzudenken, das ist finanziell ein erheblicher Vorteil. Es könnte mit Pinsel und Farbe und Stoff eine ästhetische Revolution vor sich gehen.«

»Da schau einer her… Und wenn alles fertig ist, wird dir sicher einfallen, dass jetzt noch einige große Pflanzen das I-Tüpfelchen wären.« Auf Raymunds Gesicht lag ein heiterer Glanz. »Scheint, ihr habt es wirklich gut gemacht. Mr Jones geht es jetzt sicher viel besser als gestern.«

»Bestimmt!« bestätigte Olivia nachdrücklich: »Und ich bin ihm ehrlich dankbar. Er macht jetzt eine Skizze und hält darauf alle Pläne fest, er rechnet die Farbmengen aus und er wird mit Mrs Graham zum Einkaufen fahren. Er weiß einen speziellen Laden und spezielle Farben… es ist alles in den besten Händen. Ich gewöhne mich richtig daran, dass andere Menschen meine Ideen umsetzen.«

Sie stand auf und hockte sich zu dem Katzenmädchen, dass sie schon seit einer Weile erwartungsvoll ansah. »Bis Donnerstag ist Pause. Wenn Mrs Graham bis dahin noch immer einverstanden ist, werden die zwei die Farben für den ersten Raum kaufen… vielleicht aber auch erst am folgenden Montag.« Marmalade streckte sich zufrieden aus und legte den Kopf auf Olivias ausgestrecktes Bein. Die überlegte laut weiter: »Sieht so aus, als könnte ich meine Übersetzung in Ruhe zu Ende bringen, das entspannt mich. Ein zusätzliches Hoch auf Mr Jones. Übrigens – ihm ist der Tod seiner Nachbarin Large wirklich richtig unheimlich, er kam heute in der Bücherei auch wieder darauf zu sprechen.«

Raymund schaute von seinem Stuhl auf die beiden hinunter: »Ich habe mich gestern schon in unserem Treiben bestätigt gefühlt, als ich ihm so zuhörte. Irgendetwas stimmt nicht und es scheint, als würde das Unbehagen sich ausbreiten. Könnte dir helfen. Allerdings, das wurde mir dabei auch klar, müssen wir auf Dauer ein wenig aus der Deckung gehen. Das gefällt mir nicht und muss sehr gut überlegt werden, um so weit als irgend möglich auszuschließen, dass der Feind davon etwas mitbekommt. Mir ist gerade sehr anschaulich, wie recht der alte Clausewitz damit hat, dass Krieg, obwohl man so gern von ›Kriegskunst‹ redet, weder zur Kunst noch zur Wissenschaft gehört, sondern ins gesellschaftliche Leben, einfach deshalb, weil das Gegenüber reagiert oder eben daran gehindert werden soll, wie in unserem Fall.«

»...der eben nicht Krieg, sondern eher eine Geheimaktion ist... Heute Abend könnten wir gemeinsam einen Abendspaziergang machen, was meinst du? Morgen werde ich wieder bei Susan vorbeischauen. Es ist für mich eine ungewohnte Situation, aber es bleibt uns gerade nichts anderes übrig, als auf den Zufall zu hoffen, wie geheim auch immer.«

Kapitel 11

Olivia schaltete ihr Laptop aus und streckte sich zufrieden: Noch zwei ruhige Tage für ihre Arbeit und sie konnte die Übersetzung von Seymours Roman für zwei Wochen auf Eis legen, wie sie es möglichst immer vor der letzten Korrektur zu schaffen versuchte. Die Linden vor ihrem Fenster waren inzwischen so grün, dass der Blick sich gänzlich in ihrem Laub verfing, also spazierte sie durchs Zimmer, um auf der anderen Seite in den Garten hinunter zu gucken. Da das Fenster am Boden ansetzte und nicht sehr hoch war, erreichte der Blick gerade die Grenzen von Raymunds Garten, lediglich zu ihrer Linken sah sie hinter der Hecke die Spitzen der nachbarlichen Sträucher. Ihre Augen schweiften müßig über die Beete und blieben an Marmalade hängen. Sie saß oben in dem nicht mehr ganz so wüsten Erdbeerbeet und fraß etwas. Olivia staunte, Erdbeeren konnten es noch nicht sein.

Sie sauste die Treppe hinunter, um zum Küchenfenster hinauszuschauen. Jemima saß im Schneidersitz auf einer Bank und las. Die Ferienfamilie von Lady Cardoon, die erste in diesem Jahr, bummelte über den Rasen. Es gab wirklich mehrere Gästezimmer im Herrenhaus, Sira hatte es bestätigt, nachdem die Schilder an der Hecke Susan und sie etwas verwirrt hatten. Und da waren nun die ersten Gäste, sie steuerten auf die Bücherei zu. Mr Jones kam gerade von dort, dieses Mal mit einigen Büchern unterm Arm. Gestern, Donnerstag, hatte Raymund die Nachricht mitgebracht, dass Mrs Graham sich für die abgesprochenen Farben entschieden hatte und am Montagvormittag der große Einkauf stattfinden sollte. Das taugte ihr im Zeitablauf, sie würde in der nächsten Woche, so ihr fester Plan, jeden Nachmittag drüben streichen und Ohren wie eine Fledermaus entwickeln; es musste doch endlich etwas darin hängenbleiben, das sie weiterbrachte. In dieser Woche hatte sie einen langen Spaziergang mit Susan gemacht, Entenjack zugewinkt und den Druiden gesehen, Briefmarken bei Truly gekauft und ein wenig geplaudert, sich mit Jemima unterhalten, das war in der Bücherei vor einem Regal mit sogenannter Jugendliteratur gewesen. Zu Olivias tiefer Befriedigung las das Mädchen jetzt ›Big Tiger and Christian‹, ein Hoch auf die Übersetzer. Sie konnte vom Fenster aus das dicke Buch erkennen, nicht viele Jugendbücher waren sooo dick. Sie hatte lange neben Mrs Penningham auf der Bank gesessen und geplaudert. Mrs Melling hatte sich für einen kurzen Moment dazugesellt. Dabei bestätigte sich, dass auch die alte Mrs Penningham ihre Kindheit hier in Howlethurst verbracht hatte; diese Quelle musste man noch zum Sprudeln bringen genau wie die von Truly. Mitten auf dem Green hatte sie mit Aphra gestanden und geredet, hoffentlich hatten das viele Leute gesehen. Ohnehin konnte sie sich über ihre Bekanntheit im Dorf nicht beklagen, sehr viele Leute grüßten sie inzwischen. Wenn sie in der nächsten Woche mit Farbe an den Fingern unter ihnen stand, würden sie sicher auch reden.

›Man nennt so etwas ›vertrauensbildende Maßnahmen‹‹, stellte sie optimistisch fest. Raymund trat neben sie und schaute ebenfalls hinaus: »Weißt du inzwischen mehr über Fay Carter, du hast Aphra doch getroffen, oder nicht?« wollte er wissen.

»Ja, ich habe mit Aphra gesprochen; nein, ich weiß noch immer nichts über Fay Carter. Die lief genau in dem Moment durch Aphras Blickfeld, als ich nach ihr fragte. Obwohl sie freundlich grüßend vorüberging, wollte Aphra nun nicht mehr über sie reden.«

Raymund nickte: »Bist du mit deinen Fortschritten an Seymours Roman zufrieden?«

»Ja, ich glaube ja, erstaunlich genug, aber nach wenigen Minuten über seinem Text habe ich alles vergessen und denke an nichts anderes mehr. Ach Raymund, wenn das Buch im deutschsprachigen Raum ein Erfolg würde… es wäre gar zu schön!«

»Ja, für euch beide. Ich drücke euch fest die Daumen. Weißt du, es ist ja gut, dass du diese Arbeit so weit voranbringen kannst. Ich wusste ja nicht, was ich da zu unterbrechen im Begriff war.«

»Ich brauche noch zwei ruhige Tage, dann kann ich den Roman unter Wasser legen.«

Fragend sah er sie an.

Ein Lächeln huschte über ihr Gesicht. »Es ist ein Bild von C. S. Forester, dem, der die Romane über Hornblower geschrieben hat. Er spricht von einem Baumstamm, den er ins Wasser legt. Dort unten setzt sich dann alles Mögliche am Holz an, das er gelegentlich besichtigt. Irgendwann hat sich das Holz so weit angereichert und verändert, dass er es aus dem Wasser zieht und eine neue Geschichte daraus macht. Mir taugt dieses Bild sehr: Ich lege die Übersetzung unter Wasser, heißt: Ich versenke sie so weit, dass ich an anderes denke, ein Teil meiner Gefühle aber weiter um sie kreist. Wenn ich den Text dann wieder hervorhole, ist er mir vertrauter als vorher, gleichzeitig aber hat die Zeit den notwendigen Abstand hergestellt, damit ich meine Übersetzung kritisch überarbeiten kann.«

»Verstehe… es ist ein anschauliches Bild… deine Gedanken von der Übersetzung abzuziehen, dürfte dir jetzt gerade nicht schwer fallen.«

»Stimmt. Ich sollte dann allerdings schauen, ob ich hier offensiver handeln kann, es muss ja nicht unbedingt eine weitere Leiche geben, um uns auf die Sprünge zu helfen.« Sie sah ihren Onkel an. »Ich werde vorsichtig sein, aber wenn man die Deckung nie verlässt, kommt man auch nicht voran.«

Raymund nickte zustimmend und ging in den Wintergarten, um sein Katzenmädchen einzulassen. Das ging schnurstracks zu seinem Trinknapf. »Fressen Katzen Grünzeug?« wollte Olivia von ihrem Onkel wissen.

»So allgemein kann man das, glaube ich, nicht sagen, aber sie fressen Gras. Meistens lasse ich irgendwo eine Ecke stehen, beim letzten Mähen habe ich es allerdings vergessen, weil ich fruchtlos über unser Problem nachgegrübelt habe – guck mal, wer da um die Ecke biegt? Dabei hätte ich den Türklopfer ganz gut gehört.«

Er öffnete die Terrassentür ein zweites Mal und ließ den Pfarrer ein: »Roger, seit wann kommst du von hinten, ohne es vorher mit dem Türklopfer zu versuchen?«

Verwirrt starrte der Gast ihn an. »Ist das so? Ja also, um der Wahrheit die Ehre zu geben…«

»Was man in deinem Berufsstand unbedingt befolgen sollte…«

»Wie bitte… ach so, ja… sicher ja, also ich benutze die Gartenpforte, weil ich hoffe, dass man mich dann weniger bemerkt, ich meine, dass es nicht so deutlich ist, dass ich dich besuche, ich meine, je weniger die Leute das sehen, desto besser, nicht?«

⋆

»Was ein schlechtes Gewissen doch aus einem Menschen machen kann. Roger, komm, trink mit uns Tee.«

Dieses Mal holte Olivia eine weitere Tasse und die Zuckerdose und füllte zwischendurch Marmalades leeren Wassernapf. Als sie beobachtete, wie konzentriert Mr Mottram seine Brille putzte, tat er ihr leid. »Ich habe den Eindruck«, sprang sie forsch mitten in das Problemfeld hinein, »dass die Leute mich als zeitweiligen Gemeindezuwachs angenommen haben und weiter nicht viel über mich nachdenken. Kann das sein?«

Roger Mottram setzte seine Brille sorgfältig auf und betrachtete sie gedankenvoll. Schließlich stimmte er zu: »So ist es, sehr erstaunlich. Und die Idee mit dem Streichen der Bücherregale lässt das ganze Dorf an nichts anderes mehr denken. Und obendrein glaubt jetzt jeder, dass Sie hauptberuflich Strickmuster entwerfen. Ich staune nur noch«, bekannte er.

»Fabelhaft! Eine entscheidende Front befriedet. Leider bin ich darüber hinaus nicht viel klüger als vor zwei Wochen«, bekannte Olivia.

»Aphra sagte das schon, sie hat ja mit Ihnen gestern gesprochen, oder war es vorgestern? Jedenfalls haben wir uns noch einmal Gedanken gemacht, welche Todesfälle uns seinerzeit etwas überrascht haben, wissen Sie? Wenn man benachrichtigt wird, reagiert man, reagiere ich zuerst einmal für mich im Stillen. Ich sage mir: ›Ja, das war jetzt wohl dran.‹ oder aber ›Damit hätte ich noch nicht gerechnet.‹ und so weiter. Also, wenn ich ganz angestrengt nachdenke, fällt mir der eine oder andere Fall ein, bei dem ich mich wunderte und mich jetzt frage, ob er in unsere Untersuchungen gehört.« Er sah von seinen Händen auf, sein Unbehagen war nicht zu verkennen.

Raymund nickte: »Ich verstehe, dass du dich schlecht fühlst, wirklich, alter Freund. Um ehrlich zu sein, ich habe mich auch schon besser gefühlt.« Olivia hatte entschlossen Papier und Bleistift geholt und saß nun abwartend da.

Zögernd redete Roger weiter: »Sie haben meine Frau nach Mrs Jenkins gefragt, erinnern Sie sich?« Olivia nickte. »Meine Frau hat nun gehört, dass Daffodils erstes Kind kurz nach der Geburt gestorben ist. Furchtbar.«

»Gehört die Hemlocktanne in diesen Zusammenhang? Hat Ihre Frau darüber nachgedacht?«

Jetzt nickte Roger: »Mir ist das ein bisschen zu verrückt. Sie fand in einem viktorianischen Buch über Blumensprache, es steht übrigens in der Bücherei bei den Gartenbüchern, dass die Hemlocktanne sagen soll: ›Du wirst mein Tod sein.‹ Besser, Sie unterhalten sich mit Aphra darüber. Christliches Gedankengut ist das nicht.« Raymund schob ihm die Zuckerdose näher und dankbar füllte Roger löffelweise von ihrem Inhalt hinüber in seine Tasse. Man konnte das Ganze zu einer trinkfähigen Flüssigkeit verrühren, beobachtete Olivia.

Nach einigen Schlucken Tee zog Roger einen Zettel aus der Jackentasche: »Da ist zum Beispiel der alte Wood, etwas unsicher auf den Beinen, aber im Ganzen rüstig. Sie hätten ihn mal Holz hacken sehen sollen. Und plötzlich war er tot. Er hatte eine kleine Farm, auch drüben nördlich der Hauptstraße, wo Mrs Jenkins wohnte.« Er wartete ab, bis Olivia mit ihren Aufzeichnungen fertig war. »Mrs Mason war seit einem Jahr Witwe und kam damit sehr schlecht zurecht, das stimmt schon. Doch als sie starb, beobachtete ich gerade, dass sie begann, ihr Leben wieder in die Hand zu nehmen. Aber vielleicht habe ich mich ja auch geirrt.«

»Wohnte sie auch oben hinter der Hauptstraße?«

»Nein, sie wohnte in dem roten Ziegelsteinhaus neben dem Doktor hier am Green. Ihre Tochter hat es vermietet, die Bewohner kenne ich nicht, sie kommen nicht in die Kirche.« Er leerte seine Tasse mit wenigen großen Schlucken. »Tja, und Mrs Barley war Ende sechzig und munter und dann war sie tot, das war im letzten Sommer.« Er fing Olivias abwartenden Blick auf: »Mrs Barley wohnte in dem kleinen Häuschen mitten in der Schafweide der Penninghams, gegenüber sind noch zwei Häuser, eines ist dauerhaft vermietet, das andere ein Ferienhaus.« Entschlossen schob er seinen Zettel wieder in die Tasche. »Ihre beiden Kinder haben den Mietvertrag erneuert und sind abwechselnd ziemlich häufig hier. Ich glaube, die Penninghams sind weiter ganz einverstanden mit der Situation.« Er sah zaudernd auf Olivia und dann auf das Papier, das sie beiseite gelegt hatte, und zurück: »Sie werden das nicht herumliegen lassen, nicht wahr?«

»Nein, auf keinen Fall. Alles Schriftliche liegt oben in meinem Zimmer. Dahin kommt nur Raymund.« Olivia nahm ihre Teetasse wieder auf, sie war lauwarm und wärmte ihre Hände nicht mehr. »Mr Mottram, auf Ihrem Zettel stehen noch mehr Namen, warum geben Sie gerade diese drei weiter?«

»Ja, sehen Sie, wir haben eine ganze Latte aus den letzten drei Jahren zusammengetragen, darunter müssen auch welche sein, die natürlich vor sich gegangen sind. An die drei Fälle, die ich Ihnen nun zu treuen Händen weitergebe, erinnern wir uns besonders genau und...«

er seufzte, »ich weiß wirklich nicht, ob es recht ist… meine Frau meint, sie haben sich ein wenig mit der alten Mrs Penningham angefreundet. Sie könnte über diese drei Menschen vielleicht etwas wissen…«

»Na, das ist doch mal gut! Hoffentlich bleibt das Wetter sonnig, damit sie bald wieder auf der Bank sitzt. Es wäre schon schön, wenn ich ein wenig neues Material zum Grübeln bekäme. Sagen Sie, kennen Sie die Feriengäste von Lady Cardoon?«

»Manche, ja, tatsächlich, sie kommen jedes Jahr wieder und gehen auch sonntags in die Kirche. Gelegentlich macht Evelyn eine Führung für ihre Gäste; ich gebe zu, dass ich mich verdrücke, wenn ich es rechtzeitig bemerke. Meine Frau ist da viel tüchtiger.«

»Lady Cardoon hat demnach Stammgäste?«

»Ja, hat sie wohl, Aphra könnte Ihnen das zuverlässiger beantworten. Mein Eindruck ist, dass Evelyn ganz gern Leute um sich hat, nur dürfen sie ihr nicht allzu nah kommen. Bei Feriengästen ist das ohne große Schwierigkeiten zu erreichen, bei festen Mietern unter Umständen nicht so einfach.«

»Wenn man von vorne herein auf Abstand bleibt, ist es vielleicht sogar einfacher.«

»Klingt auch plausibel, Evelyn äußerte mal, das Angenehme an Feriengästen sei, dass sie da und auch wieder weg seien – ich glaube, ich sollte jetzt gehen.« Er stemmte sich aus dem Weidensessel, der leise dazu knarzte. »Ach du lieber Himmel, fast hätte ich vergessen, Aphras Einladung zu überbringen. Wäre der nächste Donnerstag recht? Aphra meint, dann könntest du dich nach deinem Nachmittag in der Bücherei gleich an den Tisch setzen, Raymund. Sie denkt immer so praktisch. Was sagst du?«

Raymund lachte: »Sie sieht das ganz richtig.« Olivias stumme Zustimmung einholend, nahm er die Einladung gerne an. Er ließ seinen Freund wieder durch den Wintergarten hinaus.

⋆

Wenig später zog Olivia die schwarze Haustür hinter sich ins Schloss. Marmalade hatte noch einmal kräftig getrunken, bevor sie ihr folgte. An einem Freitagnachmittag war Olivia noch nicht durch Howlethurst spaziert. Vor Susans Haus blieb sie stehen, eigentlich hatte sie allein herumstreichen wollen, doch was sie sah, ließ sie anhalten. Die Vorhänge vor den Erkerfenstern waren zugezogen und, zwei Schritt zurücktretend sah sie, dass es im ersten Stock genauso aussah. Zwischen Fußmatte und Straße lag eine Tonplatte. Olivia trat nun doch näher. Für ihr Dafürhalten war in die Tonplatte ein Labyrinth eingeritzt. Spannend. Entschlossen ließ sie den Türklopfer auf die Messingunterlage knallen. Dann hockte sie sich hin und fuhr mit dem Finger die dünnen Linien entlang. Er wurde immer wieder von der Mitte abgelenkt, so dauerte es eine ganze Weile, bis sie ihr Ziel erreicht hatte. Und die Haustür blieb geschlossen.

»Susan?« Ratlos schaute sie über die verhangenen Fenster hin, als sie einen weichen Stupser an ihrem Bein fühlte. Marmalade sah zu ihr hinauf, stupste sie noch einmal und ging dann mit erhobenem Schwanz zur Gartenpforte. Mit tief durchhängendem Kreuz wand sie sich darunter hindurch in den Garten und sah sich abwarten nach Olivia um. ›Vielleicht lernen Sie im Laufe der Zeit, sie zu verstehen‹, hatte Sira gemeint. Marmalade war zwei weitere Schritte gegangen und wartete nun.

Die Gartenpforte hatte keinen Griff. Zum Übersteigen war sie zu hoch. Marmalade hatte sich gesetzt und sah zu ihr hinüber. Na, toll. Entschlossen suchte Olivia die Türangeln, dann tasteten ihre Finger auf der gegenüberliegenden Seite nach einem Widerstand. Ungefähr in

Kopfhöhe fanden sie so etwas wie einen Haken. Nach einigen Fehlversuchen drückte sie ihn in Richtung Türrahmen und hatte endlich Glück, sie hörte ein leises Geräusch. Doch die Tür war noch immer geschlossen. Beim Dagegendrücken sah sie, dass sie auf der Höhe des Riegels nicht mehr fest im Rahmen saß. Ziemlich weit unten fand sie einen zweiten Riegel, auch er ließ sich nach außen drücken und die Gartenpforte reagierte auf ihren Druck und öffnete sich. Marmalade stand auf und verschwand um die Hausecke. Als Olivia die Pforte wieder sorgfältig geschlossen hatte, hörte sie leises Miauen, eine Tür ging und dann hörte sie auch Susans Stimme. Als sie selbst hinter dem Haus auftauchte, überraschte das niemanden.

»Ist das eine konspirative Sitzung?« erkundigte sie sich verwundert.

Susan sah zu ihr hinauf und lächelte: »Genau weiß ich es nicht. Marmalade kommt seit drei Tagen um diese Zeit, wir befassen uns eine Weile miteinander, dann verschwindet sie durch die Büsche in Mr Jones Garten, jedenfalls nehme ich das an. Ich habe ihn allerdings noch nicht mit ihr reden hören.« Sie erhob sich: »Schön, dich zu sehen.«

»Ist alles in Ordnung?« Leise Besorgnis war

wohl mitgeklungen, denn Susan sah sie verwundert an.

»Ja, alles in Ordnung. Warum denn nicht?«

»Weil du nicht aufmachst, und die Vorhänge geschlossen sind, das ist neu.«

Susan setzte sich auf die Terrassenstufen, die in den Garten hinunterführten, neben das Katzenmädchen und Olivia tat es ihr gleich. Sie schwieg. »Es ist ein Anfall von Fremdheit, glaube ich. Ich will für mich sein. Er wird vorübergehen«, antwortete Susan schließlich.

Olivia nickte. »Und was bedeutet das Dreieck aus Ton vor deiner Türschwelle?«

»Es ist ein Labyrinth. Ich habe es aus Indien mitgebracht.«

Als mehr nicht kam, bohrte Olivia nach: »Aber du willst es doch nicht als Fußabstreifer verstanden wissen, oder?«

Erschrocken sah Susan sie an: »Es liegt da nicht gut, nicht wahr? Aber es gehört vor die Eingangstür!«

»Wenn das so ist«, schlug Olivia nach kurzem Nachdenken vor, sollten wir versuchen, eine Platte aus dem Weg herauszunehmen und stattdessen das Labyrinth hineinlegen... und vielleicht mit einer zierlichen Pflanze umgrünen, damit man möglichst selten darauf tritt.«

Sie brachte Susan dazu, vor der Tür den Platz daraufhin zu prüfen. Anschließend streiften sie durch den großen Garten und fanden schließlich eine kleine Pflanze, deren neue Triebe man um das Labyrinth herumsetzen könnte. »Überleg es dir, gegebenenfalls helfe ich dir gern – hat das Labyrinth eine besondere Bedeutung?« Sie setzten sich wieder auf die Terrassenstufen. Marmalade war noch da. Sie hatte sich zusammengerollt und rührte sich nicht.

»In Indien sieht man sie sehr häufig, jedenfalls im Norden, wo ich war. Sie sind in die Außenmauern der Tempel eingeritzt und sollen die heiligen Orte vor bösen Geistern schützen. Von da sind sie näher zu den Menschen gewandert. Viele indische Familien markieren in irgendeiner Form ein Labyrinth vor ihrer Türschwelle, als Schutz vor allem Bösen. Sie fühlen sich dann sicherer und mir ging es genauso, als ich mich durchgerungen hatte, es dort draußen hinzulegen.«

»Bedrückt dich nur das Gefühl von Fremdheit oder gefällt dir irgendetwas an deiner konkreten Umgebung nicht?«

»Wohl beides. Irgendetwas ist hier nicht in Ordnung. Vermutlich spinne ich, aber Sira meinte, ich solle mich zwar zusammenreißen, aber auch nicht ausschließen, dass sich mir etwas mitteilt, das wirklich nicht in Ordnung ist. Es gebe Menschen, die das spüren. Ich hoffe, du lachst jetzt nicht im Stillen. In Indien dürfte man das so sagen und Sira findet es auch ganz normal.«

Olivia war ganz und gar nicht nach Lachen zumute. Nachdenklich strich sie Marmalade über den Rücken. Die hatte sich halb aufgerichtet, sie schien zu würgen und übergab sich schließlich. Zitternd stand sie auf der Stufe. Olivia erschrak. Leise rief sie das Katzenmädchen an, dann nahm sie es behutsam auf den Arm. Schlaff ließ Marmalade den Kopf gegen ihre Brust sinken. Olivia zwang sich zur Ruhe und stand auf. »Ich gehe und bringe Raymund seine Katze. Dann komme ich und mache sauber. Susan, mir ist überhaupt nicht nach Lachen zumute, nur damit du das weißt. Und bitte, pass auf dich auf!«

⋆

Raymund zögerte keinen Moment. Er verfrachtete Olivia mit Marmalade auf dem Arm ins Auto, legte kurzerhand beiden eine Decke über und war schon auf dem Weg zum Tierarzt. Der tippte auf Vergiftung, es kam immer mal wieder vor, dass eine Katze an Mause- oder Rattengift geriet, oder sie hatte zu viel Schneckenkorn erwischt. Er gab ihr eine herzstärkende Spritze und flößte ihr ein Abführmittel ein. Und er bemühte sich, Raymund mit praktischen Ratschlägen zur Katzenpflege zu beruhigen.

*

Raymund und Marmalade verbrachten eine unruhige Nacht. Der alte Militärhistoriker brachte es einfach nicht fertig, sein Katzenmädchen in ihrer Bedrängnis vor die Tür zu setzen. Er schlief auf dem Sofa im Wohnzimmer, dessen Wand zum Garten er und Ann hatten herausnehmen lassen genau wie bei der Küche. So hörte er das kranke Tier gut und stand unzählige Male auf, um seine Katze herein oder hinaus zu lassen. Als es draußen hell zu werden begann, fielen beide endlich in tiefen Schlaf.

Es folgten ruhige Tage, in denen Olivia ihre Übersetzung beendete und befreit aufatmete. Sie wollte, dass diese besser wurde als alles, was sie bisher gemacht hatte. Nun hatten Onkel und Nichte noch mehr Zeit zum Reden und vor allem mehr Ruhe. Und die verbrachten sie meist in Erinnerungen an Ann. In Gesellschaft ihres Mannes und auch bei Olivia war Ann ein heiterer Mensch gewesen und zunehmend heiter waren die Erinnerungen, die sie wechselseitig hervorholten. In einem besonders erinnerungsentspannten Augenblick unternahm Olivia den Versuch, die Ingwerkekse ihrer Tante nachzubacken. Sie schmeckten nicht ganz so gut, natürlich nicht, aber immerhin ähnlich.

»Wenn du sie noch ein paar Mal bäckst, wirst du zufrieden sein; und schließlich dein eigenes ganz spezielles Ingwerkeks-Rezept entwickeln.« Heiter und zugleich ernst ruhten die Augen des alten Professors auf seiner Nichte.

Marmalade erholte sich langsam, die meiste Zeit lag sie irgendwo zwischen mehreren Schichten Decken, in die zusätzlich eine Wärmflasche hineingeschoben war, und döste. Sie fraß noch immer kaum, trank dafür umso mehr und blieb im Haus. Aber sie reagierte wieder, wenn man sie ansprach und ließ sich auch wieder liebevoll behandeln, aber nur kurz.

Kapitel 12

Herr und Katze blieben zuhause, als Olivia nach dem Lunch zur Bücherei aufbrach. Sie war jetzt zwei Wochen hier, für ihr Gefühl hätten es auch genauso viele Jahre sein können. Energisch schüttelte sie ihre Haare und drückte die schwere Haustür auf. Aufgeregt führte Mrs Graham sie in die große Küche im Erdgeschoss, wo mehr und größere Farbtöpfe nebeneinander standen, als Olivia sich vorgestellt hatte. Dazu Pinsel, ein ganzer Kanister mit Terpentin und rollenweise Abdeckfolie. »Hat Mr Jones womöglich so etwas wie einen Aktionsplan entworfen?« erkundigte Olivia sich vorsichtig.

»Oh ja, jaja.« Es klopfte. Während Mrs Graham mit ihrem leisen mädchenhaften Lachen ging, die Tür zu öffnen, fuhr sie fort: »Er meinte, jeder, der heute seine Hilfe anbietet, kann morgen beginnen, wenn er will – oh, Mr Wood, Sie? Sie wollen doch nicht am Ende streichen?« Jetzt flog ihr helles Lachen an dem unerwarteten Besucher vorbei zwischen die Bücher.

Der Druide stand etwas entfernt vor der Tür,

er war nach dem Klopfen offensichtlich einige Schritte zurückgetreten. Seinen ungewöhnlichen Stock hielte er fest in der linken Faust. »Wenn Sie für einen gutwilligen Dilettanten Arbeit haben, will ich gerne helfen... wenn ich nicht auf eine Leiter steigen muss...« Schon wieder schweigend sah er die zierliche Dame abwartend an.

»Oh wie gerne. Kommen Sie, schauen Sie die vielen Farben an. Ist das nicht prächtig?« Der als Mr Wood Angesprochene trat näher, doch eher als die Farben musterten seine hellen Augen Olivia.

»Sind Sie für diesen Auftrieb verantwortlich?« erkundigte er sich. Olivia, die ihn als sehr schweigsam kennengelernt hatte, antwortete mit einem zustimmenden Nicken. »Nun denn, jedenfalls haben Sie dem Ort was zu reden gegeben. Bin neugierig, wer hier alles zusammenkommt. Bretter gibt's ja genug zum Streichen. Wie war noch Ihr Name? Viola... Soso. Werde Sie das noch öfter fragen, nehmen Sie mir das nicht krumm. Namen vergesse ich immer schnell.« Damit wandte er sich den Farbtöpfen zu und Olivia verschwand hinaus ins Freie.

Sie eilte über den Friedhof und durch das kleine Wäldchen in Richtung der Penninghamschen Farm. Seit Marmalade krank war, hatte sie sich draußen nicht mehr bewegt. Jetzt musste sie endlich das Haus anschauen, in dem diese Mrs Barley gelebt hatte. ›Sie war Ende sechzig und munter und dann war sie tot‹, hatte sie Pfarrer Mottram noch im Ohr. Sie musste mit Susan schon an dem Haus vorbeigekommen sein. Eine heiße Spur war das nicht, aber das einzige, das sie im Augenblick tun konnte. Als sie nach der Kurve die weite Landschaft von Kent vor sich liegen hatte, blieb sie stehen. Der Blick war einfach zu schön. Unversehens überkam sie aus der Schönheit abgrundtiefe Traurigkeit. Wie sehr hatte ihre Tante Ann dieses Land geliebt und wie kurz nur hatte sie hier wieder leben dürfen. Das war einfach…

»Viola!« – »Viola, Sie sehen ja gar nicht, was sich vor Ihnen ausbreitet.« Resolut fasste Mrs Melling sie am Ärmel. Olivia schüttelte sich, doch statt sich zur Seite zu wenden, versuchte sie, den Gedanken festzuhalten, der sie gerade in den Klauen hatte. Sie schüttelte sich noch einmal. Dann gelang ihr halbwegs, sich wieder auf ihre unmittelbare Umgebung zu konzentrieren.

»Ist Ihnen nicht gut? Sie sind ganz blass. Kommen Sie, ich koche uns einen Tee, wenn Sie ihn mit Honig trinken, wird Ihnen wieder besser werden. Das stärkt einen sehr.« Einladend zeigte Mrs Melling den Weg hinunter zu ihrem Haus. In Olivias Kopf kreiste das Bild der Frau mit den wenigen Sätzen, als die sie Mrs Melling bisher kennengelernt hatte und fing das Wort ›Honig‹ ein. Heftiger als beabsichtigt schüttelte sie den Kopf.

»Nein, danke. Ich möchte lieber an der frischen Luft bleiben. Aber es ist sehr nett von Ihnen, das Angebot mit dem Tee.« Innerlich gab sie sich einen Tritt und riss sich endgültig wieder zusammen. Langsam gingen die beiden nebeneinander her hinunter zu der Weide mit den Eseln. Olivia lehnte sich gegen den Zaun und zu ihrer Verwunderung blieb Mrs Melling bei ihr. Die Esel grasten friedlich weiter, als wüssten sie, dass ihre Herrin nichts von ihnen wollte.

»Warum stehen Ihre Bienenstöcke hier und nicht hinten in Ihrem Garten? Sie haben doch sicher einen Blumengarten?«

»Sicher, ja. Bienen können fliegen, wissen Sie.« Vergnügt sah Mrs Melling sich um. »Für mich gehören Bienenstöcke und Obstgärten zusammen. Wenn man sich daran hält, trägt ein Obstbaum ungefähr doppelt so viele Früchte, so einfach ist das.«

»Donnerwetter!« entfuhr es Olivia. »Haben Sie demnach viele Bienenstöcke hier in der Umgebung?«

»Ja, es kommen einige zusammen. Meine, dann vier drüben auf der Penninghamschen Farm und einer im Garten von Mrs Barley. Neben Aphras Kompost stehen zwei, deren Bienen können sich um die Quitten und um die Blumengärten um den Green herum kümmern. Und oben auf der anderen Seite der Hauptstraße gibt es einige große Obstgärten, dort haben die Farmer inzwischen ziemlich viele Bienenstöcke stehen, mit demselben Ergebnis für die Obsternte wie hier bei mir. Ich kümmere mich um alle – eine gute Aufgabe. Ich sehe, dass es Ihnen wieder besser geht. Dann werde ich mal weitermachen, mit meinen Sachen, meine ich.« Sie nickte Olivia zu und ging schon die Auffahrt zu ihrem Haus hinunter. Eine Plaudertasche war sie wirklich nicht. Ob sie Ann gekannt hatte? So ruhig wie möglich besichtigte Olivia noch einmal die Gedanken, die sie vorhin aus der Schönheit ringsum angesprungen hatten, dann nickte sie den Eseln zu, die sich dafür überhaupt nicht interessierten, und machte sich auf zu den Schafweiden, in denen das Haus stand, das Mrs Barley bewohnt hatte.

*

Das alte weiße Haus hatte dicke Mauern und kleine Fenster, es lag in einem ziemlich großen Garten, um den ein stabiler Zaun herum gebaut worden war, aber keine Hecke. Die Aussicht aus den kleinen Fenstern auf die grasenden Schafe war sicherlich arkadisch – natürlich gab es keine Hecke. Olivia blieb in geringer Entfernung stehen. Um den Zaun herum zu gehen, würde sie sich nur gestatten, wenn niemand zuhause war, teils aus purer Höflichkeit, teils aus der einstweilen noch defensiven Haltung, keine schlafenden Hunde zu wecken. Denn dass niemand sie sah, wenn sie ihrerseits niemanden sah, glaubte sie nicht, schon gar nicht auf dem Land. Sie lauschte dem tiefen Blöken der Mutterschafe und den hellen Antworten der Lämmer. Jetzt Anfang Mai hatten sie ein Alter erreicht, in dem sie sich bereits zu kleinen Gruppen zusammenschlossen und miteinander herumtobten. Aber wenn ihre Mütter riefen, kamen sie zurück. Es lag eine Art Dauergeräusch über der Weide, stellte sie überrascht fest. Dazu die Unterhaltungen der Vögel in den großen Bäumen…

»Hallo, Viola! Was suchst du? In dem Haus ist

niemand da.«

Olivia fuhr herum: »Du! Wo kommst du denn her?«

Jemima stemmte die Hände in die Hüften: »Na hör mal! Ich wohne hier.« Sie zeigte auf das Haus, dessen unordentlicher Garten Susan bei ihrem ersten Spaziergang beschäftigt hatte.

»Du wohnst da? Und jetzt bist du zuhause und alle anderen sind weg?«

»Klar!« Jemima reckte sich und wuchs um mindestens drei Zentimeter. »Ich kann das, ich bin doch kein Baby mehr!«

Nachdenklich sah Olivia zu ihr hinunter: »Nein, das bist du nicht… Und wie verbringst du deinen Tag?«

Jemima schüttelte den Kopf über eine so langweilige Frage, aber sie mochte Olivia und freute sich über ihre Gesellschaft. »Ich gehe in das Internat da oben, musst du nicht kennen. Schulen sind auch gar nicht interessant. Jedenfalls kann ich nach dem Unterricht nach Hause gehen, die anderen müssen bleiben. Das ist toll. So geht's schon mit der Schule.«

»Und deine Familie?«

»Mam kommt bald, meistens so gegen vier Uhr, und bringt die Kleinen mit und Dad kommt zum Abendessen. Er arbeitet in London.

Und was machst du hier? Was ist an dem Haus da so aufregend?«

»Gar nichts. Als du mich aus meinen Gedanken geholt hast, hörte ich gerade den Tieren zu.«

Skeptisch sah Jemima zu ihr hinauf, dann hüpfte sie entschlossen voraus: »Komm, es ist niemand da, wir können den Garten besichtigen. Ich tue das gern.«

»Wir können vielleicht einmal um den Zaun herumgehen.«

»Warum das denn? Komm. Die alte Mrs Barley habe ich oft besucht, sie war sehr nett. Und ihr Sohn hat mir erlaubt, im Garten zu sein, wenn sie nicht da sind. Er meint, seine Mutter hat immer mit den Pflanzen geredet, vielleicht kann ich das jetzt machen, damit sie schön bleiben.« Sie hüpfte auf einem Bein vor der Gartenpforte auf der Stelle. »Mach ich! Und sie schauen doch alle gut aus, oder? Komm!«

Auf unebenen Wegen, deren abgetretene Ziegelsteine ihre Kanten willkürlich aus dem Erdreich geschoben hatten, mäanderten sie durch einen Garten, der ein einziges Blumenbeet zu sein schien. Sie erkannten Lavendel und Heiligenkraut, Leberblümchen, Primeln und die Reste der Osterglocken, Rosensträucher riesigen Ausmaßes und Stauden: Akelei, Glockenblumen, Margeriten und viele Blätter, die Olivia in ihrem frühen Stadium noch keiner Pflanze zuordnen konnte. Jemima wusste häufig die Farbe der Blüten, die sie später haben würden, aber nicht ihre Namen. Und es gab einen sogenannten Nutzgarten mit Johannisbeersträuchern und denen von Stachelbeeren, erstem krausen Rhabarbergrün und Erdbeerpflanzen und so weiter und so weiter.

»Siehst du, was da alles wieder aus der Erde kommt? Damit rede ich und manchmal kommen Vögel. Im Efeu am Haus nisten jedes Jahr Amseln und in dem Kasten am Apfelbaum Stare. Das Rotkehlchennest habe ich noch nicht gefunden, aber ich sehe sie oft. Und irgendwo gibt es Ziegenmelker, die klingen richtig unheimlich, immer abends, wenn ich im Bett liege.«

»Woher weißt du, dass es Ziegenmelker sind?«

»Von Mr Wood. Von dem weiß ich eine Menge. Der kommt oft hier vorbei. Ich glaube, der ist so was wie ein Freund.«

»Du meinst den Mann mit dem riesigen Bart und dem seltsamen Stock?«

»Weißt du, was er mit dem Stock macht?« Sie

begann wieder zu hüpfen.

»Nein, du?«

»Ich hab' ihn gefragt. Er fängt damit Schlangen.« Sie lachte schallend, als Olivia sich unwillkürlich schüttelte. »Wenn du sie nicht magst, ist es doch gut, wenn er sie fängt, meistens Kreuzottern und mal hatte er eine ganz lange Ringelnatter zwischen den Griffen hängen.«

Olivia sah sie zweifelnd an, bis ihr einfiel, das Raymund erzählt hatte, die Haselnusshecke in seinem Garten solle die Kreuzottern abhalten, das sei die Überzeugung der Menschen hier in der Gegend. Also musste es ja wohl Schlangen geben.

»Und was macht er dann damit?«

»Er verkauft sie an den Londoner Zoo. Irgendwelche Tiere bekommen sie als Sonntagsessen. Spaßig, oder?«

»Ziemlich spaßig.« Olivia sah sich weiter um, nebenbei fragte sie, ob Jemima sonst noch etwas von Mr Wood wisse, spannend genug sehe er ja aus. Früher, stellte sich heraus, als die alte Mrs Barley noch lebte, kam er immer wieder, um ihr im Garten zu helfen, umgraben und Kompost umstechen und so was, erinnerte Jemima sich.

»Hatte Mrs Barley ein großes Gemüsebeet?« wollte Olivia wissen.

»Ich glaube«, grübelte Jemima. »Irgendwie wuchs überall zwischen den Blumen auch was zum Essen und umgekehrt Blumen im Gemüsebeet. Zwischen den Erdbeeren wachsen diese orangen Blüten, von denen ich mir jede Woche eine für meinen Kanarienvogel hole. Am Apfelbaum wächst Kapuzinerkresse, die hat sie in den Salat gesteckt. Salat wächst zwischen den Blumen… oh ja, genau und ganz viele Himbeeren immer woanders, die wandern nämlich durch den Garten.«

Olivia sah sie erstaunt an.

»Die hier sind die ohne Dornen. Mrs Barley hat sie ans Gemüsebeet gepflanzt und da sind sie auch ein paar Jahre geblieben, hat sie erzählt. Dann sind sie unterirdisch weitergewachsen und ganz woanders herausgekommen. Sie hat sie machen lassen und nur die, die keine Beeren mehr getragen haben, weggeschnitten. Es gibt überall Himbeeren, sie mochte sie so sehr gerne, weißt du.«

»Das kann ich gut verstehen«, bekannte Olivia. »Bei mir zuhause in Österreich wachsen sie wild im Wald. Ich gehe nie an ihnen vorbei, ohne ein paar Mundvoll zu pflücken. Wie ist das mit dir?«

»Ich mag keine Himbeeren!« Jemima schüttelte bekräftigend den Kopf, »sie sind viel zu sauer, und manchmal sind Raupen drin, stell dir vor, du isst sie mit, scheußlich.«

Gelächter war die Antwort: »Vorsätzlich esse ich sie nicht mit. Sag, wo wuchsen im letzten Sommer besonders viele Himbeeren, weißt du das noch?«

»Ja, sie sind an dem großen Taxusbusch hochgerankt, es waren wirklich sehr viele! Und sie hat sie gepflückt und gleich gegessen. Sie sagte immer, es gebe nichts Köstlicheres für sie.«

»Ich glaube, Mäuse mögen sie sehr gern«, versuchte Olivia ihr Glück.

Wieder mal traf sie ein skeptischer Blick ihrer Führerin: »Sicher? Ich glaube, sie bekommen ihnen nicht. Sie sind bestimmt viel zu sauer. Ich habe im letzten Jahr ziemlich viele tote Mäuse gesehen, hier im Garten. Mrs Barley hat sich auch gewundert. Sie verstand es nicht, sie hat sie in den Wald getragen.« Jemima kicherte: »Sie hat sie alle unter den großen Quittenbusch geschoben. Wenn das Mrs Mottram wüsste!«

»Warum gerade dahin?«

Das Kichern verstärkte sich: »Mrs Barley

meinte, das sei eine Art Mäusefriedhof. Weil doch oben auf dem Kirchhof auch so viele Quitten wachsen.«

Olivia atmete tief durch, sah auf das vergnügte Mädchen und über den Garten hinaus auf die Weiden. An der Pforte blieb sie noch einmal stehen: »Kümmert sich Mr Wood jetzt um den Garten? Oder du? Er sieht irgendwie sehr zufrieden aus, genauso als würde eben mit ihm geredet.«

»Siehst du, die Pflanzen mögen das. Ich auch.« Sie streckte das Kinn vor und sah Olivia an. »Ich jäte Unkraut, wenn ich Zeit habe. Das habe ich bei Mrs Barley auch gemacht. Und Mr Wood kommt manchmal und schneidet Sachen zurück. Und wenn die Verwandten von Mrs Barley hier sind, machen sie auch immer was.«

»Klingt überzeugend! Jetzt überlasse ich dich der Wüste Gobi…«

»Oh ja, Christian mag ich besonders, aber Großer Tiger ist auch super.«

»Das freut mich«, antwortete Olivia schlicht. »Vielleicht magst du morgen in der Bücherei vorbeikommen, ich werde mit dem Streichen beginnen und hoffentlich noch viele Leute mehr.« Jemima winkte mit beiden Armen, bevor sie die Haustür schloss und Olivia ging den

Weg zurück, den sie gekommen war.

*

Ihre Gedanken schweiften weiter durch den Garten, den sie gerade so ausführlich besichtigt hatte. Deshalb bemerkte sie das kleine Mädchen erst, als es sich ihr in den Weg stellte. »Hallo...«

»Hallo, bist du Viola?«

»Bin ich. Und wer bist du?«

»Mary. Mary Penningham«, ergänzte sie ernsthaft, »wie meine Tante.« Als Olivia sie fragend ansah, schob sie hinterher: »Du kennst sie. Sie ist alt und kann nicht mehr richtig laufen, weil sie krank ist.«

»Und sie isst gern Quitten, stimmt's?«

»Ich glaube. Kommst du rein? Wir möchten gern mit dir Tee trinken.«

»Wer sagt das?«

»Tante Mary. Und meine Ma.« Verwundert folgte Olivia der kleinen Gestalt, die sie entschlossen an der Hand gefasst hatte und die Auffahrt zur Farm entlang zog. Kurz darauf sah sie sich in einer riesigen Wohnküche einer ganzen Familie gegenüber. Die junge Mrs Penningham kam ihr entgegen und stellte ihr die übrige Familie vor, dann deutete sie mit einer einladenden Geste auf den leeren Stuhl und das frische Gedeck.

»Darf ich Ihnen Tee eingießen? Wissen Sie, wir sind einfach unstatthaft neugierig. Das halbe Dorf spricht von dem Neuanstrich der Bücherei.«

»Nein, danke. Bitte ich möchte keinen Tee noch sonst irgendetwas. Wissen sie«, plauderte Olivia, indem sie sich setzte, »unsere Katze war sehr krank, mit ihrem Magen stimmte etwas nicht. Langsam geht es ihr besser und jetzt stimmt mit meinem Magen etwas nicht. Klingt ein bisschen albern, ist sicher auch bald wieder vorbei. Es tut mir leid.« Sie schüttelte noch einmal den Kopf, als die Teekanne erneut über ihrer Tasse schwebte. »Und sehen Sie, schließlich muss ich morgen so weit wieder hergestellt sein, dass ich meinen Beitrag zum Streichen in der Bücherei leisten kann. Es ist tatsächlich selten, dass eine Idee so begeistert aufgenommen wird«, gab Olivia zu. »Was sagen denn Sie dazu?«

»Oh, ich finde es prima«, bekräftigte die junge Mrs Penningham. »Jedenfalls solange ich nicht mit streichen muss. Hier auf der Farm streiche ich alles selber und dabei rede ich mir ein, dass es Spaß macht. Aber wenn ich noch mehr streichen sollte, bekäme der Spaß schnell ein Loch.«

»Das verstehe ich. Sie haben ja auch wirklich keine übrige Zeit, denke ich mir, Ihre Familie ist groß. Aber es werden sich sicher Helfer finden. Heute hat Mr Wood seine Hilfe angeboten, mein Onkel Raymund wird kommen und ich natürlich. Und das ist sicher erst der Anfang.«

Sie sprachen noch eine Weile über dieses Großprojekt und die Organisation. Am meisten beschäftigte die alte und die junge Mrs Penningham die Frage, wie man all die vielen Bücher beiseite räumen würde, ohne ein allzu großes Durcheinander anzurichten. Olivia selber zog sich in all diesen Fragen hinter Mrs Graham zurück. Nach und nach gingen die einzelnen Familienmitglieder zurück zu ihren Tätigkeiten und schließlich saß die alte Mrs Penningham allein mit ihrem Gast am Küchentisch.

Olivia saß vor ihrem unberührten Gedeck. Unter dem Geplauder über Mrs Grahams Organisationsprobleme war ihr durch den Kopf gegangen, dass ihr Verhalten eigentlich übertrieben vorsichtig war. Ein Stück von dem Kuchen, von dem alle aßen, konnte ihr nicht schaden. Beim Tee aus der großen Kanne war das anders, aber auch nur, wenn man sich an die mit Zyankali präparierte Tasse in Greystone Manor erinnerte. Diese Technik passte aber nicht in das Profil der Täterin, die sie suchte. Andererseits hatte sie Raymund ihr Wort gegeben und daran sollte sie sich halten.

»Greifen Sie zu!« Aufmunternd schob sie den Kuchenteller näher zu Olivia. »Sie können ruhig essen. Ein einfacher Zitronenkuchen schadet Ihrem Magen sicher nicht. Den Kuchen backe ich. Das kann ich noch, weil die Küchenmaschinen erfunden wurden. Er sieht nicht immer mehr so schön aus wie früher, aber er schmeckt noch.« Olivia blieb standhaft in ihrer Ablehnung. Und Mrs Penningham sah es notgedrungen ein. »Sie sind spazieren gegangen?« wechselte sie endlich das Thema.

»Heute ja. Nach einer Pause. Unsere Katze war krank, wie gesagt, und wir sind zwei Tage lang besorgt um sie herum gehockt. Jetzt geht es ihr langsam wieder besser. Kann es sein, dass sie Gras nicht verträgt?«

»Verwendet Mr Fisher denn Kunstdünger?« Mrs Penningham fragte das ehrlich überrascht.

»Nein, das glaube ich nicht. Er hat immer genug Kompost, nehme ich an.«

»Dann hat sie vielleicht wo anders etwas Falsches gefressen. Katzen passiert das manchmal. Sehen Sie, sie kommen ganz schön weit herum, mein Neffe sagte neulich, dass eine Katze ein Revier von ungefähr fünf Quadratkilometern durchstöbert, jeden Tag. Erstaunlich, nicht? Wenn Sie sich diese Fläche um Mr Fishers Grundstück herum denken, liegen sicher eine Menge Gärten darin.«

»Verwenden die Leute denn noch Gift in ihren Gärten?«

»Ich weiß es nicht. Und wenn sie es tun, werden sie es nicht sagen. Sie sind hier in einer Enklave überzeugter Ökobauern, müssen Sie wissen. Wohin hat Ihr Spaziergang Sie geführt?« Ein bisschen Neues wollte ihre Gastgeberin doch hören.

»Ich bin bis zu den drei Häusern in Ihrer Schafweide gekommen. Dort traf ich Jemima und gemeinsam haben wir uns an dem Garten gegenüber erfreut.«

»Mary Barleys Garten. Wenn man Sinn für Pflanzen hat, ist er unerschöpflich. Einmal hat meine Nichte mich hinübergebracht.«

»Ja, das stimmt, unerschöpflich ist er noch immer. Jemima kümmert sich offenbar sehr gut um ihn, und sehr gerne. Sie kannten Mrs Barley also?«

»Ja natürlich, wir gingen zusammen zur Schule. Sie war zwei Jahre unter mir, zusammen mit

Ihrer Tante Ann. Ich glaube, die beiden waren damals Freundinnen. Gott, ist das alles lange her.«

»Wer war Mary Barley?« Olivia sah ihre Gastgeberin an. »Ein ungewöhnlicher Garten hat sicher eine ungewöhnliche Gärtnerin.«

»Ungewöhnlich war Mary Barley eigentlich nicht«, fand Mrs Penningham, »sie hatte nur nicht mehr allzu viel zu tun, seit sie ganz hierher gezogen ist.« Ihre Augen huschten über Olivias Gesicht und schienen genügend Aufmerksamkeit darin zu erkennen, dass sie fortfuhr: »Sie hatte ein ganz normales Leben, glaube ich. Sie spielte Geige, war verheiratet und bekam zwei Kinder... Sie lebte in Birmingham, dort spielte sie in einem Laienorchester, gab Geigenunterricht, engagierte sich in einer Organisation zur Musikförderung für Kinder. In den Ferien kam die Familie jedes Jahr zu Marys Eltern hierher. Als die starben, mieteten sie das Haus in unserer Weide für die Ferien, in das sie dann später, als ihr Mann gestorben war, ganz umzog.«

»Erinnern Sie sich, wann das war?«

»Das ein oder andere Jahr, bevor Ann zurückkam. Ich lebte damals noch in London.«

»Sie ist nicht sehr alt geworden, nicht wahr?«

»Ein Jahr älter als Ann Fisher… Ich fand beide Todesfälle ziemlich unerwartet. In meinen Augen waren beide noch sehr gesund… und wenn Sie denken, was für schöne Gärten sie hatten… das geht nur, wenn man noch leidlich beieinander ist. Ich könnte das nicht. Aber man weiß ja nie, was in den Körpern steckt.« Sie schwieg. In einer Weise, die plötzlich sehr entschlossen wirkte.

»Ja, so ist es wohl. Tante Ann und ich waren ein paar Wochen vor ihrem Tod gemeinsam in London. Wir waren den ganzen Tag unterwegs.«

»Waren Sie mal am Grand Union Kanal?« ein klein wenig aufgeregt richtete die kranke Frau sich auf. »Dort in der Nähe, in Maida Vale, habe ich lange gelebt, wissen Sie.«

»Oh…«

»Ja, ich führte einer Familie mit vier Kindern den Haushalt. Wenn ich manchmal frei hatte, ging ich gern am Kanal entlang. Es liegen dort Hausboote und ganz andere Menschen begegneten mir dort als die, für die ich arbeitete und deren Freunde. Der Kanal…« Ihr Blick verlor sich im Leeren.

»Ja, stellen Sie sich vor, wir sind den ganzen Kanal entlanggegangen. Tante Ann wollte das immer mal machen, und in jenem Frühling taten wir es. Angefangen haben wir allen Ernstes in Limehouse ganz im Osten von London, wo das erste Stück Regent's Kanal heißt. Von dort wanderten wir gemächlich weiter nach Westen, durch Camden Town und am Regent's Park entlang bis nach Paddington. Es war ein wahnsinniger Tag!«

»Und Ann konnte das einfach durchhalten?«

»Ohne Schwierigkeiten, ja. Wir hatten ein paar Brote und Obst und Wasser dabei. Wenn wir eine Bank mit einer überzeugenden Aussicht fanden, legten wir ein kleines Picknick ein. Wir brauchten den ganzen Tag dazu, aber der Kanal ist ja auch lang.«

»Das ist er… und im Westen, dort, wo ich an seinem Ufer spazieren ging, ist er… ist er… ach, ich weiß nicht, mir hat er sehr gefallen.« Sie schob ihren Unterkiefer ein wenig vor und sah in den leeren Teebecher, der auf dem Weg zum Tisch zitternd in der Luft hing.

»Das verstehe ich sehr gut. Am Ende jenes Tages nahmen wir uns vor, jedes Jahr einem Wasserlauf durch London zu folgen, es gibt ja viele und wir kannten nur wenige. Daraus wurde nichts mehr – wer ging zu Ihrer Zeit noch hier zur Schule, den ich kennen könnte?«

Olivia bemühte sich, Mrs Penningham aus London und einer beginnenden Traurigkeit zurückzuholen und dabei unauffällig wieder auf ihr Hauptthema zu kommen.

»Der mit Ann zu tun hatte, meinen Sie?«

»Ja, genau.«

»Das ist schwierig. Es ist wirklich alles sehr lange her – Ann war gern für sich, ein wenig wie Jemima. Sie hat viel gelesen, sie hat sehr gut Klavier gespielt, fällt mir gerade wieder ein, überhaupt hat sie Musik geliebt. So wie Mary Barley – Kate Melling ist ihrerseits das eine oder andere Jahr jünger als Ann, für Schulkinder ist das viel. Ja, und Evelyn Cardoon. Die könnte Anns Alter gewesen sein.« Mrs Penningham schwieg.

»Wer ist diese Frau? Ich bin ihr vor einiger Zeit in der Bücherei begegnet, aber wir sprachen nur kurz miteinander.«

Neugierig glitten Mrs Penninghams kleine Augen über Olivias Gesicht: »Sie haben Ihre Tante gemocht?«

»Ich habe sie sehr gern gehabt«, bekannte Olivia.

Die alte Frau nickte. »Evelyn Cardoon ist kein Mensch zum Gern-Haben, vermute ich. Ganz anders als ihre Mutter. Margaret Cardoon war sehr speziell und ausgesprochen attraktiv – Gott, habe ich sie bewundert…« Ihre Gedanken schweiften ab und kehrten zurück: »Sie war einer jener unternehmungslustigen Menschen, für die Probleme lediglich deswegen aufzutauchen scheinen, damit man sich phantasievoll nach einer Lösung umsieht. Aus dieser Haltung entsteht soviel Lebensfreude, wissen Sie, selbst für die, die nur zuschauen. Evelyn hingegen lebt ziemlich zurückgezogen.«

»Ich sehe sie schon immer wieder über den Green gehen.«

»Sie ist kein Einsiedler, das will ich damit nicht gesagt haben. Sie ist zum Beispiel für den Blumenschmuck der Kirche verantwortlich.« Mrs Penningham schwieg schon wieder. Olivia wunderte sich ein wenig, dass sie sich gerade heute bemühte, nicht draufloszureden, obwohl sie sie zu sich eingeladen hatten. Auf der Bank vor der Bücherei hatte sie dieses Problem nie.

»Ich habe ihr einmal Haselnusszweige in die Kirche gebracht«, teilte Olivia mit. »Die Zusammenstellung des neuen Straußes war ihr sehr wichtig, schien mir.«

Mrs Penningham musterte sie und fuhr mit einer überraschenden Feststellung fort: »Seit ich vor vier Jahren, nein es sind schon viereinenhalb… wie die Zeit vergeht, je schneller, desto weniger Arbeit man hat… seit ich für den Rest meiner Tage nach Howlethurst zurückgekommen bin, fürchte ich mich ein wenig vor Evelyn. Ich weiß nicht… schon in der Schule hatte sie es am liebsten, wenn alles nach ihrem Kopf ging, erinnere ich mich. Das klappte natürlich nicht so richtig. Naja… Danach habe ich sie dann über weite Strecken meines Lebens völlig vergessen… Für meine Familie hier auf der Farm spielte sie weiter keine Rolle.«

Sie suchte Olivias aufmunternden Blick und fuhr fort: »Evelyn ist mit dem Alter streng geworden, das ist es wohl. Und wenn sich Strenge mit einer alten Neigung, seinen Kopf durchzusetzen, zusammenfindet, mag das jemandem wie mir als Härte vorkommen. Ich bin ja nicht mehr sehr stark, ich könnte ihr nichts entgegensetzen, wissen Sie. Dieses Gefühl vergrößert meinen Eindruck von Kraft bei den anderen, das denke ich manchmal.«

»Das kann ich nachvollziehen«, stimmte Olivia zu, »doch gleichzeitig bin ich sicher, dass es nicht notwendig so sein muss, sie wollen ja keinen Ringkampf miteinander austragen. Und diese andere, sagen wir menschliche Kraft, könnten Sie jedem und so auch Lady Cardoon ohne weiteres entgegensetzen; auch wenn sie es, nachdem, was Sie gerade gesagt haben, nicht unbedingt gern sieht, dass jemand seine eigene Meinung hat.«

»Sie nicht, aber möglicherweise ich.« Mary Penningham zwinkerte listig. »Sie haben ganz recht. Überhaupt könnte sie zu mir einfach nett sein, denn ich stehe ihr nirgendwo im Weg.«

»Auf welchem Weg kann man ihr denn in die Quere kommen?«

»Na ja, da ist zum Beispiel der Kirchenschmuck, der ist ihr Revier, wie ich vorhin schon gesagt habe. Eigentlich liegt die Verantwortung dazu in der Hand der Pfarrersgattin, so war es jedenfalls früher. Mrs Mottram hat das auch ganz selbstverständlich in die Hand genommen. Und was ist heute? Sie bleibt am Samstag zuhause und überlässt Evelyn die Kirche. Sybille Mason hat sich die ganzen letzten Jahre furchtbar über sie, ich meine Evelyn, geärgert. Gut, dass sie das nicht mehr erlebt hat.«

Olivia zuckte unmerklich zusammen, als sie den Namen an diesem Teetisch hörte, einen von der kurzen Totenliste des Pfarrers: »Könnte ich sie kennen?« erkundigte sie sich dennoch.

»Nein, sie ist tot, im letzten November ist sie

gestorben. Wissen Sie, über den Krieg um den Kirchenschmuck hörte ich vor allem von Sybille, auch sie kenne ich seit Schulzeiten«. Mrs Penningham lächelte ein wenig verlegen. »Wenn ich Sie langweile, sagen Sie es einfach, ja? Also Sybille, sie konnte besonders schöne Blumengestecke machen und tat das furchtbar gern. Sie stimmte sich mit Mrs Mottram ab, welche Bedeutung der jeweilige Sonntag im Kirchenjahr hatte und versuchte, dazu passende Blumen und Zweige zu finden.«

»Eine ganz eigene Form von Kreativität«, freute sich Olivia. »Das klingt sehr eigenwillig, und nicht ganz einfach, wenn ich versuche, es mir vorzustellen.«

»Oh ja, alles miteinander ist richtig! Mrs Mottram kümmerte sich um die Topfpflanzen, ich glaube, auch heute ist das noch so... aber wann eigentlich... Sybille um die Blumen. Und es gab immer ein oder zwei andere, die einfach geholfen haben. Zu denen gehörte Evelyn. Aber eines schönen Tages gefiel ihr das nicht mehr und sie begann, Ärger zu machen. Heute liefern die Leute, die früher geholfen haben, reihum ihre Blumen ab und gehen wieder. Ist doch schade.«

»Taugt ihr das denn?«

»Sehen Sie, genau das weiß ich nicht, manchmal habe ich den Eindruck, dass sie nun auch nicht glücklich ist. Aber sie kann nicht aus ihrer Haut.«

Olivia erinnerte sich an die kurzangebundene Art, mit der Lady Cardoon ihr die Zweige abgenommen und sie dann weitergeschickt hatte ins Pfarrhaus. »Mrs Melling hilft ihr oft, nicht wahr?«

»Wenn Sie das so sagen… ja… sie springt wohl jederzeit ein. Kate hat sich sehr verändert, denke ich immer mal wieder. Als Kind war sie sehr fröhlich und heute redet sie immer nur wenige Sätze und ist schon wieder weg. Wenn ich mal über sie ins Grübeln komme, stelle ich fest, das ich das eigentlich gar nicht kann, weil ich von ihr nichts mehr erfahre.« Sie kniff ihre ohnehin kleinen Augen noch weiter zusammen. Sie waren auch unter normalen Umständen so klein, dass man in ihnen kaum eine Gemütsregung erkennen konnte, kam Olivia in dem Augenblick zu Bewusstsein.

»Aber sie ist sehr offen für alles um sich herum, finden Sie nicht? Sie redet nur nicht viel.«

»Gießen Sie mir noch einen Tee ein, wenn Sie so freundlich sein wollen«, bat Mrs Penningham. In dem Punkt nicht müde werdend zeigte sie auf die leere Tasse vor ihrem Gast und beteuerte, dass eine Tasse Tee noch keinem Magen geschadet habe. Olivia schüttelte wieder den Kopf und goss in Mrs Penninghams Tasse ein. Während die kranke Frau Olivia zusah, begann sie, in sich hinein zu kichern. »Mir fällt gerade ein Zug an Mary Barley ein, der doch ungewöhnlich ist. Ich erzählte Ihnen, dass sie Geige spielt. Das tat sie auch für ihre Blumen. Sie redete nicht nur mit ihnen, sie spielte ihnen auch Wachstumsmelodien oder Hymnen, wenn sie besonders schön waren. Ich glaube, die Schafe mochten das auch, jedenfalls einige. Mir fiel schließlich auf, dass sie immer zum Zaun kamen, wenn Mary draußen Geige spielte.«

Olivia dachte an Jemima, während sie sich die Szene vorstellte. »Bei einer solch persönlichen Zuwendung zu den Blumen fiel es Mrs Barley sicher schwer, für den Kirchenschmuck einfach welche abzuschneiden, oder nicht?«

»Am Anfang tat sie es wohl gern. Außerdem ist das nun einmal so hier bei uns. Als Evelyn die Stimmung zu vergiften begann, zog sie in ihrem Gemüsebeet Blumen eigens für die Kirche, die anderen gab sie nicht mehr her.«

Olivia musste so sehr lachen, dass sie zu husten begann: »Ihre Mary Barley gefällt mir!«

Wieder ernst geworden, forschte sie: »Mrs Melling kommt ganz gut mit den neuen Herrschaftsverhältnissen zurecht, oder?«

»Will ich hoffen. Vielleicht hilft ihr ihre Schweigsamkeit. Was macht sie denn in der Kirche?«

»Am letzten Samstag kümmerte sie sich um die Blattpflanzen.«

»So... damit tritt sie natürlich automatisch in die zweite Reihe zurück. Sie mag auch Mrs Mottram, es könnte sein, dass sie ihr zuliebe einspringt, wenn es notwendig ist, wissen Sie; damit Mrs Mottram es nicht immer tun muss. Denn ganz allein lassen kann man Evelyn ja auch nicht, obwohl... warum eigentlich nicht... sie hätte es sich selber eingebrockt!« Leichte Missbilligung kräuselte Mrs Penninghams Lippen.

»Ich finde es gerade verwunderlich, dass sie sich überhaupt über viele Jahre in den Kreis der Frauen eingefügt hat. Dem Eindruck nach, den ich inzwischen von ihr habe, müsste ihr das eher schwergefallen sein.«

Ihre Gesprächspartnerin zögerte eine Weile mit der Antwort, schließlich überlegte sie: »Manches verändert sich mit dem Alter... manches wird sichtbarer... dieses Bedürfnis nach, wie sagt man... Dominanz tritt, glaube ich, nur in diesem einen Fall zutage. Meist ist Evelyn ihre Unabhängigkeit noch wichtiger als eine öffentliche Rolle. Sie übernimmt sonst eigentlich keine regelmäßigen Aufgaben. Sie vermietet, aber an Feriengäste. Vielleicht werden mir noch mehr Beispiele einfallen, wenn ich lange genug darüber nachdenke.«

»Hat sie Freunde?«

»Eher nicht. Aber so gut kenne ich sie auch wieder nicht. Wer drüben im Herrenhaus kommt und geht, sehe ich ja nicht. Mit wem sie hier im Ort befreundet sein könnte... weiß ich nicht... Ich könnte das mal Truly fragen.« Mrs Penningham schien nachzudenken. »Viele von uns leben im Alter für sich. Zuerst dachte ich, es liege an meiner Krankheit; dann glaubte ich, es liege daran, dass ich mein Leben außerhalb von Howlethurst verbracht hatte. Aber jetzt sehe ich, dass es bei Evelyn genauso ist. Ich muss das noch Truly fragen, wie gesagt. Bei Kate Melling sieht es nicht anders aus. Sie lebt in ihrem Haus und auf ihrem Stück Land mit ihren Eseln und Bienen. Sie geht ihren Beschäftigungen nach und mischt sich in nichts ein. Auch wenn ich eine Weile gebraucht habe, um das herauszufinden. Mary Barley lebte mit ihren Blumen und ihrer Geige. Und Ihre Tante Ann hat sich ebenfalls sehr ähnlich verhalten. Sie kümmerte sich um ihr Haus und ihren Garten, beides wurde immer schöner. Die Leute redeten darüber und sie ließ sie reden. Durch das Orgelspiel ihres Mannes waren beide auf eine selbstverständliche Art Teil der Gemeinde, aber Freundschaften schlossen sie keine, so weit ich weiß.«

Im Geiste hörte Olivia Raymund feststellen: ›Ich habe keine Ahnung.‹ Sie sah ihre Gastgeberin an und nickte. »Ist Truly die Radlerin, die mich trotz meiner Unachtsamkeit nicht über den Haufen gefahren hat?«

Mary Penningham kicherte: »Genau die. Truly habe ich in der Schulzeit gar nicht gekannt. Schwestern von ihr, aber sie nicht. Und dabei ist sie die lustigste von allen, immer bereit zum Reden. Und was sie alles weiß. Sie sitzt am Postschalter, wissen Sie?«

⋆

Damit schien alles gesagt. Die beiden plauderten noch eine ganze Weile über dies und das, doch nicht über Truly.

Kapitel 13

Als Olivia am nächsten Morgen vor der Haustür von Mrs Graham angelangt war, hörte sie drinnen bereits Gelächter. Sira und Mr Wood deckten den Boden neben der Küchentür ab und fanden irgendetwas daran furchtbar lustig. »Der Ort des kühnen Anfangs!« stellte Olivia fest. Ihr war mulmiger, als sie zugeben wollte.

»Oh, gut dass Sie da sind. Jetzt können wir eine Kette bilden und die oberen drei Fächer gleich hier neben der Küchentür ausräumen«, erklärte Mr Jones – seinerseits nüchtern und geschäftsmäßig.

So geschah es denn auch gleich. Olivia war bereit, den obersten Posten auf der Leiter einzunehmen. Sie reichte Mrs Graham die Bücher, die gab sie Mr Jones und Mr Wood bildete damit Stapel auf dem Fußboden. Sie reinigte die Fächer sehr gründlich und begann ohne Verzug, helles Gelb über das hässliche Braun zu streichen. Wie immer benutzte sie einen schmaleren Pinsel als nötig, damit konnte sie sicherer hantieren und schon bald ging ihr die

Arbeit leicht von der Hand. »Das ist ja toll!« freute sie sich, als das erste Fach fertig war. »Mr Jones, Ihre Farbe ist das reinste Zauberzeug. Es könnte sein, dass ein Anstrich ausreicht.«

»Das ist es, was ich von dieser Farbe erwarte!« tönte seine Stimme von irgendwoher. Schon tauchte er selber auf und erklomm vorsichtig die Leiter. »Das ist aber sorgfältig gestrichen!« anerkennend sah er Olivia an. »Sie sind offensichtlich ein Profi in Sachen Farben. Die Räume werden völlig neu aussehen!« er wirkte plötzlich fast so aufgeregt wie Mrs Graham.

Als Olivia das dritte Fach gelb verzaubert hatte, sah sie diagonal durch den Raum Ihren Onkel auf einer Leiter stehen und Bücher hinunterreichen. Ihre Blicke trafen sich: »Oh... Viola, du kannst bitte hier weiterstreichen und ich räume beim nächsten Regal die Fächer aus, das kann ich besser.«

Gesagt, getan. Sie strich drei weitere Fächer. So weit lief alles gut. Nur geredet wurde gar nicht. Lediglich technische Bemerkungen flogen durch die Luft. Am Ende des Vormittags hatte Olivia drei weitere Dreiergruppen sorgfältig gelb und hellblau werden lassen und die anderen hatten das gesamte Erdgeschoss mit Folie ausgelegt. Die fünf Handwerker saßen in der Küche, teilten sich den Tisch mit den Farbtöpfen und rasteten bei einem Becher Kaffee. Sira war auf Mrs Grahams Wunsch hin heute länger geblieben.

Mr Jones betrachtete die Skizze der Bücherei auf seinen Knien: »Die Arbeit ist heute so reibungslos gelaufen…«

»Oh, und so harmonisch und eigentlich richtig lustig«, Mrs Grahams hohe Stimme war pure Begeisterung, »ich habe mir das so entspannt, so… so heiter gar nicht vorgestellt.« Glücklich sah sie sich in der Runde um.

»Sie haben recht«, stimmte Mr Jones zu. »Deshalb möchte ich fragen«, nahm er seinen Faden wieder auf, »ob wir hier in dieser Runde nicht genug Arbeiter sind. Es würde auch nicht für alle immer der ganze Vormittag dabei draufgehen. Sehen Sie, am Morgen bräuchten wir alle, um die Fächer in einer Kette auszuräumen und ab nächster Woche auch wieder einzuräumen.«

»Oh mein Gott! Stellen Sie sich das vor! Wenn die ersten Bücherreihen in den gelben Fächern stehen… schon in der nächsten Woche! Und immer so weiter. Das Raus und Rein wird ganz geordnet durch die Räume rollen...« Mrs Graham musste sich einfach Luft machen.

»Ja, das denke ich auch«, stimmte er zu. »Viola könnte ihre Runde Fächer in den hohen Regalen streichen und Mr Wood nach und nach die niedrigen Regale. Hoffentlich erschrecken Sie nicht, wenn ich jetzt doch mal feststelle, dass jedes hohe Regal vier Wochen dauern wird, das bedeutet, der ganze Prozess wird sich mehr oder weniger über den ganzen Sommer erstrecken. Anders geht es nicht, weil wir die Bücher nun mal nur in kleinen Mengen herum räumen können, wenn wir allzu großes Chaos vermeiden wollen.«

Seine Zuhörer wirkten für den Moment leicht erschlagen. Sie schwiegen. »Fallweise könnten wir dann noch einen Helfer gebrauchen, der sehr vorsichtig und sorgfältig streichen können sollte und bis ganz hinauf auf die Leiter steigen mag.«

»Und dann?« Siras tiefe Stimme klang ein wenig stumpf.

»Es geht um den Außenanstrich der Regale, dann, wenn innen alles trocken und wieder eingeräumt ist. Die besondere Schwierigkeit liegt bei den Vorderkanten, dort, wo Dunkelrot auf Gelb oder Hellblau trifft; um das sauber zu arbeiten, muss man ziemlich gut sein.«

Während die anderen schweigsam nachzudenken schienen, verfing sich Olivias Blick an Sira. Ihre geballten Fäuste ruhten in ihrem Schoß. Sie spürte Olivias Blick und hielt ihm stand. Sie räusperte sich, doch dann senkte sie den Blick wieder.

»Sira?« vorsichtig rief Olivia die schweigsame Frau an; als sie den Blick hob, folgte die Frage: »Sie können das vermutlich, was Mr Jones gerade beschrieben hat?«

Sira nickte stumm. »Na, fabelhaft!« Begeistert breitete Olivia beide Arme aus. »Würden Sie es dann machen? Könnten Sie einen Teil Ihrer freien Zeit opfern?« Das Zögern, das nun folgte, verstand Olivia nicht sofort, fragend sah sie in die dunklen Augen. Sie hatten einen stolzen Blick, so stolz, wie sie ihn an Sira bisher noch nicht bemerkt hatte – und sie glaubte zu verstehen. Ein wenig umwegig fuhr sie fort: »Ich kann mir vorstellen, wie schwierig Ihre freien Stunden mit den Öffnungszeiten der Bücherei abzustimmen sein werden. Ursprünglich hatte ich mir vorgestellt, während der Öffnungszeiten zu streichen, damit... Mrs Graham nicht den ganzen Tag über mit der Bücherei befasst ist. Aber das war wohl keine gute Idee... Andererseits lässt Mrs Graham Sie sicher hier werkeln, wann immer es Ihnen in den Zeitplan passt, vermutlich auch mitten in der Nacht. Würde es dann gehen?«

Wieder räusperte sich Sira, bevor sie antwortete: »Sie schlagen mir vor, dass ich…«

»…wie wir alle…« nickte Olivia aufmunternd.

»…in meiner Freizeit die Regale streichen kann? Als einer von…«

»Als einer von uns! Ja, genau das tue ich«, bestätigte Olivia munter, »Vielleicht etwas vorwitzig, denn Sie haben wahrscheinlich auch ohne das genug zu tun. Doch ich nehme an, den anderen wäre das auch das liebste.«

Das war es, auch wenn sie möglicherweise nicht ganz verstanden, was sich vor ihren Ohren und Augen abspielte. »Wenn alle einverstanden sind«, Sira sah jeden einzelnen offen an, »dann tue ich es von Herzen gern!«

⋆

Die kleine Gruppe stand zwar schon, war aber noch nicht ganz willens, sich aufzulösen, als der Türklopfer sie regelrecht erschreckte.

»Ach du mein Gott!« hastig und doch mit einem leisen Kichern in der Kehle eilte Mrs Graham zur Tür.

»Es ist schon kurz nach zwei!« hörten sie hinten in der Küche die kühle Stimme von Lady Cardoon von der Haustür her. Die Tür wurde geschlossen, es herrschte allgemeines Schweigen, in der Halle aus Entsetzen, in der Küche aus blanker Neugier, und die wurde nicht enttäuscht.

»Wie sieht es hier denn aus! Meinst du immer noch, dass das alles eine gute Idee ist?« die Missbilligung in der Stimme von Lady Cardoon war unüberhörbar. »Bunt ist meiner Meinung nach nicht die rechte Atmosphäre für Bücher. Aber mich hat ja niemand gefragt.«

Mrs Grahams Antwort war ein helles Lachen, möglicherweise nicht die glücklichste Reaktion, denn die strenge Richterin mahnte gleich weiter: »Ihr hättet euren Aktionismus wenigstens auf einen Raum beschränken sollen, dann hätte man sehen können, ob die Farben zu ertragen sein werden. Warum gleich überall Chaos? Das verstehe ich wirklich nicht. Wir sollten unbedingt überlegen, ob wir die Bücherei auf der Stelle schließen, bis hier wieder Ordnung herrscht.«

»Aber das geht doch nicht! Wie viele Menschen wären dann enttäuscht! Und all die Kinder! Nein, nein, nein.«

»Mrs Graham hat recht!« In Mr Jones hatte

sich der Kavalier durchgesetzt. Mit großen Schritten querte er die Halle. »Guten Tag, Mylady.« Er deutete eine Verbeugung an. »Ich verstehe Ihren Schrecken voll und ganz. Lassen Sie mich deshalb zwei Punkte erklären. Erstens: ›Bunt‹ wäre nur unter sehr speziellen Umständen die richtige Entscheidung für eine Bücherei, da gebe ich Ihnen rückhaltlos recht, die Gefahr besteht hier aber auch nicht. Wir haben für jeden Raum lediglich zwei Grundfarben ausgewählt. Die hellere wird nun allerdings in mehreren Schattierungen verwendet werden, das hebt ihre Leuchtkraft ohne den Eindruck von Mehrfarbigkeit zu erzeugen. Da kann ich Sie vollständig beruhigen. Und der zweite Punkt: Wir werden in allen drei Räumen gleichzeitig arbeiten, damit die Bücherei weiter benutzt werden kann und das Streichen trotzdem mit dem Sommer beendet sein wird. Wenn Sie möchten, erläutere ich Ihnen den zugrundeliegenden Organisationsplan.«

»Verschonen Sie mich. Ich sage nur: Es wird fürchterlich und die Bücher werden leiden. Wenn es mir zu bunt wird, werde ich meine Hilfe einstellen müssen.« Sie reckte sich.

»Bunt wird es auf keinen Fall, wie ich schon sagte.« Ein wenig Bereitschaft, nur eine Prise, anzuerkennen, dass das Unternehmen auch seine positiven Seiten haben könnte, hätte Mr Jones ganz gut vertragen. Schließlich war Lady Cardoon der erste Mensch, der die sich anbahnenden Veränderungen selber sah.

Die Haustür flog auf. Truly mit einem Stoß Büchern unter dem Arm blieb im Türrahmen stehen: »Wahnsinn... das ist Wahnsinn – Sie machen ernst mit den Farben – es ist wirklich und wahrhaftig wahr.« Schritt für Schritt bewegte sie sich voran, es sollte unbedingt jede Folie an ihrem Platz bleiben, Truly wusste, was Streichen bedeutete. Olivia sah der farbigen, heute in Orangetönen gekleideten Erscheinung gespannt zu, die anderen ebenfalls, keiner sagte etwas, bis Olivias Blick an einer riesigen Spinne hängenblieb, die ein wenig orientierungslos und doch geradezu hinter Truly folgte. Beinahe wie ein Haustier. Olivia nahm war, wie Lady Cardoon hinter ihr den Atem an hielt. Mrs Graham stieß einen hohen Ton aus. Die Spinne störte das nicht. Und Truly bemerkte die wachsende Unruhe nicht, sie stand gerade still und schaute in den Raum rechter Hand, in dem sie heute Morgen mit dem Unternehmen begonnen hatten. Beim nächsten nur mühsam unterdrückten Quietscher von Mrs Graham bewegte

Mr Wood sich ruhig auf die Spinne zu. Nach einem Moment vollkommener Ruhe schoss seine Hand vor und legte sich auf das Tier. Mit geübtem Griff packte er die Spinne und beförderte sie entschlossen in die Wiese vor der Tür. Mit einem Blitzen in den hellen Augen informierte er Raymund: »Mr Fisher, das Ungeheuer befindet sich auf dem geraden Weg zu ihrem Haus.«

»Ist in Ordnung, ich hoffe zuversichtlich, es wird dort niemals ankommen.«

Die ersten Leute kamen, um Bücher zurückzugeben und zwangen Lady Cardoon, die Spinnenstarre abzuschütteln.

»Du lieber Schreck«, hauchte Mrs Graham. »Das ist aber kein schlechtes Zeichen, oder?« Sira schüttelte den Kopf.

Spontan entschloss Mr Jones sich, noch zu bleiben, um auftauchende Fragen zu beantworten. Nicht jeder würde die Veränderungen gut finden, das wusste er aus der lebenslangen Erfahrung des Innenarchitekten. Die anderen vier räumten das Feld.

⋆

Am nächsten Morgen begann die erste Routine zu greifen. Drei Fächer wurden ausgeräumt und Olivia begann zu streichen, während die anderen die Bücher der obersten Fächern von weiteren Regalen in den drei Räumen auf dem Boden stapelten; weit auseinandergezogen, damit die Bücher nicht durcheinandergerieten. Schließlich half Mrs Graham Mr Wood beim Ausräumen des ersten Bilderbuchschrankes, es dauerte, denn manches Buch mochte sie nicht sofort wieder beiseite legen. Mr Wood schaute ihr geduldig dabei zu. Die anderen waren schon länger nicht mehr da. Der Druide und Olivia strichen schweigend, gelegentlich wehte Mrs Graham vorbei und ihre helle Stimme klang so froh wie leichtes Vogelgezwitscher.

Olivia kehrte dann im Laufe des Nachmittags in sauberen Kleidern und in Begleitung von Susan zurück. Die kleine Malergruppe, die von der Gemeinde schon am zweiten Tag wie eine verschworenen Gemeinschaft behandelt wurde, war zu dem Schluss gekommen, dass möglichst immer einer von ihnen zusätzlich zur üblichen Besetzung während der Öffnungszeiten in der Bücherei sein sollten, um den Besuchern zu helfen, mit der provisorischen Ordnung umzugehen. Diese Entscheidung war im Moment genau das Richtige für Olivia, noch hatte sie die Hoffnung nicht aufgegeben, Gesprächsfetzen aufzufangen, die halfen, ihr Grübeln zu befördern, auch wenn das leider nicht während des Streichens passieren konnte.

»Oh, welch Labsal für meine Augen«, erklang Trulys unternehmungslustige Stimme in ihrem Rücken, als sie gerade die Halle betraten. Dieses Mal folgte ihr keine Spinne. »Sie beide sind wunderbar gekleidet.« Zufrieden musterte sie Susans indischen Kleider und die bunten Hosen von Olivia. Sie legte den Kopf leicht schief und teilte ernsthaft mit: »Meiner Meinung nach könnten Sie ruhig noch eine farbige Weste über dem grünen Hemd tragen, vielleicht Streifen zu den Blumen in der Hose. Aber das ist Geschmacksache. Alles ist Geschmacksache. Das bunte Tuch in Ihrem Haar finde ich übrigens toll. Wirklich wahr.«

Olivia stimmte zu: »Ist es nicht super, das wir heute anziehen können, was wir wollen? Das Modediktat, wie es noch in den Siebzigern alle im Griff hatte, existiert einfach nicht mehr.«

»Diese schrecklichen kleinen Kleidchen – uiih, waren die hässlich. Die gab es schon früher… in den Sechzigern. Aber dann kamen wir, die Hippies mit unseren weiten langen Röcken, seitdem ist alles anders und freier.« Mit einem Blick durch die Halle und auf die beiden jungen Frauen bewegte Truly sich wieder zur Tür.

»Das war eine wirklich tolle Zeit damals.« Sie ließ sich auf die Bank draußen vor der Tür fallen: »Wissen Sie, fast niemand macht sich Gedanken darüber, wie viel wir, die wir heute leben, wie wir leben, den Hippies von damals verdanken. Da ist ja nicht nur die Mode. Eigentlich viel wichtiger ist der neue Respekt vor der Natur. Wir wollten in der Natur leben, aber auch mit ihr... was wir alles ausprobiert haben...«

»Sie haben das sogenannte freie Leben damals ausprobiert? Wo? Wenn ich das einfach fragen darf.«

»Fragen darf man alles, das ist meine Meinung. Der andere ist ja frei, zu antworten was er will.« Sie musterte Olivia – freundlich und neugierig. »Man kann in so vielen Dingen machen , was man will, wirklich wahr, die meisten wissen es nur nicht, weil sie nicht darüber nachdenken. Sie leben, als wär's ihnen egal, wofür wir da sind und was das Ganze für einen Sinn hat. Wissen Sie, als ich so jung war wie Sie«, jetzt schauten ihren munteren Augen zu Susan, »wollte ich unbedingt wissen, was die Wahrheit ist. Bei vielen unter unseren Leuten dachte ich, sie wissen's und wollen es nur nicht sagen. Das glaube ich schon lange nicht mehr.

Schließlich kam ich zu dem Schluss, dass ich das für mich rausfinden muss, meine Wahrheit – verstehen Sie. Die große einzige Wahrheit gibt es, glaube ich, gar nicht.«

Truly sah von der einen zur anderen und alle schwiegen eine Weile. Ein Seufzer löste sich tief aus Trulys Brust: »Ich war ziemlich glücklich damals, nie wieder mehr als damals. Ich war in Totnes drüben, in Devon. Totnes war das Zentrum unserer Welt. Es heißt, dass es noch heute Englands Hauptstadt der Hippiebewegung ist. Das wär schon toll, wirklich wahr.«

»Waren Sie denn lange nicht mehr dort?«

»Nein, nie mehr, man soll nicht in seine Erinnerungen reisen, das ist meine Meinung. Wissen Sie, damals, als ich meinen ersten Sohn bekam, es war ein langer warmer Sommer, veränderte sich alles, auch wenn ich das nicht gleich gemerkt habe. Ich habe ihn gestillt und herumgetragen und wieder gestillt und ihm zugeschaut, wie er lachte oder strampelte, den Kopf selber halten konnte – lauter Wunder. Das war das Leben mit der Natur. Schöner ging's nicht.« Sie schwieg.

Ein Auto bog in den Green ein. »Da kommt Mary Penningham. Lassen Sie sich nicht aufhalten. Ich plaudere noch ein wenig mit ihr. Es war schön mit Ihnen. Irgendwie glaube ich, Sie interessiert das alte Leben. Warum auch nicht, ein andermal kann ich Ihnen mehr erzählen.«

Im Aufstehen fiel Olivia ein: »Besuchen Sie Mrs Penningham manchmal zuhause?«

»Warum?«

»Nun, Sie scheinen sich gut zu verstehen und sie ist doch darauf angewiesen…«

Truly schien sich für die Ankommenden so sehr zu interessieren, dass sie Olivias Frage überhörte. Olivia winkte Mrs Penningham und ihrer Nichte hinter der Windschutzscheibe zu, wunderte sich daneben über Truly und kehrte ohne Verzug mit Susan in die Bücherei zurück. Zuerst einmal machte sie Mrs Graham und Susan miteinander bekannt und beobachtete zufrieden, wie selbstverständlich die beiden aufeinander zu gingen. Dazu hatte vermutlich Sira ihre eigene Art Vorarbeit geleistet. Anschließend ging sie in den Raum rechter Hand voran, in dem unter anderem die Kinderbücher waren, einfach deswegen, weil hier bisher am meisten geschehen war. Susan sah sich in aller Ruhe um, bis sie schließlich feststellte: »Ich glaube, ich mag geordnetes Chaos sehr, es verbreitet so etwas wie Vitalität. Vielleicht ist es die ständige Ordnung in Tante Delias Haus, dass ich mich inzwischen so fremd in meiner eigenen Haut fühle. Ich lebe darin, aber ich begegne mir nie. Spuren hinterlasse ich in der Küche und im Bad und selbst wenn ich sie nicht beseitige, macht Sira das.«

Als sie die Halle querten, um in den großen Raum mit der Literatur zu gelangen, tauchte Aphra auf und drückte Susan beinahe scheu die Hand. »Ihre Tante Delia würde sich sehr freuen, Sie in ihrem Haus zu sehen.« Überrascht schaute Susan die Pfarrersfrau genauer an, sagte aber nichts. Unsicher zog Aphra sich zurück: »Ich wünsche mir, dass es Ihnen hier im Laufe der Zeit gefällt. Und ich würde mich sehr freuen, wenn Sie zu uns herüber kommen, wann immer Ihnen der Sinn danach steht. Ich möchte nur nicht aufdringlich wirken, deswegen habe ich noch nicht wieder vorbeigeschaut. Das ist wirklich der einzige Grund.« Susan schaute ihr nach und dann zu Olivia, aber bevor sie etwas sagte, stieß Mrs Melling zu ihnen: »Viola, schon wieder am Tatort? Dabei dachte ich, Sie bräuchten eher frische Luft.«

»Da sagst du was Wahres«, bemerkte eine ältere Frau im Vorbeigehen. »Dieser Geruch, der wird noch ewig im Haus hängen bleiben.« Während die beiden Frauen sich die Hand gaben, hörte Olivia hinter dem nächsten Bücherregal eine Frauenstimme feststellen: »Ein Gutes hat der Geruch: Mäuse mögen ihn nicht, sie werden für lange Zeit kein Problem mehr sein.« »Das hättest du Delia Large anraten sollen.« »Was?« »Ihre Türschwellen mit Farbe zu bestreichen. Ich weiß von niemandem, der sich derartig vor Mäusen gegraust hat. Vor nichts und niemandem sonst, davon bin ich überzeugt, aber vor Mäusen.«

Olivias Augen streiften Susan, aber sie kannte sie noch nicht gut genug, um in ihrer Miene zu lesen. Mrs Melling verabschiedete sich bereits wieder, doch Susan hielt sie mit einer zögernd gestellten Frage zurück: »Machen Sie Quittenmarmelade?«

Entgeistert sah Olivia sie an. Wie kam Susan auf Quittenmarmelade?

»Ja, mach ich«, lautete die selbstverständliche Antwort. »In meinem Garten wächst ein Quittenbaum«, ein Lächeln spielte um Mrs Mellings Augen. »Es handelt sich um eine Sorte, die Mrs Mottram nicht hat. Aber ich bringe ihr jeden Herbst einen Korb. Mögen Sie Quittengelee?« Susan schüttelte den Kopf. »Nun, dann werde ich sie damit verschonen.« Mrs Melling nickte freundlich und ging endgültig.

Aufmunternd nahm Olivia die ernste Susan am Arm und zeigte ihr die Fächer mit indischer Literatur. Deren Augen glitten darüber hin, aber ihre Gedanken waren ganz woanders, so viel wagte Olivia zu entscheiden. Sie überließ sie sich selbst und half, Bücher aus einem Stoß am Boden zu ziehen, räumte eine Weile zurückgegebene Bücher auf und beantwortete Fragen zu den geplanten Farben. Hilfe beim Streichen bot allerdings niemand an.

Als es am späteren Nachmittag ziemlich leer wurde, verabschiedete sie sich. Susan war vor einer ganzen Weile gegangen, sie wollte sie jetzt zu einem Tee bei Raymund einladen.

Das indische Labyrinth lag weiterhin mitten auf dem Weg. Susan hatte einige Tontöpfe darum herum gestellt. Die zumindest übersah man nicht. Heute öffnete sie die Tür, sogar ziemlich umgehend. »Magst du hereinkommen, bitte.« Das klang so eindringlich, dass Olivia ihre Einladung zum Tee verschob. Susan führte sie schweigend zur Küche. Dort öffnete sie die Tür zur Speisekammer: »Schau!« war der ganze Kommentar dazu. Olivias Augen glitten über Susans merkwürdig gestraffte Gestalt und die angespannte Miene. Was sie in dem Vorratsraum finden sollte, verriet sie ihr nicht. Olivia sah sich um und holte die Gesprächsfetzen des Nachmittags ins Bewusstsein zurück. Ihr Blick glitt langsam über die Fächer. Da standen, in der hinteren Reihe, zwei Gläser mit Quittengelee. Entschlossen zog sie sie heraus und betrachtete sie genau. Die Farbe war unterschiedlich, das eine Gelee wesentlich klarer und deutlich rosa. Vermutlich waren unterschiedliche Quittenarten die Ursache. Die Gläser trugen die gleichen Schilder, die Druckbuchstaben schienen von der gleichen Hand zu stammen. Fragend sah Olivia Susan an.

»Schau die Böden der Fächer genauer an, bitte.«

Also gut. Olivia rückte Gläser und Dosen hin und her, nahm einige heraus und stellte sie wieder zurück… und entdeckte, was Susan ihr wohl zeigen wollte. Schneller untersuchte sie weitere Fächer – überall fanden sich die kleinen schwarzen Stäbchen, die man auch einfach als Mäusedreck bezeichnen konnte. »Wo sind die Mäuse jetzt?«

»Keine Ahnung.«

»Hast du sonst wo im Haus Mäusedreck gefunden?«

»Nein. Ich habe sie auch nie gehört.«

»Ist dieses schmale Fenster manchmal offen?«

»Ich glaube, Sira öffnet es, während sie die Küche putzt. Danach macht sie es wieder zu.« Unbewegt stand Susan da und sah Olivia an.

Noch einmal glitten deren Augen über die Fächer. Entschlossen griff sie nach den Geleegläsern: »Die möchte ich mitnehmen, einverstanden?« Auf das stumme Nicken hin wurde sie entschlossener: »Komm, Susan, drüben bei Raymund gibt es jetzt Tee. Den brauchst du dringend!«

*

Raymund setzte sofort Wasser für eine zweite Kanne auf und erinnerte sich an eine Schachtel Butterkekse in seiner Speisekammer. Susan trug das Geschirr, das er ihr in die Hand drückte, mechanisch zum Teetisch und setzte sich auf seine freundliche Aufforderung ebenso mechanisch hin. Während der Zeremonie des Tee und Milch Eingießens kam Marmalade mit leisen Tönen redend aus dem Wohnzimmer. Sie rieb sich die Flanke an einem der Stützpfeiler, musterte Susan, als wäre sie von ihrer Anwesenheit überrascht, und kam, sie zu begrüßen. Auffordernd schob sie ihren Kopf unter die herunterhängende Hand. Sie hatte Erfolg. Susan beugte sich zu ihr hinunter, begrüßte sie ihrerseits mit leisen, liebevollen Worten und kraulte sie hinter den Ohren.

Erleichtert schaute Olivia den beiden zu und richtete ihre Frage an den Onkel: »Hast du zufällig Quittengelee in der Speisekammer?«

»Ich glaube schon. Aphra gibt mir gelegentlich eins. Warum?«

»Ich würde es gern mit diesen beiden vergleichen«, sie deutete auf den schmalen Tisch an der Wand, auf dem sie die mitgebrachten Gläser abgestellt hatte.

Raymunds Glasinhalt zeigte das gleiche kräftige Rosa wie das eine von Susans Gläsern. Also war das andere interessanter. »Weißt du irgendetwas über diese Gläser, Susan?«

»Nein, gar nichts. Ich weiß nur, das Tante Delia keine Quitten mochte, in keiner Form.«

»Aha… und keine Mäuse… wusstest du das auch?«

»Ja, ich wusste es schon vor heute Nachmittag. Ich hatte den Mäusedreck auch schon gefunden.«

»Hast du ihn Sira gezeigt?«

Susan schüttelte den Kopf: »Als ich es tun wollte, ging mir auf, dass ich sie doch eigentlich noch nicht allzu gut kenne.«

»Das gilt für alle hier.«

»Das schon. Aber niemand außer ihr kommt in Tante Delias Haus.«

Marmalade hatte sich auf Susans Schoß zusammengerollt, gelegentlich hob sie ein Augenlid und schaute Raymund an. Sie war wieder wohl auf, was man von Susan nicht sagen konnte. Sie trank ihren Tee wie ein folgsames Kind und nahm mit der gleichen Haltung immer dann ein Keks, wenn Raymund ihr die Schale hinüberreichte. Eine Weile hörte Olivia Raymunds leichtem Geplauder zu, doch es entspannte die junge Frau nicht. Als sie ihre fragenden Augen schließlich auf Olivia richtete, schwieg er.

»Susan, haben die zugezogenen Vorhänge und das Labyrinth vor dem Eingang mit dem Mäusedreck zu tun?«

»Ja, irgendwie schon.« Mit seltsamer Entschlossenheit sah sie auf ein Mal von einem zum anderen.

»Wann hast du die Gläser entdeckt?«

Zögernd, dann fester kamen die Worte: »Ich beschloss Anfang letzter Woche, nun doch das Haus in Besitz zu nehmen. Bisher hatte ich so gelebt wie in den Ferien, wenn ich Tante Delia besuchte. Aber ewig ging das ja nicht. Ich habe einen Horror davor, ihre Schränke zu öffnen!

Also begann ich in der Speisekammer. Zu meiner Überraschung fand ich es ganz lustig, ihre Vorräte zu mustern. Vom Inhalt des Tiefkühlschrankes werde ich lange leben können. Ich stellte mir Speisepläne zusammen und Kombinationen, die ich zumindest in Indien so nicht gegessen hatte… das ging so lange gut, bis ich die Mäusespuren fand.«

»Was ist daran so ungewöhnlich? Wir leben auf dem Land?« Raymund fragte beiläufig, er goss gerade Tee nach.

»Tante Delia verabscheute Mäuse!«

»Aber das wissen die Mäuse ja nicht.«

»Nein, aber sie hatte nie Mäuse im Haus, wir sprachen gelegentlich darüber. Und ganz sicher nicht in der Speisekammer.«

»Was macht Sie so sicher?«

»Ich kann es nicht sagen. Ich weiß nur, dass der Mäusedreck nichts Gutes bedeutet!«

»Haben Sie weitere Spuren gefunden? Angeknabberte Verpackungen zum Beispiel?«

»Nein, nichts.«

»Mir fällt dazu weiter nichts ein«, bekannte Raymund ernst und freundlich. »Ich denke allerdings, Sie sollten etwas weniger allein in dem großen Haus sein. Kommen Sie morgen Nachmittag in die Bücherei, wir brauchen dringend zusätzliche Hilfe. Jeder aus unserer Malergruppe schiebt einen Nachmittag Wache, damit den Bücherstößen und den frisch gestrichenen Fächern nichts geschieht und möglichst doch jeder zu seinen Büchern kommt. Ich bin morgen dran, aber ich bin donnerstags sowieso da, also fehlt eine zusätzliche Person. Würden Sie das übernehmen?«

Gar so einfach ließ Susan sich nicht aus ihrer Zurückgezogenheit herauslocken. Raymund erzählte ein wenig von Mrs Graham, von Mrs Higham und den anderen Frauen, die an der Bücherausgabe saßen, und von seiner Arbeit. Dabei erwähnte er instinktiv die Bücherstöße, in denen die ständige Möglichkeit des rutschenden Durcheinanders steckte und die deshalb gesonderter Aufmerksamkeit bedurften, damit alles so geordnet wie möglich blieb. Susan erinnerte sich an das Durcheinander, und daran, dass sie sich darin eigentlich wohl gefühlt hatte. Sie zögerte noch eine Weile, bis sie sich schließlich einen Ruck gab. Sie versprach, zu kommen.

Kapitel 14

Am nächsten Mittag brach Raymund besonders pünktlich auf. Er holte Susan ab. Gemeinsam querten sie die mit Linden umsäumte Grünfläche. Olivia sah ihnen aus dem Küchenfenster hinterher, bis sich Mrs Grahams Haustür öffnete. Belustigt registrierte sie, dass sie nicht wieder geschlossen wurde. Das war gastfreundlich an diesem schönen Frühsommertag und bot gleichzeitig dem Farbgeruch einen Fluchtweg an.

Sie selbst holte sich nun leere Gläser aus der Speisekammer und ging in den Garten. Erst einmal blieb sie mitten auf dem Rasen stehen und atmete tief durch. Ein hoher heller Himmel stand über dem Garten. Die Akelei war inzwischen aufgeblüht, in allen möglichen Blautönen und in Weiß, die Rottöne hatte Raymund der Wildform vorbehalten, aber sie blühte noch nicht. Mit einem Handstandüberschlag reagierte Olivia auf das Kribbeln in ihren Gliedern und eilte weiter zum Gartenhäuschen. Mit Handschuhen und Schaufel ging sie zum Erdbeerbeet, suchte so exakt wie möglich die Stelle zu finden, an der Marmalade das Gras gefressen hatte und hockte sich hin. Ein Glas füllte sie mit altem Stroh und Pflanzenresten, ein anderes mit Erde und einem Grasbüschel. Als sie sich aufrichtete, begegneten ihre Augen dem aufmerksamen Blick des Katzenmädchens.

»Hier hast du gefressen, nicht wahr?« Marmalade schien abzuwarten. Kurz entschlossen riss Olivia eine Handvoll Gras ab, es wuchs immer noch genug davon in diesem vernachlässigten Beet, und hielt es Marmalade hin. Die erhob sich und ging davon, der Schwanz sauste wild hin und her. Nun gut, das war auch eine Antwort. Olivia nahm die gleichen Proben am unteren Ende des Beetes, beschriftete die Gläser sorgfältig und verstaute sie in ihrem Zimmer.

Ein tiefer Atemzug und sie sauste wieder hinunter. Eine zweite Runde leerer Gläser, diesmal steckte sie sie in eine starke Plastiktüte, stopfte Zeitungsblätter dazwischen, damit sie nicht verrä-terisch klapperten, Schaufel, Handschuhe und als letztes noch einmal Zeitung. Und schon war sie auf dem Weg zu Mary Barleys Garten, obenherum über die Hauptstraße und am Sportgelände vorbei. Wenn der Druide nicht gerade jetzt unterwegs war, hatte sie auf diesem Weg gute Aussichten, unbemerkt in den Garten zu kommen und hoffentlich auch wieder hinaus, bevor Jemima aus der Schule zurück war.

Niemand war unterwegs. Erleichtert schloss sie die Pforte hinter sich und ging zu dem großen Taxusbusch. Ihre Augen glitten über seine dunkle strenge Form, aber sie hatte keine Zeit zu verlieren. Sie füllte vier Gläser mit Erde, beschriftete sie nach den Himmelsrichtungen und verstaute sie auch schon wieder. Mit Handschuhen, Schaufel und herumliegenden kleinen Zweigen verwischte sie ihre Spuren sorgfältig, schob das Werkzeug ebenfalls unter die Zeitungen in ihrer Plastiktüte und richtete sich auf. Ihr Blick streifte über die menschenleere Schafweide statt über die Pflanzen an ihrem Weg und erleichtert zog sie die Pforte ins Schloss.

Mit gebremstem Tempo wanderte sie nun zwischen den Schafen und ihren Lämmern hindurch. Jetzt hörte sie auch ihr Blöken wieder. In der Mulde am Rand der Weide sah sie das weiße Penninghamsche Farmhaus mit den grünen Fensterläden und in der Ferne die Hecken umsäumte Weidelandschaft von Kent. Südlich um Howlethurst herum gab es keine Obstbaumfelder. Als sie die Farm und Mrs Mellings Esel passiert hatte, stieg der Weg zur Kirche hinauf an. Sie verlangsamte ihren Schritt noch einmal. Hier konnte sie ohne weiteres jemandem begegnen. Aber es kam niemand und vollkommen unbehelligt kehrte sie ins Haus zurück.

*

Überraschend aufgeräumt kam Raymund ziemlich spät aus der Bücherei zurück. »Stell dir vor, wir haben Lady Cardoon von der Zumutung des Farbgeruchs befreit! Herrlich, nicht wahr?«

»Bestimmt! Kannst du vielleicht etwas ausführlicher werden?«

»Mit Vergnügen. Weißt du, Susan fühlte sich im Laufe des Nachmittags sichtlich wohl. Ich glaube, die meiste Zeit schaute sie mit kleinen Kindern Bilderbücher an. So hat keines von ihnen Farbe an die Kleider bekommen, das war ihre eigentliche Aufgabe, kein Bücherstoß ist umgefallen. Stattdessen sah ich manch winkende Kinderhand und manch entspannte Mutter durch die offene Tür davon spazieren. Mrs Graham beobachtete das natürlich auch, verwickelte Susan in ein längeres Gespräch und das Ende der Geschichte ist, dass Susan jetzt drei Nachmittage in der Woche in der Bücherei verbringen wird, einen davon an der Bücherausgabe. Damit ist Evelyn Cardoon von dieser regelmäßigen Pflicht wieder entbunden und das natürlich nur, um ihr Chaos und Gestank zu ersparen.«

»Weiß sie es schon?«

»Sogar das. Mrs Graham war so beschwingt, dass sie sie gleich angerufen hat. Danach hatte sie leicht gerötete Wangen, ihr Schweigen wirkte jedoch sehr zufrieden.«

»Das kann ich mir vorstellen!« Olivia umarmte ihren Onkel. »Manches läuft von ganz allein.«

Raymund musterte sie, sagte jedoch nichts. Stattdessen öffnete er die Wintergartentür, rief leise nach seiner Katze und machte sich daran, ihre Fressnäpfe neu zu füllen. Sie kam, strich um seine Beine und begrüßte ihn mit leisem Miauen, bevor sie als erstes ausgiebig trank. Olivia ließ sie links liegen.

Die schaute den friedlichen Vorgängen zu: »Heute war Mrs Penningham nicht auf der Bank. Vermutlich sehe ich Gespenster, aber es ist doch überraschend, dass sie und Truly unbedingt allein sein wollen, wenn sie sich dort treffen. Ganz so, als würden sie etwas aushecken.«

Raymund ließ sich das durch den Kopf gehen: »Du meinst, die eine hat Zeit genug, sich Pläne auszudenken und die andere ist beweglich genug, sie in die Tat umzusetzen?«

»Ich fürchte, genau das war mein Gedankengang, als Truly mich gestern wegschickte, sobald das Penninghamsche Auto in den Green einbog. Es macht von außen betrachtet so gar keinen Sinn, dass die zwei unbedingt unter sich sein wollen. Aber was weiß ich schon…«

Ihr Onkel betrachtete sie nachdenklich, schwieg dann aber.

»Ich habe noch mehr beobachtet«, Olivia grinste ein wenig, »zum Beispiel, dass Aphra sich Susan gegenüber so übervorsichtig verhält, dass man es fast ängstlich nennen könnte, warum?«

»Tut sie das?« Raymund hielt inne. »Das überrascht mich ein wenig. Nun, die erste Begegnung ist wohl nicht ganz glücklich gelaufen. Am Tag, nachdem Susan angekommen war, das muss unmittelbar vor Leonards und deinem ersten Besuch hier gewesen sein, ist Aphra hinübergegangen. Zuerst einmal hat sie ihrer wechselseitigen Trauer über den Tod von Delia Large Ausdruck gegeben und gleich im Anschluss daran die junge Frau hier willkommen geheißen. Irgendwie ist diese Kombination nicht ganz glücklich übergekommen. Jedenfalls hat Susan die Einladung ins Pfarrhaus auf einen unbestimmten Zeitpunkt verschoben, um sich erst einmal in der unerwarteten Gesamtsituation zurecht zu finden. Diese einstweilige Zurückweisung ist das eine. Das andere ist, dass Aphra und Roger sich immer noch schwer damit tun, Nachforschungen in ihrer Gemeinde veranlasst zu haben, ausgerechnet ausgelöst durch den Tod von Susans Tante. Aphras Lage Susan gegenüber erleichtert das ja auch nicht gerade.«

»Vermutlich nicht.«

Während Marmalade fraß, schloss Raymund die Tür zum Garten, dabei schüttelte er den Kopf: »Es ist mir lieber, sie im Haus zu wissen, wenn wir weg sind. Es liegt vermutlich an ihrer Krankheit, ich bin nicht mehr gar so sicher, dass ihr da draußen nichts geschieht.«

Als die zwei eine halbe Stunde später das Haus verließen, stand Marmalade ruhig und aufmerksam unter dem Esstisch.

⋆

Die Überraschungen setzten sich fort. Raymund steuerte den Kirchhof an. Als sie zwischen den Gräbern hindurchgingen, schüttelte er erneut den Kopf: »Es ist merkwürdig, Puck. Ich beginne ganz offensichtlich nervenschwach zu werden. Äußerst unerfreulich. Ich sollte vermeiden, dass Roger und Aphra das herausfinden.« Damit stieß er das Tor zum Pfarrhausgarten auf, durchquerte ihn und klopfte an die Küchentür. Auf den schmalen Pfaden über den Friedhof und durch den Pfarrhausgarten ging Olivia hinter ihrem Onkel und hörte ihm zu. Überfallartig spürte sie eine große Zuneigung zu der hageren Gestalt vor sich. Die Macht dieses Gefühls ließ sie aufmerksamer schauen. Sie konnte es nicht in Worte fassen, aber in seiner Haltung hatte sich etwas verändert seit ihrer Ankunft vor zweieinhalb Wochen.

Aphra war in ihrer Küche noch zugange und öffnete umgehend. Damit schnitt sie Olivias aufkommendes Grübeln ab. »Das ist recht, dass ihr diesen Weg gewählt habt«, lautete Aphras Begrüßung, »kommt herein.« Sie führte sie heute direkt ins Wohnzimmer und rief dabei nach ihrem Mann. »Ich dachte«, erläuterte sie, »wir machen es uns gleich gemütlich. In diesem Raum, der nur auf unseren Garten schaut, und in den großen Sesseln fühle ich mich immer sehr geborgen.«

Sie hatte neben jedem der unbeweglichen Ledersessel und dem schweren Sofa einen Beistelltisch mit Tellern, Gläsern und Besteck platziert, auf dem großen Tisch hinter dem Sofa standen viele Schalen und Teller mit allerlei Essbarem. Roger, der versuchte, seine Gäste möglichst selbstverständlich zu behandeln, goss ohne Rückfrage Portwein ein und reichte die Gläser herum. Sie grüßten sich schweigend mit erhobenen Gläsern und tranken. Portwein mit Quittengeschmack, er war ausgezeichnet, doch begann die Allgegenwärtigkeit der gelben Frucht für Olivia eine kuriose Seite zu bekommen. Sie lachte leise, leise genug, um das Altherrengespräch nicht zu unterbrechen.

»Vorhin in Ihrem Gemüsegarten habe ich Rhabarber gesehen. Die beiden vorderen Pflanzen sind ja jetzt schon erntefertig!« das leise Lachen noch auf dem Gesicht, sah sie Aphra an.

»Ich treibe immer zwei Pflanzen mit diesen großen Tonglocken vor, die Sie sicher auch stehen gesehen haben. Rhabarber war meine Leidenschaft schon vor den Quitten. Auch ihn kann man zu salzigen Gerichten wie zu Süßem verwenden und dieser erste, dessen Stängel man nicht einmal schälen muss, ist der allerbeste. Sie werden sehen, ich habe heute Kompott daraus gemacht. Früher habe ich die ganz jungen Blätter auch in den Salat gegeben, aber das mache ich heute nicht mehr.«

»Haben Sie einen Grund dafür?«

»Nun ja, keinen durch Erfahrung gewonnenen, glücklicherweise. Ich las in einem alten Buch über Haushaltsführung, dass das Rhabarbergrün zu schweren Vergiftungen führen kann. Früher haben die Bäuerinnen Rhabarberpflanzen im Keller oder in einer gut gedichteten Scheune vorgetrieben und ab Januar geerntet. Die etwas bleichen Stangen konnte man, kann man sicher immer noch, wie Spargel verarbeiten. Ich habe Rhabarber im Garten, da gehört er hin. Natürlich benutzte ich diese Tonglocken, um besonders frühen Rhabarber zu haben. Die jungen Stangen, aus denen ich für heute Abend Kompott gemacht habe, essen wir durchaus als Gemüse, aber wir denken dabei nicht an Spargel.«

»Können Sie das alles in der Bücherei bei Mrs Graham finden?«

»So ist es. Ganz oben in dem Regal, in dem weiter unten die Kochbücher stehen und dann die Bastelbücher und so weiter, stehen die alten Bände mit Kochrezepten und eben Haushaltsführung, über Hausapotheken; gesammeltes altes Wissen, das heute niemand mehr beachtet.«

»Und über Gifte?«

»Über die Kräutergärten der Mönche, das sind spannende Bücher, auch in dieser Hinsicht, sie haben ganz recht. Einige dieser Enzyklopädien über Heilpflanzen sind im Laufe der Jahrhunderte wieder nachgedruckt oder erweitert neu aufgelegt worden, immer wieder mal. Und in den alten Bibliotheken und Büchersammlungen, die sich hier nun schon ziemlich lange ansammeln, finden sich richtige Schätze, jedenfalls für mich.«

»Haben Sie dort auch das Buch über viktorianische Blumensprache gefunden?«

Aphra nickte. »Damit sind wir beim Thema. Wir sollten uns vorher zu Essen nehmen, bitte greifen Sie zu.« Wo es nötig schien, erläuterte sie den Inhalt der Salatschalen, dieses Mal war kaum etwas mit Quitten dabei.

Als die vier sich mit Aphras appetitlichen Angeboten versorgt und in den großen Ledermöbeln niedergelassen hatten, ergriff Aphra selbst das Wort: »In der viktorianischen Blumensprache bedeutete die Hemlocktanne ›Du wirst mein Tod sein‹, jedenfalls nach dem Buch, dass hier in der Bücherei steht. Es ist in diesem Zusammenhang äußerst bizarr, dass Daffodils erstes Kind wenige Tage nach der Geburt gestorben ist, aber nur auf dem Hintergrund des

Gespräches, dass Sie aufgeschnappt haben«, wandte sie sich an Olivia.

»Wenn man es auf das Kind dieser Daffodil bezieht, haben Sie recht«, stimmte Olivia zu. »Nachdem Ihr Mann diese Bedeutung erwähnt hatte, kam ich ins Grübeln und zu einem anderen bizarren Punkt. Mrs Jenkins verschenkte die Tanne und eigentlich müsste der Spruch sich auf die Geberin beziehen, denn derjenige, der die Tanne geschenkt bekommt, wird mit ›du‹ angesprochen. Sie starb dann ja auch kurz darauf, aber wohl kaum durch Daffodils Hand, oder wie sehen Sie das?«

»Um Himmels willen Nein!«

»Gut – dann könnte es sein, dass der Mensch, den wir suchen, sich dieses Ereignis zunutze machte. Oder er nahm es als Fingerzeig, das hängt von seiner Perspektive auf die Welt ab.«

»Das bedeutet«, Roger räusperte sich, »mit Mrs Jenkins haben wir ein potentielles Opfer, das zeitlich gesehen deutlich vor Delia Large liegt.« Olivia nickte, er räusperte sich wieder, aber mehr als »Oh mein Gott!« kam dann nicht.

»Der Kampf zwischen Menschen besteht eigentlich aus zwei verschiedenen Elementen, sagt der alte Clausewitz, dem feindseligen Gefühl und der feindseligen Absicht.« Raymund stellte seinen Teller beiseite. »Die feindliche Absicht ist der allgemeine Teil, aber zum Akt der Gewalt muss notwendig das feindliche Gefühl hinzukommen. Jeder Akt der Gewalt ist mehr oder weniger darauf zurück zu führen, und dieses Mehr oder Weniger ist ein Gradmesser für die Wichtigkeit und Dauer des feindseligen Interesses.«

Er stand auf und füllte sich ein Glas mit Wasser. Als er es halb geleert hatte, setzte er sich ruhig zurück auf seinen Platz. »In unserem Fall müssen Gefühl und Absicht so feindselig sein, dass sie über einen längeren Zeitraum hinweg immer wieder ein Menschenleben vernichtet haben – ziemlich grässlich! Trotzdem, nein... eigentlich eher deswegen müssen wir uns weiter Gedanken machen. Zum Beispiel darüber, ob der Fall der Mrs Jenkins auf eine Frau hindeutet. Ich habe diesen Verdacht von allem Anfang an gehabt; ich weiß, dass es nur eine These ist, aber bisher steht ihr nichts entgegen.«

Umständlich griff Roger Mottram wieder nach seinem Teller und platzierte ihn erneut auf der großen, auf seinen Knien ausgebreiteten Serviette. Zu Clausewitz etwas zu sagen, fühlte er sich offensichtlich nicht aufgelegt. Er begann vor sich hinstarrend zu essen. Olivia tat es ihm nach und wartete.

Während Raymund seinen Freund leicht irritiert ansah, gab Aphra zu: »Ich glaube, ich verstehe, was du meinst. Auf Blumensprache überhaupt zu achten, kommt vermutlich keinem Mann in den Sinn. Und die anderen Fälle, nehmen wir den Tod von Delia und den drei Menschen, deren Namen Roger euch gegeben hat, als gewaltsame Todesfälle an«, sie wirkte auf einmal richtig tapfer, »dann können wir auf alle Fälle sagen, dass sie sehr unauffällig und ohne jede physische Gewalt zustande kamen. Das spricht zumindest nicht gegen eine Frau. Ehrlicherweise wissen wir es nicht, aber ich empfinde genau wie Raymund.« Sie wandte sich Olivia zu. »Haben Ihnen die drei Namen, die mein Mann Ihnen in der letzten Woche gegeben hat, irgendwie geholfen?«

»Oh ja! Sie sind Landmarken auf einer ziemlich weißen Karte. Am Dienstag machte ich mich zu Mrs Barleys Garten auf und wurde von Jemima ausführlich hindurchgeführt. Dabei erzählte sie von sehr vielen toten Mäusen im letzten Sommer.«

»Das wusste ich gar nicht! Um damit etwas anzufangen, ist es jetzt schon wieder zu spät, oder?«

»Ich weiß es nicht. Heute habe ich ein paar Erdproben aus dem Garten geholt. Am Wochenende schaue ich zusammen mit Leonard Kilpatrick, ob ich Knochenreste von diesen Mäusen finde, an denen hoffentlich noch Fellfetzen hängen. Alles zusammen wird er ins Labor nach London bringen.«

»Ja, das hätte ich schon vor zwei Jahren mit den toten Mäusen machen sollen.«

»Im letzten Jahr, also von dem gerade die Rede ist, in dem Mrs Barley starb, haben unsere Schleiereulen wieder zwei Mal Junge großgezogen, das sprach für ein normales Mäusejahr«, überlegte Roger nachdenklich.

Olivia spürte, wie Raymund neben ihr auf dem Sofa zusammenschauderte. Er erwiderte ihren Blick, während seine Hände den Teller sehr fest hielten, und raffte sich dann zu einer Schlussfolgerung auf. »Möglicherweise gab es im letzten Sommer nur in jenem Garten drüben etwas zu fressen, das Mäusen nicht gut bekommt. Was könnte es gewesen sein?«

»Himbeeren«, stellte Olivia sachlich fest, »das ist das Wahrscheinlichste. Spätestens Dienstag sind wir klüger; was übrigens auch heißen kann, dass die Gartenerde einfach Erde ist.«

»Sie haben recht«, stimmte Aphra zu. »Es gibt

immer noch die Möglichkeit, dass mein Mann und ich uns das alles einbilden.«

»Das glaube ich nicht«, Olivia klang sehr entschieden. »Leonard ist inzwischen der Gedanke gekommen, dass Sterberaten wie die meisten demographischen Erhebungen Wellenlinien zeigen, graphisch gesehen, aber eigentlich nie eine gerade ansteigende Linie wie in dieser Gemeinde.« Sie sah die anderen der Reihe nach an. Sie alle, Raymund inzwischen eingeschlossen, nahmen die Überlegungen, denn mehr war es bisher ja kaum, zu persönlich und ließen Sorge und Betroffenheit zu nah an sich heran. Sie selbst wusste aus Erfahrung, wie wichtig es war, spielerisch an die Fälle heranzugehen. Das Grauen, das immer im Hintergrund lauerte, war dem Laien nur hinderlich.

»Aphra, was hat es mit dem Streit zwischen der toten Sybille Mason und Lady Cardoon um den Blumenschmuck in der Kirche auf sich?«

»Sybille... ja... sie hatte gerade geschafft, ein Leben ohne ihren Mann so weit zu akzeptieren, dass sie wieder lächeln konnte. Wissen Sie, sie liebte Blumen, und als der neue Sommer seine Pracht entfaltete, freute sie sich einfach darüber. Sie hatte seit Jahren ihre ganz eigene Art entwickelt, Blumen sprechen zu lassen. Nicht wie die Viktorianer, die jede einzelne Blume mit einer anzüglichen Aussage belegten, sondern durch ihre Farben, die Form ihrer Blüten und ihr Zusammenspiel. Sie stellte zu einer ernsten Predigt ein ernstes Gesteck zusammen, zum Beispiel nur blaue Blüten, vielleicht mit dunkelroten Sommerastern, ein andermal nur sehr kleine Blüten in grünen Zweigen... die Möglichkeiten schienen unerschöpflich und waren immer unerwartet. Ich gebe zu, ich habe es genossen.« Sie nahm einen Bissen Heringssalat, bevor sie weitersprach.

»Evelyn ist sehr konservativ, in fast allem. Also gefielen ihr diese Blumengestecke nicht immer. Dagegen konnte man einfach nichts machen.«

»War es wirklich so harmlos?«

»Was soll ich sagen? Evelyn hat mitunter einen sehr harschen Ton, wenn ihr etwas nicht passt, und Sybille war seit dem Tod ihres Mannes überempfindlich. Sehen Sie, manchmal trifft man etwas unselige Entscheidungen. Die Samstagsrunde für den Kirchenschmuck hatte sich gerade um zwei Damen verringert und ich bat Sybille deshalb kurzentschlossen, jeden Samstag ein Gesteck zu machen. Ich freute mich, dass sie damit jede Woche einen festen

Termin unter Menschen hatte, die sie kannte und eine Aufgabe, die sie freute. Ich hatte dabei nicht bedacht, dass Sybille auf diese Weise eine herausgehobene Rolle spielen würde. Evelyn fühlte sich düpiert und sie ist nicht der Mensch, das einfach geschehen zu lassen. Auch Erklärungen halfen da nicht mehr, sie war gekränkt, ganz einfach. Und schlimmer: Zurecht, es war mein Fehler. Ich hätte mit ihr reden müssen, bevor ich Sybille fragte; ihr meine Überlegungen erläutern und um Zustimmung bitten, ein normaler, höflicher Vorgang. Aber ich habe einfach nicht daran gedacht. Also habe ich auszugleichen versucht, was ich verdorben hatte, aber es gelang nur sehr ansatzweise.«

»Siehst du das nicht etwas zu kritisch?« bei diesem sichtlich alten Thema fühlte Roger sich kompetent. »Du hast für Sybille das Richtige getan, jeder hat das verstanden, Evelyn im stillen Kämmerlein hoffentlich auch.«

»Ich hoffe es, aber ich konnte Sybille nicht vor Evelyns Kritikasterei schützen, die einem ganz schön auf die Nerven gehen kann. Und noch weniger habe ich bei Evelyn Verständnis dafür wecken können, das diese Blumenzusammenstellungen auf ihre eigene Weise reizvoll sind.«

»Ich weiß, ich weiß. Und jetzt hat sie ihren

Willen. Ich kann nicht behaupten, dass mir das gefällt.«

»Wenn du deine Feinde nicht besiegen kannst, versuche, dich mit ihnen zu verbünden.« Aphra lächelte: »Klingt nach einer Bemerkung von Raymund. Es ist wirklich was dran. Ich bin überzeugt, dass manchem der Kirchenschmuck jetzt besser gefällt, es gibt ja noch mehr konservative Menschen in unserer Gemeinde. Evelyn ist zufrieden, hoffe ich wenigstens, und ich spare viel Zeit und einigen Ärger.«

»Bringen die Truebody-Schwestern auch Blumen – ich weiß nicht, warum mir Truly gerade einfällt, aber ja, bringen sie manchmal Blumen?«

Aphra schüttelte nachdenklich den Kopf: »Ich glaube nein. Sie haben vor allem Wildblumen in ihrem Garten, die sicherlich am Sonntag schon die Köpfe hängen lassen, wenn sie am Samstag geschnitten werden. Manchmal bringen sie blühende Kräuter oder Blätter von einem exotischen Gemüse. Der Herbst und Winter ist eher ihre Zeit. Der Stechapfel zum Beispiel hat sehr schöne Samen, es gibt mehr schöne Samenkapseln, zum Beispiel auch von Haselnüssen; die Truebodys färbten sie für Sybille jeweils für den speziellen Strauß, im Winter nahmen sie sich Zeit für solche Dinge. Manchmal kann man auch Trockensträuße im Laden kaufen. Jedenfalls ist Sybille immer wieder hinübergegangen, um etwas Abliegendes zu finden. Aber Evelyn eher nicht.« Aphra schüttelte noch einmal nachdenklich den Kopf: »Auf wie viele Kleinigkeiten man nicht achtet…«

Allen erging das so, Roger fand das ganz normal.

»Eine hübsche Kleinigkeit fällt mir dabei ein«, Aphra freute sich. »Sie ist heiter und bedeutungslos und Thema unter den Leuten, seit Jahren, wenn auch nicht allzu häufig. Die Truebodys machen ja Marmelade und alles Mögliche und verkaufen es in ihrem Laden, ich glaube, ich habe Ihnen das schon erzählt. Nicht erzählt habe ich Ihnen eine skurrile Besonderheit von Truly. Sie experimentiert mit Kräutern in Chutneys und es ergeben sich immer wieder sehr eigenwillige Mischungen. Die füllt sie in sehr kleine Gläser und nimmt sie mit an ihren Postschalter. Hier und dort verschenkt sie ein Glas. Niemand hat bisher herausgefunden, ob sie irgendein Kriterium hat, nachdem sie sich entscheidet, wer so ein Glas bekommt. Feststeht, dass jeder sich darüber freut. Ich nehme an, sie bekommt Rückmeldungen, nach denen sie dann weiter probiert, aber nicht mal da bin ich mir sicher.«

»Warum fragen Sie sie nicht?«

»Weil sie mir nur einmal ein Glas geschenkt hat – vor Ewigkeiten. Aber wie gesagt, niemand hat eine Ahnung, wie er zu dieser Gunst kommt.«

»Diese Truly – sie ist schon sehr interessant… Aphra, Mrs Mason starb unerwartet? Habe ich das richtig verstanden?« forschte Olivia bei dem vorigen Thema weiter.

»Das haben Sie. Sie fiel uns wohl genau deswegen ein, weil der Tod zu einem Zeitpunkt erfolgte, als es ihr gerade wieder gut zu gehen begann. Man kann auch sagen: Sie starb zu einem ähnlich unwahrscheinlichen Zeitpunkt innerhalb ihres höchst eigenen Lebenslaufes – wie Delia Large. Das war an sich überraschend und in der Wiederholung auf einmal merkwürdig.«

»Woran starb Mrs Mason?«

»Es war der sogenannte Sekundenherztod, sagte Dr. Chalklin.«

»Hatte sie denn Herzprobleme so wie Mrs Large?«

»Nein, hatte sie nicht. Der Doktor erklärte, das sei für diese Todesart auch nicht notwendig eine Voraussetzung.«

Olivia grinste: »Wenn er auch nur den kleinsten Vorteil aus dem Tod seiner Patienten gezogen hätte, würde ich mit dem Finger auf ihn zeigen, aber so… sind seine Diagnosen eben nur nicht hilfreich – für uns. Ich habe ihn immer noch nicht zu Gesicht bekommen, fällt mir gerade auf. Doch dafür krank zu werden, wäre ein wenig übertrieben. Sind Sie ganz sicher, dass er niemals etwas geerbt hat?«

Das Pfarrerehepaar nickte einmütig. »Raymund«, Aphra nahm den Freund besorgt in den Blick, »Du bist heute sehr still…«

Der alte Professor seufzte: »Ja, ich muss wohl zugeben, dass die Situation mich inzwischen belastet. Diese vielen Thesen und das unbeweisbare Spekulieren liegen meiner Art zu denken doch sehr fern. Wisst ihr«, er raffte sich zu einem Lächeln auf, »ich bin ja nicht General, sondern Wissenschaftler geworden. Im Krieg gibt es notwendigerweise auch diese Phasen der Spekulation – macht einfach weiter, ohne euch um mich zu kümmern.«

»Aphra, was für ein Mensch war Mrs Mason?« lenkte Olivia umgehend die Aufmerksamkeit von ihrem Onkel ab. Und auf den etwas ratlosen Blick der Pfarrersfrau hin ergänzte sie:

»War sie offen, unkompliziert, dominant...«

»Verstehe... sie war unkompliziert und gutgelaunt, glaube ich, bis zum Tod ihres Mannes. Es überraschte mich zu sehen, wie abhängig sie von seiner Partnerschaft in fast jeder Hinsicht gewesen war. Nach seinem Tod wurde ihr Leben sehr schwierig, nicht nur, weil sie sehr traurig, sondern weil sie unselbständig war. Die Blumengestecke machte sie weiterhin, aber auf einmal durfte Evelyn sich einmischen.«

»Was sie auch sofort tat...«

»Ja, leider, Evelyn ist nun mal kein zurückhaltend mitempfindender Mensch. Vielleicht wollte sie Sybille aber auch wirklich helfen. Du weißt, Roger, wie ratlos sie in allem war. Da ist es angenehm, keine Entschlüsse fassen zu müssen. Später hat sie sich dann ja wieder gewehrt. Und dann haben die beiden halt ein bisschen gestritten, aber es war nicht wirklich schlimm.«

»Trotzdem, wer lässt sich eine solche ständige Bevormundung denn gefallen?«

»Nun, Sie dürfen nicht übersehen, dass wir Evelyns Verhalten gerade für einen speziellen Punkt zusammenfassen.«

Roger schob sich grummelnd in seinem Sessel nach oben und griff nach seinem leeren Teller, ließ ihn dann aber doch auf dem kleinen Beistelltisch stehen. »Aphra, meine Liebe, wir könnten jetzt Rhabarberkompott vertragen, das andere Essen lassen wir einfach stehen, dann können wir später darauf zurückkommen.«

Während Aphra Sahne steif schlug, überließ Olivia die beiden Herren sich selbst und ging hinaus in den Garten. Tief atmete sie die weiche Luft ein; eine Amsel auf Mrs Grahams Dachfirst sang ihr Abendlied, im alten Laub unter der Hecke raschelte es leise. Sie hob den Blick, gar zu gern hätte sie eine Schleiereule fliegen sehen. Sie sah die Bienenstöcke und hörte, als sie zwischen den Gemüsebeeten hindurch nah genug gekommen war, das leise Dauerbrummen der vielen Bewohner. Einen Augenblick lang konnte sie verstehen, dass jemand gegen so viel irdischen Frieden rebellierte, wenn er ihm anders nicht entkommen konnte. Morden war allerdings schon eine sehr extreme Form der Rebellion. Aphra winkte aus der Küchentür und Olivia ging wieder hinein.

Im Rhabarberkompott schwammen honigdurchzogene Quittenstückchen. Sie schmeckten köstlich und führten Olivia umgehend zu ihren Nachforschungen zurück: »Was machen Sie sonst noch aus Quitten?«

»Sirup zum Beispiel«, in Aphras Augenwinkel sprang ein Lächeln, »er fällt mit so spontan ein, weil Sybille Mason ihn bevorzugte. Im letzten Jahr brachte ich ihr relativ häufig eine Flasche, sie mischte ihn mit Gin, brachte ich schließlich heraus. Aber ich fand, dass mich das nichts angeht.«

»Und was bevorzugte Mrs Large?«

»Gar nichts!« Aphra senkte in der Erinnerung leicht den Kopf. »Ganz und gar nichts. Quitten waren ihr ein Graus.«

»Selbst Quittengelee?«

»Selbst das. Ich wäre nie auf die Idee gekommen, ihr eines anzubieten. Man muss das ja alles nicht mögen.« In Aphras Augenwinkel stahl sich Trauer, als sie sich wieder dem Kompott zuwandte. Einige Löffel später hob sie den Kopf: »Mary Barley habe ich Quittensaft gegen ihre Magenkrämpfe gebracht. Und als das nicht viel bewirkte, getrocknete Quittenblätter, aus denen ich ihr Tee aufbrühte, dreimal am Tag. Es half alles nichts. Und schließlich ist sie gestorben. Sie wollte partout keinen Arzt; was habe ich geredet, aussichtslos. Mary Penningham unterstützte den Wunsch: Wenn ihre alte Schulfreundin Dr. Chalklin nicht wolle, solle ich ihn ihr auch nicht zumuten. Mary habe im

Sommer schon manchmal Magenkrämpfe gehabt, sich aber immer wieder erholt, auch ganz ohne Doktor. Die Nierenkolik sei ja wieder vorbei, dazu brauche man schon einen Doktor, aber nicht für diese dummen Magenkrämpfe. Sie erwartete mich im letzten November meist in der Einfahrt der Farm, wenn ich von meinen Krankenbesuchen zurückkam. Und dann starb Mrs Barley und ich würde mich besser fühlen, hätte ich den Doktor hinzugezogen. Aber mit welchem Recht hätte ich mich durchsetzen sollen?«

»Vertrauen Sie demnach den Äußerungen von Mrs Penningham?«

Aphra ließ sich Zeit: »Eigentlich schon, ich kenne sie nicht allzu gut«, überlegte sie. »Aber ich konnte ihre Argumente im Fall von Mrs Barley nachvollziehen und wusste, dass die beiden Frauen sich aus Schulzeiten kannten. Welcher Art Kontakt sie in den wenigen Jahren als Nachbarinnen pflegten, entzog sich meinem Wissen, das muss ich zugeben.«

»Und sonst?«

»Ja… sonst… ich denke, sie ist ein aufrichtiger Mensch. Allenfalls verschiebt sich ihre Perspektive gelegentlich durch ihre Krankheit. Dann wird der ein oder andere tüchtiger, als er das ist. Aber damit entsteht ja kein Schaden.«

Nachdem Olivia ihre Kompottschale geleert hatte, ließ sie die Hände sinken: »Köstlich! Rhabarber mag ich besonders gern, meine Großmutter hatte ihn auch immer im Garten. Und an Quitten beginne ich mich zu gewöhnen. Sie sind wirklich gut, jedenfalls Ihre. Leider sind Quitten kein einfaches Obst, ich meine, sie machen sehr viel Arbeit…«

»Ja, stimmt schon, sie sind eine Manie geworden, wir sprachen schon davon. Worüber wir nicht sprachen, ist Fay Carter. Sie fragten mich vor ein paar Tagen auf dem Green nach ihr. Aus einem mir verborgenen Grund steht sie jeden Herbst neben mir hier in der Küche und hilft, auch vorher beim Ernten schon. Wir reden gelegentlich ein wenig, aber nicht viel. Wenn schließlich alle Früchte verarbeitet sind, bleibt sie wieder weg bis zum nächsten Herbst.«

»Sie steht jeden Herbst tagelang mit Ihnen gemeinsam hier in ihrer Küche und ging vor ein paar Tagen an Ihnen vorbei, als würde Sie lediglich Ihr Gesicht kennen?«

»So ist sie nun mal. Sie redet sehr wenig, taucht aus dem Nichts auf, um zu helfen, nicht nur bei mir, ist immer in Blau gekleidet, sehr klassisch, wenn ich das so sagen darf, und hat immer eine Wachstuchtasche in der Hand, mit einem William Morris-Muster.«

»Also, Aphra, weißt du… wenn ich denke, dass sie all die Jahre mit dir Quitten eingekocht hat und ich das nicht wusste… so etwas fällt doch bestimmt nicht unter das kirchliche Schweigegebot.« Raymund klang ein ganz klein wenig vorwurfsvoll.

»Nein, sicher nicht. Es war schon viele, viele Jahre so, schon lange, bevor ihr hierher kamt, es war einfach nichts Neues, nichts, worüber man sprach. Sie persönlich spricht ja so wenig…«

»Und wer ist sie?« Raymund war entschlossen, mehr zu erfahren.

»So lange Margaret Cardoon lebte, führte sie den Haushalt des Herrenhauses«, begann Aphra. »Lady Margaret engagierte sie einige Jahre nach ihrer Heirat, erzählte man mir. Sie lernte bei der alten Wirtschafterin und übernahm deren Stellung, als die sich zurückzog. Nach dem Tod von Margaret Cardoon zog Fay Carter in das winzige alte Pförtnerhaus, das zum Herrenhaus gehört. Es liegt fast an der Hauptstraße, vielleicht kommt ihr mal daran vorbei.«

»Ist es schwarz-weiß mit bleiverglasten Fenstern und einem schwarzen Zaun?« Als Aphra nickte, fragte Olivia weiter: »Lebt sie allein?«

»Ja. Sie geht, wie gesagt, viel spazieren, aber nirgendwo regelmäßig. Manchmal kommt sie in den Gottesdienst, häufiger aber nicht. Sie liest wohl viel und sie scheint zu stricken – für einen Laden in Cranbrook, habe ich gehört.«

»Haben Sie sie nicht gefragt?«

»Nein. Ich frage sie kaum etwas. Seltsam, nicht?« Aphra überlegte. »Als hätte ich Sorge, sie damit zu verscheuchen. Fast noch seltsamer ist, dass sie außerhalb der Quittenzeit bei dem ein oder anderen der Alteingesessenen auftaucht, wenn wirklich Hilfe vonnöten ist, ganz so, als würde der Wind ihr die Nachricht zutragen. Keiner fragt sie, alle nehmen ihre stille Hilfe dankbar an. Und eines Tages bleibt sie wieder weg. Sie benimmt sich ganz so wie diese Heinzelmännchen in Deutschland. Sie kennen die Geschichte sicher besser als ich.«

»Die Heinzelmännchen zu Köln...

»Raymund!« dem Pfarrer war plötzlich etwas eingefallen. »Was macht euer Streichen in der Bücherei? Gibt es schon etwas zu sehen?«

Entgeistert starrte Olivia ihren Gastgeber an ob einer so irrelevanten Frage. Glücklicherweise nahm sich Raymund der Sache an. Sie selbst stattete lieber Aphras kleinem Büffet einen erneuten Besuch ab, begleitet von Aphras erfreut-aufmunterndem Blick. Sie blieb stehen, aß und hörte zu, bis ein geeignetes Stichwort kam.

»Ist unser Mr Wood mit dem toten Mr Wood auf Ihrer Liste verwandt?«

Roger Mottram sah auf und seufzte ganz unverstellt: »Ja, ist er. Er ist der verlorene Sohn, der vor ein paar Jahren aus Afrika zurückkam und auf der kleinen Farm seines hiergebliebenen Bruders einzog.« Er schwieg.

»Aha, und was wissen Sie sonst über ihn?«

»Nicht viel. Ich glaube, er hat die letzten Jahre vor seiner Rückkehr als Touristenführer in einem Naturreservat in Kenia gearbeitet.«

»Aber er war nicht immer in Kenia?«

»Ich glaube nicht.« Der Pfarrer kehrte zum Thema des Streichens zurück und zu der Frage, warum so wenige Hilfsbereite aufgetaucht waren und ob er etwas dazu beitragen könnte, dass es mehr würden. Schließlich stand Raymund auf. Er wolle zu seiner Katze zurück, erklärte er. Die Beunruhigung, die ihre Krankheit ausgelöst habe, sei eine jener Begleiterscheinungen, um derentwillen er nie ein Haustier hätte haben wollen. Aber nun sei es halt geschehen und er gehe jetzt pflichtschuldigst heim. Dagegen ließ sich schwer etwas einwenden.

⋆

Schweigend gingen sie auf dem Weg zurück, auf dem sie gekommen waren, hintereinander her. In Olivia stieg erneut das starke Gefühl für ihren Onkel auf, das sie auf dem Hinweg angefallen hatte. Am ehesten weckte es das Bedürfnis in ihr, ihn zu beschützen, stellte sie fest. Und sie ahnte auch, wovor.

Noch während er die Haustür von innen verschloss, rief Raymund nach Marmalade. Langsam und sich dehnend kam sie anspaziert, folgte ihm ins Wohnzimmer und bedachte ihn mit einem zustimmenden Maunzen, als er die elektrische Geschmacksverirrung im Kamin anstellte. Während sich Herr und Katze unterhielten, durchsuchte Olivia die Kiste mit Altpapier und zog eine leere Küchenpapierrolle heraus. Sie wartete das Ende der Begrüßung ab, bevor sie hinüberging und sich an den Boden setzte. Marmalade hielt inne und musterte sie, dann streckte und dehnte sie sich vor dem Heizstrahler, als wolle sie dessen Wärme bis in die innersten Eingeweide locken. Olivia spielte derweil mit der Papprolle, bis sie ihr aus der Hand fiel und vor die Katzenpfoten rollte.

Marmalade stupste das Ding beiseite, biss jedoch sofort zu, als Olivia danach griff. Eine Balgerei begann, die die Grasepisode vom Mittag im Katzengedächtnis löschte.

Raymund hatte derweil Marmalades Nachtproviant in der Küche zurechtgestellt. Jetzt stand er wieder in der Tür: »Möchtest du lieber Rotwein oder Whisky, Puck?«

Die Balgerei wurde beendet. »Whisky mit Eis wäre, glaube ich, genau das Richtige, um Roger Mottrams Trägheit aus der Erinnerung zu verdrängen.« Olivia musste im Aufstehen doch lachen. »Der Kerl ist einfach unmöglich!« Als die zwei Menschen aus der Küche zurückkehrten, Raymund mit zwei gut gefüllten Gläsern, Olivia mit frischgewaschenen Händen, und sich in den leichten Sitzmöbeln, die Ann bevorzugt hatte, zurücklehnten, lag das Katzenmädchen bereits zusammengerollt direkt vor der elektrischen Heizung im Kamin.

»Aphra ist eine gute Gastgeberin«, bemerkte Raymund in die Stille.

»Ja, finde ich auch.«

»Meinst du, sie haben gemerkt, dass mir diese Geschichte mit den überzähligen Todesfällen inzwischen auf den Magen schlägt?«

»Nicht mehr, als du selbst ausgesprochen

hast, denke ich.«

»Dann ist es gut.« Raymund nahm einen großen Schluck Whisky und sah etwas ratlos zu Olivia.

»Darf ich dich etwas fragen?« erkundigte sie sich behutsam. »Ja? Hilft dir Clausewitz, die notwendige Distanz zwischen dich und unsere Nachforschungen zu bringen?«

Der alte Professor sah zu seiner Katze, dann in sein Glas, in dem die Eiswürfel leise klirrten, und wieder zu seiner Nichte. Endlich nickte er: »Das hast du ganz richtig geschlossen. Es ist wie immer im Leben: Man beginnt, etwas genauer zu untersuchen und ahnt nicht, was man dabei herausfinden wird.«

»Hast du denn schon etwas herausgefunden«, fragte sie zögernd.

»Den Schatten einer Ahnung, um möglichst präzise zu sein. Aber das ist schon mehr, als ich wissen wollte, fürchte ich.«

»Wenn du den Schatten loswerden willst, musst du an seinen Ausgangspunkt vordringen.« Olivia sprach sehr leise und Raymund schwieg. »Lass uns darüber sprechen, es wird uns beiden helfen«, bat sie.

Raymund trank ruhig einige Schlucke von seinem Whisky, dann stellte er sein Glas beiseite und sah sie offen an mit jenem Vertrauen im Blick, dass nur eine lange Gemeinsamkeit zustande bringt. »Du hast – leider – recht: Schatten kann man nur auf diese Weise wieder loswerden. Ich wünschte allerdings wirklich, diesen nicht gerufen zu haben.« Sein Blick wanderte weiter zu Marmalade. »Puck, sag mir bitte: Was erwartest du, dass Richards Leute bei Scotland Yard in den Erdproben aus Mrs Barleys Garten finden?«

Olivia horchte diesem etwas umständlichen Satz hinterher, bevor sie antwortete: »Ich rechne mit chemischen Stoffen, die nicht in normale Gartenerde gehören… es kommt manches Gift infrage, aber am ehesten erwarte ich Arsenik.«

»Wegen der toten Mäuse?«

»Vor allem wegen der Magenbeschwerden von Mrs Barley.«

»Erinnerten Sie dich an etwas?« fragte Raymund weiter.

»An die Magenbeschwerden von Marmalade… dich auch?«

Er nickte und sah sie sehr direkt an: »Hast du auch Proben aus unserem Erdbeerbeet genommen?«

Jetzt musste Olivia doch tief durchatmen, bevor sie zugab: »Ja, das habe ich, heute Mittag. Marmalade sah mir dabei zu.« Als Raymunds Schweigen nicht enden wollte, bat sie schließlich: »Bitte, sag etwas.«

»Der Schatten ist sehr schwarz geworden.«

Olivia stellte ihr Glas nun auch beiseite, das sie bisher mit beiden Händen gehalten hatte, als wolle sie sich daran festhalten, und schlang ihre Arme um den Hals ihres alten Onkels, sah in die dunklen Augen, die den ihren so ähnlich waren, und fuhr fort: »Es dauert noch bis Dienstag gegen Abend, bevor wir erfahren, ob dieser Schatten als Balken auf uns niederkracht oder sich als Wolkenschleier davonmacht. Samstag versuche ich gemeinsam mit Leonard, die Mäuseknochen unter dem Quittengesträuch am Waldrand drüben herauszukratzen. Wenn Jemimas Geschichte stimmt, was ich glaube, werde ich diese Knochen finden und wenn ich den ganzen Strauch dafür aus der Erde holen muss. Und es kann nicht anders sein, als dass irgendwelche Fellreste dabei mit zutage kommen. Um sie geht es, Knochen und Fell, sie speichern Arsen so viel zuverlässiger als Erde, deswegen will ich sie unbedingt haben!«

Härte zeigte sich in den Augen des Professors: »Wenn die Chemiker Arsen nachweisen können, dann weiß ich...« Er schwieg abrupt: »Nein, ohne diesen Beweis keinen Verdacht. So wissenschaftlich sollte ich immer noch handeln! Aber es ist schwer. Wir zwei können doch nicht anfangen, uns über das Wetter zu unterhalten.«

Kapitel 15

Freitag, es war der dritte in Folge, den Olivia und Howlethurst gemeinsam erlebten. Sie strich ihre fünfzehn Bücherfächer: gelb in der Eingangshalle und dem Raum rechts davon und hellblau in den Räumen links der Halle. Anschließend verschaffte sie sich die Gelegenheit, mit Sira zu sprechen. Dazu standen sie mitten auf dem Green, alle Welt konnte sie sehen, aber niemand konnte hören, was sie sagten. Ohne Umschweife kam sie zu Ihrer Frage: »Wissen Sie, ob Mrs Large Mäuse mochte oder nicht?« Siras Miene verdüsterte sich, während ihre Augen gleichzeitig aufmerksamer zu ihrer Gesprächspartnerin hinsahen.

»Mochte sie Mäuse?«

»Nein!«

»Sira«, verwundert beobachtete Olivia an sich selbst, wie sehr sie dieser Frau vertraute, »könnten Sie ein paar mehr Worte verschwenden?«

Diese Bitte entlockte ihrem Gegenüber ein andeutungsweises Lächeln. »Ja vielleicht, lassen Sie mich sehen. Wir hatten nie Mäuse, im

Garten nicht und also auch nicht im Haus. Es gibt ein paar Blumenzwiebelsorten, die für Mäusenasen stinken, davon gibt es eine Menge in unserem Garten.« Siras Lächeln vertiefte sich: »Mrs Large gefielen diese Blumen nicht, also setzte sie die Zwiebeln hinter andere Pflanzen, damit man sie vom Haus aus nicht sieht.« Das Lächeln wurde noch breiter: »Die Blüten stiftete sie für den Kirchenschmuck!« Sira lachte schallend: »Alles hat seine guten Seiten, nicht wahr? Kaiserkronen zum Beispiel sind wirklich sehr schön, nur leider orange, zu laut für einen stillen Garten. Wenn Mrs Mason sie in ihre Gestecke hinein komponierte, das ist keine Übertreibung, sahen sie recht dekorativ aus. Dann gefielen sie auch Mrs Large.«

Olivia starrte Sira an: »Was wohl in diesem Sommer mit den Kaiserkronen passiert?« Darauf kam keine Antwort. »Sira, haben Sie denn niemals Mäusegeräusche oder Mäusespuren im Haus beobachtet? In der letzten Zeit?« Ein Kopfschütteln war die Antwort. »In der Speisekammer etwa?«

»Die Speisekammer behandelten wir als Schrank. Um die Schränke kümmerte sich Mrs Large selber.«

»Sie haben dort nie gelüftet?«

»Doch, seit dem Tod von Mrs Large, aber ich sah mich dabei nicht um. Was wollen Sie von mir wissen?«

Olivia blickte in die Runde, bevor sie antwortete: »In der Speisekammer gibt es reichliche und eindeutige Hinterlassenschaften von Mäusen, Susan hat sie gefunden und sie ist so entsetzt darüber, dass ich Sie frage, warum?«

»Das ist furchtbar!« Siras Blick verlor sich in der Weite. »Wenn dort so viel Mäusedreck ist, müssen dort viele Mäuse gewesen sein. Und wenn Mrs Large sie entdeckt hat, dann ist sie vor Schreck gestorben! Wo sind die Ungeheuer jetzt?«

»Wir wissen es nicht. Susan hat sie nirgendwo gehört, deshalb vermuten wir, dass sie das Weite gesucht haben beim Lüften. Es riecht draußen ja sehr gut und«, Olivia lächelte aufmunternd, »der Geruch der Blumenzwiebeln verbreitet sich ja nur in der Erde.«

Sira lächelte nicht: »Wie konnten die Tiere in die Speisekammer kommen? Ich bin schon ziemlich lange in diesem Haus und regelmäßig in allen Winkeln, es gab dort nie Mäuse! Und ganz sicher auch nicht in der Speisekammer. Das hätte ich erfahren! Jemand muss sie absichtlich dort hineingebracht haben.«

»Wie sollte das gehen?«

»Ich fürchte, ziemlich einfach«, überlegte Sira. »Derjenige darf sich selbst nur nicht vor Mäusen grausen. Es gibt Fallen, vielleicht kennen Sie sie, in denen man die Tiere lebend fängt und irgendwo in den Wiesen wieder aussetzt. Genauso gut kann man sie aber in Nachbars Speisekammer freilassen. Kein Problem.«

»Klingt nach einem handfesten Schabernack.«

»Ich weiß nicht… jeder hier wusste, wie sehr Mrs Large Mäuse verabscheute… Kinder sind nicht gemein…«

»Was wollen Sie damit sagen?«

»Ich kann mir ohne weiteres vorstellen, dass Kinder aus Übermut eine Maus einschleppen, die Erwachsenen kreischen dann so lustig… Nicht aber Mrs Large, sie fürchtete sie. Und das wusste man. Ich will damit sagen: In ihrem Fall ist es kein Scherz.« Sira stellte sich die Sache vor: »Es gibt das handfeste Problem, ins Haus zu kommen. Von außen kommt man nicht in die Speisekammer und wird auch keine Maus überzeugen, durch einen Fensterschlitz hineinzulaufen, wenn der Weg in den Garten frei ist… Das heißt, Mrs Large muss diesen Menschen selbst hereingelassen haben; ich war's nicht, daran würde ich mich erinnern.«

»Darauf hätte derjenige sicher auch keinen Wert gelegt.«

Sira stutzte kurz, bevor sie zustimmte: »Richtig, dann wüssten wir, wer Mrs Large auf dem Gewissen hat!« Auf Olivias abwartenden Blick hin ergänzte sie: »Dr. Chalklin erinnerte sie in letzter Zeit manchmal daran, Aufregungen zu vermeiden, weil sie für ihr schwaches Herz wirklich gefährlich werden könnten.«

Nachdenklich lösten sich Olivias Augen von ihrem Gegenüber und wanderten über die stille Grasfläche zu dem großen weißen Haus, das Mrs Large gehört hatte. Das den Green rahmende Lindenspalier hinderte den Blick auf die Fenster im ersten Stock, nicht aber auf die gepflegte Großzügigkeit des Gesamteindruckes. »Helfen Quitten auch bei Herzschwäche?« Sie sah Sira wieder an.

Die schüttele den Kopf: »Das kann ich mir nicht vorstellen. Sie helfen bei Magenproblemen und Halsschmerzen, aber das sind doch, entschuldigen Sie meine laienhafte Vorstellung, relativ äußerlich zu behandelnde Probleme; ich meine, die beruhigenden Stoffe können im Hals oder im Magen sofort an die Arbeit gehen. Das Herz ist ein komplizierteres Organ, nicht wahr? Warum fragen Sie?«

»In der Speisekammer standen zwei Gläser mit der Aufschrift ›Quittengelee‹. Die beiden Gelees sind von unterschiedlicher Farbe, stammen also vermutlich aus zwei verschiedenen Herstellungsprozessen, technisch betrachtet.«

Sira nickte ganz in ihre Gedanken vertieft. Als sie den Blick hob, waren ihre Augen schmaler als gewöhnlich: »Ich erinnere mich jetzt, dass ein paar Tage vor Mrs Larges Tod ein solches Glas auf dem kleinen Tisch in der Halle stand. Ich wunderte mich, weil Mrs Large keine Quitten mag, überhaupt nicht. Und Mrs Mottram weiß das mit Sicherheit.« Nach einer kleinen Pause fuhr sie fort: »Das Glas kam also nicht vom Pfarrhaus... Für mich ist das neu, dass sich noch jemand hier mit diesen anstrengenden Früchten abgibt.«

»Mrs Melling kocht ihre eigene Marmelade, weil sie einen Quittenbaum im Garten hat. Einen Teil der Früchte bekommt allerdings Mrs Mottram.«

»Hm... und wer sonst noch?«

»Das müsste ich Mrs Melling fragen.« Ein aufmerksamer Blick streifte Olivia bei diesem Plan, doch dann folgte Sira einem anderen Gedankengang: »Diejenige – Gelee bringt wohl eher eine Frau, oder nicht? – hat vermutlich auch die Mäuse in der Tasche gehabt…«

Die Pause wurde länger, bis Olivia sie einfach unterbrach: »Mögen Sie zum Lunch mit ins Haus kommen? Wir hätten dann sichere Ruhe und ich könnte Ihnen auch gleich die beiden Quittengläser zeigen?« Sie setzte sich sogleich in Bewegung, Sira folgte nach anfänglichem Zögern.

Die beiden Gläser mit Gelee standen noch auf dem Wandtischchen unter den Palmen im Wintergarten. Sira musterte sie sehr genau, schließlich entschied sie: »Es war das Glas mit dem grünen Deckel.« Sie wollte es in die Hand nehmen, ließ es dann aber sein. »Es ist ein etwas trübes Gelee, nicht wahr?«

Olivia nickte zustimmend: »Warum haben Sie Ihre Hand zurückgezogen?«

»Ich habe dieses Glas in der Halle nicht angefasst«, erklärte Sira entschlossen, »und ich werde jetzt bestimmt keine Fingerabdrücke darauf geben.«

»Das klingt ja nach richtiger Kriminalarbeit!« Raymund stellte gerade ein drittes Gedeck auf den Esstisch.

»Oh ja!« Sira stand aufrecht und entschlossen da. »Ich habe mich über Mrs Larges plötzlichen

Tod lange genug gewundert. Der Mäusedreck sagt, dass ich recht gehabt habe. Jetzt will ich wissen, wer das gemacht hat.«

Olivia seufzte. An Fingerabdrücke hatte sie nicht gedacht, als sie die Gläser mitgenommen hatte. Viel in der Hand gehalten hatte sie sie allerdings auch nicht, und beim Hin- und Herschieben fassten die meisten Menschen Gläser am Deckel an. Vielleicht konnte Scotland Yard noch etwas retten.

Sie gruppierten sich um den Tisch, heute gab es grünen Salat mit Käse und Chutney als Vorspeise. Raymund hatte mit einer so herzlichen Geste zum Setzen eingeladen, dass Sira ihr Widerstreben aufgab. Olivia nahm umstandslos den Faden dort auf, wo sie selbst ihn auf dem Green unterbrochen hatte: »Sie grübelten zuletzt über eine Frau mit einem Glas in der Hand und Mäusen in der Tasche…«

Erleichtert lehnte Sira sich zurück: »Sehen Sie, man kommt von der Halle in die Küche, muss sie durchqueren, um in die Speisekammer zu kommen… dort die Fallen aus der Tasche nehmen, eine nach der anderen öffnen… manche Maus lässt sich Zeit und schnuppert erst einmal in die angebotene Welt hinaus… dann das Ganze zurück: Die Fallen in die Tasche, zudecken, aus der Speisekammer und durch die Küche in die Halle… das braucht seine Zeit.«

In Raymunds Blick war die Härte vom Vorabend zurückgekehrt: »Mir drängen sich zwei Fragen auf. Wer kannte das Haus so gut, dass er die Speisekammer zügig ansteuern konnte? Dazu muss man ja auch sicher wissen, wo die Küche ist. Und zweitens: machte es etwas aus, wenn die Person beim Zurückkommen erwischt wurde? Mrs Large würde es doch sowieso niemandem mehr erzählen können.« Abwartend sah er seinen Gast an.

Der schauderte: »Besser wäre es, nicht gesehen zu werden. Niemand kannte die Gewohnheiten von Mrs Large so genau, dass er sicher sein konnte, dass sie in die Speisekammer ginge, bevor ich das nächste Mal käme. Und mir gegenüber hätte sie das überraschende Vordringen eines Besuchs bis in die Küche bestimmt erwähnt.«

»Richtig«, stimmte Raymund zu, »außerdem verstecken Mäuse sich eher, als dass sie sich vorstellen, wenn jemand hereinkommt. Es kann also einfach ein paar Tage dauern, bis der Plan aufgeht.«

Schweigend gabelten sie Salat und Käse. Sira

legte als erste ihr Besteck beiseite: »Es war gar nicht mal so wahrscheinlich, dass die Geschichte aufging, aber leider tat sie es. Vermutlich lüftete Mrs Large die Tage gerade nicht. Ich glaube, das Glas stand am Donnerstag in der Halle, als ich die Milch brachte, also wurde es Mittwoch gebracht, wohl am späteren Nachmittag, sonst wäre es schon verräumt gewesen. Im Laufe des Donnerstag stellte Mrs Large es in die Speisekammer, denn am Freitag habe ich es nicht gesehen. Dabei hat sie keine Maus bemerkt. Zwischen Samstagvormittag und Montagmorgen holte sie dann dort etwas und mindestens eine Maus war zu langsam oder zu vorwitzig. Mrs Large schaffte es, trotz ihres Schreckens die Küchentür zu öffnen, dann setzte sie sich in den alten Sessel daneben und stand nicht mehr daraus auf.«

»Beide Türen standen offen, als Sie sie fanden?« Als Sira nickte, fuhr Olivia fort: »Dann konnten die Mäuse also aus ihrem geschlossenen Raum ganz einfach durch die Türen in den Garten entkommen, das leuchtet mir viel eher ein als ein Fensterspalt. Und sie hatten mindestens eine Nacht Zeit dazu. Es ist also ganz plausibel, dass sie wieder weg sind, jedenfalls um diese Jahreszeit.« Sira bedachte das und nickte zustimmend.

»Mrs Large hätte Gelegenheit genug gehabt, Ihnen von dem- oder derjenigen zu berichten, die das Quittenglas gebracht hat. Sie tat es nicht...« gab Raymund zu bedenken.

»Das stimmt!« stellte Sira fest. »Deshalb steht zumindest fest, dass sie diejenige nicht am falschen Ort überraschte.«

»Hat sie vielleicht jemanden erwähnt, den Sie nicht mit dem Glas zusammengebracht haben?« Während Sira nachdachte, brachte Raymund den Hühnercurry. Ein milder, süßsaurer Duft schlich sich unter dem Deckel hervor. Er setzte sich und wartete in Ruhe ab.

»Mrs Large sprach in der letzten Woche manchmal über ihre Sorge, dass Susan auf der langen Reise etwas zustoßen könnte. Sie war wirklich beunruhigt, ohne einen konkreten Grund zu sagen. Ich fand das ganz verständlich. Wenn wir auf etwas warten, dass für uns sehr, sehr wichtig ist, geht uns doch alles Mögliche durch den Kopf, dass dieses Ereignis noch verhindern könnte.«

»Kam gar nichts Genaueres?«

»Sie erwähnte, dass sie ihre Nichte nicht mehr erreichen könne, bevor sie in Howlethurst eintreffen würde. Ich erinnerte sie, dass Susan einige Tage in London bei ihrer Mutter bleiben wollte, bevor sie hierher kam. Dort konnte man sie ohne weiteres anrufen. Das beruhigte Mrs Large aber nicht.« Sira sah ihren Gastgeber grübelnd an: »Ihre plötzliche Unruhe hatte demnach mit Susan zu tun… damit haben wir allerdings noch keine Verbindung zum Quittenglas hergestellt.«

Raymund füllte die Teller und Sira grübelte weiter: »Es ist doch mehr als merkwürdig! Damals habe ich die Unruhe von Mrs Large eher mit meinen Träumen in jener Zeit zusammengebracht als mit Susan. Als sie dann gestorben war, schien das eine Bestätigung zu sein. Ich verstand es nicht und legte alles in die Gedankenkiste mit den offenen Fragen. Susan meldete sich ziemlich umgehend und versprach, bald zu kommen, also dachte ich über sie auch nicht weiter nach – ich glaube, ich bin jetzt sehr sicher: Die Unruhe um Mrs Large, die bis in meine Träume vordrang, hatte nichts mit Susan zu tun. In ihr könnte die Verbindung zum Quittenglas liegen.« Sie sah den alten Professor ratlos an. Der nickte und schwieg.

Sie aßen und jeder hing seinen Gedanken nach. »Am Montag könnte ich einen Spaziergang mit Susan machen. Dabei erzählt sie mir sicher von ihrer letzten Zeit in Indien, wenn ich sie danach frage«, überlegte Olivia.

Sira hielt inne und sah Olivia aufmerksam an: »Darf ich Sie etwas fragen? Ja? Warum beschäftigen Sie sich mit dem Tod von Mrs Large?«

»Eigentlich habe ich nur gefragt, warum Susan derart entsetzt über den Mäusedreck ist«, erinnerte Olivia.

Sira wirkte wenig überzeugt. »Das eine führt zum anderen«, meinte sie freundlich. »Wenn Sie sich Sorgen um Susan machen, sollten Sie mir sagen, ob ich helfen kann.« Ihr offener Blick begegnete erst dem von Olivia, dann Raymunds.

Olivia zögerte nicht lange: »Diese Quittengläser gefallen mir nicht, auch wenn ich dafür noch keinen Grund habe. Ich fände es einen guten Plan, wenn Susan bis auf weiteres nur Dinge isst, die sie selbst im Supermarkt eingekauft hat. In der Konsequenz heißt das: auch nur zu essen, was sie selber zubereitet hat, oder Sie.« Olivia lächelte dann doch: »Oder wir hier. Auch im Pfarrhaus kann sie jederzeit einen Besuch machen und sich zum Essen einladen lassen. Aber sonst nirgends! Wenn Sie ihr das raten, klingt es hoffentlich weniger dramatisch, als wenn ich das tue. Ich will ihr keine

Angst machen.«

»Aber Sie haben welche?«

Olivias Nicken wirkte wie ein Startschuss. Umgehend stand Sira auf: »Ich gehe jetzt geradewegs zu Susan und rede mit ihr, in aller Ruhe und in aller Offenheit, dann sehen wir weiter.« Sie gab jedem die Hand und bedankte sich fast ein wenig verlegen für die Mahlzeit, bevor sie sich versicherte: »Wenn mir noch etwas einfallen sollte, darf ich mich melden? Und Sie werden mir auch sagen, wenn sie etwas entdecken?« Mit dieser wechselseitigen Rückversicherung verließ sie das Haus.

*

Raymund brachte den Kaffee zu dem kleinen Tisch unter den Palmen im Wintergarten. »Lass uns diese Mausegeschichte zu Ende denken, Puck«, schlug er vor. »Mit Siras Hilfe wissen wir, dass die reizende Besucherin es schaffte, wieder an ihrem Platz zu sein, als Mrs Large zurückkam. Wo war die in dieser Zeit und warum ließ sie ihren Gast so lange allein. Es war ja wahrscheinlich keine alte Freundin.«

»Wir wissen nur von Aphra, dass sie selbst hier vor Ort die einzige Freundin von Delia. Large war. Ich zweifele das nicht an, versuche es mir aber im Gedächtnis zu halten. Es kann ganz einfach irgendwen geben, der so etwas wie eine ganz alte Beziehung bedeutet, die sich vielleicht entfremdet hat, aber deswegen ihre Selbstverständlichkeit nicht grundsätzlich verloren haben muss. So jemanden würde man vermutlich kurz verlassen, um auf die Toilette zu gehen, einen Sherry zu holen, ans Telefon zu gehen…«

»Um diese Frage zu klären, müssten wir in eine Zeit lange vor Anns Rückkehr vordringen… ich werde nachdenken, ob ich jemanden außerhalb des Pfarrhauses finde, den ich das fragen kann.« Raymund grinste ein wenig schief, wenigstens versuchte er es – irgendwie, registrierte Olivia. Den Lunch hindurch hatte ihn die Härte nicht verlassen. »Du hast mir mit deiner Bücherei-Renovierung viel Gelegenheit geschaffen, mit Leuten umzugehen.«

»Das ist gut, nicht wahr?« fand Olivia. »Der oder die, die wir suchen, denke ich gerade, muss nicht unbedingt ein Besuch gewesen sein, sie kann auch für irgendeinen wohltätigen Zweck gesammelt oder vorgetäuscht haben, das zu tun. Wenn Mrs Large ihr Geld aus dem ersten Stock holen musste, reichte die Zeit vielleicht aus.«

»Mit einer vorgeblichen Kollekte kam man bei

ihr sicher nicht gut an. Wenn es aber eine jährlich wiederkehrende Sammlung war, könnte es klappen. Das ist nun wieder eine Frage ans Pfarrhaus.« Raymund holte sich Stift und Papier und machte sich Notizen. »Ich werde anrufen«, versprach er. »Das andere habe ich ebenfalls aufgeschrieben, wir müssen – ich muss professioneller werden. Was weiter?«

Olivia sah ihn voller Zuneigung an. Inzwischen wollte sie wahrhaftig nicht mehr in seiner Haut stecken. Ihr selbst graute beträchtlich vor den Laborergebnissen zu dem Gras aus dem Erdbeerbeet. Für ihren Onkel musste der Gedanke daran schrecklich sein. »Es gibt noch die Möglichkeit, dass beispielsweise das Telefon läutete, Mrs Large hinging und der Besuch in die Küche verschwand, die Tür hinter sich schloss, tat, was zu tun war und durch die Küchentür und den Garten wegging. Mrs Large hätte sich gewundert, aber wohl nicht in der Küche nachgesehen.«

Raymund überlegte: »Das hieße, die Mausespenderin wäre noch in der Speisekammer gewesen, als Mrs Large in die Halle zurückkam. Da die aber leer war, kehrte sie zu ihrer Tätigkeit zurück, während ihre Besucherin ihr Vorhaben beendete und dann erst das Haus verließ. Wenn Quittenglas und Mäuse zusammenhängen, spricht das für einen Besuch, den sie einfach froh war, wieder los zu sein.«

»Zu dieser Frage wäre es nützlich, die Polizei einspannen zu können«, stellte Olivia fest. »Welche Telefonverbindungen gibt es für Mittwochnachmittag, den… das Datum muss ich heraussuchen und meinerseits aufschreiben, am Ende können wir es noch ›in Auftrag‹ geben.«

Kapitel 16

Samstag, halb zwölf Uhr mittags. »Um diese Zeit stehen hier die meisten Frauen am Herd, danach wird gegessen und so weiter. Bis man wieder draußen herumgeht, solltet ihr fertig sein«, hatte Raymund entschieden.

Gut gelaunt schwenkte Leonard die Plastiktüte in seiner Hand, hörte jedoch ziemlich bald damit auf, legte den Arm um Olivia und ließ ihr gerade so viel Bewegungsfreiheit, dass sie gemeinsam zügig zum Kirchhof kamen. Dort studierten sie das Laub der verschiedenen Quittensträucher. Es war hart und leuchtend grün, von erwartbarer Größe, wie Olivia scharfsinnig bemerkte, doch nicht ganz gleich. Die einzelnen Blätter konnten schmaler oder breiter sein, die Enden meistens spitz, doch kam abgerundet auch vor, und an einem der Sträucher hatten die Blätter eine rote Hauptader. Entschlossen pflückten sie von jedem Strauch ein Blatt und nahmen es als Muster mit ins Wäldchen, dessen größere Bäume ihre Äste inzwischen nach dem Friedhof ausstreckten. Aufmerksam schlenderten sie den Weg entlang, das grüne Durcheinander sorgfältig musternd. Es war Mai, das Grün heiter und zahlreich die kleinen Blüten auf dem Waldboden. Ein leichter frischer Duft umwehte sie. Da sie schwiegen, hörten sie die Vögel durch die Äste huschen. Es knackte gelegentlich, doch die Urheber dieser Geräusche sahen sie nicht. Und es war wirklich kein Mensch unterwegs.

»Der Busch, von dem Jemima erzählt hat, muss leicht zugänglich sein. Schließlich hat Mrs Barley manche Maus dort untergebracht. Ich kann mir nicht vorstellen, dass man sich dafür ernsthaft plagt.« Olivia begann, unruhig zu werden.

»Wenn der Gedanke an Mrs Mottram vergnüglich genug war, vielleicht schon«, Leonard konnte sich das ohne weiteres vorstellen. »Einen ernsthaft vernünftigen Grund, so weit zu laufen, um tote Mäuse zu verstauen, gibt es doch sowieso nicht. Oder siehst du das anders?«

»Schwierig zu entscheiden.« Olivia blieb stehen, als sie das Ende des Wäldchens sehen konnte. »Hier irgendwo muss es sein. Da draußen sind nur Weiden, dort kann man schlecht graben, am Bachrand macht man so etwas auch nicht. Wenn sie die Mäuse nicht im Garten verbuddeln wollte und auch nicht einfach in die Mülltonne stecken, war der Waldrand hier die nächstliegende Stelle.« Sie drehte sich herum und verließ suchend den Weg.

»Wenn das so ist, finden wir am Ende einen Tierfriedhof. Hoffentlich kannst du Mäusereste von Vogelknochen unterscheiden.«

Die Antwort blieb aus, sie standen vor dem Quittenbusch. ›Am Waldrand, wenn Sie dem Pfad vom Kirchhof den Südhang hinunter folgen, steht ein großer struppiger Busch. Dessen Früchte sind klein und hart und von wunderbarem Aroma‹, hörte Olivia im Geiste Aphras Stimme. Sie hatten schon ganz am Anfang ihrer Zeit hier in Howlethurst über Quitten gesprochen; wenn man mit Aphra bekannt war, ließ sich das auch gar nicht vermeiden. Da war er also. Eine der mitgebrachten Blattproben passte, Olivia steckte sie zwar wieder sorgfältig weg, sicher war sicher, aber Leonard hatte derweil schon Raymunds Rosenschere ausgepackt, war in die Knie gesunken und schnitt entschlossen die unteren Zweige weg. Olivia sammelte sie zu einem ordentlichen Haufen hinter dem benachbarten Holunder. Spuren, die man auf den ersten Blick sehen konnte, wollte sie vermeiden, dazu waren die Flöhe in ihrem Magen bereits zu munter.

Als Leonard für sein Dafürhalten eine genügend große Fläche freigeschnitten hatte, stand er auf und lud Olivia mit einladender Verbeugung zum Graben ein. Er behielt den Weg im Auge, hielt das erste Gefäß griffbereit und schaute ihr die meiste Zeit neugierig über die Schulter. Sie harkte sehr behutsam das neue Laub beiseite, das halbverrottete, das verrottete und danach leichte bröselige Erde. »Wie viele Schichten entstehen in einem Sommerhalbjahr?« wollte sie wissen. Leonard wusste es auch nicht.

»Vielleicht hat sie sie richtig vergraben?« überlegte Olivia.

»Wir wissen es nicht. Wie machst du es denn in deinem Garten?«

»Ich kratze eine Mulde gerade so tief, dass Nachbars Katzen die kleinen Leichen nicht wieder ausgraben, das ist nicht tief.«

»Aha, was für Aasfresser gibt es hier?« erkundigte sich Leonard hilfsbereit.

»Katzen sind keine Aasfresser.«

»Denken hilft nicht«, stellte er trocken fest. »Du musst suchen. Und ich passe auf.«

Olivia kratzte vorsichtig weiter. Sie brauchte Mausefell und hoffte dringend, dass es noch an den Knochen festhing, sonst wurde es schwierig. Als die Zinken ihrer Harke immer wieder in den Wurzeln der Quitte hängenblieben, stand sie auf. »Hier ist nichts.«

»Ich habe mir inzwischen überlegt«, Leonards Tonfall klang entschuldigend, »dass ich zu hastig angefangen habe zu schneiden. Ich habe die kürzeste Verbindung zwischen Weg und Busch genommen und bin in die Knie gegangen. So viel Ökonomie ist aber nicht zwingend. Wenn man schon den ganzen Weg hergekommen ist, macht es nicht mehr viel aus, auch noch um den Busch herum zu gehen. Er ist so groß, das Mrs Barley dahinter völlig ungestört war. Vielleicht gefiel ihr das besser.«

»Das kann gut sein«, stimmte Olivia im Aufstehen zu. Sie musterte ihr Forschungsfeld. »Leonard, würde es dir etwas ausmachen, um den ganzen Strauch herum die unteren Zweige wegzuschneiden? Dann sähe es nach irgendeiner Absicht aus. Und ich kratze immer hinter dir her. Das ist am sichersten und am wenigsten frustrierend, selbst wenn wir uns für die falsche Runde entscheiden und erst ganz am Schluss fündig werden.«

Er hatte nichts dagegen. Ein prüfender Blick auf den leeren Weg, dann kratzte Olivia weiter.

Hinter Leonard räumte diesmal niemand auf, aber er versprach, es im Anschluss zu tun.

»Bitte, denk dir einen guten Grund für deinen Aktionismus aus und beachte dabei, dass die Leute hier einige Ahnung von der Natur haben.« Olivia kratzte sorgfältig weiter.

»Warum ich?«

»Weil ich nur Hilfskraft bin. Vergiss nicht, dass ich, Viola, hauptberuflich Strickmuster entwerfe. Diese Walderkundungsaktion fällt in dein Forschungsgebiet. Deswegen mach dir bitte Gedanken, was du hier herausfinden willst.«

Leonard seufzte theatralisch und schnitt schneller. Damit fertig versenkte er die Rosenschere unten in der Plastiktüte, räumte die Zweige zu mehreren Haufen zusammen und trug sie einige Meter in den Wald hinein. Einer Eingebung folgend, rieb er den kahlen Stamm mit altem Laub ab und zu seiner Erleichterung fielen die frischen Schnittstellen danach nicht mehr wirklich auf.

Währenddessen durchforschte Olivia weiter Laub und Erde bis hinunter zu den Wurzeln. Einen Halbkreis hatte sie geschafft. Sie redete sich schweigend Mut zu und machte ohne Pause voran. »Weit und breit niemand in Sicht!«

teilte Leonard entlastungshalber mit. Wie er da so untätig herumstand, kam ihm ein kreativer Gedanke: »Was hältst du davon, wenn ich dieses Gestrüpp in eine anmutige Form schneide?«

»Lass dich nicht aufhalten!« tönte es undeutlich von hinter dem Strauch her. Und dann folgte ein Mittelding zwischen Juchzer und unterdrücktem Schrei. Leonard ließ seinen neuesten Plan fallen und eilte zu ihr. Vorsichtig zog sie mit einem Zinken der Harke etwas Undefinierbares auf die Schaufel und richtete sich damit auf. Er hockte sich hinunter und sah gespannt zu, wie sie Erdbrösel und Laub wegzupfte und behutsam pustete, dann lagen tatsächlich Fellreste auf der Schaufel, sie konnten von einer Maus sein. Sie legte sie in eine alte Eisschachtel und suchte weiter. Jetzt fand sie auch Knochenreste, viel kleiner als sie sie sich vorgestellt hatte, und endlich mehr Fell und Knochen. Alles wurde sorgfältig in mehrere Schachteln gelegt, Deckel drauf und in die Plastiktüte. Was man nicht sah, musste auch nicht erklärt werden. Kurz vor dem letzten Viertel des Kreises wurde die Erde wieder leer. Entschlossen hörte Olivia auf zu suchen, ebnete den Boden und holte armeweise trockenes Laub aus dem Wald, Leonard tat es ihr nach und rasch war die feuchte

Erde bedeckt.

Wie lange sie auf den Knien herumgerutscht war, teilten Olivia ihre Gliedmaßen mit. Fest stellte sie sich auf den Weg, rollte die Schultern ein paar Mal rückwärts im Kreis, ließ die Arme locker hängen und legte den Kopf schief. »Dass sich hier jemand zu schaffen gemacht hat, fällt vermutlich selbst dem Verschlafensten auf, welchen Reim er sich aber darauf macht, würde ich gern hören.« Sie sah erst an Leonard, dann an sich hinunter und stellte fest: »Wir sehen sehr ordentlich aus. Handschuhe und eine Tüte unter den Knien schützen einen doch ziemlich überzeugend. Komm, lass uns einen Spaziergang machen und von der anderen Seite nach Hause kommen.«

»Bist du sicher? Wir haben fast anderthalb Stunden hier verbraucht.«

»Und wir brauchen noch einmal eine knappe Stunde für meinen Spaziergang, das heißt: Gegen zwei Uhr sind wir bei Raymund, essen in Ruhe und haben anschließend Zeit, die Kirche zu besichtigen und die Bücherei. Komm!«

Fünfzig Meter weiter blieb sie stehen: »Schau! Kent...« Wieder einmal schaute sie über das weich dahin rollende Weideland mit seinen Hecken und einzelnen gewaltigen Bäumen, über die Dächer der Farmhäuser bis hin zum Horizont. Der war heute etwas näher als in den letzten Tagen, es war ein wenig diesig, aber das störte ihre Begeisterung nicht. Im Weitergehen zeigte sie Leonard die Esel von Mrs Melling und die weiße Penninghamsche Farm mit den grünen Fensterläden, die Schafe und ihre Lämmer und das Dach von Jemimas Elternhaus hinter einer Weidenkuppe mit großen Bäumen darauf. Sie querten die Landstraße, die mit mehreren Abzweigungen nach Bodiam Castle führte, und gingen auf der anderen Seite an der Straße entlang und dann zwischen Hecken den leicht ansteigenden Weg zum Herrenhaus hinauf. Vermutlich war Lady Cardoon zu Hause, aber was schadete das. Im selben Moment, in dem sie die Hainbuchenhecke sahen, erhob sich warnendes Geschrei.

»Warum die Leute sich nur Hunde halten? Eine Ente ist mindestens so wachsam und man kann sie noch dazu am Weihnachtstag braten.«

Überrascht sah Leonard Olivia an, doch bevor ihm eine Antwort einfiel, streckte ein alter Mann neugierig den Kopf über die Pforte. »Ach Sie, Miss. Heute nicht am Streichen?«

»Nein, heute zeige ich meinem Besuch, wo ich zurzeit lebe.« Sie sah über die Pforte: »In Ihrem

Garten hat sich ja viel getan! So lange bin ich doch noch gar nicht hier«, staunte sie. Die Osterglocken waren weggeschnitten worden, die Rosen in den buchsbaumgerahmten Beeten hatten ihre Blätter entfaltet, in einem anderen blühten blaue Akelei gemischt mit einer gelben Staude, deren Namen Olivia sich einfach nicht merkte.

»Möchten Sie einen Blick in den Garten werfen?« erkundigte sich der alte Mann zögernd.

»Darf ich das Angebot in der nächsten Woche annehmen, bitte? Wir müssen um zwei Uhr zum Lunch zurück sein, da ist nicht mehr genug Zeit, fürchte ich.«

»Dann kommen Sie nächste Woche in Ruhe«, kam die zufriedene Antwort. Und zu Leonard gewandt: »Und Sie, sind Sie dann noch da?« Dass man für nur zwei Tage aus London heraus kam, fand der Entenjack unverständlich, aber gutwillig schlug er vor: »Dann kommen Sie doch heute Abend auf ein Bier in den Pub, damit Sie noch etwas mehr von der Gegend kennenlernen.« Das Angebot nahm Leonard ohne Umstände an und vergnügt hin und zurück winkend spazierten die beiden weiter. Im Pförtnerhaus brannte Licht, Mrs Carter saß am Fenster und strickte. Gerade, als Olivia sich ernsthaft zu wundern begann, dass sie ganz und gar niemanden sah, bog Truly in die Hauptstraße ein. Sie winkten einander fröhlich zu. Olivia schaute ihr nach, lange genug, um zu sehen, dass sie in die kleine Straße zum Herrenhaus einbog.

⋆

»Ein Dorf um die Mittagszeit ist sogar in Südengland eine erstaunlich stille Weltgegend«, Leonard wunderte sich noch immer, nicht sehr, aber nachhaltig.

»Heißt das, niemand hat euch bei dem Quittenstrauch gesehen?« hoffnungsvoll sah Raymund von einem zum anderen.

»So weit würde ich nicht gehen«, fand Olivia. »Wir haben niemanden gesehen. Das ist sicher, aber umgekehrt... das wird sich im Laufe der Begebenheiten noch herausstellen.« Ein schelmisches Grinsen begleitete den letzten Satz.

Raymund freute er: »Nestroy – einer seiner Sätze passt immer, nicht wahr? Scheint mir, ein Teil von dir gehört weiterhin zu Österreich.«

Die Stunde, die Olivia für den Lunch eingeplant hatte, ging schnell vorüber. Leonard sorgte wieder einmal für gute Stimmung und stieß dabei auf keine Probleme. Die wahrscheinlich unbemerkte Bergung der Mausereste hatte Raymund ziemlich erleichtert, darin ließ er sich auch von seiner Nichte nicht stören, die ihm Nestroys Satz mit einigem Nachdruck wiederholte. Er winkte ihnen nach, als sie sich einträchtig auf den Weg zur Kirche machten. Marmalade strich um seine Beine und blieb zuhause.

Auf ihrem kurzen Weg über den Green fasste Olivia zusammen: »Die Vorgängerin dieser Kirche stand schon, als Wilhelm der Eroberer das Domesday Book in Auftrag gab. Um ungefähr 1200 begann man mit der jetzigen Kirche, im Laufe der Jahrhunderte baute man erst ein südliches, später ein nördliches Kirchenschiff an und schließlich den Turm. Dessen größter Teil ist eine Holzkonstruktion, sie steht aber auf einem steinernen Fundament. Der Turm ist immerhin so hoch, dass er zurzeit der Bedrohung durch Napoleon zu jener Kette von Türmen gehörte, die beim Nahen der feindlichen Flotte die flammende Botschaft nach London übermitteln sollten. Glücklicherweise kam es dazu nicht. Ein loderndes Feuer auf einem hölzernen Turm... ich weiß nicht.«

Leonard grinste: »Wenn das eingetreten wäre, an was du gerade denkst, wäre eine unübersehbare Flamme zum Himmel geschlagen. Was dabei aus der unmittelbaren Umgebung geworden wäre, müssen wir uns ja nicht vorstellen.«

»Einverstanden.«

Unter dem Reden erreichten sie den Kirchhof, grüßten im Vorbeigehen die Quittensträucher und den Rücken der offenbar unvermeidlichen Fay Carter und betraten durch den Nordeingang die Kirche. Gotische Spitzbögen überwölbten dieses jüngste der drei Kirchenschiffe. Dort, wo die Bögen auf die Außenmauer trafen, sahen den Betrachter phantastische Fratzen an. »Gegenüber im Seitenschiff«, erläuterte Olivia, »hat man stattdessen Engelsköpfe genommen, aber das war auch ein halbes Jahrhundert früher.«

Langsam gingen sie von Fratze zu Fratze und würdigten ihre grotesken Mienen, am Ende der Reihe kamen sie von hinten ins Hauptschiff. An das reichgeschnitzte Seitenteil einer Kirchenbank gelehnt, betrachtete Olivia ihre neuen alten Bekannten. Mrs Melling trug die Vase mit den abblätternden Blüten zu der Kiste, auf der ›Biomüll‹ stand – Olivia erfreute sich erneut an dieser Aufschrift – legte die Blumen hinein, verschwand in die Sakristei und stellte die mit frischem Wasser gefüllte Vase auf die Altarstufen. Dort ordnete Lady Cardoon die frischen Blumen zu einem neuen Strauß. Mrs Melling griff wieder zu einer Schale und Lappen und wandte sich den Blättern einer der großen Grünpflanzen zu.

In der fünften Reihe saß tatsächlich Mrs Penningham im Gespräch mit Mr Jones. Bevor Olivia sich darüber wundern konnte, kam Mrs Graham aus der Sakristei und entdeckte sie. Strahlend steuerte sie auf die beiden zu, begrüßte sie und ließ sich Leonard vorstellen. Nach kurzem Geplauder eilte sie weiter: »Ich habe Mrs Mottram nur ein Buch gebracht, das sie seit langem vorbestellt hatte. Gerade wurde es zurückgegeben. Wenn Sie Lust haben, kommen Sie nachher noch in der Bücherei vorbei.« Mit ihrem hellen Lachen verließ sie die Kirche.

Einmal entdeckt gingen sie nach vorn. Olivia begrüßte Mrs Penningham.

»Stellen Sie sich vor!« Mrs Penningham lief vor Aufregung förmlich über, »ich habe viel an unser Gespräch gedacht, ich habe ja auch Zeit genug. Und da bin ich heute hierher gekommen, um mich mit Evelyn, wenn möglich, normal zu unterhalten. Und was glauben Sie? Es ging!« Ihre Wangen glühten. »Wir haben uns über alte Zeiten unterhalten…« Sie senkte die

Stimme: »Sie hatten recht, die Ängste lagen in mir.«

»Und jetzt sind sie überwunden? Ist das wahr?« Olivia setzte sich, um ebenfalls leiser sprechen zu können.

»Nun ja, es ist immerhin ein Anfang. Sie war einfach nett, ich auch. Sie freute sich an unserem Gespräch und dann brachte sie mir Quittenbrot aus der Sakristei, so selbstverständlich, als würde sie mir ständig von ihrem Quittenbrot abgeben. Ich werde mich bei Mrs Mottram bedanken, wenn Evelyn nicht dabei ist.« Glücklich nahm Mrs Penningham die Schachtel, die neben ihr auf der Bank lag und bot Olivia daraus an.

Die lehnte lächelnd ab: »Ganz herzlichen Dank, aber heute werde ich sie nicht berauben. Wir kommen gerade vom Lunch.« Da Leonard sich ihr anschloss, wanderte die offene Schachtel zu Mr Jones. Der bedankte sich höflich und nahm ein Stück. Überrascht von dem unerwarteten Geschmack bekundete er altherrenhaft höflich, wie gut es ihm schmecke und kam nicht umhin, ein zweites Stück zu nehmen. Während er sein zweites Stück genoss, sahen sie den beiden Frauen am Altar beim Arbeiten zu.

»Eigentlich lief ich Mrs Graham hinterher«,

erklärte Mr Jones seine Anwesenheit mit leichter Selbstironie. »ich habe hier nämlich Stoffproben für die Sitzpolster zwischen den Kinderbuchregalen. Wir kommen mit dem Streichen so gut voran, dass wir jetzt sehen können, was am besten wirken wird.« Er legte seine Hand auf das Packpapierbündel neben sich. »Mrs Graham kann dann in Ruhe nachdenken, was ihr am meisten gefällt und wir können nachdenken, wer das Nähen übernimmt.«

Olivia überlegte: »Haben Sie schon an Mrs Mottram gedacht? Wenn sie es kann, würde sie sich sicher freuen, mitzuhelfen.«

»Was für eine großartige Idee. Ich sah sie vorhin in der Sakristei, vielleicht ist sie noch da. Ich gehe gleich und schaue, was ich ausrichten kann. Das Paket lasse ich hier liegen, Sie werden so lange da sein?« Allgemeines Nicken war die Antwort und Mr Jones erhob sich.

Leonard setzte sich in die Bank hinter den beiden Frauen, hörte ihnen zu und betrachtete dabei die Kirche. Doch diese Ruhe hielt nicht lange. Mrs Mellings Weg kreuzte den von Mr Jones kurz vor der Sakristei. Während sie ihn vorbeiließ, traf ihr Blick auf den von Leonard und entschlossen kam sie herüber. Nach der üblichen freundlichen Vorstellung teilte sie mit: »Ich sah Sie heute Mittag im Wald. Sie standen so aufrecht am Wegrand wie der Erzengel Michael vor dem Himmelstor. Ich weiß nicht, warum mir das einfiel«, setzte sie entschuldigend hinzu.

Verblüfft starrten alle drei sie an. »Warum habe ich Sie nicht gesehen?« wollte Leonard nach kurzer Verzögerung wissen.

»Ja, sehen Sie, Sie sahen den Weg hinauf Richtung Kirche. Und während ich mich noch wunderte, warum mir das mit dem Erzengel eingefallen war, erinnerte ich mich, dass ich im Haus noch etwas hatte machen wollen, bevor ich wegging. Also hastete ich ärgerlich über meine Zerstreutheit zurück. Ich sage Ihnen das nur, weil Sie vielleicht gesehen haben, wie ich davonging.« Darauf blieb Leonard ihr die Antwort schuldig.

»Kate, meinst du, wir können die zusätzlichen Zuckerstationen für die Bienen allmählich einziehen? Da ich dich sehe, kann ich den jungen Leuten einen Weg sparen«, fragend sah Mrs Penningham zu ihrer Nachbarin auf. Es kann durchaus erleichternd sein, wenn ein Dritter etwas ganz anderes wissen will. Mrs Melling wandte sich dem Thema Bienen bereitwillig zu.

Sie erörterten das Für und Wider der Zusatzfütterung zu dieser Jahreszeit, bis Mr Jones zurückkam.

»Ihr Vorschlag war genau das Richtige! Mrs Mottram kommt gleich hinüber in die Bücherei, um sich die Stoffe anzusehen und zu hören, was Mrs Graham sich vorstellt. Wenn sie glaubt, dass sie diese Vorstellungen umsetzen kann und die Stoffe nicht gar zu dick sind, wird sie es gerne machen. Ich hatte den Eindruck, sie freute sich über meine Frage.« Mr Jones seufzte zufrieden und sah von einem zum anderen: »Kommen Sie doch hinüber in die Bücherei, dann können wir gleich gemeinsam beraten. Mrs Penningham, hätten Sie nicht auch Vergnügen daran? Ich kann Sie leicht stützen.« Aufmunternd bot er ihr seinen Arm.

Mrs Melling sah zum Altar hinüber und schüttelte zögernd den Kopf: »Ich muss hier noch helfen. Evelyn kann nicht allein zurückbleiben. Wenn wir fertig sind, komme ich noch vorbei, aber warten Sie nicht auf mich.« Damit eilte sie zum Altar zurück. Die anderen brachen auf. Mrs Penningham griff nach dem angebotenen Arm von Mr Jones und hakte sich fest ein, mit der Rechten stützte sie sich auf ihren Stock, so ging es ganz gut. Leonard nahm den anderen

Stock und Olivia das Paket mit den Stoffproben. Es zwickte sie vor Vergnügen, dass Mrs Melling Nestroy so umgehend recht gegeben hatte.

*

Viele Stunden später saßen Onkel und Nichte im Wohnzimmer beieinander, Leonard war Entenjacks Einladung in den Pub gefolgt. Draußen war es finster, die schweren Vorhänge waren zugezogen und die elektrische Kaminheizung angestellt. Marmalade hatte sich behaglich davor ausgestreckt.

»Ihr gefällt dieses Gerät, immerhin«, brummte Raymund. »Ich denke manchmal, ob es nicht möglich wäre, den alten englischen Kamin zu einem österreichischen Kachelofen umzubauen. Der Schornstein ist da, das andere müsste zu machen sein. Stell dir vor, wie behaglich es im ganzen Haus würde.« Olivia, obwohl sie ihren offenen Kamin in Fulham ständig benutzte und sehr liebte, stimmte ihm sofort zu. Sie wusste, wie sehr ihr Onkel offenes Feuer im Haus fürchtete. Nach kurzer Debatte endeten sie bei der Schwierigkeit, einen echten Kachelofen-Fachmann zu finden. Er musste sein Handwerk richtig verstehen, und das traute der alte Professor nur den Alpenbewohnern zu.

»Wieder so ein kultureller Unterschied«, fasste Olivia zusammen. »Apropos – eben diese Unterschiede bringen mich auf meine ›Londoner Skizzen‹. Vorgestern habe ich wieder eine nach München geschickt, jetzt liegt nur noch eine fertig in der Schublade. Wenn sich unser Fall hinzieht, brauche ich dringend Nachschub. Irgendwelche Ideen?«

Raymund sah sie aufmerksam an. »Der Fall frisst deine Zeit auf. Bringt er irgendetwas in Gefahr? Das sollte er nicht!«

»Im Moment frisst er nur meinen Vorrat an ›Londoner Skizzen‹. Vielleicht kann ich einfach eine neue schreiben oder zwei und alles ist gut«, beruhigte sie ihn.

Er dachte eine Weile nach. »Ich weiß nicht genau, wie scharf deine Vorgaben sind«, erklärte er schließlich, »ich denke, du könntest einen Text den Quitten widmen, ich halte die Begeisterung für diese Pflanze für sehr englisch, auch wenn sie ursprünglich aus der Türkei kommt und sicher auch woanders im nördlichen Europa wächst. Erinnerst du dich, sie in Österreich gesehen zu haben?«

Olivia schüttelte den Kopf: »Ob du es glaubst oder nicht, auch in England ist sie mir immer nur im Frühling aufgefallen, wenn sie blüht.« Sie überlegte: »In Österreich wächst sie, denke ich, dort, wo der Wein wächst, in der Wachau und im Burgenland. Wenn es einen von uns dorthin verschlägt, können wir ja aufpassen.«

»Ich weiß zwar nicht, wann das sein wird, aber dann werde ich daran denken«, versprach der Onkel. »Also, was ist mit einer Skizze über die Engländer und die Quitten?«

»Du hast recht. Ein ausführliches Gespräch mit Aphra, ihre Bücher und die aus der Bücherei, sie wird mir sicher die entscheidenden aus dem Regal ziehen… so einfach habe ich es selten. Mach ich. Bei Quitten fällt mir ein, gestern auf dem Weg zur Kirche sah ich wieder diese Mrs Carter, sie verschwand gerade hinter der Kirche, als Leonard die Pforte öffnete. Sie kam mir vor wie das Dorfgespenst. Egal. Nein, vielleicht doch nicht… heute Mittag bog Truly in die Straße zum Herrenhaus ein, da liegt auch das Häuschen, in dem Fay Carter wohnt… wenn man dort hineinfährt, kann man nur zu ihr wollen oder zum Herrenhaus… gibt es Feriengäste, die ein Telegramm bekommen?«

Raymund wusste es nicht.

»Oder man kann Entenjack besuchen. Aber wenn Truly von ihm was will, wird sie ihn eher am Abend in seinem Pub aufsuchen, der liegt gleich über die Straße – von ihr aus gesehen.«

Sie schüttelte energisch den Kopf: »Noch ein guter Vorschlag zum Schreiben?«

Etwas von seinem alten listigen Lächeln stahl sich in Raymunds Augen: »Es gab ein Brüderpaar, Peter 1907 in London geboren, Ian 1908. Beide lebten zeitweise in Kent. Beide arbeiteten für den britischen Geheimdienst. Peter hauste in einem Farmhaus nördlich der Straße Canterbury-Ashford. Er ließ in den dreißiger Jahren hier in Kent drei unterirdische Geheimdienststandorte bauen. Wer sich Zugang erbitten wollte, musste eine zwischen Blättern verborgene Murmel finden, diese in ein Mauseloch oder besser in ein Loch, das tat, als wäre es ein Mauseloch, stecken und warten, bis sie eine zwölf Fuß lange Röhre hinuntergerollt und in eine Metallschale gefallen war, das Zeichen für die Männer unten, die Falltür zu öffnen. Dieser Peter arbeitete mit seinen Leuten einen Plan zur Verteidigung Englands aus, die jeden Mann vor Ort einbezog, eine umfassende regionale Widerstandsbewegung, das Ganze in der sicheren Annahme, dass die Deutschen über Kent einmarschieren würden. Bis 1940 war eine Heimatfront in allen Dörfern aufgestellt und bewaffnet, in der gegebenen Notlage selbst mit mittelalterlichen Waffen aus den kleinen Heimatmuseen. Bis die Deutschen tatsächlich landen würden, blieben die natürlich in den Museen, aber jeder wusste, welches Mordinstrument gegebenenfalls seines sein würde. Gott-sei-Dank blieben diese mittelalterlichen Waffen, wo sie waren. Ab September 1941 wurde die Bewaffnung schließlich etwas besser, unter anderem durch amerikanische Hilfe. Zum Glück für England wurde diese Selbstverteidigung nie ausprobiert.«

»Das ist doch alles nicht wahr! Klingt, als wäre es dem Kopf eines Spionageromanautors entsprungen.«

»Es stimmt aber, es gab diese unterirdischen Stützpunkte. Dieser Peter hat selbst ein Buch darüber geschrieben«, bekräftigte Raymund.

»...mit dem Untertitel: ›Vom Traum zur Wirklichkeit – wie ich die Möglichkeit bekam, einen Bubentraum umzusetzen‹. Und der andere, I-an?«

Raymund erzählte weiter: »Um ihn deinen Lesern geographisch näher zu bringen: Er ging viele Jahre auf eine Privatschule in Kitzbühl, studierte in München Philosophie und arbeitete offiziell als Passkontrollbeamter in Wien, während er dort Leiter der MI6 war, jener Abteilung des britischen Geheimdienstes, die zu seiner Zeit für Österreich, Ungarn und Jugoslawien zuständig war. Später wurde er Schriftsteller und erfand einen gewissen James Bond.«

Das überraschte Gelächter erschallte so plötzlich, dass Marmalade erschrocken aufsprang. Sanft hob Olivia sie auf und streichelte sie entschuldigend. »007 lässt grüßen! Raymund, das ist zu bizarr, um es verkommen zu lassen, noch dazu zwischen diesen friedvollen Dörfern und grünen Hügeln. Wir können sofort anfangen.« Sie griff nach Papier und Stift, beides hatte sie meistens griffbereit, und begann, Raymunds Informationen aufzuschreiben. Leise protestierend zog Marmalade sich zu Raymund zurück. Doch bevor sie ihn erreicht hatte, blieb sie stehen und lauschte. Draußen kamen ruhige, ausgreifende Schritte näher. Der Professor öffnete Leonard die Haustür, um sie hinter ihm für die Nacht zu verriegeln. Jetzt – nicht erst vor dem Zu-Bett-Gehen. Kopfschüttelnd folgte er Mann und Katze ins gemütliche Wohnzimmer. »Unsere detektivischen Aktivitäten gehen doch nicht spurlos an mir vorüber. Es ist nun einmal so.« Er sah, dass seine Nichte das Papier wieder beiseite gelegt hatte und Leonard behaglich seine langen Beine dem elektrischen Feuer entgegenstreckte, während er das Katzenmädchen, das den kleinen Kopf auf seinen Oberschenkel gelegt hatte, leise redend streichelte.

»Tee haben wir, glaube ich, genug getrunken. Ich bringe jetzt Whisky und Eiswasser, einverstanden?« Der alte Professor stand abwartend im Türrahmen.

Olivia sprang auf. »Einverstanden. Du bringst den Whisky, ich hole das Wasser und die Gläser.« Damit sauste sie in die Küche. Raymund zog nun doch noch die Vorhänge vor der Glasfront des Wintergartens zu, erst dann kam er mit der Flasche Whisky zurück und stellte sie auf den flachen Couchtisch, der nach kontinentaler Gewohnheit in der Mitte der Sitzgruppe stand. Als der Whisky in den Gläsern leise hin und her schwang, wandten sich zwei erwartungsvolle Augenpaare Leonard zu.

»Der Pub gefällt mit, das beginnt schon mit seinem Namen: ›The Three Apples' Bowl‹, der Wirt ist eine Idealbesetzung, entspannt und witzig, angefüllt mit dem abliegensten Wissen, und mit einer Nase – die ist überhaupt das Ereignis: rot/lila und sehr dick. Ich musste aufpassen, nicht ständig hinzustarren.«

»Klingt, als würde er gut zu Entenjack passen«, Olivia stellte ihn sich vor. »War der da?«

»Und wie er da war! Mit seinem Enterich. Der

saß allen Ernstes neben ihm auf einem Barhocker und guckte geschäftig über die Theke hin. Hätte er ein Ale bestellt, ich wäre der letzte gewesen, mich zu wundern.« Leonard roch an seinem Glas, bevor er in Ruhe einen Schluck trank. »Dann saß da noch ein alter Mann, der heute glücklicherweise ohne Tier. Ich habe mir erzählen lassen, dass er gelegentlich eine Kreuzotter auf der Theke ablegt.«

»Hoffentlich hält er sie dabei in seinem seltsamen Zangenstock fest! Hat er einen großen weißen Bart?« fragte Olivia nach.

»Richtig. Du kennst ihn?«

»Ja, Mr Wood. Er hilft uns, die Bücherregale zu streichen. Worüber habt ihr gesprochen?«

»Über Gott und die Welt, man kann es nicht anders sagen. Nicht über die Dorfbewohner, das gehört zum guten Stil, es sei denn, man nimmt sich die Anwesenden vor.« Leonard roch wieder an seinem Glas, dann stellte er es auf den Tisch. »Sie fragten mich aus und wissen nun meinen Namen und Beruf, dass ich hier bei Mr Fisher wohne und dich schon länger kenne. Auch deine Cousine Olivia sehe ich, aber selten, denn sie arbeitet ununterbrochen. Ich wusste zu berichten, dass sie tatsächlich helfen konnte, den ein oder anderen Mordfall zu klären; sie ist wirklich ein spannendes Mädchen und du verstehst dich ausgezeichnet mit ihr.«

Seine beiden Zuhörer lachten, Olivia trank übermütig einen Schluck auf sich selbst. »Und was weiter? Ich sehe dir an, dass du es spannend machst.«

»Nur wenig. Mr Wood lebte mit seinem Bruder zusammen. Völlig überraschend fand er ihn eines Tages tot vor dem Kamin. Er hatte sein Schnitzmesser und ein Stück Holz noch in der Hand. Es sah aus, als hätte er sich im Aufbäumen daran festgehalten, erläuterte sein Bruder.«

»Das war vor gut einem Jahr, ich erinnere mich an die Überraschung der Leute in der Kirche«, teilte Raymund mit, »Roger hat ihn auf seiner Liste, erinnerst du dich, Puck?«

»Hab ich nicht vergessen. Leider fand ich die ganze Woche hindurch keine Gelegenheit, ohne Zuhörer mit dem überlebenden Wood zu reden. Sonst etwas Ungewöhnliches dazu?«

Einträchtig schüttelten die beiden Männer den Kopf. »Doch, vielleicht«, ergänzte Leonard, »ich kann es nicht entscheiden. Der Hund lag vor dem Kamin ausgestreckt und genauso tot wie sein Herr.«

»Was schrieb Dr. Chalklin auf den Totenschein?«

»Herzversagen infolge eines Asthmaanfalls.« Leonard hatte tatsächlich nachgefragt.

»Sagte Mr Wood etwas über die Luft in dem Raum?«

»Das Fenster stand offen.«

Überrascht schwieg Olivia. Leonard trank entspannt von seinem Whisky und Raymund unterdrückte einen Seufzer. Er war wieder sehr ernst.

Leonard berichtete weiter: »Ungefähr eine Stunde nach meiner Ankunft war die Theke voll besetzt und alle kannten sich.«

»Natürlich.«

»Natürlich. Das war der Zeitpunkt für Entenjacks großen Auftritt. Er beklagte sich bitter, dass für das Wochenende Entenbraten auf der Speisekarte des zugehörigen kleinen Speiseraumes steht. Vorwurfsvoll rechnete er vor, dass es sich dieses Mal um Joes, der Enterich hat einen Namen…«

»Natürlich.«

»Natürlich… also, dass es sich um Joes Vettern dritten Grades handele und dass man diese Gräuel nur mit einem besonders großen Ale ertrage. Der Wirt, und nicht nur der, kannten seine Litanei, die immer mit einer Alespende des Hauses endet: sehr klein für Joe und extra groß für Entenjack. Ihr hättet den listigen Blick sehen müssen, mit dem er die Tätigkeiten am Zapfhahn verfolgte. Und wie er nach dem ersten langen Zug schmatzte!«

»Vielleicht sollte ich doch von Zeit zu Zeit in einen Pub gehen, der Unterhaltungswert scheint beträchtlich«, überlegte Olivia. Sie musterte Leonards langgezogene Gestalt ausführlich. »Für Entenbraten ist es eigentlich schon ein bisschen spät im Jahr; wahrscheinlich die letzten Überlebenden von Weihnachten.« Zustimmendes Kopfnicken. »Leonard«, verlangte sie schließlich, »was weiter?«

Der nickte nachdenklich: »Irgendwann im wechselseitigen Unernst wurde darüber geredet, dass dieser Entenjack eine besondere Gabe hat: Er sagt den Tod mancher Dorfbewohner voraus.«

Deutlich hörbar sog Olivia die Luft durch die Nase. »Wer stirbt als nächster?«

»Die nette Mrs Penningham, die ich heute kennenlernte.«

Raymunds Whisky schwappte. Olivia stellte ihr Glas beiseite, zog die Füße unter sich und saß mit einem Mal sehr aufrecht. »Irgendwelche Zusatzinformationen?«

»Keine. Niemand wunderte sich. Sie tauschten über ihren Gläsern Informationen über deren Gesundheitszustand aus, die in meinen Ohren entschieden nach Vermutungen klangen. Mich persönlich überraschte, dass die Leute Entenjacks Prophezeiung letztlich wie eine solide Information behandelten. Und das überraschte mich umso mehr, als ich die fragliche Person heute so überaus munter erlebt hatte.«

»Seltsam.« Olivia grübelte eine Weile schweigend. »Scheinbar können wir da gar nichts machen als abwarten. Das ist ja schon wie bei der Polizei, die auch erst erscheint, wenn es eine Leiche gibt. Verdammt noch mal! Es muss doch auch vorher etwas geben, dass wir tun können!«

Raymund räusperte sich wiederholt, der Kloß in seinem Hals saß ziemlich fest. »Ich sehe nicht, was wir tun könnten«, teilte er endlich heiser mit. »Susan konnten wir durch Sira um einige Vorsichtsmaßnahmen ersuchen, mehr auch nicht; und das nur, weil Sira ihrerseits offensichtlich misstrauisch ist. Deshalb wird sie auch sich selbst schützen. Ob sie Mrs Graham gegenüber etwas in dieser Richtung verlauten lassen wird, muss sie selbst entscheiden. Vielleicht hören wir bei Gelegenheit davon.«

Olivia stieß einen so abgrundtiefen Seufzer aus, dass er die Entfernung bis zum Mond auszufüllen schien. Mit neuer Energie flog ihr Kopf anschließend zu Leonard hin: »Sprachen die Leute über Vorhersagen, die eingetreten sind?«

»Taten sie. Sie erinnerten sich wohlig schaudernd, dass Entenjack Mrs Larges Tod letztlich richtig vorhergesagt hatte.«

Jetzt stellte auch der alte Professor sein Glas auf den Tisch. Schweigen breitete sich aus. Der elektrische Heizofen im Kamin brummte gerade besonders laut, kam es Olivia vor, aber das beruhigte auch nicht. Marmalade war an Leonard geschmiegt eingeschlafen und knurrte leise im Traum. Fragend blieben Olivias braune Augen an Leonard hängen.

»Das Gespräch im Pub beschäftigte sich rasch mit der Erbschaft und der Nichte aus Indien. Ich glaube nicht, dass ich noch Nennenswertes zu den Vorhersagen ergänzen kann«, befand der und überlegte weiter: »Es gibt so etwas wie ein zweites Gesicht. Ich begegne der Fähigkeit zur Vorhersage in Schwarzafrika manchmal. Dort stelle ich sie auch nicht in Frage. Aber hier in England fällt mir das schwer, alles ist anders: die Traditionen, der Umgang mit der Natur und der Glaube an Naturkräfte; der Umgang mit den

Menschen um einen herum – selbst in einem Ort wie diesem, in dem die Zahl der Bewohner überschaubar ist; und das Verhältnis zu den Ahnen ist ganz entschieden anders. Kurz: alles. Dabei fällt mit doch noch etwas ein: Entenjack sagt nur Todesfälle im alten Dorf vorher, niemals aus den beiden Neubaugebieten.«

»Wenn ich eine übersinnliche Fähigkeit in Klammern setzte«, Raymund sah ernst von einem zum anderen, »bleiben noch drei Möglichkeiten: Er ist der Täter; er wird vom Täter zu den Prophezeiungen angestiftet oder missbraucht; oder drittens: Er weiß, wer es ist und versucht, auf diesem Wege zu warnen.«

»Wen? Täter oder Opfer?« Olivia saß kerzengerade auf ihren Fersen.

»Am Ende beide.«

»Da stände er aber inzwischen ziemlich schlecht da, Mitwisserschaft ist auch strafbar.«

»Wenn er das weiß.« Leonard war sich da gar nicht sicher. »Für Punkt eins scheint er mir wenig zu taugen, schon weil er sich relativ schwerfällig bewegt. Und über mehrere Jahre hinweg zu planen und danach zu handeln, will mir nicht zu ihm passen. Aber ich kann mich natürlich irren. Einschlägiges Wissen über die Menschen um sich herum hätte er vermutlich genug.«

»Aber kein Motiv. Er scheint sehr zufrieden zu sein zwischen seinen Pflanzen«, erklärte Olivia entschieden. »Zu Punkt zwei: Wer stiftet ihn zu Prophezeiungen an und warum, um Himmels willen, wenn selbst Dr. Chalklin keinen Verdacht zu schöpfen scheint?«

»Evelyn Cardoon«, schlug Raymund vor, zog es aber umgehend zurück. »das war nicht fair. Ich mag sie nicht, aber ich halte sie für sehr gescheit. Deshalb kann ich mir nicht vorstellen, dass sie ihren Gärtner ohne Not mit in ihre Machenschaften hineinzöge. Das passt nicht zu ihr. Trotzdem – irgendwer in diesem gemütlichen Ort hat offenbar einen äußerst absurden Zug an sich.«

»Dummerweise ist das nicht sein einziger«, grübelte Leonard, »und der zweite ist gefährlich. Ich kann es mir nicht anders vorstellen, als dass diese Prophezeiungen von dem Menschen in Umlauf gebracht werden, der die Taten ausführt; sprich: von dem, den wir suchen.«

»Truly fuhr heute in die Straße zum Herrenhaus«, erinnerte Olivia sich zögernd. »Entenjack war zu der Zeit an der Gartenarbeit, wir hatten gerade vorher mit ihm gesprochen.« Abwartend sahen die beiden Männer sie an.

»Ich kann mal mit Sira darüber sprechen«, entschied Olivia. »Es bleibt, dass Entenjack etwas weiß, dass die anderen nicht wissen. Und wir auch nicht.«

⋆

Der folgende Sonntag schien ein ganz normaler Sonntag. Raymund spielte zum Hauptgottesdienst Orgel. Olivia und Leonard machten einen ausgedehnten Spaziergang durch den nahen Park von Scotney Castle. Ihr Onkel hatte darauf bestanden, dass sie sich ein paar Stunden Zeit füreinander nahmen, fern von Howlethurst. Und sie hatten sie genossen. Beim späten Lunch berichtete er ihnen, dass Mrs Melling Mary Penningham im Garten gesehen hatte, zumindest bis jetzt war die Prophezeiung nicht eingetreten. Des Weiteren wusste er, dass Mr Jones wieder nicht in der Kirche gewesen war, aber irgendjemand habe festgestellt, er käme seit dem Tod von Mrs Large nicht mehr. Und Aphra war sich ganz sicher, dass es in der Woche vor dem Tod ihrer Freundin keine genehmigte Kollekte gegeben hatte.

Am Nachmittag fuhr Leonard zurück nach London, im Gepäck zehn Marmeladengläser und ein Halbdutzend alter Eisschachteln mit Erde, Gras und Knochen. Auf der Fahrt zum

Bahnhof schärfte Olivia ihm ein, unbedingt noch am gleichen Abend alles zu Richard zu bringen und ihn ein bisschen zu drängeln. Sie selbst beschäftigte sich bis zum kleinen Abendessen mit einer Londoner Skizze über die Brüder Fleming und redete auch während der Mahlzeit die meiste Zeit über dieses und angrenzende Themen. Beide, Onkel und Nichte, sprachen nicht über Leonards Spezialgepäck.

Kapitel 17

Montagmorgen. Ein leichter, frischer Dunst lag über dem Green, als der Professor und Olivia unter dem Lindenspalier auf die Rasenfläche hinaustraten. Sie hielten kurz inne und ließen den Blick schweifen. Die Lungen angefüllt mit der morgendlichen Frische begann die zweite Runde des Bücherfächerstreichens. Aber, was viel aufregender war, Raymund konnte die ersten fünfzehn Fächer, jeweils drei ganz oben, wieder einräumen, Sira und Susan reichten ihm die Bücher hinauf; danach füllte er den ersten Regalwürfel mit Bilderbüchern. Als er das gemeinsam mit Susan bewerkstelligt hatte, gab es Raum genug um das niedrige Regal herum und Sira strich jetzt dies von außen, sehr sorgfältig in ruhigem dunklen Gelb, soweit Gelb überhaupt dunkel sein konnte.

Olivia hatte erst Mrs Graham, dann ihr und Sira, später Raymund und Susan die Bücher hinuntergereicht und ihre fünfzehn Fächer gestrichen, desgleichen Mr Wood. Er räumte seine Fächer allein aus, war der Fußboden doch nah genug. Es ging voran. Als Sira nun mit dem Streichen fertig war und durch die gelben Außenseiten des Bilderbuchregals der erste Eindruck der neuen Atmosphäre sichtbar wurde, wollte Mrs Graham ihre Begeisterung nicht mehr bezähmen. Mr Jones musste kommen und sich mitfreuen. Raymund, der gerade neugierig hereinschaute, erklärte sich bereit, ihn zu holen, und Susan gleich mit, die wie er gegangen war, als sie beide mit dem Bücher-Räumen fertig gewesen waren. Die anderen räumten Farbtöpfe und Pinsel auf, wuschen sich die Hände und sammelten sich um Mrs Grahams Küchentisch für einen Becher Kaffee. Diese gemütliche Runde war bereits nach einer Woche zur Gewohnheit geworden.

Statt sich zu setzen, ging Olivia zu dem einen der Erkerfenster. Der Green war leer und die Haustür von Mr Jones geschlossen. Sie dachte an die Tüte voller Proben aus Howlethurst, die jetzt im Labor von Scotland Yard untersucht wurden, und wartete auf ihren Onkel. Nicht lange, da kam er aus Mr Jones Garten und hastete unter den Linden entlang, nicht etwa zur Bücherei, sondern stracks zum Pfarrhaus. Wenig später eilte er mit Pfarrer Mottram denselben Weg zurück. War es der Pfarrer oder der

Freund, den er geholt hatte? Olivia kehrte zu den anderen zurück, trank einen Schluck aus ihrem Kaffeebecher und erklärte gleichmütig, sie komme sofort zurück. Die schwere Haustür zog sie behutsam ins Schloss, dann raste sie wie ein abgeschossener Pfeil quer über den Rasen. Sie traf vor Mr Jones Haus mit den beiden Männern zusammen.

Während Mr Mottram den Türklopfer nachdrücklich handhabte, teilte Raymund mit unterdrückter Unruhe mit: »Er muss da sein, warum macht er nur nicht auf?«

»Warum muss er das?« wunderte sich Olivia.

»Die Vorhänge sind zugezogen und der Fernseher oder das Radio läuft«, erklärte Raymund, als ob das ein zwingender Grund wäre, die Haustür zu öffnen.

»Vielleicht hat er schlecht geschlafen und möchte seine Ruhe haben. Ich würde dann auch nicht öffnen.«

»Du wohnst auch in der Stadt.« Das schien alles zu erklären.

Da sich drinnen unverändert nichts rührte, gingen die drei ums Haus zur Gartenseite, begutachteten gemeinsam die zugezogenen und verriegelten Fenster und lauschten den Geräuschen im Innern. Ein laufender Fernseher erklärte sie am ehesten. Mr Mottram ließ sich bewegen, an die Terrassentür zu klopfen und zu rufen. Nichts rührte sich – drinnen nicht. Von der Straße her kamen leichte Schritte näher und zur allgemeinen Überraschung bog Susan um die Hausecke. Sie streckte dem Pfarrer einen Schlüssel entgegen: »Ich arbeite im Garten«, erklärte sie ein wenig verlegen. »So bekam ich die Unruhe hier mit und erinnerte mich, dass Tante Delia einen Schlüssel von Mr Jones verwahrte, für Notfälle.«

Der Pfarrer nickte, drehte den Schlüssel in seiner Hand und ging entschlossen zur Haustür zurück. Er ließ den Türklopfer noch einmal dröhnen, schob jedoch den Schlüssel ins Schloss, bevor der Hall verstummt war. In der offenen Tür rief er erneut nach Mr Jones. Als der wieder nicht antwortete, siegte die Sorge über die Diskretion und Mr Mottram folgte den Geräuschen. Raymund ging in einigem Abstand hinterher, Olivia blieb bei Susan in der Tür stehen. Sie schwiegen und horchten. Raymunds Schritte kehrten ziemlich umgehend zurück: »Lauf zu Dr. Chalklin, er soll sofort kommen! Rasch!«

Olivia schoss davon, stürmte die Praxis, holte einmal tief Luft und überbrachte der erstaunten Sprechstundenhilfe Raymunds Hilferuf. Ihre Atemlosigkeit überzeugte die Frau fast noch mehr. Ohne Diskussion stand sie auf, klopfte und trat ohne die Antwort abzuwarten ins Sprechzimmer. Dr. Chalklin hörte ihren Satz in Ruhe zu Ende, entschuldigte sich mit einem Wort bei seinem Patienten, den Olivia durch die nur halbgeöffnete Tür nicht sehen konnte, und war mit Koffer und fliegendem offenen Kittel über den Rasen unterwegs. Olivia dankte der Sprechstundenhilfe, einer unscheinbaren Frau mittleren Alters, die sie neugierig und ein wenig besorgt ansah, und ging, ohne ein weiteres Wort zu verlieren, hinter dem Doktor her. Susan erwartete sie ernst und schweigend. Und Marmalade. Sie saß in geringer Entfernung auf dem Weg und schaute von der einen zur anderen.

Es dauerte nicht lange, bis der alte Professor seine Nichte herein winkte. Schweigend standen sie um den Toten in dem Ohrensessel und den Arzt. »Es wird Herzversagen gewesen sein«, erklärte der sachlich. »Ich schätze, er ist schon mehr als vierundzwanzig Stunden tot.« Er sah die drei der Reihe nach ruhig an. An Olivias Gesicht blieb er hängen, aber sie schwieg, im Gegensatz zu Mr Mottram. Der Pfarrer richtete sich auf und teilte in entschlossenem Ton mit: »Bitte verstehen Sie mich nicht falsch, Doktor, es ist kein Misstrauen in Sie. Aber ich plädiere entschieden für eine Obduktion.«

»Warum in Gottes Namen?«

Der Pfarrer räusperte sich: »Mr Jones machte einen gesunden und aktiven Eindruck, um nicht zu sagen, er schäumte über vor Tatendrang bei der Renovierung der Bücherei. Warum sollte er gerade jetzt vor dem Fernseher sterben? Natürlich kann das sein, alles ist möglich zwischen Himmel und Erde. Aber es hat in den letzten Jahren so viele Todesfälle hier gegeben. Es wäre mir eine Beruhigung, wenn wir dieses Mal genauer nachsehen lassen würden.«

Was wollte man dagegen sagen, zumal bei einem Pfarrer? Ratlos stand der Doktor da. Olivia hatte endlich Gelegenheit, ihn anzusehen. Er mochte Anfang sechzig sein, mittelgroß und schlank. Die graubraunen Haare waren normal kurz geschnitten, sie wirkten sehr korrekt, aber nicht militärisch. Sein durchschnittliches Gesicht war im Profil auffallend flach bis auf die Nase, aber auch die ragte nicht gerade heraus. Die Goldrandbrille passte zu dem dezenten, man konnte aber auch sagen uninteressanten Gesamteindruck. Die Umstehenden warteten.

Schließlich begriff das auch Dr. Chalklin.

»Dann rufen Sie die Polizei, Pfarrer. Wenn Sie mich brauchen, finden sie mich am selben Ort wie vorhin. Meine Patienten warten.« Unter diesen wenigen Sätzen packte er seinen Koffer und war weg.

Ein wenig ratlos blieben die beiden älteren Männer zurück. Raymunds Augen verfingen sich an seiner Nichte: »Puck«, begann er zögern, »könntest du wohl…?« Sie nickte und ging. Susan mit Marmalade hielt die Stellung vor Mr Jones' Haus. Klingelnd radelte Truly erst an Susan, dann an Olivia vorbei Richtung Kirche.

Olivia rief vom Haus ihres Onkels aus ihren alten Freund Richard an. Ein Chief Inspector von Scotland Yard wäre normalerweise eine voreilige Entscheidung, aber ein Freund war allemal besser als ein unbekannter Kommissar, der Roger Mottram seinerzeit nicht zugehört hatte.

»Richard… wo bist du? Im Einsatz?« Zum Glück für sie schlug er sich gerade mit Schreibtischarbeit herum. »Richard…« Es wurde ein längeres Gespräch.

Eine Weile später gab Olivia Raymund und dem Pfarrer Bescheid, dass Richard seine Kollegen aus Cranbrook schicken werde, um den Toten abzuholen, hoffentlich umgehend, aber das wusste er natürlich nicht. Anschließend ging sie mit Susan zur Bücherei hinüber, um den anderen die schreckliche Nachricht weiterzugeben. Danach verteilten sie sich: Sira begleitete Susan, Mr Wood ging Richtung Pub und Olivia zu Aphra. Mrs Graham schloss die Tür und drehte zu ihrer eigenen Überraschung den Schlüssel um.

Kapitel 18

Am Dienstagmittag rief Richard seinerseits in Howlethurst an: »Olivia, was machst du da unten in Kent?«

»Ich... Richard, hast du die Laborergebnisse?« Die plötzliche Spannung ließ sie ein wenig fröstelnd.

»Hab ich. Sitzt du gut?« Er bekam ein Geräusch, das wie eine Bestätigung klang. »Gut. Du hast unserem Labor Arsenik-Festspiele beschert. Also: In dem Quittenglas mit dem grünen Deckel fanden unsere Leute eine tödliche Dosis Arsen, schon tödlich nach dem Verzehr von ein oder zwei Marmeladenbroten; auch das Gras, von dem die Katze g-efressen hat, enthielt eine entschieden unbekömmliche Menge Gift, wie alt ist das Tier?«

»Ich weiß es nicht genau, sie ist aber noch sehr jung, ein zierliches Katzenmädchen.«

»Dann hat das Gift vielleicht ausgereicht, eigentlich muss sie auch etwas Erde mit erwischt haben, aber wie auch immer. Weiter: Die Erdproben sowohl aus dem Erdbeerbeet als aus Mrs Barleys Garten enthalten ebenfalls Arsen, die Dosis liegt deutlich über der, die sich bei normaler Schädlingsbekämpfung einstellt, auch wenn die Werte in der Erdbeer-Erde etwas geringer sind.«

Olivia schauderte: »Ann ist ein Jahr früher gestorben als Mary Barley«, teilte sie ihrem Freund leise mit.

»Das dürfte den Unterschied in der Dosis erklären«, er blieb sachlich. »In den Fellresten der Mäuse kann man ebenfalls Arsen nachweisen. Was hat es mit ihnen auf sich?« Er hörte zu. »Donnerwetter, Olivia! Letzte Information: Die Fingerabdrücke auf den Marmeladengläsern sind abgespeichert.«

Stille. »Olivia, bist du noch da?«

»Ja, bin ich. Richard, das ist grauenhaft. Weißt du, was das heißt?«

»Dass wir es mit mehreren Morden zu tun haben könnten, hast du das nicht erwartet?«

»Richard, es heißt, dass Ann, meine Tante Ann, aber vor allem Raymunds Frau… ermordet wurde. Das heißt, es gibt wirklich eine Serientäterin und sie hat auch in unserer Familie zugeschlagen. Ich weiß nicht, wie vernünftig ich jetzt noch weitermachen kann…« Sie hörte einen Seufzer am anderen Ende der Leitung und er tat ihr gut.

»Olivia?«

»Hmm...«

»Es tut mir für dich und Raymund sehr, sehr leid. Du erinnerst dich, dass ich Ann auch sehr mochte?«

»Ja, ich erinnere mich.« Sie hörte einen weiteren Seufzer.

»Also«, erklang Richards entschlossene Stimme. »Die Laborergebnisse machen Mord in beiden Fällen wahrscheinlich, aber es ist noch nicht erwiesen. Es kann sein – es muss nicht sein, das ist wichtig. Das ändert aber nicht viel daran, dass der entschieden schwerste Teil jetzt als erster vor dir liegt: Raymund die neuen Fakten zu überbringen. Ich kann mir vorstellen, dass er etwas ahnt, dann wird es für dich leichter sein – ich benachrichtige Kollege Mathew in Cranbrook jetzt über das Arsen und die Schlussfolgerungen, heute Nachmittag spätestens müsste er die Obduktionsbefunde zu Mr Jones haben, dann werden wir weitersehen. Olivia, ich versuche, mich in den Fall einzumischen. Du hörst von mir. Und halt die Ohren steif.« Es klickte leise in der Leitung, dann herrschte Stille.

Draußen schien die Sonne, Olivia starrte auf die frischen grünen Lindenblätter, sie verschwammen vor ihren Augen. Irgendwann später schüttelte sie energisch ihre dunklen Haare, suchte nach einem Taschentuch und bemühte sich, ihre Gedanken zu ordnen. In deren Zentrum stand ihr Onkel. Der Befund vom Yard bedeutete nicht zwangsläufig, dass Ann an einer Arsenvergiftung gestorben war, hatte Richard nachdrücklich betont, aber es war auf einmal möglich. Und darüber musste sie mit ihm reden. Die anderen Ergebnisse hatten zu warten, zur Not, bis Richard und seine Leute sich darum kümmerten; darin lag keine Gefahr für irgendwen, nicht einmal für die kleine Katze. Marmalade hielt sich strikt an das frische Gras weit weg vom Gemüsegarten, das Raymund beim Rasenmähen stehen ließ. Was er seinerseits nicht mehr vergaß.

Der Vorschlag, den Nachmittag im Garten von Bateman's zu verbummeln, nahm Raymund sofort an. Aufmerksam betrachtete er seine Nichte, während sie sich unterhielten, stellte aber keine Frage. Sie saßen über den Speiseresten vom vergangenen Abend und sprachen über den Vormittag in der Bücherei. Alle waren dagewesen, hatten ihre Tätigkeiten aufgenommen und hier und dort ein paar Worte verloren, mehr nicht. Der Tod von Mr Jones betraf die ganze Gruppe, vor zwei Wochen wäre das noch völlig anders gewesen. Beim Kaffee wagte Mrs Graham dann die entscheidende Frage zu stellen, die die allgemeine Wortkargheit fast noch mehr ausgelöst hatte als der Tod selbst: Was hatte den Pfarrer auf den Gedanken an eine Obduktion gebracht? Raymunds ganze Antwort lag in einem ernsten Kopfschütteln.

*

Gleich nach dem Lunch brachen Onkel und Nichte auf, eine halbe Stunde später gingen sie gemächlich an dem langen Kräuterbeet entlang, das hinunter in den Garten von Bateman's führte, dem kleinen Landsitz von Rudyard Kipling, dem Autor des Dschungelbuches. Hier am Hang lag der Nutzgarten, von Ziegelsteinmauern umgeben verströmte er den Frieden des ländlichen England: erfüllte die Ohren mit dem Summen der Insekten in den blühenden Obstbäumen, die Nase mit dem Duft der frischen Erde und des neuen Grüns und verleitete die Augen zur unermüdlichen Suche nach jungen Pflanzen im Windschatten der wärmenden Mauern.

Nachdem sie das eine oder andere Tor in weiteren Mauern passiert hatten, gingen sie an dem alten Haus aus honiggelbem Sandstein entlang, in dem Kipling mit seiner Familie gelebt hatte. Der Garten beachtete in all seiner Liebenswürdigkeit die geraden Linien. Darin entsprach er den ästhetischen Bedürfnissen des Militärhistorikers auf schönste. »Dieser ruhige Fleck Erde in diesem stillen Tal ist für mich einer der arkadischsten Orte in ganz England. Ann hat ihn geliebt.«

»Ja, ich weiß«, antwortete Olivia still, »und ich verstehe das – sehr gut.«

Sie umrundeten, festen Rasen unter den Füßen, den ausgedehnten, rechteckigen Fischteich. Dann wandten sie sich den Rosenbeeten zu. Gerade jetzt bildete eine blaue Flut von Perlhyazinthen mit den neuen, noch roten Rosenblättern einen dichten Teppich. Leiser Duft hing darüber. »Kipling war ein sehr liebevoller Familienvater«, sinnierte Raymund still, als spräche er mit den sich neu regenden Rosensträuchern, »und gerade er verlor zwei seiner drei Kinder, seine Tochter Josephine im Alter von sechs Jahren an Lungenentzündung und seinen Sohn John gleich bei dessen erstem Kampfeinsatz in Frankreich, das war 1915.« Langsam gingen sie weiter, blieben stehen, zeigten sich wechselseitig die eine oder andere Pflanze. Schließlich ließen sie sich auf dem Rasen unter dem perfekt getrimmten Lindenspalier nieder, die Köpfe im Schatten, die Beine in der Sonne.

»In den letzten Tagen habe ich wieder viel über Ann und mich nachgedacht«, teilte Raymund mit, als habe er die ganze Zeit über sie gesprochen. »Wir waren jung, als wir uns kennenlernten. Als sie starb, hatten wir siebenundvierzig gemeinsame Jahre verlebt; und wir haben an keinem Tag vergessen, dass wir einander liebten. In all den Jahren nicht. Ich habe nach ihrem Tod gehadert, bin vor der Leere davongelaufen. In den letzten Tagen dachte ich auch darüber nach. Leider muss ich sagen, ich verstehe mich, auch wenn ich mich nicht dafür bewundere. In der letzten Zeit nun rührte sich von irgendwoher ein neues Gefühl, ganz so wie die Knospen aus der rauen Rinde alter Bäume ans Licht drängen, und nach eingehender Besichtigung fand ich das Wort ›Dankbarkeit‹ dafür.« Er setzte sich auf, schlang die Arme um die angewinkelten Beine und ließ den Blick über den Garten schweifen.

Nach einer ziemlich langen Zeit wandte er sich seiner Nichte zu: »Puck, kann es sein, dass du inzwischen die Laborergebnisse bekommen hast?« Olivia fuhr zusammen wie unter einem

Schlag.»Aha.«

Er baute ihr die Brücke, obwohl doch er der Hauptbetroffene war. Sie schüttelte sich, holte tief Luft und sah in die braunen Augen neben sich: »Ja, Richard rief an, heute Mittag.« Raymund nickte. Er hatte das Telefon läuten gehört.

»Richards Chemiker sagen, dass in dem Gras, von dem Marmalade fraß, Arsen war. Und folgerichtig auch in der Erde, auf der es wuchs. Auch am anderen Ende des Erdbeerbeetes war Arsen in der Erde. Es ist in flüssigem Zustand dahin gekommen und in viel, sehr viel höherer Dosierung, als jede Schädlingsbekämpfung sie zustande brächte.«

»Also dürfen wir annehmen«, überlegte Raymund ruhig, »dass das ganze Erdbeerbeet mit Arsen versorgt wurde. Haben die Früchte es auch aufgenommen?«

»Die danach noch gewachsen sind, mussten es tun. Aber an ihnen würde niemand sterben, so viel Gift nehmen einzelne Pflanzen nicht auf. Deswegen vermutet Richard auch, dass Marmalade Erde mit gefressen hat.«

»Dann lass uns vorsichtig weiterdenken. Wenn ein Mensch nicht an dem, was im essbaren Teil einer Pflanze steckt, stirbt, selbst wenn genug Arsen im Erdreich zur Verfügung steht, woran dann? Wenn er zum Beispiel an zu vielen Erdbeeren gestorben wäre, konnte das demnach nur passieren, weil die Erdbeeren von außen giftig waren. Arsen schmeckt man nicht, stimmt das?«

»Ja, das ist wohl so.«

Mit zunehmend erzwungener Ruhe fuhr Raymund fort: »Gut. Weiter. Erdbeeren haben eine raue Oberfläche, es bleibt vermutlich einiges an ihnen hängen, wenn man etwas darüber gießt… sprühen wäre noch effektiver, denke ich… kurz und gut, jemand brachte eine arsenhaltigen Flüssigkeit mit ihnen zusammen… Erdbeeren aus dem eigenen Garten wäscht man nicht, Ann bestimmt nicht… und das war nicht gut.« Nach kurzem Innehalten schloss er: »Denkst du, es könnte so gewesen sein?«

»Ja, das denke ich«, stimmte Olivia zu.

Der Blick des alten Professors wanderte wieder über den Garten und kehrte zu ihr zurück. »Wir Menschen sterben nun mal, wie alles, aber Anns Tod kam so völlig unerwartet, so völlig ohne nachvollziehbaren Grund… es ist beinahe unmöglich, etwas zu akzeptieren, was man so wenig versteht. Immer wieder haderte ich mit dem Wissenschaftler in mir, der Erklärungen verlangte, wo es keine gab – seit ein paar Tagen ahne ich, dass es doch eine Erklärung gibt.«

Nach einer Pause fuhr er fort: »Als Roger vorschlug, dich zu Hilfe zu holen, weil ihm zu viele Menschen in seiner Gemeinde starben, kam ich nicht im Entferntesten auf den Gedanken, die Klärung könnte auch mich betreffen. Und doch... ich glaube, ich bin froh, dass wir die Frage vorangetrieben haben.«

Er stand auf und begann eine neue Runde um den Teich zu machen. Olivia begleitete ihn, seine gewaltsame Ruhe mit Sorge betrachtend.

»Wie sieht es in Mrs Barleys Garten aus?« wollte er wissen.

»Dort enthält die Erde noch etwas mehr Arsen als in Anns Erdbeerbeet.«

»Mrs Barley starb auch ein Jahr später«, überlegte er. »Und was wuchs dort?«

»Himbeeren.«

»Warum essen Frauen nur so gerne Beeren, ich habe das nie verstanden.«

»Nicht alle, Jemima verabscheut Himbeeren.«

Raymund blieb stehen und sah sie entsetzt an. »Na, Gott sei Dank.« Langsam gingen sie weiter dahin. Nachdem sie auch das Rosenbeet erneut auf seinen schmalen Pfaden durchkreuzt und umwandert hatten, blieb der Professor in der Mitte stehen und wandte sich seiner schweigenden Begleiterin zu: »Darf ich dir zumuten, heute in dieser ruhigen Weite zu bleiben? Im übrigen Garten würde ich mich nicht gut fühlen. Ich brauche die ständige Gewissheit, dass niemand in der Nähe ist. Ich fürchte, ich könnte fremde Nähe im Moment nicht ertragen.« Ein spontaner Kuss auf die Wange antwortete ihm.

Auf dem Rasen konnten sie wieder nebeneinander hergehen. »Weißt du«, begann Olivia nun ihrerseits, »die Erdbeeren müssen schon sehr giftig gewesen sein, um eine tödliche Wirkung zu haben. Ann wird doch auch sonst noch was gegessen haben, oder nicht?«

»Ja, weißt du, sie mochte sie schon sehr gern, und ich war den fraglichen Tag über in London gewesen. Ich kann mir durchaus vorstellen, dass sie ihre übliche Beschäftigung mit kleinen Mahlzeiten unterbrach und den ganzen Tag über Erdbeeren aß, mal mit Zucker, mal mit Schlagobers, dazu ein Stück Weißbrot, oder Schlagobers auf das Brot und dazu Erdbeeren. Die dummen Beeren waren ja manchmal alle gleichzeitig reif. Und weil ich sie nicht mag, auch nicht als Marmelade, hat sie immer die meisten gleich gegessen.«

»Sie sind dann ja auch am allerbesten, man glaubt, die Sonnenwärme auf der Zunge zu spüren. Ich kann das gut verstehen, bei mir wachsen allerdings nur sehr wenige zwischen den Kräutern.« Olivia unterdrückte einen Seufzer und bemühte sich um jene Sachlichkeit, die Raymund ihr so diszipliniert vormachte: »Der Arsengehalt der Erde legt die Giftigkeit der Erdbeeren nahe, einen Beweis wird es nie geben. Wenn wir die Giftigkeit der Beeren trotzdem als Tatsache annehmen und nicht daran glauben, dass das Gift durch Zauber auf den Beeren auftauchte, muss es einen Menschen geben, der das tat. In der Erde ist so viel davon, dass Besprühen der Früchte unwahrscheinlich ist, es braucht auch mehr Zeit als Gießen, offenbar wollte man sich die nicht nehmen.« Raymund nickte. Olivia stellte sich den Vorgang genau vor: »Seltsam, sprühen ist so viel sparsamer… und man musste die ganze Flüssigkeit ja erst einmal hinschaffen.«

»Aber alle Sprühflaschen machen ein Geräusch«, erinnerte Raymund.

»Stimmt schon. Aber sorgfältiges Sprühen hätte so viel weniger Arsen in die Erde gebracht, dass es die Menge eines Schädlingsbekämpfungsmittels zumindest nicht überschritten hätte.«

»Marmalade hätte sich den Magen nicht verdorben…«

»…und ich hätte auf Jemimas Geschichte von den toten Mäusen vielleicht nicht reagiert…«

»Es hätte womöglich keine toten Mäuse gegeben.«

»Stimmt! Das ist doch zu dumm!« Sie sah ihren Onkel von der Seite an. »Aber es ist geschehen. Der Mensch, der das tat, brauchte ziemlich viel Flüssigkeit, um das ganze Beet zu tränken. Mir kommt bei der Vorstellung die große Tasche in den Sinn, in der die Mausefallen in Mrs Larges Speisekammer getragen wurden.«

»Das ist eine Vermutung«, erinnerte der Wissenschaftler.

»Ja, aber eine ziemlich plausible. Wenn wir sie nicht zulassen, müssten wir uns ins Reich der Geister zurückziehen.« Sie hörte ein zustimmendes Brummen neben sich. »Geister wären nachts unterwegs. Zwischen zwei und drei Uhr, wenn die meisten Menschen schlafen. Praktisch ist das denkbar, für mich braucht es zwei Voraussetzungen: Er, der betreffende Mensch, müsste allein leben, damit ihn niemand kommen und gehen hört, und er müsste genau wissen, wo in eurem Garten die Erdbeeren wachsen. Es sei denn, er hätte die Nervenstärke, sie im Mondlicht zu suchen und zu hoffen, dass ihr fest schlaft.«

»Das gleiche gilt für Mrs Barley.«

»Ja, richtig. Ich muss Jemima fragen, ob sie weiß, welches das Schlafzimmerfenster war. Aber«, Olivia zögerte, »um über die Weide zu Mrs Barleys Garten zu kommen, sollte der Mond ziemlich hell scheinen. In dem Fall wird man dort auf der Weide aber auch ziemlich gut gesehen. Und im Haus gegenüber wohnt eine Familie mit drei Kindern, da kann es immer sein, dass gerade jemand nicht schläft…«

»Außerdem weckt man vielleicht die Schafe auf, auch die Mütter von Lämmern werden einen leichten Schlaf haben.«

Verblüfft sah Olivia ihren Onkel an. »Du hast recht. Es ist unauffälliger, tagsüber Beeren vergiften zu gehen. Vermutlich hatte Mary Barley feste Gewohnheiten, die Familie gegenüber war vormittags außer Haus, es dürfte nicht wirklich schwierig gewesen sein, den richtigen Zeitpunkt abzupassen – und wie war das bei euch?«

»Wir fuhren jeden Donnerstag Nachmittag nach Tenterden zum Einkaufen«, Raymunds

Stimme klang belegt.

»Wann warst du damals in London?« erkundigte Olivia sich bewusst umwegig.

Ihr Onkel verstand sie sofort: »Am Montag.«

»Und zwischen Donnerstag und Montag hat es nicht geregnet?«

»Wahrscheinlich nicht, es war ein sehr schöner Sommer.«

Ruhig fuhr Olivia fort: »Der Mensch, der das beides tat, kennt die Gewohnheiten seiner Nachbarn gut. Weiter dürfen wir annehmen, dass ihn umgekehrt die Leute von Howlethurst genauso selbstverständlich kennen, deshalb vermerkt keiner längerfristig, wenn er ihn sieht; und niemand achtete darauf, als er in euren Garten ging oder heraus kam. Jeder kann es gesehen haben und niemand hätte sich etwas dabei gedacht.«

Die ganze hagere Gestalt des Professors verkrampfte sich und er blieb stehen. Seine Augen bohrten sich in die von Olivia, aber er sagte kein Wort. Sie verfolgte entschlossen den eingeschlagenen Weg: »Es muss jemand sein, der auch dir nicht weiter aufgefallen wäre. Das heißt: Du kennst ihn.« Jetzt war es heraus.

Lange verharrte er ohne jede Regung. Endlich lösten sich seine Augen aus den ihren und sahen sie wieder an. Sein Luftholen war wie ein Aufatmen. »So ist es wohl. Jetzt können wir nach Hause fahren. Wir brauchen einen heißen Tee – mit viel Rum. Komm!«

⋆

Gemeinsam machten die zwei sich an die wenigen Vorbereitungen zum Tee. Die vertraute Umgebung wirkte abgerückt von ihnen, fremd, fast unwirklich, doch mit äußerster Konzentration funktionierten die routinierten Handgriffe. Olivia stellte das Geschirr samt Rumkaraffe auf den Teetisch und öffnete die Wintergartentür. Leise rief sie nach dem Katzenmädchen. Prompt streckte das sein kleines Gesicht über die Buchsbaumumrandung des Rasens und sah sie an.

»Puck, ich glaube, wir brauchen eine dritte Tasse.«

»Wer ist es?«

»Mrs Graham steuert auf uns zu.« Er ging und öffnete die Haustür. Die zierliche Frau rang nach Atem. Entschlossen zog er sie ins Haus und drückte die schwere schwarze Tür sofort wieder zu. »Kommen Sie, der Tee zieht schon.« Er geleitete sie in den Wintergarten, rückte ihr einen Sessel zurecht und schloss auch die Tür zum Garten. Er musste sie allerdings noch einmal öffnen, denn nun wollte Marmalade doch herein. Olivia brachte die angewärmte Milch und dann war auch der Tee fertig.

Raymund setzte sich zu ihnen und goss ein. »Was hat sich hier ereignet?« Mrs Graham nickte, aber es war nicht ganz klar, ob sie ihn gehört hatte. »Wir waren heute Nachmittag nicht da, wissen Sie.«

Sie nickte wieder, jetzt fiel ihr auf, dass sie angesprochen worden war. »Oh, Mr Fisher!« der Ausruf klang wie ein Flüstern. »Die Polizei war bei mir. Wo sie jetzt ist, weiß ich nicht, aber sie ist noch da.«

»Und was wollte sie?«

»Sie ermitteln, sie sagen, es sind zwei Männer, sie sagen, Mr Jones ist... ist...ermordet worden!« Raymund und Olivia lief eine Gänsehaut den Rücken hinunter. Vielleicht lag es an Mrs Grahams Flüstern. »Dass der Pfarrer das gewusst hat! Verstehen Sie das?«

»Sagte die Polizei, woran Mr Jones gestorben ist?« wich Raymund der Frage aus.

»Es ist eine Rizinusvergiftung. Feingemahlene Rizinussamen müssen in etwas gewesen sein, dass er gegessen hat, erklärten sie. Und er muss es Freitag oder Samstag gegessen haben. Samstag war er aber noch sehr vergnügt. Erinnern

Sie sich, Viola, wie wir uns die Stoffe in der Bücherei angesehen haben? Die Polizei meint, es dauert ein paar Stunden, bis man sich schlecht fühlt. Das Rizinus kann also ohne weiteres in seinem Lunch gewesen sein. Aber darüber weiß ich nichts und Sie sicher auch nicht.« Vorsichtig nippte sie an ihrem Tee. Über den Rand der Tasse sah sie zu Raymund.

»Rizinus ist keine gängige Beigabe zu Speisen, die man im Supermarkt oder beim Bäcker kauft«, Raymunds Blick war sehr hart geworden und Mrs Graham sichtlich erschrocken. »Mr Jones muss etwas gegessen haben, das ihm ein liebender Mitbürger zubereitet hat.«

»Er hatte aber niemanden, der sich um ihn kümmerte; so weit ich weiß, machte er alles allein. Wie sollte da…«

Das Dröhnen des Türklopfers unterbrach sie. Wenn möglich, schrak Mrs Graham noch mehr zusammen als die anderen beiden. Raymund ging zur Tür. Mrs Graham erkannte die tiefe Stimme sofort und stand auf: »Wir sehen uns morgen. Viola, Sie werden doch weiter zum Streichen kommen? Auch wenn jetzt alles so schrecklich ist?« ängstlich sah die kleine Frau Olivia an.

Die war zu ihr getreten und hatte ihre Hand

ergriffen. »Mrs Graham, der Tod von Mr Jones ist furchtbar. Aber wir werden zusammenhalten und weitermachen und die neue Bücherei wird sehr schön werden.« Ein dankbares Lächeln antwortete ihr. Damit hastete sie zur Tür, die Polizisten sollten ja nicht auf die Idee kommen, sie aufzuhalten. Höflich grüßend traten die beiden Männer zur Seite, bevor sie Raymund in den Wintergarten folgten.

»Richard! Wie froh bin ich, dich zu sehen!«

»Das habe ich gehofft. Du siehst, ich habe mich eingemischt.« Sein Blick drückte ernste Entschlossenheit aus, mehr Ernst, als Olivia in der Regel an ihm beobachtete.

»Das ist Chief Inspector Mathew von der Polizeistelle in Cranbrook«, stellte Richard seinen Kollegen vor. »Charles, darf ich Ihnen meinen alten Freund Professor Raymund Fisher vorstellen.« Der Professor wirkte sehr offiziell, als er seinen Namen bestätigte.

»Und weiter Olivia Lawrence. Sie ist meine Freundin seit Kindertagen, genau besehen gehört sie zu meiner Familie, genau wie Raymund.«

Im wechselseitigen Zunicken räusperte Raymund sich: »Richard, Olivia lebt hier unter dem Namen Viola Imbry und ist ein andere Nichte von mir. Es erschien mir sicherer zu sein, sie für die Menschen hier im Ort von ihrer detektivischen Doppelgängerin zu trennen. Und da du mit einem Kollegen von der hiesigen Polizei kommst, scheint die Lage sich tatsächlich zuzuspitzen. Also wirst du meine Sorge um ihre Sicherheit verstehen und Sie werden beide diesen anderen Namen verwenden?« Er erhielt die gewünschte Zustimmung.

Sie setzten sich um den leeren Esstisch. Chief Inspector Charles Mathew berichtete über den Obduktionsbefund von Mr Jones, was Mrs Graham schon erzählt hatte. Er seinerseits musste einsehen, dass Raymund so gut wie gar nichts über seinen verstorbenen Nachbarn wusste. »In den letzten zwei Wochen haben wir mehr miteinander gesprochen, als in den ganzen vier Jahren davor, aber nur über die Renovierung der Bücherei.«

Olivia ergänzte, dass sie Mr Jones am Samstag kurz nach drei Uhr in der Kirche vorgefunden habe und etwa eine halbe Stunde später mit ihm und zwei weiteren Personen in die Bücherei gewechselt sei. Dort hatten sie gemeinsam mit Mrs Graham Stoffproben für die Sitzpolster zwischen den Kinderbücherregalen begutachtet. Mr Jones war zielstrebig und angeregt bei der Sache gewesen. Nein, sie hatte nicht die kleinste Schwäche bemerkt.

»Die Vergiftung kann dann nicht vor der Lunchzeit am Samstag liegen«, schloss Chief Inspector Mathew. »Das Gift braucht ein paar Stunden, bis der Betroffene sich schlecht zu fühlen beginnt. Um vier Uhr nachmittags gab es dafür aber noch kein Anzeichen, dann wäre selbst das Samstagfrühstück noch zu früh – hat er womöglich in Ihrer Anwesenheit etwas zu sich genommen?«

Olivias Gedanken wanderten zurück in die Kirche. Sie schauderte, als es ihr wieder einfiel: »Ja, tatsächlich, er nahm von dem Quittenbrot, das ich ablehnte… aber das kann es nicht gewesen sein!«

»Warum nicht?«

»Soweit ich weiß, macht nur ein Mensch hier im Ort Quittenbrot, und zwar Mrs Mottram, die Pfarrersgattin. Deswegen.«

»Wer bot es ihm an?«

»Mrs Penningham. Sie hatte es gerade geschenkt bekommen.«

»Von wem?«

»Von Lady Evelyn Cardoon«. Olivia erläuterte, wer die beiden Frauen waren.

Raymund hatte still zugehört. Als Olivia ihre

kurzen Erläuterungen beendet hatte, stellte er eine Zwischenfrage: »Waren Sie schon bei Mrs Penningham?« Mathew sah ihn verneinend an. »Ich meine nur, sie hat die Schachtel mit dem Quittenbrot mitgenommen!« Dieser nüchterne Hinweis hatte den sofortigen Aufbruch von Chief Inspector Mathew zur Folge. Richard blieb.

Aufatmend setzte Olivia sich wieder auf ihren Platz, als sie von der Haustür zurückkam: »Oh Richard, dieser Charles Mathew wirkt so streng und ernst, fast verstehe ich die Abwehr von Mrs Graham.«

»Er ermittelt in einem Mordfall«, lautete die nüchterne Antwort. Raymund schauderte zusammen, Richard registrierte es mitfühlend. »Ich habe bereits einiges über Howlethurst erfahren. Aber, Raymund, es würde mir helfen, wenn du für mich zusammenfasst, wie es dazu kam, dass Olivia hier das tut, was ich ›verdeckte Ermittlungen‹ nenne.« Aufmerksam hörte er zu, wie der alte Professor die Beobachtungen des Pfarrers zusammenfasste.

Richard überdachte die Situation sorgfältig, bevor er fortfuhr: »Raymund, bis ich ein vollständiges Bild der Lage habe, wie sie sich euch inzwischen darstellt, habe ich noch viele Fragen. Wäre es dir lieber, ich unterhalte mich mit Olivia allein und komme nur zu dir, wenn sie etwas nicht beantworten kann? Ich bin mir bewusst, wie furchtbar die Situation sich für dich zugespitzt hat.«

Raymund schauderte noch einmal zusammen, bevor er Richard mit einem dankbaren Blick ansah: »Es tut mir gut, dass du das sagst und es tut doppelt gut, dass du dich in den Fall eingemischt hast, wie du das nennst. Wir können gemeinsam weitermachen, das Schlimmste habe ich fürs erste überstanden. Und für Zorn und andere rasende Gefühle darf jetzt kein Raum sein!« Ein kurzer, fester Griff auf Olivias Hände, die ineinandergeschlungen auf der Tischplatte lagen, versicherte sich ihres Beistandes. »Mach einfach, was du in jedem Fall tätest, ich werde es schaffen.«

Es wurde ein langes Gespräch. Irgendwann meldete sich Chief Inspector Mathew: Mrs Penningham lebe noch, beruhigte er sie und das restliche Quittenbrot habe er mitgenommen. Viel sei es nicht mehr. Er führe gleich nach Cranbrook zurück und schicke es ins Labor. Er würde Richard einen Wagen schicken, wenn der fertig war. Draußen wurde es langsam finster.

Schließlich langten sie in ihrem Gespräch an jenem unglückseligen Samstag an, der der letzte für Mr Jones gewesen war. Olivia fasste zusammen: »Als Leonard und ich in die Kirche kamen, saßen Mrs Penningham und Mr Jones beieinander im Kirchengestühl und plauderten. Draußen geisterte Fay Carter herum. Lady Cardoon kniete vor dem Altar und ordnete Blumen, Mrs Melling leerte die Vase und reinigte sie irgendwo draußen, sie ging hin und her. Mrs Graham kam aus der Sakristei und ging hinüber in die Bücherei. Aphra blieb zurück und arbeitete weiter in der Sakristei, Mr Jones ging kurz zu ihr, bevor wir vier, er und Mrs Penningham, Leonard und ich ebenfalls in die Bücherei hinübergingen und gemeinsam mit Mrs Graham seine Stoffproben zu dem fertig gestrichenen Bilderbuchregal legten. Einige Leute guckten, aber niemand äußerte seine Meinung, außer zwei kleinen Mädchen. Ihre Mutter saß vorne an der Bücherausgabe. Mrs Penningham wurde gegen halb fünf von ihrer Nichte abgeholt. Als Leonard und ich etwas später auch gingen, blieb Mr Jones noch dort. Er könnte also auch bei Mrs Graham etwas Falsches gegessen haben.« Sie sah auf: »Du warst ganz schön direkt, Raymund, als du ihr erklärt hast, dass Mr Jones die giftige Speise nicht im Supermarkt gekauft hat.«

»Ich wollte sie warnen!«

»Das ist auch notwendig, es stimmt schon. Sie war nur so völlig durcheinander... Ich habe es dir, glaube ich, noch nicht erzählt: In der trüben Quittenmarmelade war eine tödliche Menge Arsen. Und dabei sah das Glas so harmlos aus wie die von Aphra.«

»Heißt das, mein Glas war in Ordnung?«

»Deins und das aus Mrs Larges Speisekammer, dessen Inhalt genauso aussah wie deiner.«

»Aber wieso hatte sie Quittengelee von Aphra? Sie mochte das doch gar nicht?«

»Eigentlich«, überlegte Olivia, »kann sie es nur von jemandem bekommen haben, der das nicht wusste; der seinerseits gelegentlich etwas von Aphra bekommt und weiterschenkt, weil er auch keine Quitten mag, Aphra aber nicht enttäuschen will.«

»Ausgerechnet Delia Large dafür auszuwählen, zeugt von Gedankenlosigkeit oder überraschender Ahnungslosigkeit«, stellte Raymund fest. »Überhaupt: Wer außer Aphra würde ihr etwas schenken, von den Leuten hier im Ort, meine ich?«

»Da kämen vermutlich mehr in Frage, als wir

denken. Aphra sagte, sie habe für echte Probleme immer Zeit gehabt. Vielleicht hat sich ein gut Beratener damit bedankt.« Raymund seufzte zustimmend.

»Im Fall von Mr Jones erscheint es noch unwahrscheinlicher als bei Mrs Large, dass jemand aus Howlethurst ihm Selbstgemachtes schenkt«, fand Richard, »wie ich die hiesigen Gegebenheiten inzwischen verstehen gelernt habe.«

»Ganz richtig«, stimmte Raymund ihm zu. »Es sei denn«, überlegte er weiter, »Mrs Graham hat ihm etwas mitgegeben. Nach den letzten zwei Wochen kann man das nicht ausschließen, nicht wahr?«

»Nein, kann man wohl nicht. Und natürlich könnte er bei ihr zum Tee geblieben sein, Samstagnachmittag… wir machen gerade Mrs Graham zur Giftmischerin, merkt ihr das… oder es war doch das Quittenbrot… Raymund, Entenjack kündigte den Tod von Mrs Penningham an! Da ist etwas schiefgegangen!«

»Sag das noch mal!« staunend sah Richard Olivia an.

»Entenjack, der alte Gärtner aus dem Herrenhaus, kündigt gelegentlich den Tod eines hiesigen Mitmenschen an. Letzten Samstag traf seine Vorhersage Mrs Penningham. Dein Kollege fand sie Gott sei dank lebendig vor – aber es kann ja noch kommen. Richard, wieso kann man gar nichts tun, um sie zu schützen?«

»Das einzige, was wir tun konnten, hat Mathew sicher nicht unterlassen: sie nachdrücklich davor zu warnen, irgendetwas mit Quitten zu essen, aber am besten überhaupt nichts, dass von Dritten, also außerhalb ihrer Familie, zubereitet wurde. Das Quittenbrot haben wir sichergestellt, es scheint aber in Ordnung zu sein, denn sie muss einiges davon gegessen haben – kannst du mit genauer erläutern, was es mit diesen Vorhersagen auf sich hat?« Richard hörte ein weiteres Mal zu, dieses Mal ungläubig.

»Wenn Leonard das nicht berichtet hätte – ich würde es nicht glauben«, stellte er klar. »Ich werde mich morgen mit diesem Entenjack unterhalten, das Thema verspricht ein spannendes Gespräch. Zurück zum Quittenbrot: Mrs Penningham bekam es und auf sie bezieht sich die nächste Todesmeldung. Sie aß vermutlich davon und lebt noch. Mr Jones aß auch davon und lebt nicht mehr. Damit könnten wir den Punkt haben, an dem der letzte Fall unseres Täters schiefgelaufen ist. Aber dass nur zwei

Stücke vergiftet gewesen sein sollten, erscheint mir merkwürdig. Lasst mich festhalten: »Lady Cardoon gab das Quittenbrot Mrs Penningham in der Kirche...« er sah Olivia auffordernd an.

Die fuhr fort: »So hat sie es mir erzählt und sie nahm an, es sei von Aphra, wofür spricht, dass Aphra diejenige ist, die diese Dinge herstellt, und die Tatsache, dass sie in der Sakristei war. Warum eigentlich Samstag während des Schmückens, Raymund? Geht sie Lady Cardoon nicht aus dem Weg?«

»Wir werden sie das fragen!« stimmte er zu. »Kocht denn keine andere Frau in ganz Howlethurst Quitten ein?«

»Doch, Mrs Melling.«

»Das nimmt mich gerade sehr für dieselbe ein«, gestand Raymund erleichtert, »dann findet sich vielleicht noch jemand.«

»Ganz sicher!« stellte Olivia trocken fest. »Unsere Giftmischerin!« Sie sprang auf. »Raymund, hast du eine Ahnung, ob die Truebody-Familie Quittenmarmelade im Dorfladen verkauft.«

»Warum ist das wichtig?«

»Weil sie ihre selbstgemachte Marmelade dort verkaufen.«

»Verstehe«, Raymund seufzte, »ich weiß es nicht, wirklich nicht. Ich kann mir jedenfalls nicht vorstellen, dass das erfolgreich wäre. Dafür gehören für alle Menschen hier im Ort Quitten und Aphra viel zu fest zusammen.«

Olivia blieb auf ihrer neuen Spur: »Truly, vermutlich alle Truebodys, kennen dieses Dorf in und auswendig. Truly ist ständig mit dem Rad unterwegs, kommt mir vor.«

»Sie würde niemandem auffallen, meinst du das?« wollte Raymund wissen.

»So weit waren meine Gedanken noch nicht, aber es stimmt. Mir fiel wieder ein, dass sie Samstag in die Straße zum Herrenhaus einbog und Entenjack am selben Abend den Tod von Mary Penningham ankündigte… aber im Ernst… das kann nicht sein, nicht dieser alte immer unternehmungslustige Hippie.«

»Was weißt du über ihr Verhältnis zu den Hiesigen?« verlangte Richard zu wissen.

»Nichts. Ich sehe sie nur immer wieder mit Mrs Penningham reden und – die beiden wollen immer unter sich sein.«

»Was meinst du damit?«

»Zweimal sprach ich mit der einen von ihnen und wurde höflich verabschiedet, als die andere kam. Das muss aber natürlich nichts weiter bedeuten.« Olivia gefiel das nicht, aber irgendwie gefiel ihr auch diese Gedankenkette nicht.

Irgendetwas stimmte nicht, aber was?

⋆

Es war Abend geworden. Richard war nach Cranbrook zurückgekehrt mit einem ganzen Buch voller Notizen. In dem alten weißen Haus mit der schwarzen Tür saßen vier Menschen beieinander. Raymund hatte Aphra und Roger gebeten herüberzukommen. Sie mussten jetzt dicht zusammenstehen. Die Vorhänge zur Straße waren zugezogen und auf dem Tisch brannte eine Kerze.

»Chalklin wird mir das nie verzeihen«, stellte Roger nach ausgiebigem Schweigen fest, »er muss das Obduktionsergebnis wie einen Schlag ins Gesicht erlebt haben.«

Raymund stellte ihn sich vor, drüben allein in seinem Wohnzimmer, das niemand kannte, weil er nie Gäste hatte. »Ich hoffe«, teilte er mit, »dass er jetzt bei seinem Whisky sitzt und noch einmal über die Fälle nachdenkt, die er für dich überprüft hat. Es ist der späteste Zeitpunkt, wenn er sich von den Ereignissen nicht überrollen lassen will.«

»Was willst du damit sagen?«

»Ganz einfach, er kann der Polizei erklärt haben, dass er uns gebeten hat, sie zu benachrichtigen, um seine Patienten nicht unnötig warten zu lassen.«

»Das klänge plausibel.«

»Und wenn du ihn nicht verrätst, wird die Polizei sich nicht weiter damit beschäftigen.«

Roger dachte darüber nach: »Keiner der Polizisten hat mich gefragt, warum wir sie angerufen haben.«

»Nein, natürlich nicht.« Raymund sah seine Freunde nachdenklich an: »Als ich euch bat, herüberzukommen, sagte ich, wir müssten uns wechselseitig über die Entwicklungen informieren. Die wichtigste ist die: Chief Inspector Richard Bates von Scotland Yard ist Olivias ältester Freund, sie wuchsen als Nachbarskinder in Fulham auf. Ihn hat sie am Montag angerufen. Er hat alles weitere in Gang gesetzt. Und er kennt nach dem heutigen Tag die Lage hier so gut wie wir. Das heißt zum Beispiel, er wird Chalklin nicht unnötig bloßstellen. Also liegt es bei dir, Roger, wie er offiziell dasteht.«

»Das erleichtert mich«, seufzte Roger.

Während er über die so entlastete Beziehung zum Doktor nachdachte, machte sich bei Aphra die Erleichterung Luft. Ein wenig irrational fühlte sie sich in Richards Händen viel sicherer als in denen der geschäftsmäßigen Polizei. Irrational, weil nun nicht mehr ganz so sicher war, dass am Ende nicht doch offen liegen würde, dass der Pfarrer Olivia um Nachforschungen gebeten hatte, die dann den Yard nach sich gezogen hatten. Doch für Raymund gab es keinen Grund, warum aus dieser privaten Seite ein Nachteil entstehen sollte. Der tragische Tod von Mr Jones war für alle im Ort eine schreckliche Tatsache, die selbstverständlich die Polizei auf den Plan rief.

Roger hatte nicht zugehört. Er teilte seine eigenen Gedanken mit: »Ich werde Chalklin die Initiative überlassen, meinen Anfangsverdacht anzusprechen – oder auch nicht. Wisst ihr, ich habe das dumpfe Gefühl, dass wir vier hier jetzt nur noch reagieren müssen. Die Kriminalbeamten werden den Mörder von Mr Jones finden und ich hoffe, dass unser Problem auf diesem Wege mit gelöst wird. Die Unauffälligkeit, mit der dessen Ermordung vor sich ging, ist dieselbe, wie in all den anderen Fällen, in denen wir Mord vermuten.« Jetzt war er es, der schauderte.

Zögernd stimmte der Professor zu. »Ich glaube auch, dass die Polizei Mr Jones' Mörder finden kann. Aber wir sollten uns nicht zurücklehnen, Roger, sondern weiter aktiv mitdenken! Da ist der Fall von Mrs Penningham – ich fürchte, es ist für den Täter, die Täterin nicht planmäßig gelaufen, da sie noch lebt.«

»Was soll das heißen?« entsetzt sah Aphra ihn an.

»Tja, sie isst offenbar sehr gerne Quittenbrot. Und sie bekommt nicht so viel geschenkt, dass sie es überhat, nicht?« machte Raymund weiter.

»Nein, das kann ich mir nicht denken«, stimmte Aphra überrascht zu.

»Siehst du. Also hat sie von dem, das sie am Samstag in der Kirche bekam, inzwischen einiges gegessen.«

»Wenn sie am Samstag welches bekommen hat, wird sie das bestimmt getan haben. Aber von mir bekam sie keines«, stellte Aphra klar.

»Richtig. Evelyn Cardoon brachte es ihr – aus der Sakristei.«

»Tatsächlich? Sie macht es auch? Bist du dir da sicher?« ungläubig starrte Aphra Raymund an.

»Nein, wie könnten wir«, schaltete sich Olivia ein. »Es scheint nur so gewesen zu sein, dass sie Mrs Penningham eine Schachtel aus der Sakristei brachte, ohne sich über die Herkunft auszulassen. Mrs Penningham wollte sich erst später bei Ihnen, Aphra, bedanken, um den frischen Frieden zwischen sich und Lady Cardoon nicht zu stören. Die beiden hatten sich zum ersten Mal seit Schulzeiten einfach normal unterhalten und darüber war sie sehr glücklich. Aber für sie stand offensichtlich fest, dass das Quittenbrot eigentlich von Ihnen kam.«

Verwirrt sah Aphra über den Tisch: »Sie waren Samstag auch in der Kirche?«

»Ja, ich zeigte sie Leonard, traf auf Mrs Penningham und Mr Jones und folgte gemeinsam mit ihnen Mrs Graham in die Bücherei, um die Stoffproben für die Kinderpolster anzuschauen.«

»Ach ja. Mr Jones fragte mich, ob ich sie möglicherweise nähen würde.«

»Wieso warst du eigentlich in der Kirche«, mischte sich Raymund wieder ein, »hast du dich neuerdings auch mit Evelyn Cardoon angefreundet?«

Aphra sah ihn ein wenig überrascht an: »Ich bin jeden Samstag in der Kirche, allerdings meist sehr kurz, zugegeben. Das meiste erledige ich irgendwann unter der Woche, wenn ich die Pflanzen gieße. Aber das ewige Nachdenken über diese seltsamen Todesfälle macht mich ängstlich. Neuerdings erledige ich meine Angelegenheiten in der Kirche lieber, wenn ich weiß, dass ich dort nicht allein bin.«

»Verstehe… damit man dich nicht zu Tode erschreckt…«

»Was willst du damit sagen?«

»Wir sind inzwischen ziemlich sicher, dass Delia Large genau das zugestoßen ist: Sie kam in ihre Speisekammer und stieß dort auf Mäuse. Das war zu viel.« Er erläuterte den Freunden diese Entdeckung. Eine Weile herrschte Schweigen.

»Ich sah Evelyn an einem Nachmittag in der Woche vor Delias Tod dort ins Haus gehen.« Aphra klang nachdenklich, »War es sie oder Truly? Ganz ruhig«, mahnte sie sich selber. »Die beiden standen vor Delias Haus, ungefähr jedenfalls, ich sah sie aus dem Pfarrhaus. Aber welche dann zur Tür ging… nein ich kann es nicht sagen, ich habe wieder andere Sachen gemacht und das gar nicht abgewartet.«

»Warum weißt du das überhaupt noch?« wunderte Raymund sich.

»Weil Evelyn möglichst vermeidet, mit den Truebodys zu reden. Aber es kann gerade etwas Notwendiges gegeben haben, natürlich.«

Für Roger war ein anderer Aspekt wichtig: »Dann hat Chalklin mit seiner Diagnose einfach recht gehabt!«

»Warum liegt dir auf einmal seine Reputation so sehr am Herzen?« Raymund verstand das nicht. »Übrigens: Woher weiß Mrs Graham, dass du auf der Obduktion bestanden hast?«

Roger schnaufte erschrocken aus, während seine Frau nachdachte.

»War Chalklin sehr aufgebracht über deine Intervention?« wollte sie von ihrem Mann wissen.

»Ja, schon. Gefallen hat ihm das nicht, wäre auch zu viel verlangt, das verstehe ich.«

Aphra stimmte ihm zu: »Dann ist er vielleicht mit dieser Empörung auf den Lippen an seiner Sprechstundenhilfe vorbeigelaufen und hat sich Luft gemacht. Auch sein Temperament braucht das gelegentlich, nehme ich mal an. Es wäre eine ziemlich normale Reaktion, finde ich. Mrs Potter ihrerseits, die Sprechstundenhilfe, ist oft in der Bücherei; vermutlich redet sie immer wieder mit Mrs Graham. Sie hätte das bestimmt weitererzählt, unter dem Siegel der Verschwiegenheit, versteht sich.« Roger stöhnte. Raymund sah ihn mitleidlos an.

»Lady Cardoon stand in der Woche vor dem Tod von Mrs Large an deren Haustür«, hakte Olivia nach. »Hatte sie etwas bei sich?«

»Ihre große Teppichtasche«, erinnerte sich

Aphra, »ich glaube, ohne die geht sie nie aus dem Haus.

»Könnten Sie den genauen Nachmittag noch erinnern?« Dienstag oder Mittwoch, genauer ließ es sich nach den vielen Wochen nicht festlegen.

»Und Truly?«

»Die hat immer irgendwas in ihrem Fahrradkorb, im vorderen und hinten auch.«

Olivia hing dem Bild nach: »Aber, Aphra, wenn Sie nicht gesehen haben, welche der beiden zur Tür ging, haben Sie vielleicht eine von beiden etwas später auf dem Green gesehen?«

Aphra bemühte sich redlich, aber sie wusste es einfach nicht mehr. Dann, so Olivias Schluss, konnten auch beide nach dem Gespräch ihrer Wege gegangen sein und der Türklopfer hatte geschwiegen.

»Haben Sie am Ende noch mehr herausgefunden?« beinahe erwartungsvoll sah Pfarrer Mottram Olivia an.

»Es sind unbewiesene Thesen«, teilte sie halb zustimmend mit. »In Mrs Barleys Garten ist dort, wo in ihrem Todesjahr die meisten Himbeeren wuchsen, sehr viel Arsen in der Erde, woraus sich der Schluss ergibt, dass die Himbeeren vergiftet wurden und sie daran starb.«

Beklommenes Schweigen folgte. »Was ist das Unbewiesene daran«, wollte Roger wissen.

»Man kann nicht mit absoluter Sicherheit sagen, ob sie daran gestorben ist; das ist eine Vermutung, die allerdings gut zu dem Krankheitsbild passt, von dem Aphra erzählt hat. Außerdem starb sie im November. Da gibt es keine Himbeeren mehr.«

»Nein, im Garten nicht. Aber sie hatte so viele davon, dass sie sie unmöglich alle frisch essen konnte. Sie kochte Marmelade daraus und Sirup und fror den Rest ein. Sie hatte gerade eine Nierenkolik hinter sich und sollte noch immer mehr trinken, als ihr lieb war, wahrscheinlich erleichterte sie sich diese Notwendigkeit mit Himbeersirup...« Aphra sah die anderen traurig an: »...dazu ein Marmeladenbrot zum Frühstück...«

»Und wie könnte man diese Überlegung beweisen?« Roger war im Moment sehr für Tatsachen.

»Durch Analyse ihrer Haare oder Fingernägel.«

»Aber dazu ist es jetzt zu spät!«

»Es gibt den juristischen Vorgang der Exhumierung«, erklärte Olivia ruhig. Die allseitige Beklommenheit wuchs, stellte sie fest.

»Die toten Mäuse auf dem Friedhof und in unserem Garten gehören in den Sommer davor«, überlegte Aphra unweigerlich weiter. »Vielleicht sind sie auch an Arsen gestorben. Aber was macht das für einen Sinn?«

»Sehr wahrscheinlich sind sie an Arsen gestorben. In Mrs Barleys Garten taten sie es jedenfalls. Wenigstens das ließ sich beweisen.« Olivia berichtete von Jemimas Erinnerungen und den Folgen, den Quittenbusch behielt sie für sich.

»Ich hätte die Mäuse doch in ein Labor bringen sollen«, stellte Aphra unglücklich fest, »aber was wäre damit gewonnen gewesen?«

»Vermutlich gar nichts«, stimmte Olivia zu. »Sie hätten lediglich vermutet, dass irgendjemand die Pflanzen auf seinem Grab mit Arsen gegen Schädlinge schützen will.«

Aphra war schon beim nächsten Gedanken: »Ich fand auch Mäuse in unserem Garten und Kate Melling in ihrem«, entsetzt sah Aphra ihren Mann an: »Glaubst du, dass uns auch jemand vergiften wollte?«

»Ich weiß es nicht. Es hat jedenfalls nicht funktioniert.«

»Nein, wir hatten auch keine Magenbeschwerden... die Mäuse können auch vom

Friedhof noch bis in unseren Garten gelaufen sein... aber bei Kate... ich sehe keinen Sinn in dem allen.« Ratlos sah sie Olivia an. »Auch drüben bei den Farmen gab es dieses Mausesterben vor zwei Jahren...«

»Es könnte ein Ablenkungsmanöver gewesen sein, Gift auf dem Friedhof und Gift in der Nähe von Mrs Mellings Garten, Gift auf den Farmen, damit überall Gift.«

»Es muss wirklich flächendeckend ausgegossen worden sein«, Roger richtete sich auf, »Ihr erinnert euch, die Eulen in unserem Turm zogen weniger Junge groß und die fütterten sie lieber mit Fröschen.«

»Genau. Sie, Pfarrer, fragten sich nach neuen Problemen im Eulenrevier. Vermutlich wird jeder, der sich außer Ihnen noch wunderte, in seiner unmittelbaren Umgebung nach einer Antwort gesucht haben. Ich glaube, niemand wird an eine Person gedacht haben, die in einzelnen Gärten Beeren vergiftet, um ausgewählte Mitmenschen aus der Welt zu schaffen.« Nach kurzer Pause ergänzte sie: »Unser Garten gehörte auch dazu.«

»Was heißt das?«

»Die Erde im Erdbeerbeet enthält auch viel zu viel Arsen.«

»Nein!« Es kam gleichzeitig von Aphra und Roger und es war beide Male ein Flüstern.

»Raymund…« Roger schaffte es nicht, die Frage zu stellen, die sich aufdrängte.

Olivia sprang umgehend ein: »Ja, es sieht so aus, als ob Ann auf die gleiche Weise ums Leben kam wie Mrs Barley. Es ging bei ihr nur schneller, weil sie vermutlich mehr Erdbeeren auf einmal aß. Die Dosierung kann auch höher gewesen sein, zum Beispiel weil sie sie gleich frisch aß. Aber es ist auch in unserem Fall nur eine These.«

Schweigen breitete sich aus. Olivia musterte die Gäste, während sie ihren Tee trank. Schließlich stellte sie die Tasse ab und fragte weiter: »Aphra, sie erzählten, dass Sie Sybille Mason gelegentlich Quittensirup gaben. Manchmal auch andere Dinge aus Quitten?«

»Ich glaube nicht… nein, sicher nicht.«

»Merkwürdig«, meldete sich Roger. »Auf ihrem Nachtkasten stand nämlich eine Schachtel Quittenbrot.«

»Das war dann aber nicht von mir… genauso wenig wie dasjenige, das Mrs Penningham am Samstag bekommen hat. Die letzte Schachtel gab ich ihr vor ein paar Wochen draußen vor der Bücherei. Sie saßen neben ihr, erinnern Sie sich? Das ist doch merkwürdig.« Aphra sah Olivia fest an: »Ist das Quittenbrot wichtig?«

»Ich weiß es nicht«, gab sie zu, »das Quittenbrot in der Kirche gehörte nur zum letzten, das Mr Jones gegessen hat.«

Aphra hielt die Luft an. Schließlich, nachdem sie doch wieder geatmet hatte, sah sie Olivia erneut mit diesem besonderen festen Blick an: »Sie meinen, es könnte vergiftet gewesen sein?« Olivia nickte. »Und deshalb hätte Mary Penningham inzwischen auch tot sein können?« Wieder ein Nicken. »Und das würde bedeuten, dass auch Sybille durch vergiftetes Quittenbrot gestorben sein könnte?« Erneut vergaß Aphra beinahe, weiter zu atmen. »Das... heißt... könnte heißen... jemand missbraucht meine Quitten zum Töten!« Ein letztes Nicken folgte als Antwort.

Kapitel 19

Mary Penningham war nicht gestorben. Und in dem restlichen Quittenbrot, das Chief Inspector Mathew zu ihrem Bedauern mitgenommen hatte, fanden sich auch keine Spuren von Rizinus. Die Polizei ließ die Bewohner von Howlethurst in Ruhe grübeln, was sie ausgiebig taten.

In der Bücherei griffen die Farben immer weiter um sich. Susan war ab diesem Mittwoch auch am Vormittag dabei und half Mrs Graham, Fächer auszuräumen und Raymund beim Einräumen. Sira sorgte dazwischen meisterlich für Sauberkeit, kein Staubkorn trocknete auf einem gestrichenen Brett fest. Olivia strich unbeirrt und unverdrossen fünfzehn Fächer, die letzten sechs waren immer hellblaue im Zimmer zum Garten. Inzwischen saßen sie alle bei ihrem täglichen Becher Kaffee um den Küchentisch. Unzufrieden stellte Mrs Graham fest, dass sich in der Aufklärung zu Mr Jones Tod nichts bewegte. In ihrem Unbehagen zeigte sie sich sehr ungeduldig. »Nicht einmal die Beerdigung darf festgelegt werden! Man kann dem Toten doch nicht einfach per offiziellem Beschluss seine endgültige Ruhe vorenthalten!« protestierte sie empört.

Jeder signalisierte auf seine Weise stumme Zustimmung. Olivia beobachtete gerade für sich, dass die Menschen durchaus auch zu gemeinsamem Schweigen imstande sind, als Mr Wood sich räusperte. Alle sahen ihn an, was ihm das Reden nicht gerade erleichterte, aber er wollte jetzt etwas sagen und rang sich entschlossen dazu durch.

»Ich habe in den letzten Tagen immer wieder darüber nachgedacht, wie ich meinen Bruder fand. Ich habe mich damals gewundert und wundere mich nun wieder. Aber ich kann nicht dahinterkommen, worüber.« Er sah die anderen der Reihe nach an.

»Beschreiben Sie uns doch einfach, woran Sie sich erinnern«, schlug Raymund vor.

Der alte Druide nickte nachdenklich: »Ja, da war die Sache mit den Händen: Er hielt sein Schnitzmesser und das Stück Holz ganz fest, beide Hände unter dem Hals an den Körper gedrückt.«

»Welche Todesursache stellte der Doktor fest?« machte Raymund weiter.

»Asthma, er hatte manchmal Anfälle.«

»Wie verhielt er sich dann?«

»Er ließ alles fallen und griff zu dieser Sprayflasche, die trug er immer mit sich herum.«

»Und wo war die, als Sie ihn fanden?«

Mr Wood dachte noch einmal sorgfältig nach. Er richtete sich auf dem Stuhl auf, bevor er antwortete: »In seiner Jackentasche, ganz sicher.« Er sah Raymund ratlos an.

»Ihr Bruder hatte einen Hund«, regte Olivia die Erinnerung weiter an, als Mr Wood nichts mehr sagte.

»Hatte er, ja, das war auch komisch. Die treue Seele lag zu seinen Füßen und war genauso tot.«

»Im Kamin brannte Feuer«, half Olivia weiter nach.

»Ja, so war es, und das Fenster stand offen.«

»Das passt doch zu einem Asthmaanfall«, fand Mrs Graham, »Oder nicht?«

»Ich glaube nicht«, überlegte Mr Wood. »Wenn er keine Luft mehr bekam, griff er zu seiner Flasche. Das konnte auch im Freien passieren. Wenn er den Kamin anheizte, schloss er das Fenster, schon wegen der verschiedenen Luftströmungen, sagte er immer. Der Rauch soll ja durch den Schornstein verschwinden, nicht wahr? Bei schlechtem Wetter ist das schwierig genug.«

Sira suchte den Blick von Olivia, dann beugte sie sich vor: »Mich beschäftigt der Hund, Mr Wood. Was für einer war es?«

»Es war ein Mischling, gibt hier herum viele davon. Ein Labrador war mit drin, die Größe hatte er auch ungefähr. Und er war alt, sehr alt.«

»Erinnern Sie sich noch, wo im Raum er lag?«

»Ja, ganz genau. Er lag zwischen dem Kamin und seinem Herrn, den Kopf zum Feuer. Ihm war oft kalt, dem armen Kerl, da hat er sich benommen wie eine Katze, gerade dass er sich nicht auf das glimmende Holz gelegt hat.«

»Mrs Jenkins wohnte ganz in Ihrer Nähe?« erkundigte Olivia sich scheinbar unzusammenhängend.

»Das stimmt. Wie Sie da jetzt gerade drauf kommen«, verwundert schaute der alte Mann sie an, auf einmal mit jenem forschenden Blick, mit dem er sie beim ersten Zusammentreffen in den Schafweiden gemustert hatte. »Sie ist um die zwei Monate früher gestorben, im August.«

»Erinnern Sie sich noch an ihren Tod?«

Der Druide kam ins Grübeln: »Ich habe drüben geholfen, das ist mal sicher. Die Hunde beruhigen, bei der Toten bleiben, bis der Doktor kommt, die Tochter grauste sich, allein mit der Toten.«

»Könnten Sie sich dieses Warten noch einmal in Erinnerung rufen?«

»Warum nicht...« der alte Mann strich ruhig über seinen langen Bart, immer dieselbe ruhige Bewegung, die das Drahthaar zu zähmen schien. Die anderen warteten. »Das ist ja was! Jetzt auf einmal, in Zusammenhang mit meinem toten Bruder, ist das schon komisch: Das Fenster stand auch weit offen. Im Sommer ist das so... und ich lehnte mich an den Kamin, ich wollte mich nicht setzen, fand ich unhöflich. Ja, der Kamin war warm. Aber es war spät am Nachmittag und die alte Jenkins nur Haut und Knochen, warum nicht. Jetzt gerade finde ich es aber doch ziemlich komisch, weil es genauso war wie bei uns.«

»Und sie saß im Sessel?«

»Richtig, vor dem Kamin, ganz normal.«

»Und ihre Hände?«

»Über der Brust, unter dem Hals, aufeinander... sie wirkte zusammengezogen. Tja«, er schüttelte sich. »Scheint, der Tod von Jones hat uns ein bisschen auf Abwege gebracht, mich jedenfalls.« Er stand auf. »Aber wenn einem noch was einfällt, sicher sein kann man eben nicht mehr.«

Die anderen folgten Mr Woods Beispiel und brachen ebenfalls auf. Doch Raymund und Olivia hatten ihren Lunch noch nicht beendet, als der Türklopfer dröhnte. Sira hatte ihn betätigt. Ihre Entschuldigung für die Störung unterbrach Raymund, indem er sie einfach ins Haus zog, einen Becher mit dampfendem Kaffee vor sie auf den Tisch stellte und die Milchkanne zu ihr hinüberschob.

»Sie erinnern sich sicher noch an unser Gespräch über die Mäuse drüben in der Speisekammer?« begann sie. »Mir ist jetzt etwas anderes eingefallen.«

»Was hat der tote Hund Ihnen erzählt?« In Olivias Gliedern kribbelte es.

Sira nickte leicht: »In den alten Häusern hier gibt es immer wieder Ungeziefer und wenn einem das zu viel wird, kann man es ziemlich wirkungsvoll ausräuchern.«

»Wie machen Sie das?«

»Ich lege glühendes Holz in ein altes Grillblech, das ich auf einen Backstein in einen Winkel stelle und darauf streue ich die Samen des Stechapfels. Dann verlasse ich den Raum.«

»Und?«

»Wenn ich sehr energisch bin, stelle ich zwei Feuerstellen auf. Das ist totsicher.«

»Und?« wiederholte Olivia.

»Das Ungeziefer ist danach tot. Wie es funktioniert, weiß ich nicht, ich meine, irgendetwas muss im Rauch sein, das giftig ist oder lähmend auf das Herz wirkt. Das können Sie ja die Kriminalbeamten fragen, wenn sie wiederkommen. Ich denke mir nur, es könnte auch bei Menschen wirken, wenn sie sehr alt sind wie Mrs Jenkins oder schon Atemprobleme haben wie Mr Woods Bruder. Wenn man kräftig lüftet, ist der Geruch bald wieder aus dem Haus.«

»Und wie kommen Sie zu den Samen?«

»Stechäpfel sind eine einjährige Gartenpflanze, man sieht sie immer wieder, sie hat sehr weiße Blüten, wie Trompeten. Und die Samenkapseln sehen aus wie besonders stachlige Bucheckernhüllen, früher sah man sie gar nicht selten als Adventsschmuck, ich bringe das nicht fertig, weil ich mit den Samen halt etwas ziemlich Unweihnachtliches mache.« Ein kurzes Grinsen flog über ihr Gesicht: »In der Kirche habe ich etliche Samenkapseln im großen Adventskranz gesehen, zusammen mit den Hüllen von Haselnüssen, Mrs Melling hatte sie golden angesprüht, oder Lady Cardoon, oder irgendein anderer, der sie dann in die Kirche brachte, ich weiß es nicht. Sah sehr gut aus. Übrigens habe ich diese Form des Ausräucherns von meiner Mutter und die hatte sie von der Engländerin, bei der sie ein Leben lang gearbeitet hat.«

»Und das war hier in der Gegend?« fragte Olivia nach.

»Drüben bei Goudhurst.«

»Dort ist das Klima auch nicht anders als hier. Theoretisch kann es jeder wissen und jeder die Pflanze im Garten haben, alles ganz einfach.«

»So ist es.«

»Sira, Sie wohnen nicht sehr weit von den Truebodys entfernt…« abwartend sah ihre Gesprächspartnerin Olivia an. »Es sind sehr viele Menschen dort, verstehen sie sich untereinander?«

»Ja, ich denke schon, auf diese ganz normale Art und Weise: Man streitet auch oder schreit sich an und stellt den Frieden wieder her. Es ist eine Großfamilie, die mich manchmal an Simbabwe erinnert, sehr menschlich eben.« Man sah Sira an, dass sie sich über die Frage wunderte.

»Den Gerüchten nach, Sie wissen besser als ich, wie das in einem Dorf so ist, also den Gerüchten nach sind die vielen Kinder dort von unterschiedlichen Vätern. Wie auch immer, ob die Gerüchte einen wahren Kern enthalten o-der nicht, führt das hier im Dorf zu Schwierigkeiten mit den Leuten?«

»Das weiß ich nicht, mit mir würde man darüber kaum reden. Im Laden ist der Ton eigentlich immer sehr freundlich, es gibt ständig nachbarschaftliche Pläusche, an denen meist ein Familienmitglied der Truebodys beteiligt ist – ich glaube, man geht mit ihnen wie mit allen um. Es ist ja auch eine sehr tüchtige Familie.«

Sira stand auf. Während sie ihren Stuhl sorgfältig unter den Tisch schob, erkundigte sie sich nebenher: »Hätten Sie womöglich heute Nachmittag Zeit für einen Spaziergang mit Susan? Sie könnte, glaube ich, ein ruhiges Gespräch vertragen.«

⋆

Eine Stunde später löste Olivia ihre Zusage ein und ließ den schweren Messingklopfer auf das dicke Holz fallen. Susan öffnete die Tür, griff erleichtert zu ihrem Schal und Olivia konnte gerade noch verhindern, dass sie die Haustür ins Schloss zog, bevor sie den Schlüssel mitgenommen hatte.

»Ich bin froh, dass du einfach wieder zur Tür

kommst.« Sie gingen quer über den Green, Olivias Ziel waren die Farmen nördlich der Hauptstraße.

»Seltsam, nicht? Jetzt, wo die Gefahr konkret ist, kann ich leichter mit meiner Angst umgehen. Viola, das ist alles schrecklich! Wer hat Mr Jones vergiftet? Er hat doch wirklich niemanden gestört.«

»Nein, dafür, dass man niemanden stört, wird man auch nicht umgebracht. Aber von seinem zurückgezogenen Leben haben ja vor allem seine Nachbarn Nutzen.«

Entsetzt sah Susan sie an: »Aber die haben ihn doch nicht umgebracht!«

»Wenn du es nicht warst... entschuldige. Wer rechts von ihm wohnt, weiß ich nicht. Aber ich glaube, Aphra sagte, es seien Londoner, die jeden Tag in die City fahren. Vielleicht wissen die nicht einmal, dass er tot ist. Ich glaube, ich wollte nur zustimmen: Er hat wirklich niemanden gestört! Wir wissen den Grund für den Mord einfach nicht.«

»Aber es war Mord! Und damit waren die Mäuse in Tante Delias Speisekammer auch Mord! Sira sagte, ich solle nur Sachen aus dem Supermarkt essen. Es sieht so aus, als habe sie Angst, glaubst du das?«

»Angst hat sie nicht direkt, weil sie sich schützt, aber sie ist sehr besorgt und bittet dich auf diese Weise, dich auch zu schützen. Sie hat es nicht ausdrücklich gesagt, aber den Mäusedreck hält sie wohl auch für einen Mordanschlag. Und wer wollte da inzwischen noch widersprechen? Ich jedenfalls nicht.«

»Viola, was ist aus den Marmeladengläsern geworden?«

»Ich habe sie einem Freund zur Untersuchung gegeben. In dem mit dem grünen Deckel war eine tödliche Menge Arsen.«

Susan fuhr zusammen, als hätte der Blitz vor ihren Füßen eingeschlagen. Olivia legte schützend ihren Arm um sie. »Komm.«

Sie überquerten die Hauptstraße, ließen den Dorfladen links liegen und bogen beim Kriegerdenkmal wieder von der Hauptstraße ab. Vor ihnen lag ein Einfamilienhausviertel, immerhin sah jedes Haus anders aus, die Grundstücke waren verschieden groß und auch sonst wirkte alles erfrischend planlos. Schon bald gingen sie wieder zwischen Weiden, die Straße neigte sich leicht und der Blick konnte weit schweifen. Am Horizont sah man einen Waldrand. Sie selbst gingen nach kurzer Zeit zwischen Feldern voller Spalierobst. Mrs Jenkins

Hof lag mitten in einem Obstland. Plantage war für Olivia das falsche Wort, sie musste dabei immer an amerikanische Ausmaße denken; die Felder hier erinnerten trotz ihrer Ausdehnung an Obstgärten. Gras wuchs unter den Spalierreihen und friedlich grasende Schafe hielten es kurz, jedenfalls solange, bis das Obst zu reifen begann. In einiger Entfernung standen weißgestrichene Bienenstöcke, so viele, dass sie die Population einer Großstadt beherbergten. Dieses Zahlenspiel vergnügte Olivia kurzfristig. Doch dann erschrak sie fast genauso heftig wie Susan. Sie stießen an der Straßenecke ganz unvermittelt mit Lady Cardoon zusammen. Die erschrak nicht weniger.

»Meine Güte! Diese hohe Hecke macht einen unsichtbarer, als das gut ist«, stellte sie fest. Da der Schrecken die beiden jungen Frauen scheinbar hatte verstummen lassen, fuhr sie fort: »Es ist gut, dass Sie bei diesem Wetter draußen sind. Die Luft in der Bücherei ist zurzeit wirklich nicht gerade gesund.« Ihr kühler Blick musterte Susan, ihre Miene wirkte zugänglicher, als Olivia sie sonst kannte. »Gefällt Ihnen das Land hier?«

»Es gefällt mir sehr«, lautete Susans schlichte Antwort.

»Dann sollten Sie vielleicht nicht allzu viel hier herumgehen. Am Ende kommen Sie nicht mehr davon los und das wäre doch nicht gut.«

Verwundert sah Susan die so viel ältere Frau an: »Ich brauche ja auch nicht wieder davon loszukommen, ich lebe ja jetzt hier.«

»Bitte sagen Sie nicht, dass Sie das Haus behalten wollen?«

»Aber ja, genau das will ich. Meine Tante hätte sich das sicher gewünscht.«

»Das ist vollkommen gleichgültig! Es geht um Ihr Leben. Was wollen Sie hier machen? Und außerdem ist das Haus viel zu groß. Empfinden Sie das nicht so?«

»Ich werde ein Leben finden, das es wieder füllt«, erklärte Susan entschlossen.

Lady Cardoon musterte die ihr unbekannte junge Frau mit der indischen Sonnenbräune und den fremden Gewändern beinahe ein wenig traurig, schoss es Olivia durch den Kopf. »Hoffentlich machen Sie damit keinen Fehler. Ein großes Haus kann ein ganzes Leben verschlingen. Und ob es das wert ist, sollten Sie sich beizeiten fragen. Jetzt zum Beispiel.« Sie nickte ihnen zu und ging, aufrecht, einsam, mit der großen Teppichtasche Richtung Dorfzentrum davon.

Sie sahen ihr verblüfft nach. »Wo kam die denn so plötzlich her?« Susan schlang fröstelnd die Arme um den Oberkörper.

»Ich glaube, ich habe eine Gartenpforte gehört«, erinnerte Olivia sich, »lass uns weitergehen, vielleicht finden wir sie.« Was sie ziemlich umgehend taten, als sie um die Ecke bogen. Die hohe Taxushecke senkte sich auf dieser Seite in einem weichen Schwung auf einen Meter Höhe ungefähr hinunter und ihr langer Lauf wurde von einer alten Gartenpforte unterbrochen. Der mit Ziegelsteinen gepflasterte Weg führte zwischen Blumenstauden geradewegs zu einer Haustür. Die Hecke lief um den ganzen Garten, stellte Olivia fest, war aber nur nach Nordwesten diese erstaunlichen dreieinhalb bis vier Meter hoch. Sie hielt die atlantischen Wetterüberfälle sicher überzeugend von den Blumen ab, und vom Haus natürlich. Über die Hecke hinweg sah man nichts als Obstbäume, wohin immer man schaute. Nur hinten, zum größeren Teil vom Wohnhaus verdeckt, standen neben einer Scheune zwei mächtige Tannen, das waren dann wohl Hemlocktannen. »Die sind gewaltig!«

Susan stimmte ihr leise zu: »Du meinst die Tannen, nicht wahr?« Statt einer Antwort wurde sie umarmt.

Mit Mrs Jenkins Gartenpforte im Rücken sah man in relativ geringer Entfernung ein kleines Farmhaus, in dem nach Olivias Messtischblatt die Eltern von Daffodil lebten. Etwas genauer betrachtet sah man hinter Obstbäumen und Gartenzaun lediglich ein Dach, das übrige musste man sich denken. Und noch etwas genauer betrachtet ging dort eine unauffällige Gestalt in engem blauen Rock und heller Bluse, in der Hand eine blaubunte Tasche. Olivia fügte sie zu dem Muster in ihrem Kopf. Sie wandte sich nach rechts und ließ den Blick der Straße folgen. Die neigte sich wie die, von der sie abgebogen waren, sanft nach unten und verschwand in einiger Entfernung in einer Linkskurve, in deren Bogen das Dach des nächsten Hauses zu sehen war. Dort musste der Druide wohnen.

Stumm gingen sie langsam weiter und so hörten sie das Motorengeräusch, bevor der kleine weiße Kombi um die Kurve kam. Mrs Melling steuerte ihn, sie winkte. Als die beiden zurückwinkten, fuhr sie an den Straßenrand und stieg aus: »Das ist recht, das Sie sich hier auch umschauen. Die Menge der Obstbäume ist eindrucksvoll, nicht wahr?« Die Zustimmung war ihr sicher. »Und, ehrlich gesagt, ich platze vor Stolz.« Ihr Blick schweifte über das Land. »In den wenigen Jahren, seit ich hier Bienenstöcke aufstelle, hat sich die Obsternte nahezu verdoppelt. Es ist unglaublich!« Glücklich schaute sie wieder über das Land und Olivia fragte sich, ob sie gerade Mrs Mellings Doppelgängerin begegnete. Aber da die Frau jetzt schwieg, war sie es wohl doch selbst.

»Dort hinten«, Olivia deutete mit dem Arm ungefähr die Richtung an, haben wir ganz erstaunlich viele Bienenstöcke gesehen.«

»Zweiundzwanzig, ganz genau. An den anderen Stellen sind es weniger, noch. Jedes Jahr stelle ich ein oder zwei dazu. In diesem Jahr denke ich zum ersten Mal, nun ist es gut. Die Obstbäume tragen reich, alles ist gesund. Es sieht nach einem guten Gleichgewicht aus. Vielleicht also im nächsten Jahr keine zusätzlichen Stöcke. Aber das entscheide ich im Herbst.«

»Wie viel Honig bekommen Sie aus diesen vielen Stöcken?«

»Im letzten Spätsommer waren es insgesamt zweihundertachtzig Gläser, das ist ganz schön. Ich hatte Ende Juli den letzten Honig entnommen, manchmal nehme ich noch welchen im August. Im letzten Jahr nicht. Der Instinkt war gut, denn der erste Wintereinbruch kam sehr früh. Und dann müssen die Bienenvölker gut versorgt sein. Sie waren es und ich konnte erleichtert aus dem Fenster schauen.«

»Kann man Quitten und Honig auch zusammenbringen?« wollte Olivia weiter wissen.

»Oh ja! Es ist köstlich und erleichternd einfach. Ich schneide die Quitten in dünne, kurze Stücke, stecke sie in ein Glas, möglichst dicht, und gieße Honig darüber. Zuschrauben, fertig. Für die Adventszeit kann man eine Zimtstange mit hineinstecken.«

»Und was macht man dann später damit?«

»Man kann die Stücke zu Müsli und Joghurt essen, in Möhrensalat oder jede Mischung von Obstsalat geben, mir schmeckt es in Sauerkraut«. Mit leichtem Lächeln zu Olivia ergänzte sie: »Mir schmeckt dieser auf deutsche Weise eingelegte Kohl, für den wir nicht einmal ein eigenes Wort haben. Oder«, sie sah Susan an, »zu einem scharfen Curry passt es auch. Und der Honig, der zurückbleibt, hat das Quittenaroma aufgenommen und schmeckt nun sehr speziell... ich finde ihn einfach unwiderstehlich.« Sie strahlte inzwischen. »Aphra verschenkt geraffelte Quitten in Honig als Heilmittel gegen Husten und chronische Erkältungen.

Ich als Kind hätte in ihrer Nähe den ganzen Winter über gehustet.«

Mrs Melling griff zur Autotür, doch bevor sie sie aufziehen konnte, deutete Olivia die Straße hinauf: »Die Taxushecke da oben ist überwältigend in ihrer Höhe. Haben Sie eine Vorstellung, wie alt sie ist?«

»Da muss ich nachdenken… es gab sie schon, als ich ein Kind war, vielleicht hat Mrs Jenkins sie gepflanzt, als sie den Hof übernommen hat… ja, ich glaube, so ist es, dann ist sie an die siebzig Jahre alt.«

»Gar nicht mal so viel bei der Höhe«, Olivia hätte ein höheres Alter geschätzt. »Wer wohnt jetzt dort?«

»Ihre Enkelin hat den Hof übernommen. Eine nette junge Frau. Jetzt muss ich fahren. Genießen Sie den Tag!« Schon brummte der kleine Kombi den Hang hinauf.

Olivia sah ihr nachdenklich hinterher. Susan seufzte: »An die Menschen hier muss ich mich noch gewöhnen. Irgendwie reagieren sie immer etwas anders, als ich es erwarten würde. Wahrscheinlich liegt es an mir, aber woran es auch liegt, es ist nicht ganz einfach.«

Sie gingen weiter. »Dort vorn müsste dein Druide wohnen, vielleicht ist er zuhause. Mit ihm tust du dich leichter, nicht wahr?«

»So ist es, warum, weiß ich auch nicht.«

Sie kamen an einem Gemüsegarten vorbei, die Frühbeete waren aufgedeckt und der Salat sah fertig zum Ernten aus. Daran schloss sich ein Hühnergehege an und hinter dem tauchte Mr Wood auf. Seinen großen weißen Bart sahen sie als erstes. Er hielt inne und sah den beiden entgegen: »Sind wir verabredet?« erkundigte er sich. Verblüfft sah Susan zu Olivia, doch die schüttelte lächelnd den Kopf. »Schade. Dann riskiere ich eine Abfuhr, wenn ich Sie frage, ob Sie auf ein Glas Johannisbeerlikör hereinkommen möchten?«

Olivia behielt ihren heiteren Ton bei: »Ich fürchte, das sehen Sie ganz richtig. In diesen Zeiten sollten wir einen klaren Kopf behalten.«

Der Druide wurde ernst: »Sie haben recht. Gerade war Kate Melling hier. Sie sah nach den Bienenstöcken. Sie stehen hinten in meinem Obstgarten, auch wenn die Bienen die meisten Pollen sicher bei den Nachbarn sammeln. Es sind eine ganze Menge Stöcke und sie hatte einige Zeit zu tun. Ich sah ihr zu und dachte dabei an unser Gespräch heute in der Bücherei. Ich überlegte mir, dass sie ohne weiteres irgendetwas in den Kamin gestreut haben könnte, im letzten Herbst, dann zu ihren Bienen ging und als sie damit fertig war, hatten mein Bruder und sein Hund es vermutlich geschafft. Sie öffnete das Fenster und fuhr davon. Kein Mensch hätte sich irgendetwas gedacht, wenn er sie gesehen hätte.«

Susan sah ihn so entsetzt an, dass er sie beruhigte: »Keine Sorge, ich halte Kate nicht für eine Mörderin, aber mir ging durch den Kopf, wie einfach man unter Nachbarn morden kann, ohne aufzufallen. Irgendwie so muss es bei Jones ja gewesen sein.«

Olivia stimmte ihm innerlich mehr zu, als sie zeigte. Das Gesprächsthema war gut, sie nahm den Faden auf: »Wo waren Sie an jenem Nachmittag?«

»Unterwegs, Kate und ich waren uns bei ihren Eseln begegnet.«

»War sie denn anschließend hier?«

»Weiß ich nicht. Heute weiß das niemand mehr.«

»Es klingt durchaus machbar, was Sie gerade entwickelt haben«, stimmte Olivia zu, »so oder so ähnlich könnte es sich zugetragen haben. Und es könnte jeder gemacht haben, der sich hier ein wenig auskennt.«

»Jeder... sagen wir fast jeder, man muss schon

klug sein. Das Wort ›Mörder‹ ist Ihnen zu drastisch, nicht?« jetzt sah er sie mit seinem speziellen forschenden Blick an.

Als er nicht sofort eine Antwort bekam, fuhr er fort: »Nun ja, ich gebe zu, ohne den armen Jones wäre mir der Gedanke an Mord nie gekommen, obwohl ich mich ziemlich gewundert habe, wie ich meinen Bruder gefunden habe.«

Olivia nickte nachdenklich: »Verstehe – haben Sie denn eine Vorstellung davon, was dieser jemand in den Kamin gestreut haben könnte?«

Der Druide sah die Straße hinauf und hinunter, weit und breit war keine Menschenseele zu sehen. »Heute auf dem Nachhauseweg, nachdem wir alle darüber geredet hatten, fiel mir ein, dass unsere Mutter früher Stechapfelsamen gegen Ungeziefer verbrannt hat. Ich glaube, mein Bruder hat das manchmal auch noch getan. Naja, wenn man das macht, darf man nicht im Zimmer bleiben, der Rauch ist giftig. Na nun… nich…«

Olivia sah ihn abwartend an. Schließlich ergänzte er: »Ich weiß es nicht, aber wahrscheinlich muss man nur mehr Samen nehmen, wenn man einen Menschen umbringen will. Wenn der dann sowieso Atemschwierigkeiten hat, kann das klappen.«

»Wenn es denn auch in diesem Fall Mord war… man kann es offenbar nicht ausschließen«, gab Olivia zu, »stellt sich klassischerweise die Frage nach dem Motiv. Ist Ihnen dazu auch etwas durch den Kopf gegangen?«

»Ja, so halb«, gab der alte Mann zu, »führte aber zu nichts. Ich weiß wirklich nicht, wen er gestört haben soll.« Er sah die beiden jungen Frauen nachdenklich an: »Erben lohnt sich auch nicht, nicht bei dem wenigen, wenn man selber so viel hat wie mein Neffe. Und ich, ich habe nur Schaden davon.«

»Vielleicht wollte derjenige Sie treffen?«

»Mich? Warum das denn?« Er sah sie ehrlich überrascht an. »Nein! Das sicher nicht. Ich habe mich dreißig Jahre draußen in der Welt getummelt, bin erst seit ein paar Jahren wieder hier und lebe friedlich bei meinem Bruder. Nein. Sieht so aus, als gäbe es kein Motiv.«

»Vielleicht werden sehr alte Rechnungen beglichen, könnte auch sein.«

Mr Wood dachte darüber nach. »Wie alt?«

»Ein halbes Menschenleben.« Abwartend sah der alte Mann sie an. »Beim Streichen gehen meine Gedanken manchmal spazieren«, bekannte Olivia, »und heute spazierten sie in die Zeit Ihrer Jugend, mehr oder weniger. In die

Zeit fällt die Hippiebewegung und damit der Aufbruch in ein neues freies Leben. Sie verstehen, worauf ich hinaus will?«

»Möglich. Machen Sie weiter.«

»Ich kenne diese Zeit naheliegenderweise nur aus Büchern, dafür habe ich andererseits Texte gelesen, in denen Menschen, die diese Zeit erlebt haben, sich über ihre Erfahrungen Gedanken machen. Die Erinnerungen sind oft zwiespältig und die freie Liebe, wenn sie bedeutete, dass jeder mit jedem zu jeder Zeit schlafen konnte, hat manchmal mehr Verletzungen in den Betroffenen angerichtet, als sie sich damals zugaben.«

»Ich sehe, worauf Sie hinauswollen: Auf eine alte Liebe, die mein Bruder versetzt hat – nach einem ganzen Leben sollte man das aber doch hinter sich haben, finden Sie nicht? Aber ich gebe zu, dass das eine Möglichkeit ist, warum nicht – über Jones wissen wir gar nichts. Hat die Polizei schon etwas gefunden, ein Motiv zum Beispiel, da wir gerade dabei sind?«

»Weiß ich nicht. Sie ist ja noch am Anfang.«

Der Druide nickte: »Hilft nichts als abwarten. Passen Sie beide jedenfalls gut auf sich auf!« Etwas schwerfällig wandte er sich ab.

Susan sah ihm lange hinterher. Als sie sich

schließlich abrupt abwandte, traf ihr Blick auf einen schmalen Pfad zwischen den Obstbäumen: »Schau mal, Viola, in der Richtung müsste die Penninghamsche Schafweide liegen. Sollen wir es versuchen?«

»Einverstanden.«

Langsam setzten sie sich in Bewegung. Susan sah inzwischen ziemlich blass aus. »Ist es nicht furchtbar? Jetzt haben wir schon drei Morde! Oder vier! Ich will die gar nicht sammeln!«

»Nein, natürlich nicht.« Nachdem sie einige Zeit hintereinander her den schmalen Pfad verfolgt hatten, erreichten sie die Hauptstraße ein Stück außerhalb des Ortes. Olivia warf einen letzten schweifenden Blick über das Land, und als könnte es nicht anders sein, radelte Truly in ihr Blickfeld.

Die Rücktrittbremsen quietschten und der Wirbel aus Farben kam direkt vor ihnen zum Halten. »Wie ich mich freue, Sie beide zu sehen. Und wieder sind Sie so malerisch gewandet, es tut mir sehr wohl. Mich selbst sehe ich ja nicht«, lachte Truly. »Wie geht es Ihnen, sie sehen beide so ernst aus.«

»Nun ja, der Tod von Mr Jones nimmt uns schon mit«, gab Olivia zu. »In der Woche davor haben wir uns täglich gesehen und er war so engagiert und so begeistert von der Renovierung der Bücherei. Es ist fast bizarr, dass er jetzt einfach weg ist.«

»Das Bizarrste daran ist, dass es Mord gewesen sein soll. Ich kann das eigentlich nicht glauben, wer macht denn so was? Hier in diesem verschlafenen Nest, in dem keiner dem anderen im Weg ist. Wirklich wahr. Er war ja nicht von hier, aber er lebte doch schon einige Jahre in dem kleinen alten Haus, ich habe immer hinübergeschaut, wenn ich in unserer Ladentür stand. Wir sahen uns halt regelmäßig, er brauchte Briefmarken und so. Und Brot und er aß gern mal ein Stück Kuchen. Und er redete immer ein paar Sätze. Er gehörte zu meinem Leben, wirklich wahr.«

»Hatte er Freunde hier im Ort? Konnten Sie manchmal Leute kommen oder gehen sehen?« Wenn Olivia sich überlegte, was Truly alles wissen konnte, wurde ihr ganz schwindelig.

»Ich glaube nicht, ich habe eigentlich nie jemanden gesehen. Sonntags auf dem Green hat er manchmal mit wem geredet, bei uns im Laden auch, aber sonst glaube ich nicht.«

»Hmhm. Kann es sein, dass er hier in der Gegend aufgewachsen ist und im Alter zurückkam? So wie Mrs Melling und Mrs Penningham und meine Tante Ann.«

»Oh! Ann Fisher war Ihre Tante, ja natürlich, wo habe ich nur meinen Kopf. Das war eine nette Nachbarin… Mr Jones… ich werde darüber nachdenken, was er so alles gesagt hat, vielleicht hat er was gesagt, was nur jemand wissen kann, der von hier ist. Aber aufgefallen wäre mir das nicht. Das mit der Vergangenheit ist eine merkwürdige Sache, wirklich wahr.«

»Mir ist noch was durch den Kopf gegangen«, fuhr Olivia wie selbstverständlich fort, »beim Streichen hat der Kopf Ausgang.«

Truly lachte: »Hoffentlich zerbricht er sich nicht über uns seinen normalen Zustand.«

Olivia schüttelte lächelnd den Kopf: »So schlimm ist es auch wieder nicht. Er wanderte zum Beispiel zu unserem letzten Gespräch. Erinnern Sie sich – die Hippies und Totnes…«

»Oh ja ja, die schönen Zeiten.«

»Sie waren doch sicher nicht die einzige hier, die diese Zeit genossen hat?«

»Nein bewahre, viele von uns, meine vier Schwestern; Liz, die fünfte, nicht. Sie ist auch ordentlich verheiratet, drüben in Cranbrook. Na gut, und halt Klassenkameraden und so.« Sie zögerte. »Wissen Sie, wir reden heute nicht mehr darüber. Wer zu der Zeit mit wem… Sie wissen schon, das ging ziemlich durcheinander. Mancher ging später auch weg, um woanders ein ordentliches Leben zu führen. Dabei war es so schlimm auch nicht, aber damals dachten manche das irgendwie doch, erst hinterher natürlich. Es ernüchtert einen ja doch auch mal was und dann hat manches eine andere Farbe. Ich ging nach Totnes und kam viele Jahre später zurück, meine Schwestern waren immer wieder mal in London, aber als dann die Kinder alle kamen, haben wir uns hier zusammengetan. Kinder sind ein Wunder, wirklich mehr als wahr, aber die Verantwortung kann einen ganz schön mitnehmen, auch wirklich wahr. Irgendwann merkt man das und da haben wir uns halt gegenseitig geholfen. Aus den Kindern ist auch richtig was geworden«, schloss sie stolz.

Nachdenklich musterte Olivia das Gesicht vor sich mit den zahlreichen Falten und den munteren Augen und den kurzen roten Haaren. Es erzählte von einem guten Leben, Falten ja, viele, Furchen keine. Sie hörte Truly auflachen.

»Das Leben ist schon komisch. Wissen Sie, mein ältester ist Bäckermeister geworden und der zweite Konditor. Leider sind sie bis nach London gegangen, um sich selbständig zu machen, gleich bis in den Norden, aber das war Zufall. In der High Street von St. John's Wood haben sie eine Bäckerei übernehmen können. Sie verkaufen dort Brot und Kuchen und Torten, meine Güte wie die gut sind, ja und ein Café ist auch dazugekommen und im Sommer Tische auf der Straße, alles sehr elegant. Wirklich wahr.« Sie holte Luft. »Doch das nur am Rande. In der letzten Woche kam eine hagere Dame da hinein und trank Tee und aß dazu ein Stück Eierlikör-Torte – ha spaßig, die esse ich auch besonders gern – und beim Zahlen fragte sie nach einer afrikanischen Boutique, in der es Wollsachen geben soll. Meine Söhne konnten ihr natürlich sagen, wo das ist. Die Besitzerin, eine Miss Aulton, eine sehr nette Frau und so wunderbar angezogen, kauft ihr Brot bei meinen Söhnen. Ich habe sie manchmal gesehen. Wirklich wahr.« Truly schwieg begeistert.

»Und – kannten Ihre Söhne die hagere Dame?« Olivia erriet die Antwort beinahe.

»Oh ja, sie kannten sie, was umgekehrt nicht der Fall war, aber das macht nichts, obwohl ich mich schon gefreut hätte, wenn sie mal mit eigenen Augen gesehen hätte, was aus uns Truebodys werden kann. Es war Lady Cardoon. Was die in Miss Aultons Laden sucht, kann ich mir allerdings nicht vorstellen. Wirklich nicht. Aber das geht mich ja auch nichts an.«

Susan verschlug es die Sprache. Truly grinste: »Da staunen Sie, ich sehe es; manchmal ist die Welt wirklich klein. Aber viele, die sich von hier verdrückt haben, damit man ihrem wilden Leben nicht auf die Sprünge kommt, haben das auch geschafft, so klein ist die Welt auch wieder nicht. Es soll sogar einer bis nach Neuseeland gegangen sein.« Sie blitzte die beiden jungen Frauen listig an.

Olivia genoss das Gespräch in vollen Zügen, aber daneben blieb sie auf dem Kriegspfad: »Wenn ich Ihnen zuhöre, klingt es in meinen Ohren, als wäre Ihre ganze Generation zu den Hippies gegangen, aber das ist vermutlich auch nicht richtig. Was ist mit Mary Penningham?«

»Die ist gleich nach der Schule nach London gegangen, in einen Haushalt, dann wieder auf eine Schule, bis sie Wirtschafterin geworden ist«, Truly grinste schief, »komisch, dass man so etwas heute noch gebraucht... Was sie da, ich meine, in London, als sie jung war, gemacht hat, weiß ich nicht, niemand hier, denke ich... wirklich wahr.«

»Und die anderen, die hier geblieben sind...?«

»Ach ja, richtig... Nein, sie waren nicht alle

Hippies, wenn man's zählen würde, wahrscheinlich eher weniger... Da gab es die Älteren und deren Kinder und so weiter, es gibt viele verschiedenen Menschen auch in einem kleinen Nest, wirklich wahr – na ja, es war nicht immer einfach, zuerst einmal für unsere Mutter im Laden. Die Leute haben schon geredet – während dieser wunderbar wilden Jahre und erst recht, als wir wieder zurückkamen. Diese hochgezogenen Augenbrauen – Sie können sich das vorstellen. Ich dachte immer, ihr könnt mich mal, aber ich war freundlich, sie sollten ja bei uns einkaufen. Außer sie sagten was gegen die Kinder, daran darf ich noch immer gar nicht denken. Dann bin ich fuchsteufelswild geworden, Laden her oder hin.« Truly grinste etwas schräg: »Ist ja nun alles Geschichte. Seh'n wir es mal so.« Sie holte tief Luft. »Diese Leute werden ja nun auch weniger, in den letzten paar Jahren sind viele von ihnen gestorben. So gesehen wird das Leben immer leichter. Aber das sollte ich nicht sagen. Und schließlich hatten wir unseren Spaß, was soll's.«

»Lady Cardoon war zu der Zeit auch jung, was tat sie?«

Truly setzte ihr breitestes Grinsen auf: »Hier im Ort tat sie gar nichts, wo denken Sie hin. Ich kann mir auch nicht vorstellen, dass sie überhaupt so viel eigenes, ich meine damit freies, von den Eltern unbeobachtetes Leben hatte, um etwas zu tun. Sie ging zu der Zeit aber schon länger auf ein feines Internat, nur Mädchen. Die Arme! Und dann lebte sie im Herrenhaus, ich habe sie so gut wie nie gesehen. Keine Ahnung, was für ein Leben sie hatte, als sie jung war. Wirklich wahr.«

Das Gespräch lief noch manch muntere Sätze weiter, bis Olivia und Susan sich verabschiedeten und in Richtung der großen Weide weitergingen. Eine Weile schwiegen sie, jede hing in Gedanken Truly nach.

»Diese Lady Cardoon verblüfft mich schon, Viola. Ausgerechnet sie in der Boutique, für die du arbeitest, die ist es doch, oder?« Susan ging blass und verwundert langsam zwischen den Schafen auf die Baumriesen in der Weidenmitte zu.

»Ja, die ist es. Ich weiß nicht, was sie da wollte. Vielleicht nimmt sie mich als Gemeindezuwachs so ernst, dass sie sich ein genaues Bild machen will.« Olivia schaute zu Susan hinüber. »Sie kann aber auch in der Gegend gewesen sein und dieser Gedanke ist ihr erst beim Tee gekommen, das klingt plausibler.«

Schweigend gingen sie weiter. Der stete Gedanke an die Morde lauerte im Hintergrund und Susan war noch immer sehr blass.

Olivia musterte sie mitleidig, um dann eine harte Frage zu stellen: »Susan, die Frage ist rüde, aber naheliegend: Wer könnte ein Motiv gehabt haben, deine Tante abtreten zu lassen?«

»Ich.« Das kam leise und prompt.

»Du warst aber doch in Indien!«

»Ich bin an dem Tag in Heathrow gelandet. Abends.«

»Nicht mal in Gatwick! Nein, meine Liebe, daraus wird nichts. Außerdem ist zurzeit Mittwoch der favorisierte Tag für die Ankunft der Mäuse in der Speisekammer, nicht Freitag, auch wenn Sira deine Tante am Freitag fand.«

»Mittwoch war ich noch in Indien.«

»Du solltest darüber nicht allzu traurig sein! Wer außer dir hatte etwas von ihrem Tod?«

»Niemand.« Olivia starrte sie an. »Glaub mir, niemand.« Susan blieb stehen und sah über das weich dahin rollende Land, ohne wirklich zu schauen, während sie eine Frage stellte: »Sollte ich der Polizei das mit dem Mäusedreck sagen?«

»Die Frage ist leicht zu beantworten: Sie weiß es schon.« Olivia sah sie offen an.

Susan schrak zusammen, Entsetzen im Gesicht ging sie still weiter.

»Es gibt noch mehr ungereimte Geschichten in diesem Ort, vielleicht solltest du das doch auch wissen. Chief Inspector Mathew und Bates waren gestern bei uns, Richard Bates ziemlich lange. Er weiß jetzt alles, was ich weiß oder vermute, auch meine Gedanken über den Mäusedreck in deiner Speisekammer.«

Olivia sah, wie sich das Entsetzen in Susans Gesicht, wenn möglich, noch vergrößerte. Sanft legte sie einen Arm um sie: »Halte dich an deine eigenen Speisen und lass keinen Fremden ins Haus. Dann geschieht dir nichts.« Sie lächelte Susan aufmunternd an: »Das ist schon in den Grimmschen Märchen ein vernünftiger Rat.«

»In Ordnung.« Diese Zustimmung war nur noch ein Hauch. Sie gingen langsam und grüblerisch zwischen den Schafen und Lämmern den sanften Hang hinunter. Das Blöken und Wiederblöken, das Herumtoben der Lämmer und friedliche Grasen der Mutterschafe legte sich mildernd um Susans Stimmung und sie schaute sich schließlich wieder um. Vor ihnen war die Häusergruppe mit Mary Barleys Garten vor den Baumriesen aufgetaucht. Als sie nah genug herangekommen waren, kam Jemima aus dem Haus gelaufen.

»Viola, magst du mit in den Garten kommen? Die Akelei blühen, in allen Farben, und auch sonst noch Blumen.« Sie folgten dem Mädchen und blieben hinter der nächsten Hausecke verblüfft stehen: Ein Meer zarter Blüten wiegte sich leicht im Wind. Wenn man schaffte, davon abzusehen, entdeckte man dazwischen Rosen, die ihre Blätter entfalteten und manche Staude, die ihre neuen Spitzen dem Licht entgegen schob. Jemima führte sie die Pfade entlang und zeigte begeistert auf alles Mögliche, auch auf das Rotkehlchennest, das sie inzwischen unter einem Brombeerdurcheinander gefunden hatte.

»Diese Brombeersträucher rufen dringend nach Mr Wood«, fand Olivia.

»Jetzt nicht mehr, jetzt brüten dort die Rotkehlchen!« erklärte Jemima entschieden.

»Einverstanden«, reagierte Olivia friedfertig. »Sag, wie geht es Großer Tiger und Christian?«

Jemima seufzte herzergreifend: »Sie sind wieder zuhause! Und ich fühle mich richtig allein gelassen.«

Olivias Augen leuchteten auf: »So muss es sein! Wann hast du ›Die Wüste Gobi‹ ausgelesen?«

»Gestern. Da ist keine Hilfe.«

»Ich verstehe«, stimmte Olivia zu, »jedenfalls nicht umgehend. Nach ein paar Tagen wird sich Abhilfe finden. Sag«, sie deutete zum Giebel des Hauses, »ist das das Schlafzimmerfenster von Mrs Barley?«

»Nein, das ist ein Gästezimmer. Sie hat zur anderen Seite hinaus geschlafen. Wir haben uns manchmal zugewinkt.«

»Dies hier ist ein verwunschener Ort! Hoffentlich hatten und haben mehr Menschen Freude daran. Hatte Mrs Barley viel Besuch?«

Jemima dachte nach: »Mich, ich war oft hier. Mit Mrs Penningham hat sie sich zugewinkt, wenn die im Garten war, die kann ja nicht mehr so weit laufen. Manchmal ist Mrs Barley rübergegangen, aber nicht oft. Mrs Melling war da wegen der Bienen, Mr Wood wegen der Sträucher... Lady Cardoon kam manchmal. Mrs Barley schimpfte dann, ›die kommt nur, um sich Blumen für die Kirche auszusuchen, die kriegt sie aber nicht, selbst wenn sie Kopf steht‹«, Jemima kicherte, »hat sie auch nicht, nicht die aus dem Garten, nur die aus dem Gemüsebeet. Mrs Mottram war da, aber nur ganz manchmal. Leute sind am Zaun stehengeblieben, das kam oft vor, aber ich kenne nicht viele mit Namen; kommt jetzt auch noch vor, dass Leute stehenbleiben, Feriengäste und so.« Sie reckte die Schultern nach hinten und sah Olivia prüfend an: »Willst du noch was wissen?«

Verblüfft sah die in die fragenden Kinderaugen. »Hast du in diesem Sommer noch tote Mäuse hier gefunden?«

»Nein, keine.«

»Dann ist es gut – komm bald in die Bücherei, nach ein paar Tagen Pause finden wir neuen Lesestoff, auch wenn ›Die Wüste Gobi‹ einmalig ist.« Jemima und Olivia winkten einander noch manches Mal zu, bis sie auf die Penninghamsche Farm einbogen. Susan sah zu und schien sich ein wenig von den düsteren Schrecken zu erholen.

Mary Penningham hätte ihre Gäste gern zum Tee eingeladen, aber sie sah ein, dass sie Mr Fisher nicht versetzten konnten. »Gott sei dank geht es Ihnen gut!« Olivia war ehrlich erleichtert.

»Ja sicher tut es das. Lassen Sie sich von diesem Inspektor nicht anstecken. Er hat darauf bestanden, mein Quittenbrot mitzunehmen. Und dann hat er nichts darin gefunden. Er rief vorhin an. Natürlich hat er nichts gefunden! Was glaubt er? Dass unsere Pfarrersfrau Gift in ihre Sachen rührt? Ich habe auch noch ein Glas Marmelade von Aphra. Die werden wir essen, ob es diesem Mr Mathew nun passt oder nicht.«

»Könnten Sie sie im Moment nicht einfach stehenlassen, wo sie ist?« schlug Olivia mit einigem Nachdruck vor.

»Weiß ich noch nicht! Aphra hat mir das Glas höchstpersönlich gegeben. Was soll damit sein?« Ihre Augen kamen Olivia heute noch kleiner vor als sonst schon.

»Zurzeit kann man es offenbar nicht wissen«, sie blieb nachdrücklich. »Die Marmelade verdirbt ja nicht, wenn Sie das Glas einfach stehenlassen, bis der Fall Mr Jones geklärt ist.«

»Und wenn er das nie wird?« Mrs Penningham wurde widerborstig.

»Dann werfen Sie es weg! Sicherer ist es.« Olivia reichte ihr die Hand: »Wenn wir uns wiedersehen, habe ich mehr Zeit. Bis bald und passen Sie auf sich auf.«

Zügig stoben sie davon. Mrs Mellings Eseln winkten sie zu, die heckenumsäumten Weiden von Kent streifte ein Blick über die Schulter, bevor der Schatten des Wäldchens sie in seinen Schutz nahm. Doch der glatte Durchmarsch zu Raymunds Teetisch wurde ihnen verwehrt.

»Sie haben ja eine richtige Wanderung gemacht.« Auf dem Friedhof stand Lady Cardoon. Olivia antwortete freundlich ohne stehen zu bleiben, aber die Rechnung ging nicht auf. »Ich wollte Sie schon immer etwas fragen«, fuhr die Lady von ihrer hohen Warte aus fort, aus Olivias Perspektive war sie tatsächlich sehr groß. »Sie heißen Viola, Ihre Cousine Olivia, Zufall kann das doch nicht sein…«

»Nein, Shakespeare.« Notgedrungen blieb Olivia stehen, mit einem entschuldigenden Blick zu Susan. Ihre Antwort ergänzte sie nicht.

»Ja, natürlich, aber ist es nicht ein und dieselbe Person, die nur die Buchstaben durcheinander schüttelt?«

»Nein, Viola nennt sich Cesario, wenn sie Hosen anhat, und Olivia bleibt immer sie selbst.«

»Aha. Und wie ist das bei Ihnen?«

Mit einer angedeuteten Verbeugung und einer gleichzeitigen eleganten Armbewegung über ihre bunten afrikanischen Hosen erklärte Olivia leichthin: »Selbst wenn ich diese Hosen trage, bin ich Viola.« Sie wandte sich zum Gehen, aber Lady Cardoon war noch nicht fertig.

»Trotzdem wundert mich diese Namensähnlichkeit.«

»Das ist ganz einfach: Unsere Mütter hatte dieselbe Vorliebe für ›Was ihr wollt‹ und als sie gleichzeitig schwanger wurden, einigten sie sich, dass das erste Mädchen Olivia genannt werden würde, und da ich dann auch ein Mädchen war, entschied meine Mutter sich für Viola.«

»Und wenn Sie ein Junge geworden wären, hießen Sie heute Orsino?« Lady Cardoon musste ihre Shakespeare-Kenntnisse doch noch klarstellen.

»Nein, dann hieße ich Raymund.« Olivia legte den Kopf ein wenig schief und musterte ihr Gegenüber, unernst wie sie hoffte: »Sie sind heute aber auch ganz schön weit herumgekommen, nicht nur wir.«

Lady Cardoon stutzte kurz, dann erinnerte sie sich: »Ja, ganz richtig. Aber die Jenkinsche Farm ist doch näher am Dorf als die von Mr Wood oder wie weit Sie gegangen sein mögen, und dann noch die Weiden; und ich bin auf dem kürzesten Weg zurückgekommen.« Olivia sah zu den Leuten vor der Kirche hinüber. »Feriengäste von mir. Sie bekommen am Wochenende Besuch und ich bat Mia Jenkins, sie aufzunehmen. Ihre Farm hat auch Gästezimmer, seit Mia sie übernommen hat. Glücklicherweise sind gerade keine Gäste da.«

Eine letzte Verbeugung und Olivia trennte

sich entschlossen. Während sie Susan nacheilte, die langsam weitergegangen war, sah sie, dieses Mal über die andere Schulter, dass die Lady sich den Leuten vor der Kirche zugesellte, sicher wollte sie ihre neuen Gäste durch die Kirche führen.

Als Olivia das Tor zum Kirchhof hinter sich schloss, kam ihnen Marmalade über die Wiese entgegen, ganz so, als habe Raymund sie geschickt, die Säumigen einzusammeln. Schon in der Haustür stieg ihnen der Duft von Tee und heißen Rosinenbrötchen in die Nase. Behutsam drängte Raymund Susan in einen Sessel unter den großen Pflanzen im Wintergarten, das Katzenmädchen folgte ihnen, rieb sich nachdrücklich am Sessel, bevor sie Susan abwartend ansah. Als die leise mit ihr zu reden begann, sprang sie ihr auf den Schoß und rollte sich zusammen. Sie schnurrte ganz leise. ›Das anhängliche Tier liegt da wie ein wärmender Schutzschild‹, dachte Olivia, drehte sich um und sauste in ihr Zimmer. Sie musste mit Wangari sprechen, hoffentlich erinnerte sie sich noch an eine große hagere Dame, die ihre Pullover genau gemustert und dann sicherlich keinen gekauft hatte. Als sie zurückkam, stand ein kleiner Korb gefüllt mit heißen Rosinenbrötchen auf dem Teetisch und Raymund saß bei Susan.

⋆

Später am Abend, etwa um die Dinnerzeit, kam Richard. Als er Olivia an Raymunds Tisch so gegenübersaß mit seinem schmalen Gesicht, gerahmt von braunen Haaren und einem ein wenig kantigen Kinn und sie aus seinen grünblauen Augen offen und ein wenig fragend ansah, spürte sie entschiedene Zuversicht, den Mörder oder die Mörderin von Ann zu finden. Sie registrierte leicht überrascht, dass die Falten, die von seinen Nasenflügeln zu den Mundwinkeln verliefen, sich einzugraben begannen.

»Was hast du heute ans Tageslicht gezogen?« Richard saß zurückgelehnt am Tisch und spielte mit seinem Teebecher.

»Die Dinge kommen ganz allmählich in Bewegung«, stellte Olivia fest. Sie erzählte ihm von Mr Woods Grübeln über den Tod seines Bruders und über die seltsame Parallele zu dem Tod der Mrs Jenkins. »Es muss ziemlich genau so gewesenen sein, die Geschichte ähnelt der, die Leonard aus dem Pub mitgebracht hat, haargenau, sie ist nur ausführlicher.« Geduldig sah sie ihm beim Notizen machen zu, bis sie endlich nach dem alten Gärtner fragen konnte.

»Dieser Jack Mosley, Entenjack, ist ein echtes

Original«, bestätigte Richard.

»Und?« in Olivia arbeitete die Spannung, für sie lag irgendwo hinter diesem alten Mann ein Teil der Lösung.

»Er weiß mehr, als er offenlegt, da bin ich mir ziemlich sicher. Vielleicht weiß er nur nicht, dass einiges davon uns weiterhelfen könnte; es ist schwer zu entscheiden, warum er letztlich so wenig sagt. Ich fragte ihn also nach seiner Fähigkeit, gelegentlich den Tod eines Menschen aus seiner Umgebung früher zu wissen, als der selber. Aber er konnte sich nicht erinnern, wann das je der Fall gewesen sein sollte. Auf Mrs Penningham angesprochen, erklärte er mir, er habe sie vor kurzem mit ihren beiden Krücken gesehen und sei sehr erschrocken gewesen über ihre Unbeweglichkeit. Offenbar habe er da etwas voreilig geschwätzt, beim Bier passiere das schon mal. Mehr war nicht zu machen.«

Olivia seufzte: »Der weiß, was er weiß. Und das ist vermutlich genau das, was wir auch gerne wüssten. Aber er ist klug genug, sich aus den Ermittlungen herauszuhalten. Und das fällt ihm wahrscheinlich leicht, weil er Mr Jones nicht gekannt haben dürfte.«

⋆

»Hat er nicht. Sagt er auch.«

»Dieser Jack Mosley kannte keinen von den Toten näher«, erinnerte Raymund, »Delia Large und Ann nicht, vermutlich auch Mary Barley nicht, am ehesten Bruder Wood. Das halte ich sogar für wahrscheinlich. Und möglicherweise die alte Farmerin Jenkins. Aber sonst...«

Richard stimmte zu: »Das macht seine Vorhersagen wesentlich rätselhafter, als sie ohnehin sind. Diesen listigen Falten um die Augen glaube ich anzusehen, dass er mehr weiß. Es ist nicht auszuschließen, dass er einen guten Grund hat, sich rauszuhalten. Stellt euch vor, er hat die Nachricht vom nächsten Todesfall jedesmal von einer konkreten Person bekommen. Welch übersinnliche Kräfte die auch immer für sich beanspruchen mag, bliebe es dennoch eine Tatsache für ihn, dass er von eben dieser Person erfahren hat, wer als nächster sterben wird. Und dann trat der vorhergesagte Tod ein. Um dich zu zitieren, Olivia: Er weiß, was er weiß.«

Raymund unterdrückte ein Stöhnen, er konnte nur mühsam verbergen, wie quälend diese Überlegungen für ihn waren. »Es könnte sein, dass Jack Mosley das nächste Opfer wird.« Entsetzt über seinen eigenen Gedanken, starrte

Raymund die anderen einen Moment lang an. »Wie ahnungslos er sich gibt, weiß diese Giftmischerin vermutlich nicht, und schon gar nicht, wie lange seine Schweigsamkeit anhalten wird. Sie sieht zum Beispiel, dass die Polizei jetzt die Fragen stellt, und nicht gutgelaunte Stammtischgänger.«

»Oh mein Gott... oh, Raymund! Hältst du für möglich, dass Mrs Penningham sterben sollte, weil sie mit mir redet?«

»Nein, das glaube ich nicht. Ich will es wenigstens nicht hoffen!« entschied Raymund.

Richard blieb ruhig. »Normalerweise will ein Mörder nicht erwischt werden. Andererseits: Wenn Entenjack gezielt seine Todesnachrichten bekommen sollte, wie offen oder verdeckt das auch vor sich gehen mag, deutet das auf das Bedürfnis des Täters hin, sich mitzuteilen. Dieses Bedürfnis kann so stark werden, das es zwanghaft wird. Bei Serientätern ist das gar nicht selten. Dieser Zwang, reden zu müssen, wird oder würde uns ihn oder auch sie irgendwann in die Hände spielen.«

»Solange dürfen wir auf keinen Fall warten!« Raymund standen inzwischen kleine Schweißperlen auf der Stirn. Das Bild von Jack Mosley als Leiche ließ ihn nicht mehr los.

Kapitel 20

Am nächsten Vormittag, wieder ein Donnerstag, es war ihr vierter und der Mai weit fortgeschritten, bemühte Olivia sich so unauffällig wie möglich, etwas schneller zu streichen. Noch bevor Mrs Graham Kaffee kochte, sauste sie zur Tür hinaus und zum Kirchhof. Im Wäldchen drosselte sie ihre Geschwindigkeit und kam ruhig gehend daraus hervor. Bei den Eseln blieb sie stehen. Sie schienen die Möhren in ihren weiten Hosentaschen zu riechen, denn sie kamen sofort angetrabt. Jeder bekam seinen Teil. Als Olivia ihnen ihre leeren Handflächen zeigte, tauchte Mrs Melling auf. Der Plan war aufgegangen.

»Guten Tag! Was haben Sie ihnen gegeben?«

»Möhren.«

»Das sieht ja fast nach Vorsatz aus«, stellte Kate Melling fest.

»Ich habe sie ihnen gestern versprochen, als ich nicht einmal Zeit hatte stehen zu bleiben«, erklärte Olivia ernsthaft.

»So etwas nenne ich ›Gute Nachbarschaft‹.« In Mrs Mellings Gesicht deutete sich ein Lächeln an. »Heute sind Sie schneller fertiggeworden mit dem Streichen? Mir gefallen übrigens die Farben!« ergänzte sie.

»Mrs Graham gefallen sie auch, das erleichtert mich fast. Man weiß ja nie so ganz genau, ob das, was im jeweiligen Kopf entsteht, dann von der Wirklichkeit eingelöst wird. In diesem Fall sind wir alle mit allem einverstanden am Voranmachen, als würden die Farben es uns leicht machen.«

Mrs Melling nickte und musterte die vermeintliche Viola: »Ihre Tante Ann war auch ein kreativer Mensch. Sie spielte, als sie zurückkam, immer noch so gern Klavier... sie baute das alte Haus um, legte einen neuen Garten an – sie gestaltete ihr neues Zuhause nach ihren ganz persönlichen Vorstellungen – das meine ich.«

»Ja, ich glaube ich verstehe, was sie meinen. Kennen Sie den Garten?«

»Nein, ich war nie drüben. Ann wollte auch keinen Bienenstock. Sie fand, ich solle im Zweifelsfall einen mehr in den Pfarrgarten stellen.«

»Kannten Sie Ann von früher?«

»Ja, aus Schulzeiten. Ich bin aber ein paar Jahre jünger, wir hatten also nicht viel miteinander zu tun. Und unser sogenanntes aktives Leben haben wir beide nicht hier verbracht. Ich freute mich, als sie hierher zog, aber sie blieb ziemlich reserviert.«

»Eigentlich schade«, stellte Olivia nachdenklich fest, »manchmal irrt man sich auch… ich denke mir gerade, der Umbau und der neue Garten nahmen sehr viel Zeit in Anspruch… Ann hat mit Sicherheit angenommen, noch viel Zeit vor sich zu haben. Ich kann es mir nicht anders vorstellen, als dass Sie später ihren Garten gesehen hätten.« Sie sah ihre Nachbarin an.

»Sehen Sie, genau das habe ich mir damals auch gedacht. Ihr plötzlicher Tod war ein richtiger Schock für mich.« Mrs Melling ließ den Zaun los.

Olivia kraulte einen der Esel hinter seinen langen Ohren. »Leben viele Ihrer alten Schulkameraden hier?«

»Viele? Was sind viele? Schon der ein oder andere. Ich glaube, an manche erinnert man sich auch nicht… Ich war doch fast vierzig Jahre weg. Mary drüben auf der Farm gehört noch zu denen, an die ich mich erinnere, Evelyn… sie erinnert sich zum Beispiel an vieles nicht mehr.«

»Glauben Sie ihr das?«

Ein rascher Blick glitt über Olivia hin. »Irgendwie nicht, um ehrlich zu sein. Ich war immer der Überzeugung, und bin es eigentlich noch, dass Evelyn über das ganze Dorf Bescheid weiß.«

»Und warum glauben Sie das?«

Mrs Melling betrachtete Olivia zunehmend grübelnd: »Ich glaube, es hängt mit der Schulzeit zusammen. Damals vergaß sie nie etwas. Und sie benutzte diese angesammelten Kenntnisse, um sich die anderen gefügig zu machen. Was natürlich nicht oft klappte, da half es ihr auch ganz und gar nicht, dass sie die Tochter aus gutem Hause war. Schließlich lernten wir alle, was es mit der Magna Charta auf sich gehabt hatte. Bei der erwachsenen Person, die sie heute ist, kommt das alles natürlich nicht mehr vor. Aber ihre aufrechte, etwas steife Haltung, ihr oft unpassender Ton haben mich sehr rasch wieder an die Schulzeit erinnert… als habe sich bei ihr nicht so richtig viel verändert. Deswegen nehme ich an, dass sie weiterhin gut über alles Bescheid weiß. Schließlich hat sie ja ihr ganzes Leben hier verbracht… Im Laufe der Jahre fand ich natürlich heraus, dass diese ihre Art sie zu einem einsamen Leben verdammt hatte. Das kann man ohne weiteres auch unter lauter Leuten führen, die man lange kennt. So tut sie mir ein wenig leid. Nur ein wenig, denn wenn sie wieder anmaßend wird, ärgere ich mich über sie.«

»Was Sie nicht davon abhält, jeden Samstag in die Kirche zu kommen und zu helfen.«

»Ja, ich bin hängengeblieben, nicht jeden Samstag, das nun doch nicht, aber oft. Daran ist wohl dieses Mitleid schuld. Als ich anfing, mich an der Kirchenpflege zu beteiligen, waren wir mehrere Frauen und jede kam alle drei bis vier Wochen an die Reihe. Einige starben, manche hatte keine Lust mehr, wie das halt so geht. Zurzeit bin ich die einzige sichere Person außer Evelyn, seit dem letzten Winter kommt eine der Truebodys hin und wieder, aber das hat noch keine feste Form gefunden.«

»Eine der Schwestern von Truly Truebody?«

»Ja, richtig, Truly ist die Älteste von ihnen, insgesamt sind es sechs, fünf davon hier im Dorfladen, sozusagen.«

»Erinnern Sie sich an Truly noch aus Ihrer Schulzeit?«

»Oh nein, sie ist mehr als zehn Jahre jünger als ich, Mitte Fünfzig, vielleicht gerade darüber. Sie hat ein völlig anderes Leben geführt nach allem, was man hier redet, da altert man anders, aber nur äußerlich. Ich bin sicher, sie ist mit Achtzig noch immer jung.« Ein nachdenkliches Lächeln zog über Kate Mellings Gesicht: »Im Gegenteil dazu war Evelyn schon als junges Mädchen ernsthaft und streng wie eine sechzigjährige Jungfer. Ich habe keinerlei Erinnerung, in der sie übermütig oder gar ausgelassen gewesen wäre.«

»Am Ende ist es nicht nur Mitleid, das sie samstags in die Kirche führt, sondern auch eine alte Familienverbundenheit, kann das sein?«

Überrascht sah Mrs Melling sie an: »Ja, unsere Mütter waren befreundet. Aber woher wissen sie das?«

»Ich habe so etwas gehört… stimmt es denn?«

»Ja, das tut es. Wie es dazu kam… keine Ahnung. Ich glaube, ich habe es nie gewusst. Kinder interessieren solche Fragen nicht.« Kate Melling lehnte sich mit dem Rücken an den Zaun und sah in Ruhe den Weg hinauf und hinunter. »Margaret Cardoon war eine elegante Frau, wie geschaffen für ein Herrenhaus. Unter ihrer Führung wurde der alte Tudorkasten von Grund auf saniert und der Garten gleich mit. Zu ihrer Zeit gab es regelmäßige Einladungen und ein Sommerfest. Na ja, Sie können sich das vorstellen. Als ihr Mann starb, war das alles vorbei. Ich lebte da schon lange in Neuseeland, aber meine Mutter schrieb mir, dass Margaret sich verkrieche, obwohl sie gerade erst Mitte Sechzig war. Ein paar Jahre später starb sie dann.«

»Wann war das?«

Kate Melling seufzte und rechnete: »Es werden tatsächlich um die zwanzig Jahre sein. Aber«, sie schüttelte den Kopf, »wenn Sie es genau wissen wollen, suchen Sie doch einfach ihr Grab auf dem Friedhof!«

»Dort habe ich es nicht gefunden«, teilte Olivia mit.

Verblüfft schüttelte Mrs Melling erneut den Kopf: »Sicher nicht?« Grübelnd runzelte sie die Stirn: »Ja, stimmt. Die Cardoons lassen sich auf ihrem eigenen Grund beisetzen. Das hatte ich völlig vergessen.« Sie sah Olivia an und an ihr vorbei ins Weite »Seitdem lebt Evelyn allein. Immerhin hat sie Feriengäste, das läuft allem Anschein nach ganz ordentlich. Erstaunlich genug. Aber auf die ein oder andere Weise muss man ein so riesiges Haus erhalten, und zahlende Gäste sind sicher eine vernünftige Möglichkeit, es zu füllen und mit dem Geld, das auf diesem Wege hereinkommt, wiederum das Haus in Schuss zu halten. Es passt nicht zu Evelyn, aber am Ende kenne ich sie eben nicht gut genug.«

»Bis zum Tode ihrer Mutter lebten die beiden Frauen gemeinsam im Herrenhaus?«

»Ja, in Jahrhunderten nichts Neues. Ich habe nie verstanden, warum Evelyn nicht einen Beruf erlernte und wegging.«

»Es ist schon angenehm, so zu wohnen…«

»Ja und nein, Margaret Cardoon hatte immer ein zwiespältiges Verhältnis zu ihrer Tochter. Aber vielleicht hat sich das auch mit der Zeit verloren. Mit ihrem Vater hat Evelyn sich sehr gut verstanden, erinnere ich mich. Und als er starb, waren die Weichen für ihr persönliches Leben lange gestellt. Am Ende hat ihr Dünkel, aus dem Herrenhaus zu stammen, noch mehr zerstört als Freundschaften. Ein ganzes Leben. Die Tochter aus gutem Hause ging einfach keiner geregelten, bezahlten Arbeit nach. So wird es wohl gewesen sein. Ich weiß das natürlich nicht, denn ich war ja, wie gesagt, weit weg. Aber ich kann es mir vorstellen.«

»Was ist mit dieser Frau in Blau, die früher im Herrenhaus den Haushalt geführt hat? Warum machte sie das nicht einfach weiter?«

»Sie meinen Mrs Carter?« Kate Melling grub in ihrer Erinnerung. »Ich glaube, Margaret Cardoon setzte ihr im Testament eine lebenslange Rente aus, mit der sie endlich unabhängig leben konnte. Sie war jünger als ihre Herrin, vielleicht zehn Jahre, also ist sie heute Ende Siebzig. Hätte Margaret länger gelebt, wie man das ja immer hofft, hätte sie länger im Herrenhaus gearbeitet und entsprechend weniger von dieser Rente gehabt. So ist das Leben, ich denke, da gibt es keine Ursache zum Wundern.«

»Und wie verstehen sich Mrs Carter und die jetzige Lady Cardoon?«

»Sehen Sie, darüber weiß ich gar nichts.«

»Reden die Leute nicht darüber?«

»Kann sein…«

»Was war mit Mrs Large? Die zwei kannten sich notgedrungen sehr lange. Haben sie sich verstanden?«

»Kann ich nicht sagen. Ich sah sie hin und wieder, meist nach der Kirche, im Gespräch. Mehr weiß ich nicht.«

»Und Sie? Kannten Sie sie näher?«

»Mrs Large? So gut wie gar nicht. Wissen Sie, so ein Dorf ist gefährliches Gelände für jemanden, der in Ruhe leben will. Ich gehe meiner Wege und versuche, mich in nichts hineinziehen zu lassen.« Sie sah Olivia nachdenklich an und wandte sich ihren Eseln zu: »Deshalb weiß ich, wenn mich jemand schief ansieht, dass er schlecht geschlafen hat oder der Hausfrieden schief hängt, jedenfalls hat es nichts mit mir zu tun. Und das ist gut so. Genau betrachtet hat Ann es wie ich gehalten und sie hatte recht.« Sie wandte sich zum Gehen: »Wenn ich Ihnen nützlich gewesen sein könnte, würde es mich freuen. Übrigens ist eben gerade Mary Penningham in den Garten gekommen. Wenn Sie pünktlich zum Lunch bei Mr Fisher sein wollen, gehen Sie am besten ohne sich umzudrehen, ihren Weg zurück.« Damit schritt sie davon. Olivia sah ihr mit entschieden gemischten Gefühlen nach.

*

Auf dem Green, ein wenig entfernt von der Kirchhofsmauer, das Tor aber fest im Blick, wartete Raymunds Katze. »Marmalade!« erfreut und fast ein wenig gerührt hockte Olivia sich zu ihr hinunter und strich ihr über den Rücken. »Es ist eine sehr liebe Angewohnheit, mir entgegen zu kommen.« Die Katze sah sie aus ihren Bernsteinaugen an und genoss die Zuwendung, aber nur kurz. Dann stand sie auf und marschierte mit erhobenem Schwanz auf dem Green voran. Ihr Zuhause beachtete sie nicht, sie ging weiter, gelegentlich sah sie sich um, Olivia erwiderte ihren Blick und folgte. Marmalades Ziel war Susans Haus. Als sie das

Labyrinth zwischen den Tontöpfen umrundeten, ging die Haustür auf. Die Katze und ihre Begleiterin folgten der stummen Aufforderung und die Tür schloss sich wieder.

Sira strahlte und beugte sich zu Marmalade hinunter: »Du hast mich wirklich verstanden! Du kleine kluge Katze!« Sanft strich sie ihr über die Kehle. Wieder aufgerichtet, fuhr sie fort: »Susan erzählte mir, dass Entenjack Sie beide eingeladen hat, den Garten vom Herrenhaus wieder zu besuchen, wenn es mehr Blumen gibt. Das ist jetzt sicher so und da ich Lady Cardoon vorhin Richtung Tenterden wegfahren sah... Sie verstehen, nicht wahr, ist das eine gute Gelegenheit. In Rolverhampton ist heute Markt, dort wird sie eine Runde drehen und dann in Tenterden den Wocheneinkauf machen. Es wird einige Zeit dauern, aber sicher sein kann man nicht.«

»Verstehe, der Lunch sollte sehr kurz sein.«

Sira nickte zustimmend: »Der alte Gärtner ist so stolz auf seinen Garten. Er würde sich wirklich freuen.« Aufmerksam hörte Olivia ihr zu und sah sie dabei an. Es war ihr jedoch nicht möglich, herauszufinden, ob Sira bei diesem hilfreichen Vorschlag mehrere Gedanken verfolgte. »Ich übernehme die Nachmittagsrunde in der Bücherei von Susan, kein Problem«, schloss sie.

»Hmhmm… kein Problem. Dann machen wir das doch nach dem Lunch.« Olivia sah zu Marmalade hinunter, die aufrecht und aufmerksam dem Gespräch zu folgen schien. »Du kannst mitkommen, wenn du dich nicht vor einem kampfbereiten Enterich fürchtest. Sira, wie gut kennen sie diesen Gärtner?«

»Wir begegnen uns immer wieder. Ich wohne an der Linie Herrenhaus-Pub. So ist das. Schon seit langem tauschen wir ein paar Sätze aus, zum Beispiel über die Blumen in seinem Garten.«

»Nie über Leute?«

»Selten. Wenn einer krank ist oder gestorben… Tatsachen halt.«

»Hat er Ihnen gegenüber schon mal einen Todesfall vorausgesagt?«

Erstaunt sah Sira sie an: »Nein… kann er das?«

»Genau das würde ich gern von Ihnen hören. Er tut es nämlich und nach dem, was ich mitbekam, häufig richtig.«

Sira verfiel ins Nachdenken. Schließlich deuteten vage Kopfbewegungen ihre Zweifel an. »Ich finde, es passt nicht zu ihm.« So entschieden die Aussage, so vorsichtig war ihre Tonlage. »Er ist listig«, fuhr sie nach kurzem Innehalten fort, »man kann ihm trotz seiner Schlichtheit nicht so leicht etwas vormachen, könnte ich mir denken.« Sie schwieg und sah Olivia an. »Aber das meinen Sie nicht, nicht wahr?«

Susan kam die Treppe heruntergelaufen: »Du bist schon da? Ich muss noch essen. Darf ich dich bitten, mitzuhalten?«

»Danke, aber ich kann leider nicht bleiben. Raymund wartet, eigentlich war ich heute schon mal auf dem Weg zum Lunch. Danach hole ich dich ab.« Sie dankte Sira mit einem offenen, stummen Blick. Dann veranstalteten Katze und Mensch ein Wettrennen nach Hause.

*

Bereits eine knappe halbe Stunde später bogen Susan und Olivia in die Hauptstraße ein. Marmalade hatte sich im Garten zusammengerollt und würde jetzt sicher, berichtete Olivia, mit schläfrigem Blick Raymund bei der Arbeit zusehen, bis er in die Bücherei hinübergehen würde. Susan sah sich aufmerksam um. In dieser Stimmung befand sie sich jetzt manchmal, der Frühling und das Land waren gute Verbündete; möglicherweise auch das Chaos und die Menschen in der Bücherei, könnte sein. Den

Pub hatten sie passiert, gerade gingen sie an einer finsteren Ziegelstein-Siedlung aus den dreißiger Jahren entlang, Häuser mit jeweils sechs Wohnungen, vier Häuser nebeneinander, mehrere Reihen den Hang hinunter.

»Dort drüben wohnt Sira«, Susan zeigte in Gegenrichtung über die Straße auf ein altes, ein wenig verkommenes Haus. Als Olivia sie fragend ansah, ergänzte sie: »Von hier siehst du nur die Blumentöpfe, sie wohnt in dem Anbau hinter dem Vorderhaus, ein bisschen weg von der Straße. Sira hat alles bunt gestrichen, draußen und drinnen, es gibt jede Menge Blumentöpfe, auch draußen und drinnen. ›Ich bin frei und alles ist gut‹, würde sie dir jetzt antworten.« Und sie hatte recht, Olivia wusste es. Sie überquerten wieder einmal die Landstraße nach Sissinghurst und gingen wenig später um das Häuschen von Fay Carter herum. Sie arbeitete hinten im Garten. Statt des schmalen dunkelblauen Rockes und der gestreiften Bluse – anders hatte Olivia sie nie gesehen – trug sie eine weite Hose und einen Pullover, es lag Schatten über ihrem Garten, und sie sah nicht einmal auf. Olivia wunderte sich ausreichend, um sich einige Schritte später umzuwenden – und ihr Blick begegnete dem der Fay Carter.

Ohne eine Regung sah sie sie an oder ihnen hinterher. Als Olivia Anstalten machte zurückzukommen, machte sie sich wieder an ihre Arbeit, mit dem Rücken zum Zaun. Susan hatte darauf nicht weiter geachtet, sie erzählte eine Geschichte von Sira. Olivia registrierte nebenher, dass für ihre detektivischen Fragen einfach nichts abfallen wollte. Außer dass sie sich nachhaltig über irgendetwas in Zusammenhang mit Fay Carter wunderte, ohne herauszufinden, was es sein könnte.

Joe, der Enterich, erfüllte seine Aufgabe und schrie, sobald sie in Hörweite waren und so lange, bis Entenjack um die Hausecke schlurfte. Heute schien er Schwierigkeiten beim Gehen zu haben. Aber er freute sich, als er die Ursache des Geschreis an der Pforte warten sah. »Das ist recht! So ein warmer Tag und so netter Besuch.« Ohne weiter zu fragen, entriegelte er die Pforte und ließ sie ein. »Sehen Sie, da hat es doch sein Gutes, dass ich heute nicht häckseln kann. Hab mir den Rücken verrissen beim Kompost-Umstechen am Morgen. Aber das Wetter – es gibt Tage, an denen trotzdem alles besonders prachtvoll ist. So ein Tag ist heute.«

Die von Buchsbaum umrahmten Beete waren grün gefüllt. Entsetzt rechnete Olivia zurück:

Sie war über vier Wochen in Howlethurst, darüber sollte sie jetzt besser nicht nachdenken. Vor ihr gingen Susan und Entenjack, der alte Mann deutete und erklärte, Susan hörte aufmerksam zu. Hinter ihnen watschelte Joe. Als sie zwei Hausecken weiter den großen Garten vor sich liegen hatten und hinter den Mauern die grünen Weiden von Kent, überließ auch Olivia sich diesem warmen Frühsommertag und folgte wie Susan dem alten Gärtner von Staude zu Staude und zu all den frischen Blumen. Als sie sich ziemlich viel später wieder auf ihren geheimeren Grund für ihren Besuch besann, erkannte sie, wie glücklich der alte Mann inzwischen neben ihnen stand. »Haben Sie auch Stechäpfel hier irgendwo?« erkundigte sie sich so selbstverständlich wie kurz zuvor nach einer rosa Margeritenart.

Und genauso selbstverständlich streckte Entenjack den Arm aus und deutete auf große grüne Blätter neben dem Rosenpavillon. »Sehen Sie, die da, sehen ein bisschen wie Tabakpflanzen aus, wenn sie größer werden. Die jetzige Missis hat eine Neigung zu großen, tropisch aussehenden Pflanzen. Gott sei Dank haben wir bei den Stechäpfeln eine Sorte erwischt, die nicht allzu riesig wird, nur gut einen halben Meter.« Er blinzelte listig. »Die Missis hat Mrs Melling Stecklinge geschenkt. Die muss es falsch machen, denn dort sind sie über einen Meter hoch gewachsen.«

»Und wie blühen sie?«

»Hier an den Blattachsen kommen schneeweiße Blüten heraus, die sehen aus wie kleine Trompeten.«

»Duften sie auch?« wollte Olivia wissen.

»Ich riech' nix, aber die Nachtfalter, die kommen in Scharen. Die Missis wollte sie deswegen haben. Wenn sie im Sommer abends hier im Pavillon sitzt und auch nur ein kleines Licht anzündet, sind sie da, und jetzt fliegen sie zu den Blüten.«

»Das ist ja toll!«

»Soll ich Ihnen über den Winter welche ziehen? Tue ich gern!«

»Mein Garten ist viel zu klein, müssen Sie wissen.« Damit kam Olivia auf die Komposthaltung und bereitwillig führte Entenjack sie an die nördliche Mauer in den ehemaligen Wirtschaftshof. Das Gehen blieb beschwerlich, also gingen sie langsam.

»Mr Mosley, hier haben Sie doch sicher auch mal Mäuse, jedenfalls beim Kompost, oder?

»Na ja, wir werden damit fertig«, brummte er,

»gehört zum Landleben, is' einfach so.«

»Und wie werden Sie damit fertig?«

»Mausefallen, ist das einfachste. Mäuse lieben Schokolade, wussten Sie das? Klappt am sichersten und verdirbt nicht, wie Käse oder Speck.«

»Und wenn ich sie gar nicht umbringen will…«

Er sah sie schräg an: »Wieder so eine. Die Truebodys drüben sind auch so, dabei wären ein paar Mäuse weniger auch kein Schaden. Die Truebodys haben in ihrem Laden solche Fallen, in denen man die Mäuse lebendig fängt. Aber dann haben Sie immer noch ein Problem, Missis: Sie müssen die Tiere mindestens zwei Kilometer weit wegfahren, am sichersten ist es über einen Fluss weg, sonst kommen sie wieder.« Er kicherte: »Sind eben auch eine Großfamilie.«

»Wie die Truebodys, meinen Sie?«

»So isses. Das sind auch so viele und alles durcheinander. Aber der Gemüsegarten – haben Sie den mal gesehen? Und den Kräutergarten von Truly? Denen macht keiner was vor. Und alles ganz natürlich, kein Kunstdünger, nie gewesen. Heute ist das ja modern, aber damals haben die Leute sich ins Fäustchen gelacht über so viel Natur und so. Aber so waren die Hippies eben und heute sind sie modern.«

»Und was meinen Sie mit ›Durcheinander‹?«

Sie kamen am Kompost an und der alte Mann stütze sich auf. »Nu, das Leben, nich? So viele Kinder und keine Ehen. Keiner weiß, wie viele Väter es da gibt, sind ja meist auch wieder weg, inzwischen ist einer wiedergekommen und geblieben, jedenfalls bis jetzt.«

»Haben die Leute hier damit ein Problem?«

Entenjack stütze sich auch mit der anderen Hand auf. »Man gewöhnt sich an vieles. Solange man die Väter nicht kennt, is' es auch egal, wenn sie wieder weg sind. Die Frauen kommen gut allein klar, das haben sie inzwischen vorgemacht, da sagt auch keiner mehr was.«

»Aber?«

»Ja, das ist immer das. Als Truly und nach und nach die anderen alle in die wilden Jahre kamen, ging hier schon dies und das durcheinander. Ich war zu alt und außerdem hatte ich meine Clara, da war alles ruhig, man wusste, vorauf man sich verlassen konnte. Aber einer hier, jünger als ich und viel älter als Truly hat sich so richtig ernsthaft in die Truly verliebt und sie war einverstanden, aber zwischendurch machte sie dann was anderes und schließlich ist er weggegangen, hat das nicht ausgehalten. Is' sein Leben lang durch die Welt gezogen. Is' schon 'ne komische Sache, wenn einen die Liebe so aus der Bahn kippt.«

Jack Mosley sah grübelnd auf seinen Kompost, Olivia studierte den Häckselhaufen daneben, bis ihre Augen auf die des alten Gärtners trafen. Grüblerisch guckte der sie an, dann zeigte er ihr, was er beim Kompost machte und beantwortete viele Fragen. »Das war eine richtige Lehrstunde! Ich danke Ihnen sehr! Wenn ich wieder in London bin, werde ich einiges anders machen mit meinem Kompost.« Sie streckte ihm die Hand hin, fast verlegen wurde sie ergriffen und fest gedrückt.

»Sagen'se, haben Sie denn Mäuse?«

»Wir vermuten es. Unsere Katze war richtig krank und lag nur unter ihren Decken, jetzt geht es ihr wieder gut, aber in der Küche fand mein Onkel, Raymund Fisher, Mäusedreck, er ist sich ziemlich sicher. Und er will nicht warten, bis die Katze die Maus fängt und ich möchte nicht, dass er sie tötet. Aber Sie haben unser Problem gelöst, jetzt brauche ich nur noch eine Falle und Schokolade und eine hungrige Maus.«

Entenjack ließ es sich nicht nehmen, sie zum Tor zu führen. Er erbat sich mit vielen Entschuldigungen, sie ausnahmsweise durch den Wirtschaftshof zu entlassen, er konnte sich wirklich nur noch mühsam bewegen. Es war auch so ein Stück zu gehen und er ging inzwischen sehr langsam. »Versorgen Sie mehrere ihrer Nachbarn mit Stecklingen?« griff Olivia das Stechapfel-Thema wieder auf.

»Ja, schon immer mal wieder. Die Leute sehen die Blumen in der Kirche und manchmal fragen sie dann die Lady. Und wenn ich kann, helfe ich ihnen dann.«

»Mrs Large auch?«

»Früher nie. Aber jetzt, gerade vor ihrem Tod, sind ihr scheinbar unsere kleinen hellgelben Margeriten eingefallen. Die Lady sagte, ich solle sie anrufen und lieber noch mal genau nachfragen. Tat ich dann auch.«

»Und?«

»Ja, das war komisch, sie erinnerte sich schon nicht mehr. Ich hab's ihr dann beschrieben und dann wollte sie sie wieder. Aber nun nicht mehr. Sie ist einfach gestorben. Aber vielleicht darf ich sie Ihnen ausgraben?« Über dieser plötzlichen Eingebung hellte sein Gesicht sich richtig auf. Verwirrt sah Susan ihn an, bevor sie zustimmend nickte.

»Das ist recht«, brummte er zufrieden. »Kann

ich Sie dann auch anrufen, wenn ich sie rausgenommen habe? Oder soll ich es Sira sagen, wenn ich sie treffe?«

»Natürlich können Sie anrufen«, stimmte Susan zu.

Ohne zu zögern schlug Olivia den Weg zurück zum Ort ein, vorbei an Fay Carters Häuschen, es war niemand zu sehen. »Ich muss jetzt diese Mausefalle und Schokolade kaufen«, entschuldigte sie sich bei Susan.

»Das dachte ich mir schon. Seit dem Tod von Mr Jones ist alles ein bisschen anders, scheint mir. Sogar der Besuch im Garten gerade. Oder manchmal ein Satz von Sira, vielleicht. Mach nur weiter«, reagierte Susan zustimmend. »Ich werde Sira in der Bücherei ablösen. Es ist schließlich mein Nachmittag und Raymund ist da, dann fühle ich mich dort am wohlsten.«

⋆

Im Dorfladen waren ein paar Leute, es waren immer welche dort, Olivia fand das schon bemerkenswert. Hinter dem Postschalter saß Truly. »Haben Sie einen Zwilling?« begrüße Olivia sie.

Truly lachte: »Nicht das ich von ihm wüsste, wär aber vielleicht lustig. Warum eigentlich?«

»Ganz einfach, wenn ich draußen im Dorf unterwegs bin, treffe ich Sie häufig, wenn ich hierher komme, sind Sie da. Ich freue mich immer, aber ich wundere mich gerade.«

»Wundern ist eine gute Sache im Leben – habe ich gelernt. Die einfache Erklärung ist wohl, dass ich keine festen Arbeitszeiten habe, das ist so einer dieser Vorteile eines Familienunternehmens.«

»Ja, klingt plausibel. Truly, ich komme zu Ihnen, auch wenn die Post so etwas nicht verkauft: Ich hätte gern eine Mausefalle, die das kleine Tier am Leben lässt.«

Umstandslos verließ Truly ihren Posten und verschwand hinten im Laden.

»Sie haben Mäuse?« flüsterte es in Olivias Rücken. Sie fuhr herum und stand dichter als ihr lieb war vor Lady Cardoon. Sollte die nicht in Tenterden sein? Entgeistert starrte Olivia zu ihr hinauf. Niemand sonst sah sich nach ihnen um, registrierte sie, demnach hatte niemand die Frage gehört. Olivia erholte sich rasch und sah die Fragerin abwartend an.

»Was würde Ann bloß dazu sagen?«

Olivia schwieg weiter, fast ein wenig trotzig, beobachtete sie sich selber, was ging es diese kalte Frau an, was Ann dachte.

»Und dann diese Falle, sind Sie sicher? Ist das

nicht der allzu naturferne Städter, der zu so einer Entscheidung kommt? Mäuse gibt es ohnehin mehr als genug, da sollte man ihre Zahl reduzieren, wenn man kann. Das ist meine Meinung!«

»Haben Sie denn gar kein Problem damit, wenn Sie das tote Tier in der Falle finden? Es sind schon richtige Tiere und sie sind sehr niedlich.« Olivia nahm die Falle von Truly in Empfang und nahm wahr, wie deren Blick sie unterstützte.

»In Kinderbüchern sind sie niedlich«, klang es rügend an ihr Ohr, »aber auch nur dort!« erklärte die Lady entschieden und von so weit oben, dass sie Olivia fast wie ein Scheinriese vorkam.

Olivia wandte sich wortlos ab und erkundigte sich nach der richtigen Schokolade. Sie hörte die Türglocke, das Knallen einer Autotür. Lady Cardoon war weg. Eingekauft hatte sie nichts. »Es tut mir leid«, entschuldigte sie sich bei Truly, »jetzt habe ich einen Kunden vergrault.«

»Sie wird wiederkommen«, fand Truly zuversichtlich. »Ich freue mich, dass Sie diese Falle kaufen. Es gibt viele Mäuse, das stimmt schon, aber vor zwei Jahren gab es auch ein unheimliches Mäusesterben, wir sollten uns nicht allzu selbstherrlich vorkommen. Bringen Sie mir die Maus, ich fahre genug herum, um sie weit genug weg zu transportieren.«

⋆

Raymund und Olivia saßen am späteren Abend beisammen im Wohnzimmer. Dem alten Professor entrang sich ein abgrundtiefer Seufzer, er erleichterte ihn ein wenig, auch wenn er ihn nicht entspannte. »Es ist schrecklich«, teilte er möglichst neutral mit. »Ich kann den Leuten nicht mehr normal begegnen, jedenfalls den Erwachsenen nicht. Einer von ihnen hat meine Frau ermordet, Puck, hat Ann ermordet und ich behandele ihn wie immer, weil ich blind bin. Gefühle können einen völlig fertig machen. Das ist keine große Einsicht, aber eine unangenehme – Puck, was können wir noch tun?«

»Wir könnten eine Art Zwischenbilanz ziehen. Unser Wissensstand ist unbefriedigend und ich bin wirklich erleichtert, dass Richard an der Arbeit ist, aber wir haben im Laufe der vergangenen Wochen selbst das ein oder andere herausgefunden.« Ihr Onkel nickte zögernd.

»Raymund, ich bin heute nach dem Besuch bei Entenjack mit Evelyn Cardoon zusammengetroffen. Ich kaufte gerade eine Lebendfalle für Mäuse.«

Er hielt den Atem an. Olivia fuhr entschlossen fort. »Unser Dialog war so etwas wie ein Schlagabtausch. Ich habe in diese kalten Augen gesehen und ich habe Angst gesehen, Raymund, der Tod von Jones ist der Fehler, der irgendwann passiert. Und jetzt hat sie Angst.«

»Weißt du, was du gerade gesagt hast? Sicher weißt du das«, schickte Raymund tonlos hinterher. Er setzte sich aufrechter hin und rang nach Atem.

Als er wieder Luft bekam, fuhr Olivia fort: »Ich bin mir jetzt sicher, dass Evelyn Cardoon die Täterin ist, auch wenn ich weiß, dass es noch unbewiesen ist und du solche Feststellungen deswegen nicht magst.«

Raymund knurrte zustimmend, forderte sie aber stumm auf, weiterzusprechen: »Wenn wir von den Indizien ausgehen, ist Truly Truebody die andere Möglichkeit. Entenjack könnte auch von ihr die Prophezeiungen bekommen haben. Und es geistert weiterhin die Idee durch meinen Kopf, dass Truly mit Mary Pennigham unter einer Decke stecken könnte. Ich habe nicht gesehen, wie Lady Cardoon die Schachtel Quittenbrot an Mrs Penningham gegeben hat. Als ich zu ihr kam, hatte sie sie schon in der Hand. Sie kann sie also auch selbst mitgebracht haben; wann Mr Jones sich neben sie setzte, wissen wir nämlich auch nicht. Und zu der Idee von dem Gespann Truly-Mary Penningham gesellt sich die Information, dass es Mary Penningham war, die Aphra davon abhielt, den Arzt hinzuzuziehen, als Mrs Barley krank war. So weit – so verwirrend. Beweise haben wir keine in keiner Richtung, das geht so weit, dass Aphra Truly und Lady Cardoon am entscheidenden Nachmittag auf dem Green vor Delia Larges Haus stehen sah, wir aber nicht wissen, ob eine von beiden hineinging.«

Olivia ließ ihrem Onkel einen Augenblick Zeit, ihre Gedankengänge in Ruhe nachzuvollziehen. Schließlich machte sie weiter: »Ich fragte Entenjack heute nach Mausefallen, was glaubst du? Er schickte mich in den Dorfladen; die Truebodys verkaufen diese Fallen, in denen man die Tiere lebend fängt. Ich habe es ausprobiert, es stimmt; eine steht in einer braunen Papiertüte in deinem Gartenhaus, nur dass du dich nicht wunderst, wenn du mal daran vorbei kommst.«

Sie ließ ihm wieder einen Moment Zeit, bevor sie fortfuhr: »So sind die Hippies eben, würde Entenjack sagen, die Truebodys töten nie eine Maus, so ist das.«

»Nun, dann werden sie erst recht keinen Menschen töten.«

»Wahrscheinlich nicht. Aber lass es uns sachlich weiterüberlegen: Truly hat alle Voraussetzungen. Sie kennt das halbe Dorf und seine Gewohnheiten, sie ist ständig unterwegs. In ihrem Garten wachsen Stechäpfel, das wissen wir von Aphra, vermutlich auch Rizinuspflanzen…«

»Nein, tun sie nicht! Sie findet Rizinuspflanzen sehr hässlich und sie gehören auch einfach nicht in einen Kräutergarten.«

Olivia starrte ihren Onkel an. Er zeigte ein schwaches Lächeln: »Zur Abwechslung brachte heute einmal Maggie Truebody Bücher zurück… Quitten haben sie übrigens auch nicht. Maggie lachte nur und meinte, ›Gott bewahre, die machen viel zu viel Arbeit. Ich bewundere die Pfarrersfrau, dass sie sich das antut, ehrlich! Aber einer im Dorf ist auch genug, nicht wahr?‹ Dann lachte sie wieder, so fröhlich…«

»Wie schön«, Olivia fühlte sich erleichtert und gleichzeitig unprofessionell. Sie war voreingenommen. Sie sah ihren Onkel an. »Truly macht dieses Chutney, das sie gelegentlich verschenkt, so kann man Gift unter die Leute bringen. Ich habe Richard heute Nachmittag angerufen, er schickt einen Sergeant, der in Mr Jones' Haus ganz gezielt nach einem kleinen Glas mit Chutney sucht. Wenn Mr Jones davon gegessen hätte, stände es noch irgendwo. Richard fand in den Aufzeichnungen nichts, aber so ein kleines Glas ist derart normal, das man nicht darauf achtet. Also lässt er noch mal danach suchen. Wenn du dich erinnerst, Mrs Graham sagte, Mr Jones sorge ganz allein für sich, dann scheint mir dieses Chutney die einzige Möglichkeit zu sein, Gift in seinen Essenskreislauf zu schmuggeln.«

»...oder eben das Quittenbrot in der Kirche...«

»Genau.«

»Und was für ein Motiv sollte Truly Truebody leiten? Oder Mary Penningham?«

Olivia fröstelte, trotz des heißen Tees, den sie Tasse um Tasse trank. »Mir scheint immer wahrscheinlicher, dass hier alte Rechnungen beglichen werden. Owen Wood reagierte nachdenklich, nicht abweisend auf diesen Gedanken, Entenjack fiel dazu ein, dass Truly einen Mann in die Welt hinausgetrieben hat, weil sie ihm nicht treu blieb, sagen wir es ruhig so konventionell. Es scheint hier in den Jahren der wilden Sechziger und auch noch in den Siebzigern einiges vor sich gegangen zu sein.«

Raymund überdachte diese Thesen. Endlich

räusperte er sich wieder, es steckte ihm zurzeit häufig etwas in der Kehle: »Ich nehme an, die wilden Sechziger und Siebziger gingen an Evelyn Cardoon vorbei. Das freizügig selbständige, das protestierende Handeln der Jugend dieser Zeit passt nicht zu ihr. Nach allem, was ich von Ann weiß, war ihr auch der Klassenunterschied viel zu wichtig, um sich mit irgendwem aus Howlethurst zusammenzutun.«

»Das denke ich auch, ihre Rechnungen wurden früher, in den ersten Schuljahren aufgemacht und wenn sie sich im Laufe ihres Lebens hier richtig ärgerte, verlängerte sich die Liste, vielleicht entschied ein aktueller Zusammenstoß in der Gegenwart über das nächste Opfer.«

»Puck!«

»Ich weiß. Trotzdem – je länger ich übrigens über das Gespräch mit Kate Melling von heute Mittag nachdenke, glaube ich, dass sie mir so unbedingt ihre Perspektive auf Lady Cardoon zu wissen geben wollte, dass sie dafür von ihrer Schweigsamkeit abwich. Bei allen anderen, auf die ich zu sprechen kam, winkte sie ab. Warum?«

Besorgt sah Raymund sie an: »Meinst du, sie hat gemerkt, dass du hier andere Fragen verfolgst, als du vorgibst zu tun?«

»Den Verdacht hatte ich ein wenig. Aber was daran interessiert Mrs Melling? Warum redet sie auf einmal über Evelyn Cardoon? Was wissen die Leute hier und reden nicht?«

»Sagen wir, worüber grübeln sie nach. Wenn wir unterstellen, dass Kate Melling sich ihre Gedanken macht, wäre sie zu dem gleichen Ergebnis gekommen wie du«, stellte Raymund so ruhig wie möglich fest.

»Scheint so. Also zurück zu Evelyn Cardoon. Ihre Beharrlichkeit, meine Identität aufzuklären, ist zumindest bemerkenswert. Wangari erzählte, wie sie nach vorsichtigem Anfang und der ein oder anderen Frage zu den Pullovern und Viola unverstellt nach mir fragte, nach mir, Olivia. Wangari spielte ihre Rolle gut, sie wusste ja, worum es ging und hofft, überzeugend genug gewesen zu sein. Für einen unvoreingenommenen Menschen hätte das gereicht, nicht wahr?«

»Für Evelyn nicht?«

»Eher nicht, sie bohrte bei mir noch nach, gestern Abend bei der Kirche.«

»Ja, ich erinnere mich, dass du es erzähltest. Ich bekomme dann immer Angst um dich, Puck, hoffentlich ist es bald vorbei!«

Kapitel 21

Am nächsten Nachmittag, Freitag, kam Jemima in die Bücherei und gab das dicke Buch über die Reise von Großer Tiger und Kompassberg durch die Wüste Gobi schweren Herzens wieder ab. Sie stand so ratlos vor den Bücherfächern, dass Mrs Graham sie hilfsbereit ansprach. Das Mädchen schaffte, in wenigen Sätzen zu sagen, worum es in diesem Buch gegangen war. Das hatte sie zuhause trainiert, ihre Mutter hatte immer nur vier Sätze lang Geduld.

»Aber ist eine solche Wüste nicht sehr fremd?« erkundigte sich Mrs Graham, das Kopfschütteln hatte sie sich in den Jahren als Leiterin der Bücherei glücklicherweise abgewöhnt.

»›Man ist schnell daheim in der Wüste, weil alle schwierigen Dinge fehlen.‹«, zitierte Jemima.

»Und: ›Es darf immer nur einer sagen: ›Da ist keine Hilfe!‹‹« erklang es tatenlustig in ihren Rücken.

»Viola!« Jemima umarmte sie stürmisch.

»Was ist das nur für ein Buch, das diese Leseratte hier jetzt alle anderen Bücher ratlos ansehen lässt? Ich muss es einmal in die Hand nehmen«, erklärte Mrs Graham und ging nach vorn zur Rücknahme.

»Ich sollte ihr helfen, es zu finden«, spitzbübisch zwinkerte Olivia Jemima zu, »immerhin weiß ich, wie es aussieht. Ich komme gleich zurück.« Sie fand Mrs Graham, die Hände theatralisch zusammenschlagend, vor den aufgetürmten Stößen an der Rückgabe. »Toll, nicht, wie viel Bücher die Menschen brauchen. Lassen Sie mich suchen«, bot Olivia schnell an.

Mrs Graham lachte ihr helles Lachen: »Ich glaube, es sind meistens so viele Bücher. Ich dachte nur, ich gehe und nehme mir das Buch und da sehe ich, unter wie vielen anderen es bereits verschwunden ist. Darauf war ich gerade nicht gefasst gewesen.« Sie lachte wieder. »Es ist sehr dick, haben Sie gesagt, stimmt's.«

»Seit wann lesen Sie dicke Bücher, Ivy?«

Das Lachen erstarb, Mrs Graham hatte aber sichtlich keine Lust, sich umzudrehen. Olivia zog ›Die Wüste Gobi‹ gerade aus einem Stoß heraus und hielt das Buch Lady Cardoon entgegen: »Das würden Sie auch lesen und am Ende wünschen, es wäre noch viel dicker«, sie reichte es Mrs Graham hin wie einen Schatz. Die nahm es an sich als etwas, das sie gegen die unvermutete Angreiferin verteidigen musste. Das dicke Buch in den Armen drehte sie sich zu ihr um, sagte aber nichts.

»Ich sehe, der tote Mr Jones ist schon vergessen – obwohl er ein sehenswertes Chaos hinterlassen hat. Aber dafür sind Sie ja wohl mitverantwortlich«, Lady Cardoon sah Olivia strafend an, »Aphra erzählte es mir, als sei es eine Heldentat. Nun, man kann die Dinge verschieden beurteilen – Ivy, war die Polizei kürzlich bei Ihnen?«

»Ja, gestern, bei Ihnen auch?« instinktiv bewegte Mrs Graham sich in die hintere Mitte der Eingangshalle, die Sessel waren leer, also hörte niemand so ganz direkt, was sie sagten.

»Bei mir auch«, bestätigte Lady Cardoon. »Gibt es Neuigkeiten? Was wollten Sie von Ihnen?«

»Neuigkeiten? Nein. Der arme Mr Jones hatte wirklich keine nahen Verwandten, einen alten Freund, nur einen, der inzwischen auf der Isle of Wight wohnt, der erbt wohl auch alles. Aber der war auf seiner Insel, als all das Schreckliche hier passierte. Er hat ein Alibi, sagt die Polizei. Ach, ist das furchtbar!«

»Warum ist das furchtbar? Haben Sie keins?«

Mrs Graham schien unter dem heute besonders strengen Blick zu schrumpfen. »Nein, wenn Sie so wollen, nein. Genau weiß man ja wohl nicht, wann er dieses vergiftete Essen zu sich genommen hat. Aber er war am Nachmittag mit seinen Stoffproben hier, und als Viola mit ihrem Freund wegging, Mary wurde auch abgeholt, haben wie noch zusammen Tee getrunken.«

»Und dazu haben Sie etwas gegessen?«

»Ja, ich hatte noch selbstgebackene Plätzchen, sie schmeckten ihm sehr gut.«

»Und? Hat er alle aufgegessen?«

»Er nicht allein, aber nach dem Tee gab es keine mehr. Und das hat die Polizei nicht gefreut.«

»Verstehe… aber Sie leben ja noch, was wollen sie also?«

»Beweise«, mischte Olivia sich leichthin dazwischen, »das ist es doch, was sie immer suchen, oder nicht?«

»Sie… richtig, bei Mr Fisher werden die Beamten auch gewesen sein…«

»Nicht lange«, ließ Olivia die inquisitorische Lady wissen. »Meinem Onkel kam in den Sinn, dass Mr Jones von dem Quittenbrot gegessen hatte, das Mrs Penningham gehörte. Da wollten sie auf der Stelle sehen, wie es ihr geht.«

»Unfug. Wie sollte es ihr schon anders gehen als gut. Das Quittenbrot war von Aphra.«

»Mrs Penningham dachte, von Ihnen!«

»Ich brachte es ihr, das war alles! Es war ja auch völlig in Ordnung, dieser Chief Inspector Mathew erwähnte es gestern.«

»Was wollte er denn von Ihnen?« Mrs Graham hatte sich im Windschatten des kurzen Wortwechsels wieder aufgerichtet.

»Von mir? Das Übliche, nehme ich an. Ob ich über das Quittenbrot etwas wüsste, was immer sie sich da vorstellen.«

»Vielleicht wollten sie das Rezept«, warf Olivia ein.

Ein missbilligender Blick strafte sie für ihren Leichtmut. »Sie waren übrigens auch mit Mr Jones zusammen«, schob Lady Cardoon spitz hinterher.

»Evelyn, bitte, seien wir doch froh, dass die Polizei gerade nicht da ist.«

Olivia nickte friedfertig: »Mrs Penningham war sehr glücklich nach dem Gespräch mit Ihnen am Samstag. Sie müssen sich viel Zeit für sie genommen haben.«

»Ja, sie wollte ganz offensichtlich reden und

da das nicht oft der Fall ist, nahm ich mir die Zeit«, bestätigte Lady Cardoon kühl. Als ihre Gesprächspartnerinnen sie abwartend ansahen, ergänzte sie in dem gleichen kühlen Ton: »Wir sprachen über alte Zeiten, daran sieht man, dass wir langsam alt werden.«

»Sie kennen sich von früher?«

»Ja, so ist es. Genauso wie ich Ihre Tante Ann kannte.«

»Es muss seltsam sein, einen Menschen nach sehr langer Zeit wiederzusehen. Was macht man da?« forschte Olivia. »Nimmt man das alte Verhältnis dort wieder auf, wo es liegengeblieben war? Geht das?«

Die Pause dauerte etwas länger, schließlich erklärte Lady Cardoon: »Ich für meinen Teil nahm es einfach wieder auf, aber für Ann schien das nicht ganz so einfach zu sein. Sie war immer schon eine Einzelgängerin gewesen. Dazu kam, dass sie sehr beansprucht schien durch den Erweiterungsbau des kleinen geerbten Häuschens und die Neugestaltung des Gartens. Gerade darin entwickelte sie offenbar einigen Ehrgeiz. Auch wenn ich ihn nie gesehen habe.«

»Sie meinen, den Garten? Das kostet schon alles viel Zeit«, verteidigte Olivia ihre Tante,

»und sie wollte vor allem einen Gemüsegarten; sie liebte es, hinauszugehen und frische Zutaten zu holen.«

»Vor allem Erdbeeren«, Mrs Graham lachte leise in sich hinein, »ich habe nie einen Menschen gekannt, der so süchtig nach Erdbeeren war.«

»Tatsächlich?« staunte Lady Cardoon, »das wusste ich gar nicht.«

»Dann haben Sie wirklich nicht viel mit ihr gesprochen«, kicherte Mrs Graham. Erschrocken über ihren munteren Mutwillen ergänzte sie mitfühlend: »Es konnte ja auch niemand ahnen, dass ihr nur noch so wenig Zeit blieb. Sie haben sich erst einmal eingerichtet, und alles andere später, werden sie gedacht haben, so wird es gewesen sein. Wie ich Mr Fisher erlebe, glaube ich, dass sie das sicher vorhatten. Und der plötzliche Tod seiner Frau ist einfach schrecklich und hat alle Pläne über den Haufen geworfen.«

»Ja, Sie wissen das am besten. Als Sie in dieses Haus eingezogen sind, haben Sie es sicher nicht als öffentliche Bücherei vor sich gesehen.«

Mrs Graham lachte jetzt nicht mehr: »Nein, wer denkt in seinem Glück schon daran, wie schnell es enden wird.« Sie seufzte: »Mr Jones dachte sicher auch nicht, dass er die Bücherei fertig renoviert nicht mehr erleben würde.«

»Und Mrs Large freute sich auf Susan und eine lange gemeinsame Zeit, und hat sie nicht einmal mehr begrüßen dürfen«, ergänzte Olivia.

»Wir grausam das Leben ist!« Mrs Grahams Lippen wurden blau, als wäre ihr Körper mit einem Mal völlig unterkühlt. »Mrs Fisher, Mrs Large, Mr Jones…« ihre aufgerissenen Augen trafen auf den Blick von Olivia und hielten ihn fest. Die löste sich behutsam daraus und sah Lady Cardoon fragend an: »Sie kannten Mrs Large vermutlich ganz gut?«

»Das würde ich nicht sagen. Wir unterhielten uns gelegentlich, meist nach dem Gottesdienst. Sie war eine kluge Frau.«

»Und Sie besuchten sich wechselseitig?«

»Wieso interessiert Sie das? Nein, wir besuchten uns nicht.«

»Schade, sie hat so ein schönes Haus. Sie kennen es gar nicht?«

»Nein! Ich habe selber ein schönes Haus! Und man muss ja nicht aus allem einen öffentlichen Raum machen, so wie Ivy das hier tut. Das hätte Mrs Large auch weit von sich gewiesen.«

»Ich wollte keine allgemeine Besichtigung vorschlagen, ich dachte nur, Sie hätten dort vielleicht manchmal einen Tee getrunken.«

Lady Cardoons Kühle vertiefte sich zu Kälte, Olivia bekam keine Antwort.

»Ach, Evelyn, das ist alles so schrecklich!« Entschlossen schüttelte Mrs Graham ihre Schreckstarre von sich ab. »Wir sollten uns freuen, wann immer wir es fertigbringen… und ich freue mich daran, wie heiter die alten, scheußlichen Regale jetzt werden… nur als Beispiel!« schloss sie und ging, ihr Buch fest in den Armen, davon. Lady Cardoon starrte ihr hinterher und verließ die Bücherei, ohne Olivia noch eines Blickes zu würdigen. Die schaute ihr still nach, bis sich die schwere weiße Haustür geschlossen hatte. Mrs Carter kam aus dem Raum mit den Romanen, sie ging zur Ausgabe ohne nach rechts oder links zu schauen. Einen tiefen Atemzug lang verharrte Olivia, schaute in ihren Rücken, dann wusste sie, was sie gestern gewundert hatte: Fay Carter arbeitete so ruhig hinten in ihrem Garten, weil sie wusste, dass Evelyn Cardoon weggefahren war. Was hatte sie an dem Tag gemacht, als die in London gewesen war?… Olivia holte noch einmal tief Luft: erst einmal auf zu den Jugendbüchern.

Doch das war gar nicht nötig. Jemima saß in einem der riesigen Sessel in der Halle, in dem, auf den man als ersten stieß, wenn man aus dem großen Raum mit den Jugendbüchern kam. Sie hatte ›Pooh, der Bär‹ aufgeschlagen auf den untergezogenen Beinen liegen und den Kopf in die Hände gestützt. »Da bist du ja«, stellte Olivia fest, »hat Pooh dir geholfen?«

Jemima sah ernst zu ihr hinauf: »Sie lügt«, erklärte sie fest und sehr leise.

»Wer tut das?« Olivia streckte dem Mädchen die Hand hin: »Komm, wir gehen hinaus in die Sonne.« Das klappte das Buch zu, griff fest nach der ausgestreckten Hand und faltete die Beine auseinander zum Aufstehen. Als das geschafft war, legte sie ›Pooh‹ in den Sessel und folgte ihrer großen Freundin hinaus auf die Wiese.

»Die Distel, die Cardoon. Sie lügt. Sie hat gesagt, sie kennt den Garten der Fishers nicht. Ich habe gesehen, wie sie hineingegangen ist, einfach durch die Pforte, als würde sie das immer machen.«

»Wann tat sie das?«

»Mrs Fisher hat noch gelebt. Ich war ziemlich klein, ich durfte noch nicht allein hierher kommen, also saß ich draußen auf der Bank und wartete auf Mam.«

»Hast du auch gesehen, wie sie wieder wegging?«

»Es dauerte ziemlich lange, fand ich, aber dann kam sie.«

»Allein?«

»Ja, sie ist einfach wieder gegangen, als ginge sie aus ihrem eigenen Garten weg.«

»Hatte sie eine Tasche dabei? Erinnerst du dich womöglich daran auch?«

Jemima legte die Stirn in Falten und schüttelte schließlich den Kopf: »Nein, aber hat sie eigentlich doch immer, oder? Ist das wichtig?«

Olivia bemühte sich um Gelassenheit: »Hätte mich nur interessiert.«

»Warum wolltest du wissen, ob die Distel Mrs Large kannte?«

»Manchmal bin ich ganz schön neugierig, aber sag's nicht weiter.«

In Jemimas Blick mischte sich Skepsis. Sie nickte ernsthaft: »Du musst es mir nicht sagen, wenn es nicht geht. Sie, die Distel, hat da auch gelogen, wenigstens ein bisschen.«

»Hast du sie am Ende ins Haus von Mrs Large gehen sehen?«

Sie nickte finster und schwieg. Da Olivia einfach wartete, stellte sie schließlich fest: »Viola, mir ist etwas unheimlich. Ich habe gemerkt, wie grauslich es Mrs Graham wurde, als sie auf einmal entdeckte, dass ihre Nachbarn von gegenüber der Reihe nach wegsterben. Und ich habe gehört, wie die Distel lügt. Warum tut sie das? Ich habe gesehen, wie sie Mrs Large besucht hat und wie sie ins Haus gelassen wurde, und sie hatte ihre große Tasche dabei und sie kam aus der Gartenpforte heraus, genauso allein wie bei den Fishers.«

»Wann war das?«

»Das ist noch nicht lange her. Mrs Large ist Freitag gestorben und Mittwoch war die Distel bei ihr. Ich bin freitags fast immer hier, ich habe da gehört, wie sich Leute unterhalten haben, dass sie so plötzlich gestorben ist. Ich glaube, das sagen sie immer.«

»Und Mittwoch?«

Jemima nickte verständig: »Meistens bin ich dienstags hier, aber in der Woche war ich am Dienstag mit Mam in Tenterden, ich habe neue Schuhe bekommen! Also bin ich Mittwoch hier gewesen. In den neuen Schuhen, obwohl ich das nicht sollte. Sie sind ziemlich schick, weißt du?«

»Das glaube ich! Wie sehen sie aus?«

»Sie sind aus schwarzem Lack und ziemlich weit ausgeschnitten und haben nur einen ganz dünnen Riemen.«

»Das ist wirklich elegant!« Olivia sah das Mädchen einen Augenblick lang ernst an, dann schüttelte sie munter ihre braunen Haare: »Komm, jetzt gehen wir hinein und gucken, ob wir nicht doch ein Buch für das Wochenende finden.« In der Tür begegneten sie Mrs Carter. ›Flowerpot‹ hieß das Morris-Muster ihrer Wachstuchtasche, erinnerte sich Olivia im Vorbeigehen. Natürlich war die Grundfarbe blau.

Kapitel 22

Samstagabend. Draußen war es inzwischen finster, die Vorhänge zugezogen. Raymund und Olivia saßen im Wohnzimmer, Raymund in seinem Sessel, Olivia hatte sich zu Marmalade auf das Sofa gehockt, die Beine untergezogen. Sie sprachen wenig. Das hatten sie tagsüber genug getan. Leonard war zu einem frühen Lunch eingetroffen und gemeinsam hatten sie die Ereignisse der vergangenen Woche ein weiteres Mal besichtigt.

Jetzt saß Leonard beim Bier im Pub und Olivia und Raymund warteten. Sie sprachen über die Flemingbrüder, Raymund hatte die neueste Londoner Skizze gelesen. Aber ein fesselndes Thema war das an diesem Abend nicht. Sie hatten ihren Schluss gezogen und warteten, ob Leonard den Beweis bringen würde. Olivia wusste, dass Richard bei Chief Inspector Mathew in der Polizeistation in Cranbrook saß und rund um die Uhr erreichbar war.

Nach der mittleren Ewigkeit von gut zwei Stunden kam Leonard zurück. Marmalade hörte ihn wieder als erste. Heute sperrte Raymund die Haustür nicht endgültig zu und holte auch keinen Whisky. Leonard setzte sich und begann gleich zu erzählen: »Entenjack saß schon an der Bar, als ich kam, sein Enterich natürlich auch. Der alte Mann erkannte mich tatsächlich gleich wieder, und ich lud ihn zur Feier unseres Wiedersehens auf ein Guinness ein. Er nahm das nur zögernd an, erklärte, so was Feines, da fühle er sich wie wenn sein Geburtstag auf einen Sonntag fiele.«

»Das ist doch was!«

»Ja.. Und wie einfach, nicht? Wir redeten, andere beteiligten sich, langsam wurde es voller – gar kein unangenehmer Vorgang. Man fühlt sich ganz gut aufgehoben und muss auch nicht mehr wirklich etwas tun, das meiste ergibt sich von ganz allein. Und ganz natürlich kam ziemlich bald irgendwer auf den Tod von Jones und die Polizei zu sprechen. Es wurde nicht richtig spannend, weil niemand von den Pubgängern Jones persönlich gekannt hatte.«

»Gar nichts, was uns weiterhilft?«

»Nichts, es wurden Witze gerissen in der Art, dass dem Mörder sicher die Bücherei zu bunt würde und ähnliches.« Leonard ließ die Gesprächsfetzen noch einmal Revue passieren. »Der Mann mit dem malerischen weißen Bart,

Mr Wood, kam wieder spät, da hatten wir das Thema Jones schon eine Weile hinter uns. Aber es war ganz offensichtlich nicht vergessen, denn irgendwer fragte Wood, was er zu dem Todesfall denke. Er reagierte abweisend, fast ein wenig verbissen, drohte etwas in seinen Bart, das ich leider nicht verstand. Einige schienen überrascht über die Heftigkeit seiner Reaktion und einer fand sich, der nach einem möglichen Zusammenhang mit der Bücherei fragte.«

»Und?«

»Er brummte, dass es Jones ohne diese Renovierung seiner Meinung nach nicht erwischt hätte, dass sie aber trotzdem nicht die Ursache sei. Daraus darfst du jetzt etwas machen.«

»Später, was weiter?« Olivias Unruhe wuchs.

»Nun ja, ich sah den Zeitpunkt gekommen, Entenjack zu fragen, ob Mrs Penningham denn nun gestorben sei. Die Frage verursachte schlagartig richtig Unruhe. Auf einmal wussten alle, dass sie noch lebte und dass das doch eigentlich nicht sein konnte.« Für einen winzigen Moment kostete Leonard die Spannung der Erinnerung aus, dann ging es weiter: »Der alte Mann wehrte sich eine Weile, sie seien zu ungeduldig und so weiter, aber der allgemeine

Spott trieb ihn vor sich her, er machte den Fehler einzuräumen, dass man sich ja auch mal irren könne, damit gab er den Spöttern neuen Auftrieb. Am Ende gab er zu, er wisse das von seiner Herrin, Lady Cardoon. Die könne Karten legen. Und wie sie das könne, hätten sie schließlich alle miterlebt.«

»Das hat er tatsächlich gesagt?« Olivia konnte es nicht fassen.

»Ungern, sehr ungern. Aber die letzte Prophezeiung war nicht eingetreten und seine Zechkumpane trieb der Mutwille immer weiter, ich half ein wenig mit, aber viel war gar nicht nötig. Endlich spendierte ich ihm ein weiteres Guinness, mir auch, es wurde sehr sorgfältig gezapft, wir prosteten uns zu. Nach und nach hörten die anderen auf zu reden. Alle sahen Entenjack zu, wie er das halbe Glas ohne abzusetzen leerte, in kleinen, genießerischen Zügen, aber ohne abzusetzen.«

»Verschanzt.«

»So was. Um die Bar war eine Theaterszene entstanden: Die Männer starrten ihn neugierig an, er genoss die allgemeine Aufmerksamkeit, selten wird er sich so wichtig vorgekommen sein, er dehnte die Pause, indem er in Ruhe die zweite Hälfte seines Glases leerte, sich den

Mund wischte und in die Runde schaute. Dann kam das Geständnis, einen Moment waren alle perplex und er nutzte die Ruhe, um seine Verteidigung vorzulegen, gar nicht schlecht. Er gab also zu, dass Lady Cardoon diese Fähigkeit, aus den Karten die Zukunft zu lesen, habe, nicht er. Beim ersten Mal habe er im Pub halt erzählt, dass der und der sterben werde, alle hätten ihn erstaunt angeguckt und keiner habe nachgefragt. Als der Tod dann im Laufe der Woche eingetreten sei, habe man sich zwar gewundert, ihn aber gleichzeitig mit so viel Achtung behandelt… das habe ihm gefallen, sehr gefallen – irgendwer meinte dann, er habe den Vorgang damals nicht verstanden, sei aber von der Möglichkeit wirklich fasziniert gewesen, dass da jemand mit einer besonderen Fähigkeit in ihrem Ort leben könnte, wie man das sonst nur in den Nachrichten höre. Ein anderer ergänzte, daran habe sich ja auch nichts geändert, nur sei es nicht der Gärtner, sondern seine Herrin, genau wie in den alten Spukgeschichten – Entenjack grinste dazu, und wie der grinste, man sah ihm an, wie viel Spaß es ihm gemacht hatte. Und seiner Herrin war es offensichtlich nie zu Ohren gekommen, dass er sie ein bisschen ausnutzte. Er genoss sein Ansehen und Schaden entstand ja keiner, das sagte er sehr nachdrücklich. Warum jetzt dieser Jones gestorben sei und Mary Penningham nicht, verstehe er nicht. Aber vielleicht sterbe Mary Penningham ja noch, und Jones sei ja sowieso außer der Reihe, den habe ja jemand umgebracht. Jedenfalls sagten das manche und die Kripo sei ja auch unterwegs. Deshalb habe er mit dem ja auch gar nichts zu tun. So ist das!« schloss Leonard.

»So ist das!« Olivia stellte sich Entenjack vor und war versucht zu grinsen. Sie unterließ es. »Raymund, das ist jetzt wohl der Zweitpunkt, Richard anzurufen?«

»Ich denke: ja!« Hart und entschlossen sah er sie an. »Es ist also wahr?«

»Es ist wahrscheinlich geworden«, antwortete Olivia vorsichtig und stand auf.

*

Zwanzig Minuten später wurde draußen ein Wagen abgebremst, ein Motor ausgeschaltet, Autotüren zugeschlagen. Raymund ging zur Haustür. Richard wurde von Chief Inspector Mathew begleitet. Der hatte Sergeant Rogers mitgebracht. Da brauchte er nicht selber mitzuschreiben. Die wechselseitige Vorstellung wurde schnell absolviert und ohne Verzögerung saßen alle im Wohnzimmer, Leonard eingeschlossen. Marmalade hatte sich in den Wintergarten zurückgezogen. Richard überließ Chief Inspector Mathew die Gesprächsführung.

⋆

»Sagen Sie«, eröffnete Chief Inspector Charles Mathew das Gespräch, »heute Vormittag im Gespräch mit Kollege Richard Bates hier dämmerte in meiner Erinnerung ein beiläufig geführtes Gespräch mit Pfarrer Mottram auf. Es liegt schon länger zurück.« Abwartend sah er Olivia an.

»Pfarrer Mottram ist seit längerem über die Todesfälle unter den älteren Gemeindemitgliedern hier in Howlethurst beunruhigt. Es sind ihm einfach zu viele. Er sprach darüber, vorsichtig, wie er ausdrücklich erwähnte, mit dem Chief Inspector von Cranbrook.«

⋆

»Also tatsächlich. Ich habe ihn seinerzeit abgewimmelt. Die Geschichte war einfach viel zu dünn. Wie lange sind Sie jetzt an der Sache dran?«

»Vier Wochen.«

»Demnach kamen sie lange vor Jones' Tod. Warum?«

»Mrs Delia Large war gestorben. Da sie eine

enge Freundin von Mrs Mottram war und die Mottrams dadurch die Umstände besonders gut kannten, glaubten sie einfach nicht an einen natürlichen Tod. Der Doktor sah das anders und damit wurde es kein Fall für die Polizei.«

»Was sagen Sie dazu?«

»Es war kein Fall für die Polizei und ich persönlich glaube, dass es Mord war.« Olivia stellte den Fall dar, überzeugt, dass Charles Mathew das alles längst von Richard gehört hatte. Erwartungsgemäß brummelte der Chief Inspector vor sich hin. Mäuse als Mordwaffe, dazu noch als erfolgreiche Waffe, mussten – zugegeben – in den Augen eines Kriminalbeamten bizarr erscheinen, überdies so bedauerlich unbeweisbar. Olivia verstand das.

»Von den Arsenanalysen und Ihren Schlussfolgerungen hat Kollege Bates mir berichtet.« Ernst, Olivia glaubte so etwas wie Betroffenheit an ihm wahrzunehmen, sah Mathew zu Raymund hinüber.

»Die Entdeckung des Arsen in meinem Garten hat mir möglich gemacht, zu verstehen, was vor zwei Jahren geschehen ist. Jetzt müssen wir noch den Täter finden«, teilte der sachlich mit.

»Verstehe. Für die beiden Arsen-Fälle könnte man den Vorsatz nachweisen. Also Mord«, Mathew schien erleichtert. »Haben Sie zum Fall Jones etwas Neues?« er sah wieder Olivia an, ohne Skepsis im Blick.

»Auf umwegige Weise ja. Es gibt hier einen alten Gärtner, der im Pub gelegentlich einen Todesfall vorhersagt, der meistens auch eingetreten ist. Diese Tatsache hat ihm einige Anerkennung verschafft und manches Freibier. Am letzten Samstag sagte er nun den Tod von Mary Penningham voraus.«

»Er irrte!«

»Oder es ging etwas schief…«

Es entstand eine Pause. Chief Inspector Mathew musterte Olivia, schwer zu sagen, was er dachte, stellte die bei sich fest. Schließlich machte er weiter: »Sie wollen wieder auf das Quittenbrot hinaus, richtig?« Sie stimmte zu. »Aber die Analyse war negativ.«

»Schon, die positiven Stücke, wenn Sie so wollen, hatte Mr Jones gegessen.«

»Das wäre schon sehr raffiniert.«

»Sicher. Aber warum nicht? Es gibt übrigens noch einen weiteren Fall, der durch Quittenbrot zu einem Mord geworden sein könnte. Sybille Mason starb im letzten November.«

»Lassen Sie uns bei Jones bleiben. Sie sagten, es ging etwas schief…«

»Es war doch so: Der alte Mann sagte am Samstagabend den Tod von Mary Penningham voraus. Die hatte am Nachmittag desselben Tages eine Schachtel mit Quittenbrot bekommen, von dem sie Mr Jones anbot. Er aß die ersten zwei Stücke und starb. Es ist naheliegend, anzunehmen, dass diese beiden Stücke für Mary Penningham bestimmt gewesen waren. Die Prophezeiung wäre dann eingetreten.«

»Und wodurch konnte dieser alte Mann das vorhersagen?«

»Weil Lady Cardoon es ihm sagte.« Entgeistert starrten Richard und Charles Mathew Leonard an. »Heute Abend im Pub«, erläuterte der, »stand Entenjack etwas schlecht da, weil seine Prophezeiung nicht eingetreten war. Die Leute drangen zunehmend hartnäckig auf ihn ein. Ohne den Todesfall Jones wäre es sicher glimpflicher für den Alten ausgegangen, aber in dieser Situation musste er sich verteidigen. Und das kam dabei heraus.«

»Dieser Schw...!« schimpfte Richard. »Der hat mir frech ins Gesicht gelogen!«

»Sieht so aus, Richard«, stimmte Charles Mathew zu. »Man mag Fremde hier nicht. Es sei denn, sie werden so gut eingeführt wie Mr Fishers Nichte und ihr Lebenspartner. Und wenn der dann noch spendabel ist... Nehmen Sie sich's nicht zu Herzen.«

»Keine Sorge. Wir wissen jetzt, was er wusste und uns nicht wissen ließ. Das ist entscheidend!« fand Richard. Olivia stimmte dem Freund entschieden zu.

Chief Inspector Mathew vergegenwärtigte sich die Personen, über die gesprochen wurde, und stellte weitere Fragen, so erzählte Leonard den größten Teil seines Abends im Pub ein zweites Mal.

»Fielen Namen von Toten, mit denen wir jetzt arbeiten könnten?«

»Nein, keiner, aber sehen Sie, die Namen kannten ja alle, außer mir, aber ich wollte meine Deckung nicht verlassen.«

»Macht nichts. Ich muss morgen mit Jack Mosley, dem Entenjack, reden, dann wird er sich schon erinnern. Lassen Sie mich nochmals klarstellen: Lady Cardoon erzählt ihrem Gärtner, sie wisse aus den Karten, wer als nächster sterben wird. Sie«, er sah Olivia kritisch an, »würden inzwischen formulieren: Sie erzählte ihm, wen sie als nächsten vorhatte umzubringen. Was macht sie sonst noch verdächtig?«

»Das Quittenbrot, das sie am Samstag Mrs Penningham gab. Sie tat es in einer Weise, die

Mrs Penningham nahelegte, es sei von ihr selbst gemacht; da sie das aber nicht ausdrücklich sagte und niemand weiß, ob sie das tut, vermutete Mrs Penningham, dass es von Mrs Mottram stamme, die in der Sakristei aufräumte. Das kann aber nicht sein, weil Mrs Mottram seit mehreren Wochen keins mehr hat.«

»Also muss es von Lady Cardoon selber stammen?«

»Das ist das wahrscheinlichste.«

»Von wem könnte es sonst sein?

»Lady Cardoon könnte eine Schachtel Quittenbrot, ein Geschenk von Mrs Mottram an sie, aufgehoben und teilweise angereichert haben, ob das unauffällig zu handhaben wäre, müsste man sich von Aphra erklären lassen. Dann wäre das Quittenbrot letztlich tatsächlich von der Pfarrersfrau; oder aber von Mrs Carter, das ist auch möglich.«

»Mrs Carter ist...«

»...die ehemalige Wirtschafterin im Herrenhaus. Sie lebt heute im dazugehörigen Pförtnerhaus und hilft jeden Herbst Mrs Mottram, die Unmengen Quitten zu verarbeiten. Ihren Anteil an den Ergebnissen nimmt sie mit.«

»Das heißt, man könnte beim besten Willen

nicht auseinanderhalten, wer von den beiden Frauen das jeweilige Produkt hergestellt hat?«

»Nein. Aber unsere Täterin, selbst wenn es nicht Lady Cardoon sein sollte«, versicherte Olivia sich dem Inspektor gegenüber, »macht zumindest Marmelade, die deutlich anders aussieht als die von Aphra Mottram und Mrs Carter. Das spricht dafür, dass sie auch das Quittenbrot selbst hergestellt hat.«

Mathew erinnerte sich noch einmal an die Arsen-Analyse und an sein Gespräch mit der Verdächtigen: »Als ich Lady Cardoon vor ein paar Tagen nach dem Quittenbrot fragte, reagierte sie einwandfrei, gab auch an, zumindest zu wissen, wie man es herstellt.«

»Das ist nicht erstaunlich, denn Mrs Carter kann es so gut, dass anzunehmen ist, sie hat es schon als Wirtschafterin gemacht, nicht erst jetzt im Pfarrhaus. In dem Fall ist Evelyn Cardoon damit aufgewachsen.«

»Wie stehen Lady Cardoon und Mrs Carter zueinander?«

»Das weiß Mrs Mottram am sichersten.«

Er nickte: »Gibt es noch mehr Frauen in Howlethurst, die sich mit Quitten abgeben?«

»Mrs Melling. Sie hat einen Quittenbaum im Garten und macht meinem Eindruck nach alles

Mögliche damit, ob auch Quittenbrot dabei ist, weiß ich nicht. Ich habe den Eindruck, sie handhabt die Früchte sehr zeitökonomisch.«

»Quittenbrot! Immer wieder das verdammte Quittenbrot, von dem wir nicht wissen, ob es das Rizinus enthielt.« Chief Inspector Mathew war das alles zu wenig handfest. »Und dann diese Vorhersagen. Beides führt zu Lady Cardoon, immerhin. Was weiter?«

»Es gibt diese Telefonverbindung zwischen dem Pub und dem Haus von Mrs Large an jenem Mittwoch vor deren Tod um 16.32 Uhr. Entenjack sagte zu Olivia, er habe Mrs Large auf Anweisung von Lady Cardoon wegen der gelben Margeriten angerufen, auch wenn wir ihn noch nicht gefragt haben, von wo aus. Aber wer sonst sollte Delia Large aus dem Pub angerufen haben?« stellte Richard fest.

»Den Punkt müssen wir noch wasserdichter machen, morgen, wenn wir mit Jack Mosley reden!« Charles Mathews Miene hellte sich sekundenlang auf.

»Und wir haben in Mr Jones Haus trotz erneuter gezielter Suche kein Chutney von Truly Truebody gefunden«, sammelte Richard weiter Fakten. »Ihr Chutney ist, bis das Gegenteil aufflöge, auch völlig einwandfrei. Wir dürfen das nicht aus den Augen verlieren.«

»Was also soll Mr Jones gegessen haben, ich weiß schon«, gab Charles Mathew zu. Er zuckte kurz: »Es sei denn, Mrs Penningham hat das Quittenbrot selbst gemacht und Ihnen erzählt, es sei von Lady Cardoon. Was sagen Sie?«

Olivia sah den Chief Inspector aufmerksam an. »Ausschließen kann ich das nicht, weil sie es schon in der Hand hielt, als ich in die Kirche kam. Aber sie ist krank und Quitten zu verarbeiten, ist anstrengend.« Nachdenklich stellte sie sich die Sache noch einmal vor, hatte sie voreingenommen Schlüsse gezogen? Endlich schüttelte sie den Kopf: »Chief Inspector, Mrs Penningham lebt in der Familie ihres Neffen, heimlich geht in der Küche gar nichts. Eine einfache Frage an die junge Mrs Penningham kann diesen Punkt klären.«

Zu ihrer nicht geringen Überraschung stand Mathew umstandslos auf, holte sich die Erlaubnis von Raymund, von seinem Apparat aus telefonieren zu dürfen und klärte das. Olivia hörte das Lachen der jungen Farmerin bis zu ihrem Platz neben Leonard. Mathew legte auf und teilte ihnen mit, die junge Mrs Penningham sei überzeugt, ihre Tante würde es machen, wenn sie es noch könnte, Mrs Mottram und Mrs

Melling würden ihr sicherlich gerne ausreichend Quitten überlassen. Es sei auch richtig, dass sie süchtig nach Quitten sei, aber leider nein, sie könne diese harten Früchte nicht mehr verarbeiten. »Damit zurück zu unserer Hauptverdächtigen«, schloss er. »Zusammengenommen weisen die Aspekte auf Lady Cardoon, erlauben mir aber noch keine Hausdurchsuchung. Also erneut die Frage: warum sie?«

»›...er wusste, wenn er sich der Westminster-Abbey näherte, würde die Bahn für ihn freigemacht werden...‹«, der Hauch eines Lächelns flog über Olivias konzentriertes Gesicht. »Der ›Er‹ in diesem Satz ist Herzog und die Hauptfigur in einem Roman, der mit der adeligen edwardianischen Gesellschaft ins Gericht geht. Nun – sehen Sie – was dem Herzog noch selbstverständlich gewährt wurde, forderte Lady Cardoon ergebnislos ein. Jedenfalls ist das mein Eindruck nach meinen Gesprächen in den letzten Wochen.«

»Sie wollen uns damit sagen, sie ist so adelsstolz, dass sie sich die Leute hier zu Feinden gemacht hat?« Charles Mathew sah sie scharf an.

Olivia hielt seinem Blick stand: »Nein, umgekehrt. Ich will damit sagen, dass die Unzulänglichkeit der Leute hier im Ort, den Rang ihrer Person anzuerkennen, die Lady zum Feind eben dieser Menschen gemacht hat.«

»Ich denke, Charles«, meldete Richard sich aus seinem zumeist befolgten Schweigen, »diese These ist eine Arbeitsgrundlage, von der wir ausgehen können. Es nützt kein Herumreden, wir kennen ihre Motive nicht. Das ist bei Serientätern oder Serientäterinnen aber nicht ungewöhnlich. Diese Vorhersage mancher Todesfälle passt ebenfalls zu einer Serientäterin und ist deshalb ein ernstzunehmendes Indiz. Wir wissen beide, dass sie früher oder später für ›ihre Leistungen gewürdigt‹ werden wollen.« Er sah zu Olivia hinüber. »Lass uns deine Verdachtsmomente noch einmal besichtigen.«

Also trug sie zusammen: »Sie kennt die Leute gut, alle sind sich da einig. Trotzdem sagte sie, sie wisse nicht, dass ihre alte Schulkameradin Ann besonders gern Erdbeeren aß. Warum? Weiter sagte sie, sie sei nie in deren Garten gewesen. Es gibt eine Zeugin dafür, dass das nicht stimmt. Als sie in Anns Garten ging, wusste sie, dass niemand zuhause war, denn sie klopfte vorher nicht an der Haustür. Und sie blieb trotzdem eine Weile. Es gibt zu viel Arsen im

Erdbeerbeet, man könnte das eine mit dem anderen verknüpfen – sie war nie in dem Haus von Delia Large, sagte sie. Stimmt auch nicht. Und nur danach, dieses einzige Mal, gab es Mäuse in jenem Haus. Zufall? Sie regte sich darüber auf, dass Mrs Jenkins ihrer Nachbarin eine kleine Hemlocktanne zur Hochzeit schenkte. Daran erinnern sich Frauen aus dem Ort. Mrs Jenkins starb bald darauf. Wieder Zufall? Oben auf ihrem Häckselhaufen lagen am letzten Donnerstag die Hüllen des Stechapfels, sie hatte sie am Vormittag desselben Tages dorthin getragen und sie wären als erstes gehäckselt worden, nur hatte der alte Gärtner sich ausgerechnet an dem Vormittag den Rücken verrissen. Pech…«

»Warum sind die Stechapfelhüllen interessant?« hakte Mathew nach. Olivia erläuterte es ihm.

»Wachsen sie in ihrem Garten?«

»Tun sie, allerdings nicht nur in ihrem, nachdem was ich hörte.«

Er ließ sich nicht rausbringen: »Hat sie auch Rizinuspflanzen im Garten?«

»Ihr Gärtner sagt es, ich erkenne sie in diesem frühen Stadium noch nicht.«

Mathew seufzte ziemlich tief. »Das alles sind

aber noch immer keine Beweise!«

»Stimmt. Könnte sein, dass die in ihrem Haus zu finden sind: Gläser mit arsenhaltiger Quittenmarmelade und mit etwas Glück noch Quittenbrot.«

»Ich habe mich mit ihr unterhalten… sie kannte die Leute gut, genau wie Sie sagten… Mr Jones so gut wie gar nicht.«

»Das wird so sein. Er lebte nur wenige Jahre hier und die sehr zurückgezogen, er dürfte für sie sehr uninteressant gewesen sein. Makaber, nicht wahr?«

»Der Fehler, der irgendwann passiert. Warum sollte diese Mrs Penningham beseitigen wollen? Haben Sie wenigstens dafür eine Antwort?«

»Vermutlich, weil sie zu viel redete, und das mit mir. Lady Cardoon hat meine hiesige Identität immer bezweifelt.«

»Verstehe«, gab Charles Mathew schließlich zu Protokoll. »Mit Ihnen brach die Gefahr, aufzufliegen, in ihre Welt ein. Auffliegen wollen die allermeisten nicht, auch wenn sie irgendwann für ihre Taten gewürdigt werden wollen. Das ist aber etwas ganz anderes. Da sie nun an Sie nicht so ohne weiteres herankam, beschloss sie, wenn wir die letzte Todesankündigung wörtlich nehmen, eine Ihrer Informantinnen auszuschalten. Das könnte nach dem, was wir inzwischen unterstellen, so sein. Und es würde bedeuten, dass wir es mit dem Anfang einer speziellen Serie zu tun hätten und uns der vermutlichen Tatsache stellen sollten, dass sie ihre nächsten Opfer schon genau im Auge hat. Kann man einige warnen?«

»Wir versuchen es: Mrs Graham, Aphra und Roger, Susan«, Raymund versagte die Stimme.

»Jack Mosley könnten Sie dringend nahelegen, einige Tage seinen Rücken zu schonen und zuhause zu bleiben!« übernahm Olivia rasch. »Truly Truebody... Mrs Penningham lässt sich nicht warnen, ausgerechnet. Sie würde das nächste Quittenbrot essen, da bin ich ganz sicher. Ich habe mit ihr nach Jones' Tod gesprochen.«

»Und wenn sie dann tot wäre, fänden wir wieder einwandfreies Quittenbrot in einer Schachtel und wieder Rizinus im Körper, Herkunft unbekannt. Die Beweisführung funktioniert ungefähr so durchschlagend wie im Fall dieser Mäusewaffe.«

»Ich fürchte ja. Menschen, die an den Dämpfen des Stechapfels erstickt sind...«

»Es ist teuflisch!« Charles Mathews Zorn

wuchs, auch wenn er sachlich blieb. »Ich kann Dr. Chalklin nicht mal einen Vorwurf machen. Natürlich wissen wir, dass es eine beträchtliche Anzahl von Morden gibt, die als solche nie erkannt werden. Gerade begreife ich, wie wenige Chancen wir tatsächlich haben, an diese Täter heranzukommen. Ganz allgemein gesehen.« Olivia sah in sein finsteres Gesicht.

»Wir laufen das Risiko der Blamage«, Richard schreckte das bei diesem Stand der Ermittlungen nicht mehr. »Aber es müsste so sein, dass wir im Haus von Lady Cardoon Quittenmarmelade mit Arsen und Quittenbrot mit gemahlenem Rizinus finden. Vermutlich hat sie auch noch reines Arsen im Haus; und Rizinussamen und Samen vom Stechapfel, die auf ihre Verwendung warten. Diese ›Zutaten‹ sind ganz unauffällig. Sie lebt allein, vielleicht hat sie all das unter ihren Gewürzen eingereiht.«

»Worauf wollen Sie hinaus, Richard?«

»Wir kommen nur zu Beweisen, wenn wir ihr Haus durchsuchen. Und das müssen wir tun, bevor sie auch nur ahnt, was im Pub geredet wurde. Diese Zeitbombe tickt nämlich auch noch, wir sollten sie nicht vergessen.«

Während Mathew mit seinem Zögern zu Rate ging, ließ Richard sich nicht mehr aufhalten:

»Wo würdest du die Quittensachen aufheben, Olivia?«

»Im Badezimmer. Dort kann man sie wegspülen, selbst wenn die Polizei das Haus gerade durchsucht. Auf die Toilette zu gehen, ist so etwas wie ein Menschenrecht.«

Lange sagte niemand etwas.

»Könnte es sein, dass sie von den Gesprächen im Pub etwas erfährt?« erkundigte Mathew sich irgendwann.

»Im Gegensatz zu Richard halte ich es für unwahrscheinlich, aber Sie wissen, der Zufall schläft nicht«, antwortete Olivia.

Mathews Schweigen setzte sich fort.

»Es könnte sein, dass Lady Cardoon dem Zufall Chancen gibt«, warf Olivia wenig später ein. Als Mathew aufsah, ergänzte sie: »Die Ermittlungen zu Jones beunruhigen sie; gestern kam sie eigens deswegen in die Bücherei, um mit Mrs Graham darüber zu sprechen. Damit weicht sie meiner Meinung nach von ihrem Pfad der kühlen Distanziertheit überraschend deutlich ab.«

»Eine Hausdurchsuchung kann ich, wenn überhaupt, frühestens am Montagmittag machen. Wenn sie von dem Eingeständnis des Gärtners hört, wird sie alles beseitigen, was sie belasten könnte, davon kann man ausgehen…«

»Da ist keine Hilfe.« Olivia zuckte kurz, als sich zuhörte, blieb aber ernst. Ihre dunklen Augen hefteten sich an Richard.

»Das kann's nicht sein, Charles!« Richard richtete sich auf, blieb aber ruhig. »Ich übernehme die ganze Verantwortung, aber wir müssen handeln. Noch haben wir sogar eine fast christliche Uhrzeit. Stöbern Sie den Richter auf der Stelle auf. Morgen vor dem Kirchgang werden wir im Herrenhaus sein!«

Kapitel 23

Ungefähr um dieselbe Zeit, zu der Richard und Charles Mathew hoffentlich das Herrenhaus stürmten, klopften Raymund und Olivia an die Küchentür des Pfarrhauses. Roger und Aphra frühstückten gerade, beide sprangen erschrocken auf.

»Raymund«, entsetzt sah Aphra den Freund an, »was ist passiert? Du siehst zum Erbarmen aus!«

Er setzte sich auf die Küchenbank, diszipliniert und ernst: »Wir haben – wahrscheinlich – Anns Mörderin! Ich hoffe, Richard und dieser Chief Inspector Mathew finden in diesem Augenblick genügend Beweise – selbst für Mathews professionellen Bedarf.« Sie starrten ihn an, als wäre seine Feststellung so unwirklich wie die Prophezeiungen, die Lady Cardoon ihrem Gärtner gemacht hatte. »Ihr fragt gar nicht, wer es ist? Nun – wahrscheinlich – Evelyn Cardoon.«

»Nein!« Aphra griff nach ihrem Wolltuch und schlang es sich fest um die Schultern.

»Wer sonst!« Roger war sofort überzeugt. »Ist

sie schon verhaftet?«

»Wir wissen es nicht.« Olivia fasste Richards Plan zusammen. »Es kann also sein, dass Lady Cardoon heute nicht zum Gottesdienst kommt. Ich glaube, es wäre ganz gut, wenn Sie beide sich darüber so überrascht zeigen würden, wie es unter normalen Umständen ja der Fall wäre. Noch muss niemand anfangen, sich Gedanken zu machen. Wir wissen einfach nicht, was die Polizei findet und wie Lady Cardoon auf die Situation reagiert.«

»Wissen wir denn überhaupt etwas Sicheres?« Roger wurde vorsichtiger.

»Wir wissen, dass sie Entenjack – immer mal wieder, offenbar über einen längeren Zeitraum hinweg – sagte, wer als nächster sterben würde. Und das trat dann auch ein.«

»Davon weiß ich ja gar nichts!«

»Sie gehen eben nicht in den Pub, Pfarrer.« Olivia versuchte, trotz der herrschenden Spannung zu lächeln. »Sehen Sie, die Leute dort genossen Entenjack und sein zweites Gesicht. Ich stelle mir vor, dass sie das Gruseln genauso genossen, wenn seine Prophezeiung wieder eingetroffen war. Gerade frage ich mich, was wohl geschah, wenn es einen aus ihrer Runde traf... spannend... Aber das ist nichts, was man seinem Pfarrer erzählt, oder?«

»Nein, ist es nicht. Im Pub sind die Männer unter sich, jedenfalls hier in Howlethurst. Verrückt ist das schon!« Aphra schüttelte den Kopf. »Raymund, ich greife dem Pfarrer einfach vor: Du musst heute nicht Orgel spielen! Kein Rechtdenkender kann das von dir erwarten!«

Sein Gesicht drückte Rührung, Disziplin, Zweifel, Freundschaft, alles durcheinander, aus: »Doch, mach ich natürlich, ich bin ja nicht krank. Außerdem verkürzt es die Wartezeit, diese Ungewissheit finde ich ziemlich scheußlich.«

»Aphra, wir haben bisher nicht über das Verhältnis zwischen Evelyn Cardoon und Fay Carter gesprochen«, Olivia war schon wieder an der Arbeit. »Dass sie eine Schlüsselfigur sein könnte, habe ich überhaupt erst in den letzten Tagen begriffen.«

»Warum glauben Sie das?«

»Weil mir allmählich doch auffiel, dass sie sehr häufig in der Nähe war, wenn ich auf Lady Cardoon stieß.«

»Ist das so?«

Roger räusperte sich: »Meine Lieben, ich muss jetzt hinüber in die Kirche, Raymund auch, wenn er wirklich spielen will, und du Aphra?«

»Ich komme mit, alles wie immer!« teilte sie entschlossen mit.

Olivia ging nach Hause. Sie fand Leonard wie abgesprochen in dezenter Entfernung vom Küchenfenster, den Weg zur Kirche unter Beobachtung. Marmalade trug er auf dem Arm.

Mit schmalen Augen betrachtete Olivia die Situation und stellte sich vor, sie wäre wirklich Puck, vielleicht würde sie dann in diesen Katzenschwanz beißen. Stattdessen ließ sie Leonard wissen: »Katzendamen sind in mancher Hinsicht genau wie jene Sorte Frau, die ich absolut nicht leiden kann.«

Er quittierte mit einem belustigten Blick: »Du wendest dich ungewöhnlichen Themen zu? Gibt es schon was Neues?«

»Nein.« Gemeinsam beobachteten sie, wie der Green sich belebte und wieder leerte, die Glocken hatten geläutet, jetzt schwiegen sie. Alles war ruhig. Und Lady Cardoon war nicht erschienen.

⋆

Den Lunch bereiteten die Drei in dem alten weißen Haus am Green heute gemeinsam zu. Niemand hatte wirklich Appetit, aber ein wenig Salat und kalter Braten, eine halbe Avocado für jeden mit einer Sahne-Kren-Sauce in der Mulde, die der Kern zurückließ und dunkles Körnerbrot, das Leonard aus London mitgebracht hatte, waren appetitanregende Bestandteile eines Picknick, erklärte Olivia aufmunternd, stellte alles auf ein Tablett und trug es hinaus in den Garten. Leonard folgte mit Tellern und Besteck und Raymund mit Gläsern und einem Krug voll Eiswasser. Niemand hatte Lust auf ein Glas Wein, nicht einmal auf Tee.

»Diese Sache mit dem Streichen hat für die Aufklärung des Falles nicht viel gebracht«, Olivia musste das doch einmal herauslassen.

»Ich war schon sehr naiv, zu glauben, wenn ich mich mit Farbe und Pinsel auf eine Leiter stelle, würden sich darunter die Leute versammeln und über verdächtige Ereignisse reden. Vielleicht gingen meine Erwartungen nicht ganz so krass an der Realität vorbei, aber jedenfalls weit genug. Es ist mir genau zwei Mal gelungen, etwas Brauchbares aufzuschnappen, und zwar ausschließlich deswegen, weil die Sätze mit Namen versehen waren wie mit Etiketten, die ich zuordnen konnte. Den Fall der alten Farmerin Jenkins haben wir auf diese Weise selber aufgedeckt, nun gut; die Mausephobie von Delia Large hätte ich über Susan ohnedies erfahren.«

⋆

»Da ist richtig«, stimmte Raymund zu. »Aber ich bin trotzdem froh, dass du das losgetreten hast. Alles wird dort drüben so viel heller und einladender, eine Bücherei muss ja wirklich nicht zwangsläufig düster und altbacken aussehen, auch wenn man sich daran gewöhnt hatte. Mrs Graham ist glücklich, Susan hat ihren ersten Ort in der neuen Heimat gefunden, von dem aus sie so viele Kontakte knüpfen kann wie sie will, Sira fühlt sich wesentlich akzeptierter als davor«, er hielt inne.

»Das ist fabelhaft, nicht wahr?« warf Olivia dazwischen.

»Sehr sogar, jetzt wird ihr strahlender Gruß noch mehr Leuten zu einem guten Tag verhelfen. Und Mr Jones durfte noch einmal seiner professionellen Leidenschaft folgen, er hatte großartige Wochen!«

»Ohne sie würde er heute noch leben!«

»Stimmt, Puck! Aber selbst der Naturgeist deines Namens kann nicht in die Zukunft blicken! Lass mich wieder einmal eine militärische Weisheit zitieren. Sun Tsu sagte vor zweieinhalbtausend Jahren ›Wenn du dich selbst kennst, doch nicht den Feind, wirst du für jeden

Sieg, den du erringst, eine Niederlage erleiden.‹ Unsere ist besonders grausig ausgefallen, wenn wir den Tod von Jones als unsere Niederlage ansehen. Wir kannten unseren Feind nicht, was uns bewusst war, jeden Augenblick. Doch bedenke, dass Mathew feststellte, der Fall Jones ist der Fehler, der irgendwann passiert und den Wendepunkt markiert. Leider braucht man das Offensichtliche.«

»Du glaubst an meine Lösung?«

»Das tue ich, Puck. Ich sage es nur noch nicht lauter, weil ich dem Lauf der Dinge ungern vorgreife.«

»Hat am Rande des Gottesdienstes irgendwer diese Evelyn Cardoon vermisst? Davon haben wir noch gar nicht gesprochen«, fiel Leonard plötzlich ein.

»Nicht sehr jedenfalls. Ich hörte, wie die Frage an Aphra gestellt wurde, sie wunderte sich beiläufig, Händeschütteln und auf in den Sonntag.«

»Das heißt, aus dem Pub ist nichts bis in die Kirche gedrungen? Kein Mann hat seiner Frau von der Sensation erzählt, die Entenjack gestern Abend preisgab?«

»Oh doch, das glaube ich schon, aber diese Nachricht scheint von der Art zu sein, dass die

Leute doch lieber schweigen und abwarten, was daraus wird. Vermutlich gesunder Menschenverstand.«

Den Nachmittag verbrachten die drei mit Gärtnern. Leonard missachtete den Sonntagnachmittag und lichtete die Haselnusshecke unter genauer Anleitung von Raymund. Olivia widmete sich dem Unkraut, Marmalade leistete ihr Gesellschaft. Die großen Zweige, die hinter Leonard in den Garten fielen, waren leider viel zu unfriedlich für ein Katzenmädchen. Unbemerkt zogen Wolken auf; als ihnen ein kalter Wind folgte, erinnerte Olivia sich an ihre Vorliebe für Tee. Gartenarbeit entspannte eben.

⋆

Spätnachmittag. Da der Himmel inzwischen sehr grau geworden war, setzte die Dämmerung bereits ein. Der Knall des Türklopfers hallte durch Raymunds Haus wie ein Fanfarenstoß. Einer, zwei. Draußen wartete Richard ungeduldig, eingelassen zu werden.

»Das war ein Tag! Ich glaub's noch immer nicht!« Er umarmte Olivia. »Wir haben es geschafft!«

»Es ist so, wie wir vermutet haben?«

»Lady Cardoon sitzt hinter Gittern und sobald kommt sie da auch nicht mehr heraus.«

»Oh mein Gott...« Was ein Ausruf hatte werden wollen, sackte ab zu wenig mehr als einem Geräusch. Leonard stützte den alten Professor und geleitete ihn ins Wohnzimmer. Richard erinnerte sich an das Pfarrerehepaar.

»Olivia, Raymund ist mit den Mottrams befreundet, richtig?« Sie nickte. »Dann spricht nichts dagegen, wenn ich hinüberlaufe und sie bitte, hierherzukommen? Sie könnten dann alles gleich mithören, schließlich verdanken wir dem Pfarrer, dass das Morden jetzt aufhört.« Olivia nickte ein zweites Mal und Richard eilte über den Green zum Pfarrhaus.

Ruhig saß der alte Militärhistoriker währenddessen in seinem Sessel, trank in kleinen Schlucken von dem Whisky, den Leonard im gebracht hatte, und sah durch den Wintergarten hinaus in seinen Garten. Olivia hatte sich einen Sessel dicht neben den seinen gezogen. Sie schwieg wie ihr Onkel. Beide dachten an Ann. Leonard gab dem schmeichelnden Reiben an seiner Wade nach und nahm Marmalade wieder auf den Arm.

Wenig später öffnete er erneut die Haustür. Roger Mottram hastete aufgeregt herein: »Es ist also wirklich wahr! Ich kann es gar nicht glauben, jetzt, wo es wahr ist.« Er verschnaufte dann erst einmal von dem eiligen Gang über den Green. Als er wieder zu Atem gekommen war, ging er still und ernst auf Raymund zu und streckte ihm die Hand entgegen: »Mein Freund, mein lieber, lieber Freund!« Für eine Weile hielt er die ihm gereichte Hand in der seinen. Mit einer altmodischen Verneigung, in der Trauer und Respekt vor der Trauer des Freundes sich mischten, so empfand es Olivia sehr deutlich, wandte er sich suchend nach Richard um: »Sie können diese Schuld tatsächlich hieb- und stichfest beweisen, ja?« Verwirrt suchte er, wo der Angesprochene geblieben war. Er fand ihn im Türrahmen des Wohnzimmers. »Sagen Sie mir noch einmal, wie viele Menschen aus meiner Gemeinde sie auf dem Gewissen hat. Die Zahl von heute Nachmittag ist einfach zu phantastisch!«

»Roger!« fest fasste Aphra ihren Mann am Arm und schob ihn, der nun sie verwirrt ansah, behutsam zum Sofa. Sie setzte sich neben ihn.

Richard sah sich entspannt um und ließ sich dabei in einen Sessel fallen, er hatte einen mehr als guten Tag im Rücken: »Ja, wir haben genug Material, um Evelyn Cardoon fest zu halten. Wenn ich recht sehe, kommt sie nie wieder frei.« Er sah jeden der Reihe nach an, beim

Pfarrer blieb sein Blick stehen: »Es sind, Mr Jones eingeschlossen, neunzehn Todesfälle, die auf sie zurückgehen.« Alle starrten ihn an, keiner sagte etwas. »Ganz schön viel, kann man wohl sagen.«

Olivia erholte sich als erste: »Willst du damit sagen, sie hat Buch geführt?«

»Genau so ist es, für Serientäter nicht ungewöhnlich. Wir haben Namen und Sterbedaten mit dem Gemeindebuch verglichen, alle neunzehn Fälle stimmen überein.«

»Hm, hmm, ja, warum auch nicht. Wenn sie wollte, konnte sie durchaus entgegenkommend sein. Mehr Beweise braucht ihr eigentlich gar nicht.« Olivia seufzte abgrundtief, holte noch einmal tief Luft und sah Richard mit einem fast bohrenden Blick an: »Hast du Ann in diesem Buch gefunden?«

»Ja, das habe ich.«

Schweigen breitete sich im Raum aus.

Es war Raymund, der jeden der Reihe nach ansah. »Jetzt weiß ich die Wahrheit über Anns Tod. Wir alle. Das ist gut so.« Seine Augen suchten erneut Richard: »Was hat diese Frau in ihrem Buch vermerkt? Den Namen, das Datum… noch mehr?«

»Sie war sehr genau: Wir haben das Datum,

zu dem sie das Gift über die Erdbeeren goss und die Bestätigung, dass sie Arsen genommen hat, die Giftmenge und das Todesdatum. So hat sie es in allen Fällen gehalten.«

»Wie gesagt, sie konnte entgegenkommend sein.« Olivia war im Innern nun endlich fassungslos. »Hat es eigentlich auch mal nicht auf Anhieb geklappt?«

»Das scheint nur einmal vorgekommen zu sein. Wenn ich die Aufzeichnungen richtig verstehe, starb eine Nachbarin ihres Opfers in dem zu erwartenden Zeitraum, es besteht also die Möglichkeit, dass die Quittenmarmelade weitergegeben worden war.«

»Dumm gelaufen, dann sind es am Ende zwanzig Opfer. Ich nehme an, sie hat nachgearbeitet?«

»Ja, durchaus, sie war sehr gewissenhaft.«

»So war das wohl, wie furchtbar! Welche Marmelade war's denn beim zweiten Mal?«

»Johannisbeer-Erdbeer-Marmelade.«

»Richard! Ich hoffe, die Opfer lebten allein?«

»Es gab jedenfalls kein Massensterben.«

»Du lieber Himmel! Das ist nicht komisch! Ich glaube, ich begreife gerade erst, wie gefährlich diese Marmeladengläser wirklich waren. Oh mein Gott...«

»Das ist richtig, obwohl die Gläser für Marmelade doch recht klein waren, 8 oz – 225g – das Maß für eine Delikatesse.«

»Mr Wood lebte zusammen mit seinem Bruder!«

»Stimmt. Die Rückkehr dieses Bruders war nicht eingeplant.«

»Leider ein Problem, das sich lösen ließ. Richard, warum hat sie das alles getan?«

»Zum jetzigen Zeitpunkt kann ich nur sagen: aus einem Bedürfnis nach Macht, die ihr als Recht zustand, quasi per Geburt; und einer Lust an der Macht, wenn sie sie ausübte – ganz unabhängig davon, dass die Menschen um sie herum das ja nicht merkten – das ist schwierig zu verstehen. Nun, wir werden noch viele Gespräche mit ihr führen.«

»Sie nahm sich ihr Recht wie Richard III. bei Shakespeare.« Olivia sah den Freund entgeistert an.

»Ja, genauso und genauso skrupellos. Nach dem ersten Gespräch heute scheint mir das Denken von Evelyn Cardoon fürchterlich konsequent zu sein: Sie handelte aus einem selbstverständlichen, in Jahrhunderten ange
ten Standesrecht heraus, einem Re
unumstößlich scheint, noch imm

sich ihr unterzuordnen oder die Folgen zu tragen, es sei denn, man hat den gleichen gesellschaftlichen Rang inne wie sie.«

»Was niemand in diesem Ort für sich anführen kann.« Jetzt erging es Olivia wie kurz zuvor dem Pfarrer: Sie konnte kaum glauben, was sie hörte.

»Es gibt einen weiteren, wahrhaft grausigen Grund, den sie beiläufig, fast achselzuckend erwähnte: Ihr war häufig langweilig.«

»Richard! Sag, dass das nicht wahr ist!«

»Sie hat es so – wörtlich – gesagt. Ein Opfer auszuwählen, den Mord zu planen und präzise umzusetzen, brachte das belebende Adrenalin in ihr hervor. Man kann danach süchtig werden.«

»Mein Gott... Roger!« flüsterte Aphra.

»Diese Fay Carter«, sie glitt gerade an Olivias innerem Auge vorbei, »die wie ein Schatten auftauchte, wo Lady Cardoon unterwegs war, habt ihr schon mit ihr gesprochen?«

»Haben wir. Nach dem Verhör mit unserer neuesten Serientäterin in der Polizeistelle in Cranbrook kamen wir hierher zurück, als erstes gingen wir zu Mrs Carter. Sie beantwortete unsere Fragen, sehr knapp, aber auch sehr ernsthaft. Für dich nichts Neues. Der Schock, den unsere Informationen auslösten, war immens. Da ist es kein Wunder, das nur Altbekanntes kam. Jedenfalls für dich. Und damit für uns. Allerdings«, Richard wandte sich an Aphra, »als ich bei Ihrem Mann saß und Evelyn Cardoons Liste mit dem Gemeindebuch verglich, sah ich Mrs Carter zu Ihnen kommen.« Auffordernd sah er sie an.

Aphra räusperte sich, allen außer Richard schien das Sprechen schwer zu fallen. »Fay Carter hat mich aufgesucht, das ist richtig. Sie hatte die schweren Limousinen gesehen, die an ihrem Haus in aller Früh vorbeifuhren. Ich fürchte, schon da nahm ihr inneres Gleichgewicht schweren Schaden. Ihre Nachrichten, Richard, erschütterten sie danach so gewaltig, dass sie, zum ersten Mal in all den Jahren, zu mir kam, um sich auszusprechen.«

»Und?«

»Für Fay Carter ist es ein rabenschwarzer Tag.«

Mehr wollte Aphra offenbar dazu nicht sagen, doch das war Olivia zu wenig.

»Sie ist Lady Cardoon oft gefolgt«, erinnerte Olivia sie. »Haben Sie Mrs Carter nach dem Grund gefragt?«

Aphra ließ sich Zeit mit der Antwort. »Wir

haben über das geredet, was einem von uns gerade einfiel. Es war eine dieser Situationen, in denen viel durcheinander geht. Ja, sie kam darauf zu sprechen, dass sie Evelyn viel gefolgt ist in den letzten Jahren, ohne genau zu wissen warum.«

»Selbst wenn sie nicht wusste, warum sie ihr folgte, hatte sie einen Grund für diese Beharrlichkeit. Ich bin darin ganz sicher.« Olivia gab nicht nach.

Aphra nickte endlich und sah zu Richard.

»Ich bin hier ganz privat«, erklärte der auffordernd.

Ihr Blick suchte Raymund. »Nun, es war ein Gespräch unter Freundinnen, dieses spezielle Mal. Aber Raymund, du hast ein Recht, alles zu erfahren, was dir helfen könnte, die schreckliche Entdeckung über Anns Tod zu begreifen. Ich möchte nur unter keinen Umständen, dass außer uns auch nur einer von dem erfährt, was Mrs Carter sagte.« Wieder sah sie Raymund mit diesem zögernden Ernst an, bevor sie sich entschloss: »Fay Carter erzählte, dass Margaret Cardoon ihr auf dem Sterbebett die Sorge für Evelyn aufgebürdet hatte. Die Mutter ahnte, dass Evelyn in ihrer Langeweile, die sich als Grundstimmung durch ihr Leben gezogen zu haben scheint, grausamen Phantasien nachhing und fürchtete Schreckliches, wenn ihre Aufmerksamkeit die Tochter nicht mehr zügelte. Mehr oder Genaueres hat Margaret Cardoon damals nicht gesagt. Fay Carter hatte von der düsteren Seite Evelyns damit eine Ahnung, aber keine Vorstellung und fühlte sich endgültig hilflos, als Evelyn sie zwang, ins Pförtnerhaus umzuziehen. So lebte sie all die vielen Jahre mit diesem Versprechen an Margaret, das zu erfüllen unmöglich war. Das einzige, was sie tun konnte, war, Evelyn auf ihren Gängen ihm Ort zu folgen. Wie gewissenhaft sie das tat, haben Sie beobachtet, Olivia.«

Nachdenklich sah die die Pfarrersfrau an: »Und Sie, glauben Sie, dass Mrs Carter ahnte, was sich abspielte?«

Aphra schüttelte den Kopf: »So etwas Grauenhaftes konnte sie nicht ahnen! Sicher nicht.«

»Richard, Sie haben dieses Buch, in dem alle Todesfälle verzeichnet sind, ich habe es gesehen, ich habe auch Evelyns Schrift erkannt.« Roger schnaufte vernehmlich. »Ist es denkbar, dass sie sich die Todesursachen ausgedacht hat, immer wenn einer ihrer alten Bekannten starb? Ich meine nur, ich selbst bin so fixiert gewesen auf meine Statistiken und die Überzeugung, dass da nicht alles mit rechten Dingen zugehen kann, dass ich jetzt, wo es sich bewahrheitet, etwas unsicher werde.«

»Mein alter Freund!« Raymund starrte den Pfarrer entgeistert an.

»Nein, sie hat sich das nicht nachträglich ausgedacht. Sie plante diese Morde und führte sie aus.« Richard registrierte, wie Roger Mottram zusammenfuhr, auch Aphra zuckte bei dieser schonungslosen Formulierung. Beide schwiegen.

»Habt ihr im Haus die Gifte gefunden?« hakte Olivia endlich nach.

»Richtig. Sie hatte ihre Quittenmarmelade im Bad, wie du dass auch gemacht hättest.« Richard konnte sich ein Grinsen nicht verkneifen. »Die Laborergebnisse stehen noch aus; das Quittenbrot für Mrs Penningham war das letzte bis zum Herbst. Aber neben den beiden noch vorhandenen Marmeladengläsern standen Arsen und Rizinus und Stechapfelsamen und Johanniskraut sauber etikettiert in Dosen, alles beisammen und unter Verschluss in einem alten Medizinschrank.«

»Und das Buch?«

»Das lag in ihrem Schreibtisch unter den Rechnungsbüchern, mit der anregenden Aufschrift ›Testament‹.«

»Muss ich nicht verstehen?«

»Nein, warum solltest du den Humor dieser Frau verstehen? In meinen Augen wollte sie damit sicherstellen, dass ihre Taten bekannt wurden. Irgendwann musste die Welt von ihrer wahren Macht erfahren.«

»Es ist also alles wahr und beweisbar?« versicherte Roger sich ein letztes Mal.

»Ja, das ist es«, bekräftigte Richard.

Und wieder breitete sich Schweigen aus, nur das leise Schnurren von Marmalade konnte man darin hören.

Raymund sah seine Freunde der Reihe nach an. Keiner schien mehr etwas sagen zu wollen. Ein wenig schwerfällig stand er auf, ging durchs Wohnzimmer zur gegenüberliegenden Seite seines Hauses und öffnete die Wintergartentür weit. Die Wolkendecke war aufgerissen und es regnete nicht mehr. Bald standen alle sechs Menschen auf der nassen Terrasse und atmeten tief durch. Die Luft war kühl, es roch nach Erde und frischem Grün.

»Die Erdbeeren müssen raus«, entschied Raymund entschlossen. »Ich werde an ihrer Stelle Strauchrosen pflanzen – in all den Rosatönen, die Ann so sehr gefallen haben.«

Gerda M. Neumann (*1953) ist in Niedersachsen aufgewachsen. Sie studierte Germanistik und Geographie in Münster, arbeitete am Theater und ist regelmäßig in England. Sie hat eine Familie mit drei Kindern und lebt heute in einem Haus voller Bücher am Rand von München.

Alle Titel auch in Großdruck erhältlich!

Olivia Lawrence, Übersetzerin und Journalistin, sitzt an einem Vorfrühlingstag auf einer Bank in den Inns im Zentrum von London, als der Wind ihr ein Blatt Papier zuweht: eine Todesanzeige. Die Dame, derer darin gedacht wird, ist allerdings quicklebendig: die umstrittene Bildhauerin Victoria Gaynesford, die zurückgezogen in ihrem Landhaus Greystone Manor in den Chiltern Hills wohnt. Ehe Olivia sie noch warnen kann, geschieht ein Mord – und Olivia gerät in ein rätselhaftes Gespinst aus indianischen Steinfiguren und englischemTaxus, verjährtem Kunstdiebstahl und aktueller Todesgefahr.

Greystone Manor (Erster Fall)

ISBN: 978-3-7450-7173-3 **10,95€**

Ausgerechnet der Neffe des Hausherrn von Windermere Grove wird mit einer Leiche im Arm gefunden, in der Furt eines abgelegenen Weilers in Norfolk. Seine Anwältin engagiert Olivia Lawrence, eine Journalistin aus London, um ihn zu entlasten. Ihre Ermittlungen führen Olivia in eine überschaubare Gesellschaft auf dem Lande, in der jeder jeden zu kennen glaubt. Wer von ihnen könnte ein Motiv für den Mord an der Frau des Arztes haben?

Die Furt von Windermere Grove (Zweiter Fall)

ISBN: 978-3-7450-6975-4 **11,95€**

Am Neujahrsabend feiert der Schriftsteller Keith Aulton seine Erhebung in den Adelsstand. Am nächsten Morgen ist er tot. Unter seltsamen Professoren und eigenwilligen Autoren gestaltet sich die Suche nach einem Mordmotiv schwierig... Kann Olivia Lawrence, diesmal noch an gestachelt von ihrer Freundin Amanda, Chief Inspector Bates helfen?

Der Neujahrsabend (Dritter Fall)

ISBN: 978-3-7418-9525-8 **12,95€**

ISBN 978-3-7450-7168-9
www.epubli.de